Anette Hinrichs
Die fünfte Jahreszeit

LEDA

Anette Hinrichs
Die fünfte Jahreszeit
Kriminalroman

1. Auflage 2012

ISBN 978-3-86412-005-3

Leda-Verlag, Rathausstraße 23, D-26789 Leer
info@leda-verlag.de
www.leda-verlag.de

Lektorat: Maeve Carels
Titelillustration: Carsten Tiemeßen
Printed in Denmark by Nørhaven

Anette Hinrichs

Die Fünfte Jahreszeit

Kriminalroman

LEDA

Anette Hinrichs wurde 1970 in Hamburg geboren. Nach Fachabitur und kaufmännischer Ausbildung am Hamburger Flughafen folgten berufliche Stationen bei einer Reederei, im Bereich Banken und Einzelhandel.

Ihre Leidenschaft fürs Krimilesen wurde im Teenageralter durch Agatha Christie entfacht und weckte den Wunsch, eines Tages selbst zu schreiben.

Heute lebt sie als freie Autorin mit ihrer Familie im Raum München.

Anette Hinrichs ist Mitglied einer Münchener Autorengruppe und bei den Mörderischen Schwestern.

Die fünfte Jahreszeit ist ihr erster Kriminalroman.

1

Harry öffnete die Augen und starrte in die Dunkelheit.

Ein Geräusch hatte ihn geweckt. Er hatte ein pelziges Gefühl auf der Zunge und griff nach der Bierdose, die er wenige Stunden zuvor unter die Parkbank gestellt hatte. Sie war leer. Mit einem Seufzen ließ er sich wieder auf sein Nachtlager zurückfallen. Er lauschte einen Augenblick in die Dunkelheit, doch alles schien still. Harry zog den dünnen Schlafsack fester um seinen zitternden Körper und versuchte, zurück in den Schlaf zu finden. Dann hörte er es wieder.

Er fuhr hoch. Sein Herz raste. Verstohlen schaute er sich um. Der Mond warf nur einen schwachen Schein durch das Laub der Bäume. Harry blinzelte. Langsam konnte er die Konturen des Parks erkennen. Die Geräusche kamen vom Torhaus.

Er streifte seinen zerschlissenen Schlafsack ab und blieb einige Minuten unentschlossen auf der Bank sitzen. Es war eine kühle Nacht Mitte September. Das genaue Datum kannte Harry nicht. Und es interessierte ihn auch nicht. Ihn interessierte nur, dass es heute ausnahmsweise mal nicht regnete, ja es nieselte noch nicht einmal. Das war für Harry ein Glücksfall. Denn auch wenn die Blätter der Bäume ihn vor dem Regen weitestgehend schützten, zog die Feuchtigkeit durch den Schlafsack direkt in seine altersmüden Knochen.

Inzwischen war er hellwach. An weiteren Schlaf war nicht mehr zu denken.

Er entschloss sich, der Ursache seiner nächtlichen Schlafstörung auf den Grund zu gehen, und streckte die Beine durch. Harry griff nach seinem alten Seesack und kramte, bis er gefunden hatte, was er suchte. Dann verließ er das schützende Dickicht und schlich zum Wanderpfad, der zum Torhaus führte. Am Rand der Grünfläche kauerte er sich hinter eine Eiche und spähte über das Parkgelände. Die Stadtvillen auf der Westseite lagen im Dunklen. Drei Straßenlaternen tauchten den Weg vom Besucherparkplatz zum Torhaus in spärliches Licht und warfen lange Schatten an das alte Gemäuer.

Ein leises Scheppern ertönte vom Ostflügel des Torhauses. Das Licht der Straßenlaternen erreichte diesen Teil nicht. Vom Torbogen waren jetzt kratzende Geräusche zu hören. Harry kannte das Geräusch, doch es dauerte einen Augenblick, bis er es einem kehrenden Besen zuordnen konnte. Wer um Himmels willen sollte denn mitten in der Nacht den Torbogen fegen?

Es war wieder still. Harry wartete noch einige Minuten, dann schlich er den Pfad entlang. Alle paar Meter blieb er stehen und lauschte in die Dunkelheit. Doch außer seinem eigenen pochenden Herzschlag konnte er keinen Laut vernehmen. Was auch immer noch vor wenigen Minuten im Torhaus vor sich gegangen war, es schien beendet.

Er nahm all seinen Mut zusammen und verließ den schützenden Pfad. Es war stockdunkel, und Harry musste aufpassen, dass er nicht stolperte. Dicke Wolken hatten sich vor den Mond geschoben. Harry tastete sich an der Backsteinmauer entlang zum Torbogen. Irgendetwas war anders als sonst. Seine Hände zitterten, als er nach dem alten Feuerzeug griff und vergeblich versuchte, es anzuknipsen. Er fluchte leise, während er sich die kalten Hände rieb und ein paar Schritte in den Torbogen ging.

Etwas versperrte ihm den Weg. Noch ehe die Flamme seines Feuerzeuges die Sicht auf das Hindernis freigab, beschleunigte sich Harrys Puls. Sein Blick folgte dem tanzenden Licht. Ihm blieben nur wenige Sekunden Zeit, um das Geschehen zu erfassen, bevor die Flamme erlosch und das Feuerzeug aus seinen Händen glitt.

Er wimmerte leise und spürte eine warme Flüssigkeit sein Bein hinunterrinnen. In der Nähe schlug eine Autotür zu. Das reichte, um ihn aus seiner Starre zu befreien und zum Handeln zu treiben. Harry bückte sich und tastete im Dunkeln nach seinem Feuerzeug. Wenige Augenblicke später ließ er seinen Fund in die Jackentasche gleiten. Dann drehte er sich um und begann zu laufen. Dunkles Grollen war vom

Nachthimmel zu hören und vereinzelte Regentropfen fanden ihren Weg auf die Grünflächen der Parkanlage und in Harrys Nacken. Er spürte es nicht.

Das Gebäude des Polizeipräsidiums Hamburg befand sich an der Hindenburgstraße im Stadtteil Alsterdorf. Der moderne Bau mit den zehn sternförmig um einen Ring gruppierten Riegeln erinnerte an einen Polizeistern. Zahlreiche bis vor wenigen Jahren noch über die gesamte Stadt verstreute Dienststellen waren nun in dem sechsgeschossigen Gebäude zusammen untergebracht. Im dritten Stock lagen die Räume des LKA 41, dem Fachkommissariat für Tötungsdelikte. Das Büro der Mordkommission unterschied sich in seiner Einrichtung kaum von anderen Großraumbüros. Die großen Schreibtische standen sich in Zweierblocks gegenüber, und die hellgrauen Möbel wirkten klar strukturiert und nüchtern.

An einem dieser Schreibtische saß Kriminalkommissarin Malin Brodersen und starrte auf den großen Stapel Akten, der sich vor ihr auftürmte. So hatte sie sich das nicht vorgestellt. Sie hatte erst vor drei Wochen den Dienst im LKA 411 angetreten, doch ihr kam es vor wie mehrere Monate. Ihre Euphorie hatte sich schnell gelegt. Bisher hatte sie erst in einem Fall ermittelt, einem Tötungsdelikt zwischen zwei Eheleuten, der noch am gleichen Tag aufgeklärt worden war. Seitdem bestand ihr Alltag größtenteils aus Schreibtischarbeit.

Malins Tage waren davon geprägt, Berichte in den Computer einzugeben, Formulare in Fallakten zu sortieren und Kaffee zu kochen. Dabei hatte sie einen jahrelangen Ausbildungsmarathon hinter sich. Nach dem Abitur hatte sie vier Jahre Jura studiert und war nach dem ersten Staatsexamen für ein weiteres dreijähriges Studium zur Polizeihochschule gewechselt. In ihrer knappen Freizeit hatte sie Kurse in Kriminalistik und Verbrechensanalyse belegt und zusätzlich jedes Fachbuch und jeden Artikel verschlungen, der sie ihrem Ziel näher bringen konnte, Ermittlerin bei der Mordkommission zu werden. Doch die Bürokratie zwang sie zu Umwegen.

Nach Abschluss ihrer Ausbildung an der Fachhochschule als Diplom-Verwaltungswirtin der Polizei hatte sie erst eine Zeit bei einem Kommissariat und danach ein weiteres Jahr beim Kriminaldauerdienst absolvieren müssen.

Jetzt habe ich jahrelang die Tretmühlen durchlaufen, bin endlich am Ziel – und was ist? Der Papierkram geht von vorne los, dachte sie frustriert. *Anstatt Mordfälle aufzuklären, befinde ich mich auf dem Abstellgleis, zusammen mit einem Berg von Akten.*

Malin griff nach einem weiteren Dokument und ließ ihren Blick dabei durchs Büro schweifen. Wo steckten die bloß alle? Ihre Abteilung bestand aus drei weiteren Ermittlern und dem Ersten Kriminalhauptkommissar Fricke, der das Team leitete. Der Schreibtisch ihres vorläufigen Teampartners Frederick Bartels, der ihr normalerweise gegenübersaß, war verwaist. Auch Ole Tiedemann, ein weiteres Teammitglied, glänzte durch Abwesenheit. Der dritte Kollege, Kriminaloberkommissar Sven Andresen, befand sich noch im Urlaub.

Malin hatte gerade nach einem Franzbrötchen gegriffen, als ihr Telefon klingelte. Seufzend legte sie das Brötchen beiseite und nahm den Hörer.

»Brodersen? Fricke hier. Am Wellingsbüttler Torhaus wurde heute früh eine Leiche gefunden«, brummte ihr die Stimme des Vorgesetzten ins Ohr. »Wir brauchen Sie hier am Tatort.«

Endlich. Malin schluckte ihre Aufregung hinunter. »Ich bin schon unterwegs.«

Sie nahm den Fahrstuhl und ging mit schnellen Schritten in die Tiefgarage des Präsidiums zu ihrem Auto, einem grünen Mini Baujahr 1979 mit durchgesessenen schwarzen Ledersitzen und Holzlenkrad. Der Mini war bereits zum Zankapfel zwischen ihr und ihrem Vorgesetzten geworden. Es war üblich, die Dienstwagen zu nehmen. Da ihr jedoch keine Dienstvorschrift die Nutzung des Privatfahrzeugs während der Arbeitszeit ausdrücklich verweigerte, hatte Malin sich durchgesetzt.

»Bitte, bitte spring an«, murmelte Malin, als sie sich hinters

Lenkrad setzte. Gleichmäßig brummend kam der Motor in Gang.

Zwanzig Minuten später bog Malin vom Wellingsbüttler Weg in den Waldweg zum Torhaus ein. Schon von Weitem sah sie die für diese Uhrzeit ungewöhnlich vielen Autos auf dem Parkplatz, darunter auch einen Übertragungswagen des Lokalsenders. Schaulustige drängelten sich dicht an dicht. Malin kurbelte das Fenster herunter und zeigte dem uniformierten Beamten ihren Dienstausweis. Mit einem kurzen Nicken winkte er sie durch die Absperrung.

Mehrere Einsatzfahrzeuge standen dahinter, eins erkannte sie als Frickes Dienstwagen. Sie parkte daneben und ging die restlichen Meter zu Fuß. Vom Regen und Sturm der letzten Nacht war nichts mehr spürbar. Die Luft war kühl und klar, und durch den Frühnebel drängten sich schon vereinzelte Sonnenstrahlen.

Vor ihr lag das Wellingsbütteler Torhaus, ein historisches Fachwerkgebäude aus rotem Backstein. Die beiden Torhausflügel hatten weiße Sprossenfenster und kleine schmale Giebel. Es war ein beeindruckendes Gebäude.

Schon von Weitem konnte Malin Hauptkommissar Fricke und einige andere Kollegen erkennen. Sie folgte dem von der Polizei angelegten Trampelpfad. Keiner nahm ihre Anwesenheit zur Kenntnis. Malin entschied, jetzt sei der falsche Zeitpunkt für persönliche Eitelkeiten. Sie stellte sich unmittelbar neben ihren Chef, folgte seinem Blick und zuckte zusammen. Kurz schloss sie die Augen und kämpfte gegen das Würgen in ihrem Hals. Sie zwang sich, wieder hinzuschauen.

2

Die ersten Sonnenstrahlen warfen einen schwachen Schein auf das dunkle Gemäuer des Torhauses. Ein Mensch war mit dicken Seilen zwischen die alten Balken des Toreinganges gespannt. Der leblose Körper war mit einem weißen Tuch bekleidet und wurde durch die Seile so gestrafft, dass die Leiche die Haltung eines Hampelmannes einnahm. Der Kopf war auf die Brust gesunken. Körperbau und Größe wiesen darauf hin, dass es sich um einen Mann handelte. Nichts deutete auf eine äußerliche Verletzung.

Malin hörte jemanden stöhnen und bemerkte verwundert, dass dieses Geräusch aus ihrer eigenen Kehle drang. Die anderen Beamten starrten sie an, und sie spürte, dass sie rot wurde.

Ihr Teamkollege Frederick Bartels trat auf sie zu, ergriff ihren Ellenbogen und führte sie ein paar Schritte beiseite. »Schließ die Augen und atme tief durch. Und achte nicht auf die anderen. Bei denen war es am Anfang auch nicht anders.«

»Geht schon wieder. Danke.« Ihr Pulsschlag normalisierte sich.

Scheinwerfer waren aufgestellt worden, sie hörte das Klicken einer Kamera, und einige Beamte der Spurensicherung durchsuchten in ihren Schutzanzügen, die sie wie Astronauten aussehen ließen, das Gelände um den Torbogen. Ein Handy klingelte.

Mittendrin stand Fricke. Sein wirres Haar klebte ihm noch vom morgendlichen Duschen am Kopf und ein Zipfel seines Hemdes lugte unter seiner Jacke hervor. Sein Gesicht war von tiefen Furchen durchzogen. Malin atmete noch einmal tief durch und trat dann entschlossen auf ihn zu.

»Schöner Schiet«, sagte Fricke nicht unfreundlich und mit einer Kopfbewegung in Richtung Leiche.

Gerade stellte ein Beamter eine Leiter unmittelbar daneben auf. Der junge Mann, kaum dem Teenager-Alter entwachsen, wurde auffallend blass. Schnell drehte er sich um und rannte zum nächstliegenden Gebüsch. Ein Würgen war zu hören.

Malin stieß der süß-säuerliche Geschmack ihres Frühstückes auf. Sie kämpfte gegen die Übelkeit. Fricke wühlte in seinen diversen Jackentaschen und reichte ihr ein abgegammelt aussehendes Zitronenbonbon. Misstrauisch beäugte sie das fleckige Papier, doch sobald sich der Zitronengeschmack in ihrem Mund ausbreitete, ging es ihr besser.

»So, Brodersen, dann machen Sie sich mal nützlich. Die Frau da drüben, Ingrid Larsen, hat die Leiche gefunden.« Fricke wies auf eine ältere Dame, die einige Meter entfernt auf einer Parkbank saß. Eine Polizistin hatte ihr eine Decke über die Schultern gelegt und schien beruhigend auf sie einzureden. »Frau Larsen arbeitet für das Alstertal-Museum, das ist im linken Flügel des Anbaus. Sie scheint noch unter Schock zu stehen, hat bisher kaum etwas Brauchbares von sich gegeben. Sehen Sie zu, dass sich das ändert.«

Die alte Frau saß zusammengekauert auf der Bank und umklammerte ihren Kaffeebecher. Ihr blasser Teint war um Augen und Nase gerötet. Sie hob ihren Blick, als Malin auf sie zutrat, und strich sich zitternd eine graue Haarsträhne aus dem Gesicht.

»Frau Larsen, mein Name ist Malin Brodersen, LKA Hamburg. Lassen Sie es uns noch einmal gemeinsam durchgehen. Also, um welche Uhrzeit haben Sie die Leiche gefunden?«

»Es war so gegen zehn nach sieben, ich hatte gerade auf die Uhr gesehen, kurz bevor ich ...« Sie schluckte. »Ich muss normalerweise durch das Tor gehen, um zum Eingang des Museums zu gelangen. Er liegt auf der Hinterseite. Aber ich konnte doch nicht ...« Ihre Stimme versagte. Eine Träne kullerte über ihr Gesicht. Malin legte beruhigend eine Hand auf ihren Arm. »Ich konnte da doch nicht einfach durchgehen, also bin ich zum Alsterdomizil gelaufen, um deren Telefon zu benutzen.«

»Alsterdomizil?«

»Die Seniorenresidenz hinter dem Westflügel vom Torhaus. Direkt neben dem Herrenhaus.«

»Das haben Sie richtig gemacht, Frau Larsen. Bitte versuchen Sie sich jetzt noch mal genau zu erinnern, ob Sie vielleicht jemanden auf Ihrem Weg begegnet sind?«

»Nein, ich bin niemandem begegnet.«

»Ist Ihnen denn in den letzten Tagen etwas aufgefallen? Vielleicht ein ungewöhnlicher Besucher, oder gab es irgendwelche sonderbaren Anfragen?«

»Nein, es war alles wie immer.« Sie klang kraftlos.

»Gut, Frau Larsen, das war es dann fürs Erste. Meine Kollegin wird sich jetzt um Sie kümmern. Sollte Ihnen noch irgendetwas einfallen: Unter dieser Nummer können Sie mich jederzeit erreichen oder mir eine Nachricht hinterlassen.« Malin reichte ihr eine Visitenkarte und drehte sich zu der uniformierten Polizistin um, die in einigem Abstand gewartet hatte. »Bitte sorgen Sie doch dafür, dass Frau Larsen nach Hause gebracht wird.«

Sie ging zu Frederick Bartels. Ihr Teamkollege war Mitte dreißig und von sportlicher Statur. Er hatte kräftiges dunkelbraunes Haar, kantige Gesichtszüge und seine dunklen, fast schwarzen Augen erweckten den Anschein, als würde ihnen nichts entgehen. Sie hatten sich einige Monate vor Malins Dienstantritt bei der Mordkommission bei einem Vortrag über Täterprofile kennengelernt. Malin war der gutaussehende Beamte sofort sympathisch gewesen, und sie hatten an jenem Abend noch lange und angeregt über den Vortrag diskutiert. Sie war überrascht und erfreut gewesen, als sie ihn unter ihren neuen Kollegen erkannte, doch in der Mordkommission hatte er sich ihr gegenüber bislang eher reserviert verhalten.

Malin sah zum Torbogen, wo die Leiche gerade von zwei Beamten abgenommen wurde. »Der Tatort wirkt, als hätte der Täter ein Bühnenbild inszeniert.« Kurz flackerte eine Erinnerung auf, doch bevor sie den Gedanken greifen konnte, war der Moment auch schon wieder vorbei.

»Das Gleiche habe ich auch gedacht«, erwiderte Bartels stirnrunzelnd.

Kriminalhauptkommissar Fricke verabschiedete sich gerade von einer attraktiven Blondine, die in ihrer linken Hand eine Arzttasche hielt. Dann wandte er sich seinen beiden

Mitarbeitern zu. »Dr. Steinhofer ist gerade mit der vorläufigen Untersuchung fertig. Allerdings konnte sie noch nicht viel sagen. Außer den Hautabschürfungen an Hand- und Fußgelenken weist die Leiche anscheinend keine weiteren äußeren Verletzungen auf. Fest steht allerdings, dass der Mann schon tot war, bevor er aufgehängt wurde. Für alles Weitere müssen wir wohl oder übel die Ergebnisse der Obduktion abwarten. Verdammt, womit haben wir es hier zu tun? Fred, was meinst du?«

»Ich weiß es nicht, Hans. Aber es spricht alles dafür, dass der Tatort gezielt ausgesucht wurde. Fragt sich nur, warum.«

Malin räusperte sich. »Vielleicht will uns der Täter etwas mitteilen und hat irgendeinen Hinweis hinterlassen. Irgendetwas, das wir bisher vielleicht noch nicht gefunden oder auch übersehen haben.«

Fricke betrachtete sie abschätzig und schien seine Worte mit Bedacht zu wählen. »Frau Brodersen, ich bin sehr dankbar für Ihren Hinweis. Wie Sie sehen können, wird der Tatort bereits abgesucht.« Er wies mit weit ausholender Geste auf das Treiben um sie herum. »Mein Team und ich machen das nicht zum ersten Mal.«

»Manchmal ist es aber auch von Vorteil, wenn ein wenig frischer Wind durch einige Arbeitsabläufe weht.« Herausfordernd funkelte Malin ihren Vorgesetzten an.

Fricke wandte sich an Bartels. »Fred, du fängst an, in den umliegenden Häusern nach Zeugen zu suchen. Vielleicht hat jemand etwas mitbekommen. Und nimm unsere verehrte Frau Brodersen mit. Wir treffen uns dann später zur Besprechung im Präsidium.« Ohne Malin eines weiteren Blickes zu würdigen, drehte er sich um und ging auf einen der Kriminaltechniker zu.

»Es fehlt nur noch, dass du Schaum vor dem Mund bekommst«, sagte Bartels, als er ihren Gesichtsausdruck bemerkte. »Mensch, Malin, reiß dich zusammen. Denkst du, der Chef lässt sich von einer Anfängerin bloßstellen?«

»Ich habe es einfach langsam satt, die Tippmieze der Abteilung zu sein. Dafür hab ich nicht studiert!«

»Genau, und deshalb lässt du am besten mal nicht immer dein Jurastudium so raushängen. Und außerdem: Was meinst du denn, warum Fricke dich zum Tatort bestellt hat? Wenn ich dir mal einen Tipp geben darf: Beobachte ihn und hör ihm zu. Er ist der Beste in seinem Job.«

Malins Wut war schon wieder verflogen. »Da bin ich dann wohl übers Ziel hinausgeschossen«, stellte sie zerknirscht fest.

»Mach dir darüber keinen Kopf. – Weißt du etwas über das Torhaus?«

Malin nickte. »Es diente früher als Pferdestall und als Wohnstätte für die Bediensteten des Herrenhauses, des ehemaligen Gutes Wellingsbüttel. Wenn ich mich richtig erinnere, wurde es um 1750 erbaut. Heute stehen die Gebäude unter Denkmalschutz.«

Bartels pfiff durch die Zähne. »Woher weißt du das alles?«

»Der Vorteil einer humanistischen Erziehung«, erwiderte Malin trocken.

»Aha.« Bartels warf ihr einen kurzen Seitenblick zu. »Dann lass uns mal mit dem Klinkenputzen beginnen.«

Es war bereits später Nachmittag, als sich das Team zur Besprechung im Präsidium einfand.

Malins Magen knurrte. Sie fischte eine zerknitterte Papiertüte aus ihrer Tasche und zog ein Franzbrötchen heraus. Mit wenigen Bissen war das Gebäck verzehrt, und Malin schaute enttäuscht in die leere Tüte.

»Und wenn du noch so lange hineinstarrst: Es werden nicht mehr. Sag mal, isst du eigentlich auch mal etwas anderes als dieses süße Zeugs?«

Malin sah in die wasserblauen Augen ihres Kollegen Ole Tiedemann, ein schlaksiger Kerl mit sandfarbenem Haar und blasser, fast durchscheinender Haut. Mit seiner sachlichen und zurückhaltenden Art bildete er den Ruhepol der Abteilung.

Schnell beförderte sie die Tüte in den Papierkorb. »Jeder hat so seine Laster«, murmelte sie verlegen, doch der Kollege blätterte bereits wieder in seinem Notizblock.

Die Tür öffnete sich, und Hauptkommissar Fricke trat in das Großraumbüro, dicht gefolgt von Frank Glaser, dem Leiter der Spurensicherung, und einem kräftigen Mann mit rötlichem Schnäuzer und finsterem Blick. Bartels erhob sich und schlug dem Unbekannten freundschaftlich auf die Schulter.

Fricke ergriff als Erster das Wort. »Wie ihr seht, konnte ich Sven überreden, einen Tag eher aus dem Urlaub zurückzukommen. So wie die Dinge liegen, können wir jede Unterstützung gebrauchen. Also, fangen wir an. Was habt ihr rausgekriegt, Fred?«

»Wir haben die Anwohner der umliegenden Häuser, das Personal und die Bewohner der Seniorenresidenz und auch die vom Café befragt.« Bartels zuckte die Schultern. »Leider liegt die Erfolgsquote bisher bei null. Niemand konnte auch nur einen entfernt nützlichen Hinweis geben.«

»Dann erweitert den Umkreis. Wurden die Parkplätze schon überprüft? Vielleicht ist der Täter mit dem Wagen gekommen.«

»Einige Leute sind noch vor Ort und durchkämmen das Gelände.«

»Sind schon irgendwelche Spuren ausgewertet worden, Frank?« Fricke wandte sich dem hageren Kriminaltechniker zu, der neben Tiedemanns Schreibtisch lehnte und die Arme vor der Brust verschränkt hielt.

»Wir sind noch dabei«, gab der wortkarg zur Antwort.

»Gar nichts?«, hakte Fricke nach.

»Wir haben Fußabdrücke am Eingang zum Torbogen gefunden. Unbrauchbar wegen des strukturierten Bodens. Trotzdem interessant.« Glasers verkniffener Gesichtsausdruck verzog sich zu einem grimmigen Lächeln.

»Inwiefern? Meinst du, sie stammen vom Täter?«

»Eben nicht. Der Mörder hat die ganze Bodenfläche des Torbogens vermutlich mit einem Besen gesäubert. Ich glaube kaum, dass er hinterher zurückgekommen ist, um seine Fußabdrücke zu hinterlassen.«

»Könnten die von einem unserer Leute stammen?«, fragte Bartels.

Glaser schüttelte den Kopf und rückte dabei seine kleine, runde Brille zurecht. »Die Kollegen von der Streife haben umgehend gesichert.«

»Weitere Abdrücke?«, hakte Fricke nach.

»Wenn welche da waren, hat der Regen der letzten Nacht sie weggespült«, erwiderte Glaser.

»Wenn die Spuren also nicht vom Mörder stammen, dann haben wir vielleicht einen Zeugen. Und derjenige hat nicht die Polizei benachrichtigt.« Fricke strich sich nachdenklich übers Kinn.

»Wissen wir schon, um wen es sich bei dem Toten handelt?«, fragte Tiedeman.

Fricke schüttelte den Kopf. »Bisher nicht, aber die Identifizierung der Leiche steht für uns an erster Stelle. Ole, darum kümmerst du dich. Sprich mal mit den Kollegen von 4.17, die sollen alle Vermisstenanzeigen der letzten Zeit durchgehen.« Er runzelte die Stirn. »Bisher sind unsere Fakten mehr als dürftig. Morgen früh bekomme ich die vorläufigen Berichte der Rechtsmedizin und aus dem Labor. Bis dahin erledigt ihr die zugeteilten Aufgaben. Irgendwelche Fragen?«

Malin räusperte sich. »Ich bin ja noch nicht lange dabei, trotzdem scheint es mir, als hätten wir es nicht gerade mit einem alltäglichen Mord zu tun. Wir haben bisher noch nicht über das mögliche Motiv des Täters gesprochen.«

Fricke fuhr sich bedächtigt übers Kinn. »Sie haben recht, Brodersen, das bereitet auch mir Kopfschmerzen. Trotzdem, vorrangig ist jetzt die Identifizierung des Toten, sie ist unser Ausgangspunkt. Wenn wir erste Ergebnisse der Rechtsmedizin vorliegen haben, die uns über Zeitpunkt und Todesursache aufklären, und das Labor die Spuren ausgewertet hat, können wir daraus vielleicht erste Rückschlüsse ziehen.« Frickes ernster Blick wanderte über die Anwesenden. »Weitere Fragen? Nein? Dann an die Arbeit.«

Malin verließ als eine der Letzten den Raum. Sie eilte Frederick Bartels hinterher, der sich angeregt mit dem rothaarigen Ermittler unterhielt. Das ist also Andresen, dachte

Malin und musterte die bullige Statur des Polizisten. Das Gespräch verstummte sofort, als sie auf die beiden zutrat.

»Ich glaube, wir sind uns noch nicht vorgestellt worden. Ich bin Malin Brodersen.« Sie streckte ihm die Hand entgegen.

»Ich weiß, wer du bist«, erwiderte Andresen, ohne auf die dargebotene Hand zu reagieren. »Fred, ich warte im Wagen auf dich.« Er drehte sich um und ging auf den Fahrstuhl zu.

Verblüfft sah Malin ihm hinterher. »Was für eine Laus ist dem denn über die Leber gelaufen?«

»Dein Ruf ist dir wohl schon vorausgeeilt. Ich habe dich ja gewarnt.«

»Fred, was soll das denn jetzt? Und vor allem, was meint er damit, dass er im Wagen auf dich wartet? Ich dachte, wir beide sollten weiter Klinken putzen?«

»Komm schon, Malin, es war keine Rede davon, dass du die ganze Zeit an meiner Seite klebst. Ich führe die restlichen Befragungen mit Sven durch. Bei der Gelegenheit kann er sich gleich ein Bild vom Tatort machen.«

Malin hatte Mühe, ihren Zorn zu unterdrücken. »Wie du meinst. Und was soll ich stattdessen tun?«

»Informiere dich über den Hintergrund des Wellingsbüttler Torhauses. Und sieh zu, dass du die Berichte von der Schutzpolizei bekommst.«

Malin holte tief Luft. »Ich kümmere mich um die Recherche, aber glaubt nicht, dass ich weiterhin sämtliche Büroarbeiten übernehme.« Ohne eine Antwort abzuwarten, drehte sie sich um und marschierte davon.

Es war bereits später Abend und die Luft merklich abgekühlt, als Malin die Tür zu ihrem kleinen Stadthaus aufschloss. Sie hatte das hundertfünfzig Jahre alte Bleicherhaus mitten im angesagten Stadtteil Winterhude vor fünf Jahren von ihrer Tante geerbt. Es stand unter Denkmalschutz, hatte einen handtuchgroßen Garten und achtzig Quadratmeter Wohnfläche, verteilt auf vier Räume mit niedrigen Decken. Vom Erdgeschoss mit dem Wohnzimmer und der Küche führte eine kleine Wendeltreppe in die obere Etage. Dort hatte Malin ihr Schlafzimmer und ein Gästezimmer, das ihr allerdings eher als Abstellkammer diente.

Malin war erschöpft und schlecht gelaunt. Sie nahm sich eine halbe Pizza vom Vortag aus dem Kühlschrank und schenkte sich ein Glas Milch dazu ein. Dann ging sie in den ans Wohnzimmer angrenzenden Wintergarten. Es war ihr Lieblingsort, eingerichtet mit einer gemütlichen gelb-weiß karierten Couch, zwei Korbsesseln und einem hellen Sisalteppich.

Nachdenklich kaute sie auf ihrer Pizza herum. Sie hatte die vergangenen Stunden mit dem Sammeln von Informationen über das Torhaus und das Herrenhaus verbracht, aber wenig Neues erfahren. Außerdem konnte sie sich nicht richtig konzentrieren. Der inszenierte Fundort der Leiche stand ihr ständig vor Augen. Etwas daran ließ sie nicht los, doch sie konnte diesen Gedanken nicht greifen. Hinter ihren Schläfen begann es zu pochen.

Und sie war noch immer verärgert über ihre Kollegen. Lag es wirklich an ihr oder gab es vielleicht noch andere Gründe für Andresens feindseliges Verhalten? Noch bevor sie zur Mordkommission stieß, hatte sie die Geschichte von Martin Sablowoski gehört. Der Ermittler vom LKA 411 war nach Dienstschluss bei einem Verkehrsunfall ums Leben gekommen. Malin hatte die Lücke, die er in seinem Team hinterlassen hatte, bei ihrem Dienstantritt nahezu körperlich spüren können. Soweit sie wusste, hatte er mit Sven Andresen ein Team gebildet. Das erklärte vielleicht teilweise die Abneigung des rothaarigen Ermittlers gegen sie. Trotzdem ist das keine Entschuldigung, dachte Malin.

Sie stellte fest, dass der Anrufbeantworter blinkte. Die erste Nachricht war von ihrer Freundin Suse, die sie an den Geburtstag einer gemeinsamen Freundin erinnerte und sie bat, bei Gelegenheit mal ihre Sporttasche abzuholen. Malin unterbrach das fröhliche Geschnatter der Freundin und spulte vor zum nächsten Anruf. Die nörgelnde Stimme ihrer Mutter ertönte. Augenblicklich sträubten sich ihre Nackenhaare und sie löschte den Anruf. Seufzend hörte sie die letzte Nachricht ab. Die tiefe Stimme ihres Großvaters informierte sie darüber, dass er ein paar neue Krimis für sie parat liegen hatte.

Ein warmes Gefühl der Zuneigung durchströmte Malin. Erich Brodersen war der wichtigste Mensch in ihrem Leben. Beide verband unter anderem die große Leidenschaft zum Krimilesen. Sie hatten schon so manche Nacht damit verbracht, über Plots zu diskutieren. Ihr Großvater hatte sie als Kind in die Welt von Agatha Christie geführt und damit den Grundstein für ihren späteren Berufswunsch gelegt. Leider war er auch der Einzige in ihrer Familie, der sie bei ihrem Vorhaben unterstützt hatte, Polizistin zu werden.

Für einen Rückruf war es heute schon zu spät. Sie beschloss, ins Bett zu gehen.

Sie wusste nicht, was sie geweckt hatte.

Schlaftrunken setzte sie sich auf. Hinter dem Fenster war es noch dunkel. Malin schaute auf ihren Wecker. Es war vier Uhr zwanzig. Sie hatte gerade mal vier Stunden geschlafen. Stöhnend ließ sie sich zurück in die Kissen sinken und versuchte wieder einzuschlafen. Erneut schob sich der Anblick des Toten vor ihre Augen.

Sie setzte sich auf und starrte in die Dunkelheit. Jetzt wusste sie, woran die Inszenierung der Leiche sie erinnert hatte.

3

Als Malin ihren Wagen an der Elbchausee in Övelgönne abstellte, brach gerade der Morgen an. Dicke Wolken hingen am Himmel und kräftiger Wind zerzauste ihr die Haare. Rasch lief sie die Treppen des Schulbergs hinunter, um zu dem schmalen Fußweg zu gelangen, der zwischen den ehemaligen Lotsenhäusern und ihren kleinen Gärten hindurchführte. Sie ging auf eines der aus Backstein gebauten Fachwerkhäuser zu und klopfte an die Tür.

Kurze Zeit später wurde sie geöffnet. Frisch geduscht, die grauen Haare sorgfältig aus dem Gesicht gekämmt und bereits komplett angezogen, stand ihr Großvater Erich Brodersen vor ihr. Trotz seiner fünfundsiebzig Jahre wirkte der ehemalige Fährkapitän kräftig und energiegeladen. Sein Blick war klar und intelligent, und um seine blauen Augen hatten sich viele kleine Lachfältchen gebildet.

»Himmel, Malin, was treibt dich denn um diese Zeit hierher? Jetzt komm erst mal rein, mein Schatz.« Malin wurde von ihm in den Flur gezogen und seine kräftigen Arme drückten sie liebevoll.

»Hallo, Opa, ich bin völlig durch den Wind. Ich brauche unbedingt deine Hilfe. Ich bin da einer total verrückten Sache auf der Spur«, sprudelte sie heraus.

Ihr Großvater sah sie fragend an. »Komm, setzen wir uns erst mal, dann kannst du mir in Ruhe alles erzählen.«

Malin folgte ihm in die Küche. Blau-weiße Kacheln, massive Küchenschränke mit rustikaler Arbeitsplatte, freigelegte Deckenbalken und ein alter Gesindetisch sorgten für Gemütlichkeit.

Sie setzte sich auf eine der Holzbänke und erzählte vom Fund der Leiche am vergangenen Tag. Ihr Großvater strich sich hin und wieder bedächtig übers Kinn. Als Malin ihren Bericht beendet hatte, folgte langes Schweigen.

»So sieht sie jetzt also aus, deine Welt«, sagte er schließlich. »Ist es das, was du wolltest?«

Malin schluckte. »Es war mir klar, dass ich mit so etwas konfrontiert werde. Deshalb wollte ich zur Mordkommission. Auch wenn die Realität anders ist als Krimis.«

»Also gut. Wie kann ich dir helfen?«

Malin holte tief Luft. »Beim Anblick der Leiche war mein erster Gedanke: Das habe ich schon mal gesehen. Das Ganze hatte so etwas Surreales, es war fast wie in einem Film. Und jetzt bin ich mir sicher: Ich habe es gelesen. Genau so habe ich es in irgendeinem Buch gelesen. Dummerweise fällt mir der Name des Autors nicht ein.«

Erich runzelte die Stirn. »Könntest du es vielleicht auch woanders gelesen haben? Vielleicht in einem Zeitungsartikel oder in einer dieser Fachzeitschriften?«

»Du hältst mich also nicht für völlig verrückt?«

Erich schmunzelte. »Wenn ich dich nicht so gut kennen würde, würde ich sagen, du hast eindeutig zu viele Krimis gelesen. Aber nein, ich halte dich nicht für verrückt.«

Dankbar griff Malin nach seiner Hand. »Opa, ich weiß, es ist ziemlich viel verlangt, aber ich denke, wir müssen beide unsere kompletten Bücher durchforsten. Alleine schaffe ich das nicht.«

Erich schmunzelte erneut. »Das habe ich mir fast gedacht.«

Sie gingen ins Wohnzimmer. Drei der vier Wände waren bis unter die Decke mit Bücherregalen versehen. Erich hatte seine Lektüren sorgfältig nach Autoren und Genres geordnet und sein Sortiment konnte es mit jeder Buchhandlung aufnehmen.

»Da haben wir uns ja ganz schön was vorgenommen. Ich hoffe nur, ich habe mich nicht getäuscht.« Malin war sich mit einem Mal gar nicht mehr so sicher, ob ihr Erinnerungsvermögen ihr nicht doch einen Streich spielte.

Zwei Stunden später hatten sie etwa fünf Dutzend Bücher durchforstet. Malin hätte nie für möglich gehalten, dass es so langsam vorangehen würde. Mittlerweile wurde es allerhöchste Zeit, zum Präsidium aufzubrechen. Ihr Großvater blätterte ganz vertieft in einem amerikanischen Psychothriller. Auf seiner Stirn hatte sich eine Furche gebildet und seine Lesebrille war ein wenig von der Nase gerutscht. Er schien ihren Blick zu spüren und legte das Buch beiseite. »Und, hast du schon was gefunden?«

Malin schüttelte den Kopf. »Fehlanzeige. Aber jetzt muss ich leider erst einmal ins Präsidium.«

»Tja, ich habe heute sowieso nichts Besseres vor – also wühle ich mich noch ein bisschen hier durch.«

»Danke, Opa, du bist ein Schatz.« Malin drückte ihm zum Abschied rasch einen Kuss auf die raue Wange.

Sie war spät dran, als sie eine dreiviertel Stunde danach die Büroräume der Mordkommission betrat. Jemand hatte ein Whiteboard aufgestellt und Tatortfotos daran geheftet. Sie fuhr gerade ihren Computer hoch, als Hauptkommissar Fricke eintraf, dicht gefolgt von Glaser, dem Kriminaltechniker. Fricke trug immer noch das Hemd vom Vortag. Er hatte tiefe Augenringe, war unrasiert, und sein Haaransatz schimmerte fettig.

Malin unterdrückte ein Gähnen. Der Schlafmangel machte sich bemerkbar.

Fricke zog ein paar Unterlagen aus seiner Tasche und schaute in die Runde. »Moin, moin. Wenn denn jetzt alle wach und aufnahmebereit sind, beginnen wir mit dem jetzigen Ermittlungsstand. Die Rechtsmedizin hat uns heute früh den vorläufigen Bericht durchgefaxt. Demnach ist der Tod zwischen null und zwei Uhr dreißig eingetreten. Todesursache Herzversagen. Über dem linken Brustkorb des Opfers befindet sich ein kleiner Einstich. Vermutlich wurde dort eine Substanz injiziert, die zum Herzversagen geführt hat. Um welche Substanz es sich dabei handelt, wird uns erst das toxikologische Gutachten verraten.« Fricke räusperte sich. »Aufgrund der bisher vorliegenden Ergebnisse der Spurensicherung müssen wir davon ausgehen, dass Tatort und Fundort nicht identisch sind. Leider bringt uns das nicht weiter. Wir brauchen die Identifizierung des Toten. Ole, wie weit bist du mit den Vermisstenmeldungen?«

Ole Tiedemann, der an diesem Morgen noch blasser wirkte als sonst, blätterte in seinem Notizheft. »Heute früh wurde ein gewisser Richard Woy von seiner Frau als vermisst gemeldet, die Meldung ist gerade hereingekommen. Die Beschreibung passt auf den Toten. Soll ich jemanden hinschicken?«

Fricke überlegte kurz. »Mir ist es lieber, wenn das jemand aus dem Team übernimmt. Frank, was haben die Spurenauswertungen ergeben?«

»Das Seil, mit dem das Opfer aufgehängt wurde, weist an diversen Stellen Gewebespuren auf, allerdings stammen die allesamt vom Opfer.«

»Konntet ihr die Herkunft des Seiles feststellen?«

»Massenware, in jedem Baumarkt zu erstehen. Ähnliches bei dem Tuch: ein stinknormales Bettlaken, hundert Prozent Baumwolle, kein Etikett. In jedem Kaufhaus zu kriegen.«

Es klopfte und eine Beamtin streckte den Kopf durch die Tür. Fricke winkte sie heran, und die Polizistin reichte ihm einen Zettel. Nach einem kurzen Blick auf die Notiz wandte er sich wieder seinem Team zu. »Wir müssen hier jetzt abbrechen. Frank, ich brauche ein Team von der Spurensicherung, am besten kommt du auch gleich mit.« Er nickte dem Kriminaltechniker zu und ging ohne weitere Erklärungen zur Tür.

Dann drehte er sich noch einmal um. »Worauf warten Sie, Brodersen? Kommen Sie, fürs Herumstehen werden Sie nicht bezahlt!«

Malins Müdigkeit war schlagartig verflogen.

4

Malin saß auf dem Beifahrersitz von Frickes Dienstwagen und starrte aus dem Seitenfenster. Die dicke Wolkendecke entlud sich ihrer Schwere und das träge Tröpfeln der letzten Stunden ging in einen kräftigen Schauer über.

Abgesehen vom Quietschen der Scheibenwischer war es seltsam still im Wagen. Malin schaute zu Fricke hinüber und musterte ihn. Die tiefen Ringe unter seinen Augen ließen erkennen, dass die letzten vierundzwanzig Stunden auch an ihm nicht spurlos vorbeigegangen waren. Mit starrem Blick aus der Frontscheibe und beiden Händen am Steuer lenkte er den Wagen. Sie fühlte sich neben ihrem Vorgesetzten äußerst unbehaglich. Malin hatte immer an ihre gute Menschenkenntnis geglaubt, doch bei Fricke schien die zu versagen. Außerdem fragte sie sich, warum er sie nicht duzte. Schließlich war das beim LKA im Allgemeinen üblich.

Ein Lastwagen hupte.

»Kann der denn nicht aufpassen!«, wetterte Fricke und hupte ebenfalls. »Solche Idioten haben hinterm Steuer einfach nichts verloren.« Dann wandte er sich an Malin. »Am Waldrand im Rehagen wurde ein herrenloses Auto gefunden. Eine schwarze Mercedes-Limousine mit etwas ungewöhnlichem Inhalt. Weiß der Teufel, was das wieder zu bedeuten hat.«

»Was meinen Sie mit ungewöhnlichem Inhalt?«

»Der Wagen war wohl vollkommen leer, bis auf einen Stapel Herrenkleidung. Obenauf liegt eine Brieftasche. Ein Reiter hat den Wagen gestern entdeckt. Als er heute immer noch da stand, hat der Mann die Polizei gerufen. Der Wagen blockiert den Reitweg.«

»Und warum hat man uns verständigt?«

»Der Wagen ist auf einen Dr. Richard Woy zugelassen.«

»Der Vermisste, dessen Beschreibung auf unsere Torhausleiche passt«, stellte Malin verblüfft fest.

»Genau. Und so viele Menschen mit diesem Namen wird

es in Hamburg wohl nicht geben. – Ah, ich glaube, da sind wir schon.«

Fricke bog in den Rehagen ein und kurze Zeit später sahen sie den Reitstall. Etwa zweihundert Meter weiter ging die geteerte Straße in einen schmaleren Waldweg über, und an diesem Punkt stand ein Streifenwagen. Fricke parkte sein Auto am Seitenrand. Noch immer regnete es Bindfäden.

Malin setzte die Kapuze ihrer Regenjacke auf und stapfte ihrem Chef durch den Matsch hinterher. Vor dem Streifenwagen parkte ein schwarzer Mercedes der S-Klasse.

Fricke streifte Einweghandschuhe über und reichte Malin auch ein Paar. »Bevor die Spusi den Wagen in die KT bringen lässt, wollen wir doch mal einen Blick hineinwerfen.« Vorsichtig öffnete er eine Fahrzeugtür.

Der besagte Stapel Kleidung lag auf der hinteren Sitzbank. Alle Teile waren akkurat zusammengelegt. Fricke griff nach der Brieftasche aus schwarzem Leder und reichte sie an Malin weiter. Nach kurzem Suchen fand sie hinter dem Kreditkartenfach einen Personalausweis.

»Richard Woy, geboren am 17. Januar 1945. Schauen Sie sich mal das Foto an.« Sie reichte ihm den Ausweis.

Fricke runzelte die Stirn. »Das weist in der Tat eine gewisse Ähnlichkeit mit unserer Leiche auf.« Er wandte sich an einen der uniformierten Beamten. »Haben Sie die Daten des Halters und die Adresse überprüft?«

»Häherweg in Poppenbüttel«, kam prompt die Antwort.

»Die Adresse stimmt mit den Daten auf dem Personalausweis überein«, bestätigte Malin.

Fricke bückte sich und betrachtete noch mal eingehend das Wageninnere. »Was zum Teufel soll das bloß? Erst die Leiche im Torbogen und jetzt die Limousine, wie auf dem Präsentierteller. Warum so umständlich? Das ist ja total bekloppt«, murmelte er, während der Regen weiterhin unablässig in seinen Nacken glitt. »Ach verdammt ... Kann mir vielleicht jemand mal einen Schirm bringen?«

Ein Beamter eilte zum Streifenwagen und kam mit einem aufgespannten Schirm zurück. Er reichte ihn Fricke.

»Danke. Ist dieser Reiter noch vor Ort?«

»Nein, aber ich habe die Personalien überprüft und die Aussage aufgenommen.«

»Gut.« Fricke holte sein Handy aus der Jackentasche. Er drückte Malin den Schirm in die Hand und tippte eine Nummer in die Tastatur. »Ole? Fricke hier. War schon jemand bei den Angehörigen von Richard Woy? Nein? Gut, dann übernehmen wir das.« Er murmelte einen kurzen Abschiedsgruß und wendete sich an den Beamten der Schutzpolizei. »Sie rühren sich nicht vom Fleck und warten auf die Kollegen von der Spurensicherung. – Und wir, Brodersen, fahren jetzt mal zu dieser Adresse in Poppenbüttel.«

Fünfzehn Minuten später standen Malin und Fricke vor einem weißen Bungalow aus den siebziger Jahren. An der Eingangspforte warnte ein Schild vor einem bissigen Hund.

Malin drückte die Klingel. Eine elegante Frau mittleren Alters öffnete und ein Westhighlandterrier flitzte aus dem Haus. Wild mit dem Schwanz wedelnd sprang er an Malins Beinen hoch und versuchte, ihr die Hand zu lecken. *Das zum Thema bissiger Hund*, dachte sie und tätschelte seinen Kopf.

Fricke stellte sich und Malin vor. »Sind Sie Frau Woy?«

Der Blick der Frau wurde ängstlich. »Ja, ich bin Henriette Woy. Kommen Sie wegen meines Mannes?«

Fricke nickte.

»Dann kommen Sie bitte herein.« Sie führte sie in ein behaglich eingerichtetes Wohnzimmer mit cremefarbener Sitzgruppe und Sesseln aus Korbgeflecht. Mit einer einladenden Geste wies sie auf die Couch. »Bitte, was ist mit meinem Mann, haben Sie ihn gefunden?« Henriette Woy strich sich eine dunkle Haarsträhne aus dem diskret geschminkten Gesicht.

Fricke räusperte sich. »Frau Woy, bitte schildern Sie uns, was Sie dazu veranlasst hat, Ihren Mann als vermisst zu melden.«

Ihre Augen füllten sich mit Tränen. »Mein Mann hat sich vorgestern Abend mit ein paar alten Kollegen getroffen. Alles pensionierte Ärzte. Sie treffen sich immer einmal im Monat.

Jeden ersten Dienstag. Gegen halb elf hat er mich angerufen, um mir zu sagen, dass er auf dem Weg nach Hause ist. Aber er ist nicht gekommen.« Sie wischte sich eine Träne von der Wange. »Gegen Mitternacht habe ich dann angefangen, seine Freunde und die Krankenhäuser anzurufen. Niemand wusste etwas. Und bei der Polizei hat man mir dann gesagt, es gebe derzeitig keinerlei Veranlassung, eine Vermisstenanzeige aufzunehmen. Das ist erst heute früh geschehen.« Mittlerweile war Henriette Woys Gesicht tränenüberströmt, und sie musste sich räuspern, um weitersprechen zu können. »Bitte sagen Sie mir endlich ... Ist ihm etwas passiert?«

Fricke warf Malin einen unbehaglichen Blick zu und wandte sich dann an die zitternde Frau. »Frau Woy, der Wagen Ihres Mannes wurde verlassen an einem Waldweg im Rehagen gefunden. Können Sie sich vorstellen, was er dort vielleicht gewollt hat?«

Sie schüttelte verwirrt den Kopf. »Was sollte er dort gewollt haben? Er wollte doch nach Hause kommen.«

»Frau Woy, ich würde Ihnen das gerne ersparen, aber wir haben gestern Morgen eine Leiche gefunden, die auf die Beschreibung Ihres Mannes passt. Ich muss Sie leider bitten, uns zu begleiten.«

»Mein Mann soll tot sein? Das glaube ich nicht«, sagte Henriette Woy kraftlos.

Malin setzte sich neben die verstörte Frau. »Gibt es jemanden, der Sie begleiten könnte?«

»Meine Tochter, ich muss meine Tochter anrufen.« Zitternd erhob sich Henriette Woy von der Couch und verließ den Raum.

»Sie denken es auch, oder?« Malin sah ihren Chef fragend an. »Ich meine, dass er es ist.«

Fricke nickte. »Trotz all meiner Dienstjahre habe ich mich immer noch nicht an diese Augenblicke gewöhnt.« Er schien zu sich selbst zu sprechen. Resigniert starrte er auf den Boden. Malin wagte nicht, ihn länger anzuschauen, sie kam sich vor wie ein Eindringling.

Die Leiche war von Henriette Woy eindeutig als die ihres Mannes identifiziert worden. Es war schon später Nachmittag, als Malin zusammen mit ihrem Vorgesetzten erneut den weißen Bungalow verließ. Routiniert hatte Fricke in der letzten Stunde die Befragung durchgeführt. Laut Henriette Woys Aussage hatten sie und ihr Mann eine harmonische Ehe geführt. Außerdem hatte sie ihn als einen geradlinigen und integeren Menschen beschrieben. Unvorstellbar, dass jemand einen Grund gehabt haben könnte, ihn umzubringen.

Malin war froh, der bedrückenden Atmosphäre im Haus zu entkommen. »Chef, glauben Sie, dass seine Frau etwas mit dem Mord zu tun hat?«

»Bisher glaube ich überhaupt nichts.«

»Auf mich wirkte sie ehrlich erschüttert.«

»Trotzdem sind zu diesem Zeitpunkt alle verdächtig. Auch die Hinterbliebenen. Sie wissen genauso gut wie ich, dass mehr als neunzig Prozent aller Tötungsdelikte Beziehungstaten sind. So leicht lass ich mich durch ein paar Tränen nicht täuschen. Und Sie sollten das auch nicht tun.«

»Wie Sie meinen, Chef.«

»Lassen Sie die Telefondaten des Anschlusses überprüfen. Und sehen Sie zu, dass wir die Liste mit den Adressen von den Angehörigen und Freunden der Familie bekommen. Außerdem müssen wir dringend in Erfahrung bringen, wo er seine alten Praxisunterlagen aufbewahrt.«

»Vermutlich wird er sie seinem Nachfolger übergeben haben«, bemerkte Malin.

»Dann überprüfen Sie das.«

Malin zuckte resigniert mit den Schultern und folgte ihrem Vorgesetzten zum Auto.

Die Tür klemmte. Charlotte Leonberger stemmte ihren Körper gegen die schwere Eingangstür ihres Reetdachhauses. Dann wuchtete sie ihren Koffer über die Schwelle in den Flur. Zufrieden sah sie sich um. Zwei Stapel Briefe lagen säuberlich nach Größe sortiert auf der alten Nussbaumkommode. Daneben stand ein frischer Strauß gelber Astern, ihre Lieblingsblumen. *Die gute Tante Alma*, dachte sie. Sie ließ ihren Koffer stehen, hängte ihren Mantel an die Garderobe und ging in die Küche, um sich erst einmal einen Tee aufzubrühen.

Endlich zu Hause, dachte sie und schaute aus dem Fenster. Dicke Wolken hingen am Himmel und Windböen peitschten die Ostsee zu hohen Wellen auf. Ein paar Möwen hatten sich unter einem Holzsteg ein trockenes Plätzchen gesucht. Dicht an dicht drängten sie sich zusammen.

Die meisten Lokale an der Strandpromenade hatten bereits geschlossen und die verbliebenen Strandkörbe wirkten verwaist. Auf die meisten Menschen hätte der Strand trostlos gewirkt, doch Charlotte liebte ihn zu dieser Jahreszeit ganz besonders. Er lud zu langen Spaziergängen ein – ohne all die Touristen, die den kleinen Ort Strande im Sommer belagerten.

Der Wasserkessel pfiff. Sie bereitete ihren Tee zu, legte noch ein paar selbstgebackene Kekse von Alma dazu und balancierte alles auf einem Tablett ins Wohnzimmer. Das Kofferauspacken konnte warten. Der Dreiwochentrip durch alle größeren Städte Deutschlands hatte seine Spuren hinterlassen. Nach einem kurzen Nippen am Tee war Charlotte auch schon auf der Couch eingeschlafen.

Das dumpfe Hämmern des Türklopfers riss sie aus ihren Träumen. Verwirrt setzte sie sich auf und rieb sich die Augen. Es war stockdunkel. Erneut war ein energisches Klopfen zu hören.

»Ja, ich komme ja gleich!« Schlaftrunken tastete sie nach dem Knopf der Stehlampe. Gleißendes Licht erhellte den Raum. Gähnend ging sie in den Flur und öffnete die Tür.

»Hallo, mien Deern, schön, dass du wieder da bist. Hier, ich habe dir ein gutes Süppchen gekocht. Du hast doch bestimmt heute noch nichts Warmes gegessen.«

Charlotte unterbrach mit einer abwehrenden Geste den Wortschwall der alten Frau, die – in ein dunkles Regencape gehüllt – tropfnass vor ihrer Türschwelle stand. In ihren Händen hielt sie einen riesigen Topf, dessen Inhalt gut und gerne eine achtköpfige Familie sättigen konnte. »Guten

Tag, Alma, komm doch rein, wenn du schon mal da bist.« Schmunzelnd trat Charlotte beiseite, um die kleine, rundliche Gestalt einzulassen.

»Und, war die Reise ein Erfolg?«, fragte Alma neugierig. Sie hatte zielstrebig die Küche angesteuert und hantierte am Herd herum.

Charlotte winkte ab. »Lass uns morgen darüber reden, ich möchte mich jetzt einfach nur noch entspannen. Erzähl mal, wie ist es dir denn in den letzten Wochen ergangen?«

»Ach, so weit ganz gut, auch wenn meine alten Knochen nicht mehr ganz so wollen.« Alma rührte die Suppe um. »Mmh, wie das duftet!«

Charlotte lief das Wasser im Mund zusammen. »Ich decke schon mal den Tisch. Du bleibst doch zum Essen?«

»Gerne, dann können wir noch ein bisschen plauschen.« Ein Strahlen überzog Almas rosiges Gesicht und ihre haselnussbraunen Augen sahen Charlotte liebevoll an.

Es war spät geworden, als Alma sich vom Küchentisch erhob, um sich auf den kurzen Heimweg zu machen. Es behagte Charlotte gar nicht, die alte Frau alleine in die Dunkelheit zu schicken, aber wie immer lehnte Alma ihr Angebot, ein Taxi zu rufen, brüsk ab.

»Wer sollte denn eine so alte Frau wie mich überfallen? Bei mir gibt es doch nichts zu holen. Ihr jungen Dinger solltet euch schon eher Sorgen machen.« Ohne Widerspruch zu dulden, griff sie nach ihrem Regencape.

Charlotte gab sich geschlagen. »Aber ruf an, wenn du zu Hause bist«, rief sie ihr hinterher.

Keine zwei Minuten später läutete das Telefon. *Komisch*, dachte Charlotte, Alma konnte doch unmöglich in dieser kurzen Zeit zu Hause eingetroffen sein. Sie griff nach dem Hörer und nannte ihren Namen. Eine fremde Stimme.

Kurz lauschte sie dem Anrufer, dann legte sie verwirrt auf. *Schon wieder*, dachte sie. *Das war bereits das zweite Mal.* Sie überlegte einen Moment und wählte dann die Nummer der Kriminalpolizei Kiel.

5

Sie hatte versucht, es so lange wie möglich hinauszuzögern, doch allmählich waren ihr die Ausreden ausgegangen.

Verdammt, dachte Malin. *Als hätte ich nichts Besseres zu tun.* Der Sonntag war ihr erster freier Tag seit einer Woche und sie war auf dem Weg zum wöchentlichen Familienessen. Ausgerechnet heute war ihr Mini nicht angesprungen. Schlecht gelaunt hatte sie sich auf den Weg zur U-Bahn gemacht. Die hatte nun aufgrund einer Signalstörung fünfundzwanzig Minuten Verspätung. Und das, wo Malin sowieso schon zu spät dran war.

Kurz entschlossen verließ sie den Bahnsteig und steuerte den nächsten Taxistand an. Ein Wagen wartete bereits mit laufendem Motor auf Kundschaft. Knoblauchgestank drang ihr aus dem Wageninneren entgegen, trotzdem glitt sie auf die Ledersitze und nannte dem Fahrer die Adresse in Harvestehude. Sie lehnte sich zurück und versuchte, sich zu entspannen.

Seit zwei Tagen traten sie bei den Ermittlungen auf der Stelle. Sie hatten alle Verwandten, Freunde und Nachbarn von Dr. Woy befragt, Alibis überprüft und Zeugen vernommen. Nichts. Niemand schien etwas zu wissen oder auch nur ansatzweise ein Tatmotiv zu haben. Allem Anschein nach war Dr. Woy ein angesehener und unbescholtener Bürger gewesen, den alle gemocht und geschätzt hatten. Und dennoch hatte ihn jemand ermordet.

Am Harvestehuder Weg bezahlte sie den Fahrer und blieb kurz am Straßenrand stehen, um die Aussicht zu genießen. Hinter gepflegten Parkanlagen und der langen Uferpromenade schimmerte die Außenalster und zeigte Hamburgs schönste Seite.

Malin wandte sich um und ging die paar Meter zur Auffahrt. Die weiße Jugendstilvilla mit dem parkähnlichen Garten befand sich seit Generationen im Familienbesitz. Malins Mutter war Constanze Heidenberg, Hauptgesellschafterin der

Heidenberg-Bank, eines hanseatischen Privatunternehmens, das seit fast anderthalb Jahrhunderten existierte.

Malin versuchte, das beklemmende Gefühl abzuschütteln, dass sie jedes Mal befiel, wenn sie vor dem Haus ihrer Kindheit stand. Sie atmete tief durch und wollte gerade klingeln, als die Tür von innen weit aufgerissen wurde. Gewöhnt an den Anblick eines Dienstmädchens, sah Malin überrascht in das sommersprossige Gesicht von Marie Heidenberg, der Frau ihres Cousins Maximilian.

»Hi, Malin – akademisches Viertel?« Marie lächelte.

»Bin ich die Letzte?«

»Nein, Max ist noch in der Bank. Wie immer.«

Sie traten in einen getäfelten und üppig bestuckten Raum, der von allen nur der Salon genannt wurde. Eine blonde, gertenschlanke Frau kam ihnen entgegen und schaute missbilligend auf die Uhr. Constanze Heidenberg trug einen dunkelblauen Hosenanzug, kombiniert mit einer weißen Bluse und einer einreihigen Perlenkette. Das honigblonde Haar hatte sie zu seinem strengen Knoten gesteckt.

»Du bist zu spät.«

»Ich freue mich auch, dich zu sehen«, erwiderte Malin trocken.

»Nun gut, dann können wir ja endlich beginnen. Geht ihr schon mal ins Esszimmer, ich sage schnell der Köchin Bescheid.«

»Was ist mit dem Dienstmädchen passiert?«, flüsterte Malin Marie zu, nachdem ihre Mutter den Raum verlassen hatte.

»Hat gekündigt.«

Sie grinsten sich an und betraten das Esszimmer, einen länglichen Raum mit blassgrünen Wänden und bis zum Boden eingelassenen Fenstern. Der sechs Meter lange Mahagonitisch war mit weißem Porzellan und Silberbesteck eingedeckt.

»Erzähl doch mal, wie steht es an der Verbrecherfront?«, fragte Marie neugierig, nachdem die drei Frauen am Esstisch Platz genommen hatten.

»Das ist wohl kaum das richtige Gesprächsthema beim

Essen.« Constanze Heidenberg widmete sich ihrem Vorspeisenteller mit gedünsteter Seezunge.

Malin räusperte sich. »Im Moment ermittle ich in einem Mordfall. Ihr habt bestimmt schon in der Zeitung davon gelesen – ein bekannter Kinderarzt. Wurde im Wellingsbütteler Torhaus aufgehängt gefunden.«

Mit einem lauten Klirren ließ Constanze Heidenberg ihr Fischbesteck auf den Rand ihres Porzellantellers fallen. »Malin, ich verbitte mir jedes weiteres Wort darüber. Reicht es nicht, dass du der Bank den Rücken gekehrt hast? Müssen wir uns jetzt auch noch die Einzelheiten dieses – Berufes anhören?«

»Mutter, ich lasse mir hier nicht das Wort verbieten. Es tut mir leid, wenn ich deine Erwartungen nicht erfüllt habe, aber ich habe getan, was ich für richtig hielt. Und vielleicht würdest du es auch verstehen, wenn du nicht immer jedes Gespräch darüber verweigern würdest.«

Constanze Heidenbergs Blick wurde hart. »Du bist wie dein Vater, Malin. Auch er wollte weder unseren Familiennamen noch unsere Bank.«

»Lass Vater aus dem Spiel!« Malin hatte ihren Teller von sich geschoben und erhob sich von ihrem Stuhl.

Es herrschte betretenes Schweigen. Constanze Heidenberg war bei Malins Worten aschfahl geworden. Wortlos nahm sie ihr Besteck wieder zu Hand und fuhr mit dem Essen fort.

Marie schaute von der Mutter zur Tochter. »Ist es denn nicht möglich, dass ihr beide ein einziges Mal an einem Tisch sitzt, ohne euch gleich in die Haare zu kriegen? Malin, bitte setz dich wieder. Und du, Constanze, es hat doch keinen Sinn, immer wieder auf diesem Thema herumzureiten.« Maries Augen funkelten.

Zögernd setzte sich Malin. Nach einer Weile begann Constanze ein belangloses Gespräch über eine neue Kunstausstellung.

Froh, der angespannten Atmosphäre zu entkommen, verabschiedete sich Malin nach dem Dessert. Sie beschloss, zum Jungfernstieg zu gehen. Von dort aus konnte sie dann die U-Bahn nehmen. Nach wenigen Minuten hatte sie die Uferpromenade erreicht. Trotz des ungemütlichen Wetters kamen ihr zahlreiche Spaziergänger entgegen. Malin schaute zu einem Paar, das eng umschlungen auf einer der Parkbänke saß. Wehmütig wandte sie sich ab. Sie musste an Ben denken, den Mann, den sie drei Monate zuvor aus ihrem Leben geworfen hatte. Ben mit seinen strahlenden Augen und dem umwerfenden Lachen.

Sie hatten sich auf einer Party kennengelernt. Malin hatte sich mit einem Cocktail durch die Menge gedrängt und war ins Stolpern geraten. Der gesamte Inhalt des Glases hatte sich über Bens hellen und, wie sie erst später erfuhr, nagelneuen Kaschmirpullover ergossen. Mit hochrotem Kopf hatte sie vor ihm gestanden und nur noch zusammenhanglose Worte gestammelt. Und dann hatte er gelacht – schallend gelacht, bis ihm die Tränen kamen. Seit dem Abend waren sie ein Paar gewesen und Malin hatte das Gefühl gehabt, den Mann fürs Leben gefunden zu haben. Bis er eines Tages von ihrer Freundin Suse in inniger Umarmung mit einer rassigen Schwarzhaarigen gesehen worden war.

Malin hatte ihn umgehend zur Rede gestellt. Er hatte noch nicht einmal versucht zu leugnen. Sie hatte die Beziehung noch am gleichen Abend beendet und am nächsten Morgen die Bewerbung für die ausgeschriebene Funktionsstelle bei der Mordkommission eingereicht.

Tief in Gedanken versunken erreichte Malin den Jungfernstieg am südlichen Ufer der Binnenalster.

Sie setzte sich auf eine der tribünenförmigen Treppen des Anlegers und beobachtete das An- und Ablegen der weißroten Alsterdampfer. Ein Mann setzte sich unterhalb ihres Platzes auf die Stufen und zog eine Zeitung aus der Tasche. Der Torhausmord dominierte noch immer die Schlagzeilen.

Augenblicklich begannen ihre Gedanken wieder um die Mordkulisse zu kreisen. Obwohl sie und ihr Opa Tag für Tag unermüdlich die Krimis in ihren Bücherregalen durchforstet hatten, hatten sie bisher keinen Treffer gelandet. An spektakulären Kulissen mangelte es nicht gerade – Opfer an Bäume gebunden, Tote an bekannten historischen Gebäuden, aber keines dieser Szenarien stimmte mit dem Torhausmord im Detail überein.

Malin schloss frustriert die Augen. Sie beschloss, nach Hause zu fahren und ihre Wohnung aufzuräumen, das würde sie auf andere Gedanken bringen.

Schon von Weitem konnte sie den sperrigen Gegenstand vor ihrer Haustür erkennen. Verdammt, sie hatte vergessen, Suse zurückzurufen! Malin griff nach der weißen Sporttasche, die ihre Freundin demonstrativ quer vor die Tür gestellt hatte, und beförderte sie über die Schwelle. Sie würde sich später darum kümmern. Jetzt war sie müde und erschöpft.

Obwohl die Mitarbeiter der Mordkommission im Allgemeinen geregelten Bürozeiten nachgingen, schienen diese seit dem Auffinden der Leiche außer Kraft zu sein. Malin hatte fast rund um die Uhr gearbeitet. Die Medien übten bereits jetzt starken Druck aus und jeder aus ihrem Team schien sich bewusst, dass dieser Mord alles andere als alltäglich war.

Als sie sich aus dem Kühlschrank einen Joghurt nahm, fiel ihr Blick auf die Küchenuhr. Es war bereits nach sieben. Sie beschloss, das Aufräumen zu verschieben und sich lieber etwas zu gönnen. Der Joghurt wanderte zurück in den Kühlschrank, stattdessen zog sie aus dem Brotkasten die letzten beiden Franzbrötchen, beschmierte sie dick mit Butter und machte es sich dann auf der Couch im Wohnzimmer gemütlich. Sie zappte erst durchs Fernsehprogramm, verfolgte dann die Nachrichten und schaute anschließend beim Sonntagskrimi den Kommissaren bei der Arbeit zu. Teils amüsiert, teils verärgert über die klischeehafte Darstellung der Polizeiarbeit stellte sie den Fernseher vor Ende des Filmes ab.

Malin hatte ein schlechtes Gewissen wegen ihrer Freundin. Dass Suse die Tasche einfach so vor die Tür stellte, passte so gar nicht zu ihr.

Susanne Bremer, von allen stets Suse genannt, war Grundschullehrerin und Malins älteste Freundin. Sie waren gemeinsam in den Kindergarten gegangen, hatten die gleichen Schulen besucht und zusammen die schwierige Zeit der Pubertät durchlebt.

Malin fiel ein, dass sie Suses Nachricht auf dem Anrufbeantworter bisher nicht einmal komplett abgehört hatte. Sie griff nach dem Telefon, um das nachzuholen.

»Malin, ich bin es. Ich wollte dich nur erinnern, dass Tanja nächste Woche Geburtstag hat. Und du könntest bei Gelegenheit mal deine Sporttasche abholen, bevor die Sachen anfangen zu gammeln. Ach ja, ich habe die beiden Krimis, die du mir geliehen hast, mit reingepackt. Also, wenn du nicht willst, dass deine Bücher anfangen zu müffeln, hol die Tasche ab. Und ruf mich an wegen Tanjas Geschenk, ich will das morgen besorgen.«

Malin starrte auf das Telefon in ihrer Hand. Dann flog ihr Blick zur Sporttasche im Flur. In Sekundenschnelle kniete sie neben der Tasche und zerrte zwei Taschenbücher heraus. Auf beiden Buchumschlägen prangte der Name Charlotte Leonberger. Ihr Puls beschleunigte sich, als sie das erste Buch durchblätterte. Es war nicht das richtige. Ungeduldig las sie die Zusammenfassung auf der Rückseite des anderen Buches. Das Gefühl, auf der richtigen Spur zu sein, bescherte ihr einen Adrenalinstoß nach dem anderen.

Dann fand sie es. Sie atmete tief durch und begann hochkonzentriert die entsprechenden Seiten durchzulesen. Als sie fertig war, legte sie das Buch beiseite. Sie hatte es ja gewusst!

Die Krimis der Autorin spielten in einer anderen norddeutschen Stadt, doch die Details stimmten überein. Die männliche Leiche, an allen vier Gliedmaßen gespannt in einem Torbogen, nur bekleidet mit einem weißen Stück Stoff. Der Tatort im Buch war ein Gutsanwesen, gebaut Anfang des achtzehnten Jahrhunderts, und ebenfalls ein traditionsreiches Bauwerk.

Malin begann zu frösteln. Die Ungeheuerlichkeit ihrer Entdeckung wirbelte ihre Gedanken durcheinander. Sie griff nach dem Telefon und hinterließ ihrem Großvater eine Nachricht auf dem Anrufbeantworter. Anschließend wählte sie die Privatnummer von Hauptkommissar Fricke. Nach dem ersten Freizeichen überlegte sie es sich jedoch wieder anders und legte auf.

Schnell schlüpfte sie in ihre Regenjacke, klemmte sich das Buch unter den Arm und verließ das Haus. Susanne Bremer war vergessen.

Zwanzig Minuten später parkte Malin ihren Mini vor einem Reihenhaus in Niendorf. Es war weiß verputzt und hatte einen kleinen Vorgarten mit frisch gestutzter Grünfläche. Das Haus lag im Dunkeln.

Sie klingelte und es dauerte einige Minuten, bis Fricke im Bademantel die Tür öffnete. Die Haare standen wild von seinem Kopf ab, seine Augen waren klein und verquollen. »Brodersen, was wollen Sie denn hier? Ist etwas passiert?«

»Entschuldigen Sie die späte Störung, aber ich habe da eine ungeheuerliche Entdeckung gemacht. Es geht um den Torhausmord. Hier, in diesem Buch wird der Mord beziehungsweise der Tatort exakt so beschrieben wie bei unserer Leiche.« Aufgeregt wedelte Malin mit dem Taschenbuch vor Frickes Gesicht herum.

»Und, steht auch drin, wer der Mörder ist? Dann können Sie ihn ja gleich verhaften.«

»Es geht da eher um die Zurschaustellung der Leiche. Die ist detailgetreu wie an unserem Tatort«, beteuerte Malin.

»Im Wellingsbüttler Torhaus?«

»Das nicht, aber … «

»Und deshalb wecken Sie mich mitten in der Nacht? Wegen eines Buches, in dem ein Mord geschieht, der gewisse Ähnlichkeiten mit unserem hat? Sie haben eindeutig zu viele Krimis gelesen.« Fricke hatte schon die Hand an der Tür.

»Aber vielleicht finden wir nach eingehender Analyse des Buches Hinweise auf den Täter«, beharrte Malin.

»Na, dann analysieren Sie mal und lassen mich schlafen.« Fricke schlug die Haustür zu.

6

Der Tag begann besser als erwartet.

Es war Viktoria gelungen, das Bett zu verlassen. Nach einem starken Kaffee kleidete sie sich langsam an. Dabei fiel ihr Blick auf den großen Spiegel. Sie wusste, dass sie allgemein als schön galt, schließlich hatte man es ihr schon oft gesagt. Doch sie selbst empfand anders. Kritisch betrachtete sie die Schatten, die sich unter den geschwollenen Augen auf der blassen Haut abzeichneten. Das dunkle Haar, einst ihr größter Stolz, fiel strähnig und glanzlos über ihren schmalen Rücken. Einen Moment lang spielte sie mit dem Gedanken, zurück ins Bett zu gehen und wieder Zuflucht im schützenden Schlaf zu finden.

»So kann es nicht weitergehen, Viktoria Steiner«, flüsterte sie ihrem Spiegelbild zu. Es wurde Zeit, ins Leben zurückzukehren. Und sie musste es alleine schaffen. Helfen würde ihr dabei sicherlich niemand. Sie hatte alle vor den Kopf gestoßen.

Viktoria ging in die Küche und stellte ihre Kaffeetasse in die Spülmaschine. Sie schaute aus dem Fenster. Es war noch früh am Morgen und das Viertel erwachte langsam zum Leben. Vor dem kleinen Obst- und Gemüsegeschäft auf der anderen Straßenseite lud der türkische Besitzer Holzkisten mit frischer Ware aus seinem Transporter. Das Gewitter der letzten Nacht war leichtem Nebel gewichen. Hier und da wurde schon ein Stückchen des strahlend blauen Himmels sichtbar. Es würde ein schöner Tag werden.

Viktoria öffnete die oberste Schublade in ihrer Küchenzeile. Die Briefe waren bereits vor einigen Tagen eingetroffen, doch erst jetzt war der richtige Zeitpunkt, sie zu öffnen. Der erste war von ihren Eltern. Eine bunte Karte fiel heraus. Sie las die Worte mit Tränen in den Augen. Der zweite Umschlag enthielt ebenfalls eine Karte. Mit zittrigen Händen betrachtete sie die Zeichnung von zwei Mädchen, die ein riesiges Geschenkpaket zwischen sich hielten und versuchten, gleichzeitig die überdimensionale Schleife zu öffnen.

Weinend und lachend zugleich las sie die aufmunternden Worte ihrer Freundin Elizabeth. Mit den Briefen in der Hand ging Viktoria ins angrenzende Wohnzimmer. Sie ließ sich auf einen Sessel fallen und ihr Blick glitt automatisch zu dem großen Zeichentisch in einer Ecke des Raumes.

Sie hatte in den vergangenen Monaten nur einige halbherzige Versuche unternommen, ihre Arbeit wiederaufzunehmen, und war jedes Mal gescheitert. Doch dieses Mal würde sie es anders angehen. Sie hatte vor einigen Tagen das Angebot erhalten, ein Kinderbuch zu illustrieren, und sich eine Woche Bedenkzeit erbeten. Sie würde annehmen. Nicht zuletzt wegen ihrer finanziellen Lage. Ihre Reserven waren weitestgehend verbraucht und andere Einnahmequellen in nächster Zukunft nicht in Sicht.

Sie griff nach dem Telefon und hinterließ eine Nachricht auf dem Anrufbeantworter der Agentur, für die sie als freiberufliche Illustratorin arbeitete. Dann wählte sie die Nummer, die sie schon seit Jahren in- und auswendig kannte.

Trotz der frühen Morgenstunde wurde bereits nach dem zweiten Klingeln der Hörer abgenommen. Es schien, als hätte ihre Freundin Elizabeth in den letzten acht Monaten nichts anderes getan, als auf diesen Moment zu warten.

Malin saß an ihrem Schreibtisch im Großraumbüro der Mordkommission und gähnte. Nach ihrem desaströsen Besuch bei Fricke hatte sie fast die gesamte restliche Nacht damit zugebracht, Zeile um Zeile in dem Buch nach weiteren Hinweisen zu suchen. Sie hatte eine Liste mit Anhaltspunkten zusammengetragen, bei denen es sich lohnen könnte, sie mit der Ermittlungsakte abzugleichen. Eine weitere Übereinstimmung hatte sie bereits gefunden: Im Krimi wurde ebenfalls ein Wagen mit Kleidung und Brieftasche des Toten aufgefunden. Malin war überzeugt, auf der richtigen Spur zu sein. Im Buch hatte der Täter fingierte Indizien und Spuren hinterlassen, die letzten Endes zur Aufklärung des Mordes geführt hatten. Sie würde sich noch mal die Fundstücke vom Tatort anschauen müssen.

Kopfschmerzen bereitete Malin die Identität des Opfers. War Dr. Woy willkürlich ausgesucht worden? Oder zufällig zur falschen Zeit am falschen Ort gewesen? Sie musste überprüfen, ob es eine Verbindung zu der Krimiautorin Charlotte Leonberger gab.

Hoffentlich würden die ehemaligen Patientenakten des Kinderarztes etwas hergeben. Sie war enttäuscht gewesen, als Fricke ihr diese Aufgabe am Morgen übertragen hatte. Lieber hätte sie an den Zeugenvernehmungen teilgenommen. Ihr nächtlicher Besuch war nicht zur Sprache gekommen, doch Malin vermutete, dass sie damit bei ihrem Vorgesetzten die letzten Sympathien verspielt hatte.

Das Durchsehen der Patientenakten war ein mühsames Unterfangen. Die in braune Pappdeckel gebundenen Blätter der unsortierten Aktenberge waren staubig und mit einer krakeligen Schrift bedeckt, die Malin nur schwer entziffern konnte. Stunde um Stunde notierte sie sich Namen von Patienten und Stichpunkte über die jeweiligen Krankheitsverläufe.

Es war bereits später Nachmittag, als sie die letzte Akte eines Stapels beiseitelegte. Die Hälfte war geschafft. Nachdenklich schaute sie zu dem Schreibtisch gegenüber. Frederick Bartels hatte sich den Telefonhörer zwischen Ohr und Schulter geklemmt und hackte wild auf seiner Computertastatur herum. Er wirkte missmutig, während er der Stimme am anderen Ende der Leitung lauschte. Jetzt nahm er den Hörer vom Ohr, warf ihn auf die Telefonanlage und starrte ihn an.

»Ärger?«, fragte Malin.

»So was Ähnliches«, murmelte er. Dann huschte ein Lächeln über sein Gesicht. »Und, was macht dein Krimi? Ich habe von deinem nächtlichen Besuch bei Fricke gehört.«

Malin spürte, wie sie errötete.

Bartels erhob sich von seinem Stuhl und zwinkerte ihr zu, bevor er das Büro verließ.

Resigniert betrachtete sie ihren Aktenberg. Kurzerhand beförderte sie die Stapel auf ihren Beistelltisch und griff nach der Ermittlungsakte des Torhausmordes. Dann ging sie zu dem Whiteboard und betrachtete die Tatortfotos. Irgendetwas musste doch zu finden sein.

Ein Blick zum Fenster mit der Aussicht auf die Bürostadt City Nord zeigte ihr, dass es bereits dämmerte. *Ich fahre noch mal zum Torhaus*, dachte sie. *Aber erst muss ich noch etwas anderes in Erfahrung bringen.* Sie ging zurück zu ihrem Schreibtisch und blätterte in der Ermittlungsakte, bis sie gefunden hatte, was sie suchte. Dann griff sie nach dem Telefon. Sie wollte schon auflegen, als Henriette Woy sich endlich meldete.

Wenige Minuten später hatte Malin erfahren, was sie wissen wollte.

Lachend winkte Viktoria Steiner ihrer Freundin Elisabeth zum Abschied noch einmal zu.

Während ihres Telefonats am Morgen hatten sie beschlossen, sich in ihrem Lieblingslokal zu treffen und mit einem Glas Wein auf Viktorias Geburtstag anzustoßen. Die rustikale Kellerwirtschaft mit dem alten Gewölbe war an diesem Abend brechend voll gewesen. Viktoria fühlte sich so unbeschwert wie schon lange nicht mehr, und ging leichten Schrittes auf dem Weg zu ihrem Auto durch die Straßen am Großneumarkt. Je weiter sie sich von dem belebten Platz entfernte, desto stiller wurde es um sie herum.

Das Geräusch von eiligen Schritten hinter ihr machte sie ein wenig nervös. Sie drehte sich um, doch außer ihrem eigenen Schatten war nichts zu sehen. Viktoria war froh, als sie endlich das Ende der Peterstraße erreichte. Die historischen Bürgerhausfassaden mochten tagsüber durchaus reizvoll sein, abends war die Atmosphäre eher düster und bedrückend. Nieselregen setzte ein und sie erschauderte leicht. Laut klackerten ihre Absätze auf dem Kopfsteinpflaster. Endlich am Auto angekommen stieg sie ein und verriegelte die Türen.

Die Straße war menschenleer. Sie manövrierte ihren Wagen aus der Parklücke und fuhr über die Lombardsbrücke Richtung Barmbek-Süd. Für einen Moment schaute sie aus dem

Seitenfenster und genoss den Ausblick auf die beleuchtete Binnenalster.

Zum ersten Mal an diesem Tag erlaubte sie sich den Gedanken an Hannes. Seit seinem Tod vor acht Monaten hatte sie sich aus dem gesellschaftlichen Leben völlig zurückgezogen und sich in ihrer Wohnung eingeigelt – bis heute.

Von plötzlicher Heiterkeit erfasst, drückte sie die Taste ihres Radios. »I will survive« drang es aus den Lautsprecherboxen. *Wie passend*, dachte sie, und summte fröhlich mit. *Vielleicht gibt es doch noch ein Leben für mich.*

Der Regen wurde stärker und der Verkehr an der Sechslingspforte staute sich. Schnell kramte sie in ihrer Handtasche nach einer Zigarette und verwarf die Idee gleich wieder. *Ich höre auf, dachte sie, sofort – einen besseren Zeitpunkt gibt es nicht.*

Die Ampel sprang endlich auf Grün um. Zügig fuhr sie weiter. Auf einmal konnte sie es gar nicht mehr abwarten, nach Hause zu kommen. Sie würde sich ein schönes Glas Rotwein genehmigen, einen Merlot, den sie für besondere Anlässe aufbewahrt hatte. Dann würde sie es sich mit ihrem neuen Buch auf dem Sofa gemütlich machen.

Sie bog in die Mozartstraße ein. Weit und breit war kein Parkplatz in Sicht. Vermutlich wäre es klüger gewesen, wenn sie den Bus genommen hätte.

Eine Querstraße weiter entdeckte sie endlich eine Lücke, parkte ein und stellte den Motor ab. Der Regen wurde stärker. Fröstelnd zog sie ihren Mantel ein wenig enger. Plötzlich schrillte hinter ihr die Alarmanlage eines Autos. Sie fuhr zusammen. Schritte kamen näher. Viktoria umklammerte mit einer Hand fester ihre Tasche und suchte mit der anderen in ihrem Mantel nach dem Haustürschlüssel.

Die Schritte kamen immer näher. Schließlich hatte sie den Schlüssel gefunden. Sie lief schneller, fing fast an zu rennen. Das Mietshaus, in dem sich ihre Wohnung befand, lag völlig im Dunkeln. Zitternd versuchte sie, den Schlüssel ins Schlüsselloch zu stecken, doch er fiel ihr aus der Hand. Rasch bückte sie sich und bemerkte beim zweiten Versuch, dass das Türschloss nicht richtig eingeschnappt war. Sie schlüpfte in den Hausflur und drückte hastig die Eingangstür zu. Viktoria lehnte sich mit dem Rücken dagegen und atmete tief durch. Ihr Herz raste.

Du bist in Sicherheit. Erleichtert tastete sie sich im Dunkeln zum Lichtschalter.

Ein Arm schlang sich von hinten um ihren Brustkorb und eine Hand presste etwas auf ihren Mund. Es roch schneidend. Ihr wurde übel, als sie gegen das aufkommende Schwindelgefühl ankämpfte.

Dann verlor sie das Bewusstsein.

7

Der Nieselregen der letzten Nacht hatte sich komplett verflüchtigt und strahlender Sonnenschein tauchte die Stadt in eine für diese Jahreszeit ungewöhnliche Helligkeit.

Zwiespältige Gefühle beschlichen Malin, als sie vom Parkplatz auf das Wellingsbüttler Torhaus zuging. Da ihr nächtlicher Besuch bei Fricke bereits Gesprächsthema über mehrere Etagen des Polizeipräsidiums war, hatte sie darauf verzichtet, die Kollegen über ihr Vorhaben zu unterrichten, und sich für die Mittagspause abgemeldet.

Auf der Wiese lag eine Horde Jugendlicher, Mütter schoben Kinderwagen vor sich her und die meisten Parkbänke waren besetzt. Das Laub der Bäume strahlte in Gold- und Rottönen. Einzig ein paar Reste des rot-weißen Absperrbandes erinnerten an den Polizeieinsatz der letzten Woche.

Malin blieb im Torbogen stehen. Deutlich stand ihr das Bild des toten Dr. Woy vor Augen. Sie schaute sich um und ging Schritt für Schritt den Bogen ab. Das alte Gemäuer und die dunklen Holzbalken verrieten nicht, was hier geschehen war.

Eine mit Kameras behängte Gruppe Asiaten bog um die Ecke und stieß fast mit Malin zusammen. Ein schmaler Junge verbeugte sich entschuldigend vor ihr. Sie starrte ihn an. Ein paar schwarze Augen starrten zurück. *Das Museum*, dachte sie, und ging durch den Torbogen auf den hinteren Trakt des Torhausgebäudes zu.

Ein Schild wies auf eine Sonderausstellung und die damit verbundenen zusätzlichen Öffnungszeiten hin. In den vormaligen Landarbeiterwohnungen wurden Fotodokumentationen über das ehemalige Adelsgut Wellingsbüttel und altbürgerliche Haushaltsgegenstände gezeigt.

Malin ging auf den Kassentresen zu. »Hallo, Frau Larsen, Sie erinnern sich an mich?«

Die Museumsangestellte runzelte die Stirn. »Brodersen. Die junge Frau von der Polizei. Ich vergesse nie ein Gesicht. Was wollen Sie?«

»Haben Sie vielleicht ein Minute? Ich hätte da noch ein paar Fragen.«

»Na schön, wenn es denn sein muss. Die Reisegruppe ist ohnehin gerade durch. Aber lassen Sie uns in den Garten gehen.«

Malin folgte Frau Larsen zu einer Bank hinter dem Torhaus. Dort hatten sie freie Sicht auf die weiße Prachtfassade des Herrenhauses.

»Sagen Sie, Frau Larsen, ist Ihnen zu letztem Mittwoch noch etwas eingefallen?«

»Dann hätte ich angerufen.« Die Museumsangestellte hielt die Arme vor der Brust verschränkt und starrte auf einen imaginären Punkt in der Ferne.

Malin stand auf und blieb dicht vor ihr stehen. »Frau Larsen, ich ermittle in einem Mordfall. Letzte Woche ist hier ein Mann tot aufgefunden worden. Er hat eine Frau und eine Tochter hinterlassen, eine Familie, die jetzt um ihn trauert. Ist es nun wirklich zu viel verlangt, mir noch ein paar Fragen zu beantworten?«

Ingrid Larsens steinerner Gesichtsausdruck löste sich und Malin konnte erkennen, dass die Frau mit sich rang.

»Also noch einmal, gibt es irgendetwas, das Sie mir erzählen können? Es muss nicht unmittelbar mit vergangenem Mittwoch zu tun haben. An einem Ort wie diesem kommen doch bestimmt viele interessante Menschen zusammen.«

Frau Larsen runzelte die Stirn. »Ich weiß nicht genau, ob es wichtig ist. Ehrlich gesagt, erscheint es mir jetzt doch ein bisschen komisch, dass ich ihn so lange nicht mehr gesehen habe. Aber bei solchen Leuten weiß man ja nie. Die kommen und gehen.«

»Wen meinen Sie? Wer kommt und geht?«

»Den ganzen Sommer über hat im Park ein alter Stadtstreicher übernachtet. Er hat mir leid getan, deshalb habe ich es niemandem gesagt.« Sie klang unsicher.

»Warum haben Sie uns das nicht gleich erzählt? Oder ist da noch irgendetwas?«, hakte Malin nach.

»Also gut, auch wenn ich nicht verstehe, was es mit dem Mord zu tun haben sollte … Eines Tages hat er frühmorgens vor dem Museum auf der Schwelle gesessen und um ein wenig Wasser gebeten. Er hat mir leid getan. Da habe ich ihm Kaffee gekocht und ihm ein belegtes Brötchen gegeben. Seitdem ist er jeden Morgen gekommen. Er war höflich und hat stets gewartet, bis ich ihm sein Frühstück gebracht habe. Wenn er fertig war, hat er Becher und Teller vor die Tür gestellt und ist gegangen. Bitte, Fräulein Brodersen, verraten Sie mich nicht. Wenn mein Chef das erfährt, bekomme ich bestimmt Schwierigkeiten. Und ich brauche diesen Job, um meine Rente aufzubessern. Wer nimmt denn sonst schon eine so alte Frau wie mich?«

»Machen Sie sich deswegen mal keine Sorgen, wir werden das vertraulich behandeln. Erzählen Sie mir was über den Mann, wie sieht er aus? Wissen Sie vielleicht seinen Namen?« Malin fischte ihr Notizbuch aus der Jackentasche.

»Er trägt immer so einen schmuddeligen schwarzen Regenmantel und meistens eine rote Strickmütze. Ich glaube, seine Schuhe sind viel zu klein, denn er hat sich vorne die Spitzen weggeschnitten. Graue, schulterlange Haare, ziemlich zottelig, und er hat einen Bart. Sonst konnte man von seinem Gesicht nicht viel erkennen. Seinen Namen wollte er mir nicht sagen, aber er hat immer einen grünen Seesack dabei, da steht *Harry* drauf.«

Malin machte sich eifrig Notizen. »Sie haben vorhin gesagt, Sie hätten ihn schon länger nicht mehr gesehen. Wissen Sie noch, wann es das letzte Mal war?«

Frau Larsen schien einen Moment zu überlegen, dann wurde sie bleich. »Es war Dienstagmorgen – letzte Woche. Am Mittwoch, als ich die Leiche gefunden habe, war er nicht da. Er war seit Dienstag gar nicht mehr da.« Ihre Stimme war nur noch ein Flüstern.

Der kleine Ort Strande lag zwanzig Kilometer nördlich der Kieler Innenstadt auf der Halbinsel Dänischer Wohld, direkt an der Kieler Förde. Weiße Segeljachten im Strander Yachthafen, kilometerlange Sandstrände und die urwüchsige Steilküste hinter dem Bülker Leuchtturm waren die

Aushängeschilder des kleinen Ferienortes. An den schmalen Straßen standen liebenswerte alte Häuschen, kleine Katen und die eine oder andere feudale Villa.

Eine davon gehörte der Krimiautorin Charlotte Leonberger. Aufgewachsen in der Großstadt, hatte es Charlotte immer wieder zurück an den Urlaubsort ihrer Kindheit und die Heimat ihrer Tante Alma gezogen. Sie hatte ihr Glück kaum fassen können, als sie erfuhr, dass das alte Reetdachhaus, das sie schon als Kind bewundert hatte, zum Verkauf stand. Für einen total überzogenen Preis hatte sie es erstanden und für noch einmal die fast gleiche Summe renovieren lassen. Sie konnte es sich leisten. Ihre Krimis stürmten die Bestsellerlisten und wurden in mehrere Sprachen übersetzt.

Bereits als Kind hatte Charlotte ständig Geschichten zu Papier gebracht. Nach ihrem Journalistikstudium hatte sie eine Zeitlang für ein bekanntes Wirtschaftsmagazin gearbeitet, um sich ein finanzielles Polster zu schaffen. Dann hatte sie den Job gekündigt, um darüber zu schreiben, was sie wirklich faszinierte. Ihr erster Krimi hieß *Frühjahrssterben*.

Nach der Fertigstellung hatte sie lange auf Nachricht warten müssen, bevor schließlich eine Lektorin des renommierten Hamburger Verlages *Alster Books* ihr Interesse an dem Manuskript bekundete. Ein knappes Jahr später erschien *Frühjahrssterben* auf dem Markt und schlug ein wie eine Bombe. Es folgten Interviews für Zeitungen, Signierstunden und Autorenlesungen in ganz Deutschland.

Durch den Erfolg konnte Charlotte die renommierte Agentur Thompson & Leith im angesagten Viertel Hafencity für die Vertretung ihrer Interessen gewinnen. Zur beeindruckenden Klientel zählten zahlreiche Prominente. Simon Thompson, einer der Teilhaber der Agentur und eine Koryphäe unter den Literaturagenten, nahm Charlotte höchstpersönlich unter seine Fittiche. Er schaffte es innerhalb kürzester Zeit, dass *Alster Books* sie für einen Vorschuss in sechsstelliger Höhe für zwei weitere Krimis verpflichtete. Dies glich in der Branche geradezu einem Ritterschlag, der weltweit nur wenigen Autoren zuteil wurde. Mit ihrem dritten Roman schaffte Charlotte den internationalen Durchbruch und ihr Agent verhandelte fortan erfolgreich mit ausländischen Verlagen. Ihr Bekanntheitsgrad ging mittlerweile weit über die eingefleischten Krimifans hinaus. Immer öfter sah man ihr Gesicht in Illustrierten und Talkshows. Zuletzt hatte sie es sogar auf die Titelseite des US-Magazins *People* geschafft.

Doch der Erfolg hatte auch seine Kehrseite. Unter anderem waren die Reisen zu den Autorenlesungen im In- und Ausland oft strapaziös. In der Abgeschiedenheit ihres Reetdachhauses dagegen wurde die Ruhe nur gelegentlich vom Kreischen der Möwen unterbrochen.

Charlotte hatte sich gerade einen Kaffee gemacht und betrachtete bedauernd den Stapel Tageszeitungen. Vermutlich würde sie es wieder nicht schaffen, sie zu lesen. In zwei Tagen hatte sie den Abgabetermin für die ersten zehn Kapitel ihres neuen Buches und sie befand sich bereits im Verzug.

Trotzdem warf sie einen Blick auf die Titelseite der obersten Zeitung. Seit einigen Tagen beherrschte der Mord an einem Hamburger Kinderarzt die Schlagzeilen. Die Neugier der Krimiautorin gewann die Oberhand. Sie griff nach der Zeitung und begann den Artikel zu lesen.

Irritiert hielt sie einen Moment inne.

Wie in meinem Buch, dachte sie und erinnerte sich an den anonymen Anruf wenige Tage zuvor. Wieder ärgerte sie sich maßlos über die Kieler Polizei. Die Beamten hatten sich wenig beeindruckt gezeigt, dass sie anonyme Anrufe erhielt, bei denen Textstellen aus ihren Krimis zitiert wurden. »Ein Wichtigtuer, das dürfte doch bei einer bekannten Autorin nichts Ungewöhnliches sein.« Später war sie sich dann selbst dumm vorgekommen.

Das Foto neben dem Artikel zeigte einen älteren Mann mit gutmütigem Gesicht und blauen, leicht wässrigen Augen. Sein dunkler Lockenschopf war mit grauen Strähnen durchzogen. *Dr. Richard W.* stand in der Bildunterschrift.

Eine Erinnerung streifte sie, doch das Klingeln ihres Handys riss sie aus ihren Überlegungen.

Die neuen Bestsellerlisten lagen vor. Der vierte Band ihrer Krimireihe hatte nur drei Wochen benötigt, um die Spitzenposition zu erreichen.

»Verdammt, Brodersen, wo sind Sie gewesen? Haben Sie schon mal was von abmelden gehört? Und warum ist Ihr verfluchtes Handy nicht eingeschaltet?« Fricke brüllte ihr schon von Weitem entgegen.

Malins Hochstimmung verflüchtigte sich. Sie schielte auf ihre Armbanduhr. Zwei Stunden war sie weg gewesen. Etwas zu lang für eine Mittagspause, aber keine Erklärung für die Aufregung ihres Vorgesetzten.

»Ich habe Mittagspause gemacht. Und ich habe Andresen Bescheid gegeben«, sagte sie ruhig und zog ihr Handy aus der Jackentasche. Das Display war schwarz. »Ist wohl der Akku leer«, murmelte sie. Durch die offene Bürotür sah sie, dass keiner der Schreibtische besetzt war. Vermutlich hatten ihre Kollegen ebenfalls eine Pause eingelegt.

»Chef, ich war eben zufällig in der Nähe des Torhauses und hab mich da noch mal ein bisschen mit Frau Larsen unterhalten. Sie wissen schon, die Zeugin, die die Leiche gefunden hat. Und Sie glauben nicht, was die mir erzählt hat.« Malin hielt ihm triumphierend ihr Notizbuch vor die Nase.

»Das können Sie mir später erzählen. Und dann reden wir auch noch mal über die Erreichbarkeit eines Polizeibeamten. Brodersen, mitkommen.« Fricke ging mit eiligen Schritten auf den Fahrstuhl zu.

»Chef, was ist denn los? Gibt es was Neues in Sachen Woy?« Malin folgte Fricke.

»Nein, aber eine neue Leiche. Machen Sie sich auf einiges gefasst, Brodersen, dagegen war der Torhausmord das reinste Zuckerschlecken.«

Das Fabrikgelände wirkte wie eine Geisterstadt. Verlassen lagen die Gebäude da, aufgereiht zu beiden Seiten eines großen Platzes. An der Stirnseite stand ein grauer Betonklotz mit graffitibesprühten Wänden. Die vergitterten Fenster waren dreckig und voller Spinnenweben, einige Scheiben eingeschlagen.

Vor dem Hauptgebäude standen mehrere Streifenwagen. Fricke parkte neben dem Transporter der Spurensicherung. Der Eingang des Gebäudes wurde von zwei uniformierten Beamten flankiert. Fricke zückte seinen Dienstausweis. »Wo ist die Leiche?«

»Im Untergeschoss«, antwortete einer der Beamten und reichte ihm eine Taschenlampe.

Sie betraten das Gebäude und fanden sich in einer riesigen leeren Halle wieder. Auf dem dunklen Betonboden konnte man noch Abdrücke der schweren Maschinen sehen, die hier einst gestanden hatten. Malin schaute an die Decke. Sie war bestimmt sieben Meter hoch. Sie durchquerten einen breiten Flur und gelangten von dort in einen dunklen Gang. Fricke schaltete die Taschenlampe ein. Am Ende des Ganges führte eine Betontreppe in den unteren Gebäudeteil. Ihre Schritte hallten durch das leere Treppenhaus. An der nächsten Biegung empfing sie gleißendes Licht.

Scheinwerfer waren aufgestellt worden und warfen düstere Schatten an das Betongemäuer. Ein Mann im Schutzanzug trat auf sie zu. Zwischen Kapuze und Mundschutz lugte eine runde Brille hervor. Malin erkannte Frank Glaser, den Chef der Spurensicherung.

»Können wir rein, Frank?«, fragte Fricke.

»Nur wenn ihr die komplette Montur anzieht.«

Sie schlüpften in Spurensicherungsoverall, Latexhandschuhe und blaue Überschuhe. Der Kriminaltechniker hielt ihnen Schutzmasken entgegen. »Glaubt mir, ihr werdet sie brauchen. Außerdem will ich nicht, dass ihr mit eurer DNA meinen Tatort kontaminiert.«

Schweigend streiften sie sich die Masken über den Kopf, dann folgten sie Glaser.

»Hier ist es«, sagte er und stieß eine schwere Eisentür auf.

8

Ein schwerer, würziger Gestank schlug ihnen entgegen. Unwillkürlich atmete Malin durch den Mund. Der Raum war von oben bis unten komplett gekachelt. An der rechten Wandseite befanden sich zwei große Waschbecken und an der Stirnseite des Raumes ragten große Eisenhaken aus der Wand.

Der Anblick in der Raummitte traf sie mit körperlicher Wucht. Sekundenlang schloss Malin die Augen. Dann blinzelte sie und starrte erschüttert auf den großen Metalltisch. Ihr Blick verharrte bei den langen dunklen Haaren. Das Gesicht war bis zur Unkenntlichkeit aufgedunsen. Wo sich die Augen hätten befinden sollen, war rohe Fleischmasse. Die Gliedmaßen schienen vollständig, doch der Körper war mit aufgeplatzten Wunden übersät. Die restliche Haut war feuerrot und verschrumpelt. Auf der Brust glänzte etwas Metallisches.

Malin stolperte zurück in den Gang, zog den Mundschutz herunter und übergab sich. Anschließend zog sie ein Taschentuch unter ihrem Schutzanzug hervor und wischte sich den Mund ab. Der säuerliche Gestank des Erbrochenen stieg ihr in die Nase und sie entledigte sich auch noch ihres restlichen Mageninhaltes.

In diesem Moment hörte sie lautes Fußgetrappel und einige Stimmen. Als Erstes kam ihr ein kräftiger Typ mit rötlichem Schnauzbart entgegen. Andresen. Malin stöhnte.

»Was ist denn das hier für eine Sauerei?«, zischte der Ermittler, als er beinahe ins Erbrochene trat. »War ja klar, Brodersen. Da wird sich die Spusi freuen.«

Kotzbrocken, dachte Malin nicht zum ersten Mal. Hinter Andresen folgte ein schmächtiger junger Bursche, in der Hand einen Alukoffer: Thorsten Sommer vom LKA 38, zuständig für den Fachbereich Fotografie. Sommer blieb einen Moment stehen und hantierte mit seinem Koffer herum. Dann betrat er mit der Kamera in der Hand den Tatort und begann mit seiner Arbeit.

Fricke stand neben dem Türrahmen und beobachtete die Techniker. »Frank, sind alle Temperaturen gemessen?«

»Nur noch die der Leiche.«

»Das mache ich«, ertönte hinter Malin eine energische Stimme.

Selbst im Schutzoverall gab Dr. Steinhofer eine elegante Erscheinung ab. Sie schob sich an Malin vorbei, nahm ihr Equipment aus der Arztasche und trat an den Metalltisch.

»Haben Sie eine Temperatur, Dr. Steinhofer?«

»Ja«, erwiderte die Rechtsmedizinerin knapp.

»Können wir dann endlich das gottverdammte Fenster öffnen?«, fragte Andresen. Sein Gesicht war deutlich blasser geworden.

»Ich lasse frische Luft rein«, erwiderte einer der Techniker.

»Kommen Sie, Brodersen, schauen Sie sich das an.« Fricke winkte sie heran.

»Mensch, Hans, könnt ihr nicht noch ein paar Minuten warten?« Frank Glaser blickte sie missmutig an, aber Fricke griff nach Malins Ellenbogen und zog sie neben die Rechtsmedizinerin an den Tisch.

Malin kämpfte mit aller Kraft gegen erneute Übelkeit und zwang sich, die Leiche zu betrachten. Die Tote hatte lange, schmale Gliedmaße. Hände und Füße waren mit Draht an den Metalltisch befestigt und die Haut wies tiefe Einschnitte auf.

»Woher stammen diese furchtbaren Verletzungen?« Malin zeigte auf eine der aufgeplatzten Wunden, die den ganzen Körper übersäten. »Ich habe so etwas noch nie gesehen.«

»Das sind Verbrennungen«, erwiderte Dr. Steinhofer.

»Verbrennungen?« Fricke kratzte sich nachdenklich am Kinn.

»Es ginge schneller, wenn Sie mich meine Arbeit machen ließen, Herr Hauptkommissar«, entgegnete Dr. Steinhofer sichtlich genervt.

»Was trägt sie da um den Hals?«, flüsterte Malin Fricke zu und zeigte auf den Gegenstand, der an einer Schnur befestigt am Hals der Toten lag.

»Sieht aus wie eine Münze«, brummte Fricke.

Dr. Steinhofer seufzte. »Fünf Minuten. Geben Sie mir nur fünf Minuten, dann bin ich hier fürs Erste fertig. Schaffen Sie das?« Ohne eine Antwort abzuwarten, fuhr sie mit der Untersuchung fort.

»Brodersen, wir müssen überprüfen, was das hier für ein Fabrikgelände ist«, sagte Fricke. »Und besorgen Sie die Aufnahme von dem anonymen Anruf.«

»Was für ein Anruf?«

»Heute Mittag ist über die Notrufzentrale ein anonymer Anruf eingegangen. Der Anrufer hat uns den Fundort der Leiche durchgegeben. Wir brauchen eine Stimmenanalyse, Hintergrundgeräusche und so weiter. Wir müssen ... Ach verdammt, da fällt mir gerade was ein. Brodersen, ich bin in zwei Minuten wieder da.« Fricke verließ eilig den Raum.

Auch gut, dachte Malin und inspizierte ausgiebig die Umgebung. Glaser pinselte gerade die Waschbecken mit einem Puder aus Titanpulver ein. Malins Blick wanderte über die gekachelten Wände an die Decke. Dort ragten große Eisenhaken heraus. Wozu die wohl benutzt wurden? Ihr Blick glitt wieder zum Metalltisch, der außer der obligatorischen Tischplatte einen Grundboden hatte. Darunter befand sich ein Spalt.

Malin bückte sich. »Frank, kann ich mal deine Taschenlampe haben?«

»Du siehst doch, dass ich gerade nicht kann.«

»Wo ist denn die Taschenlampe?«

Verärgert wies Glaser mit dem Kopf in Richtung seines Spurensicherungskoffers. »Bring aber nichts durcheinander.«

Malin beugte sich über den geöffneten Alukoffer. Fein säuberlich geordnet befand sich dort eine Vielzahl in Schlaufen befestigter Instrumente, daneben verschiedene Flaschen, Tuben und diverse Objektträger. Mehrere Packungen mit Einweghandschuhen und durchsichtige Beweistüten waren dazwischengequetscht. Darunter lag die Taschenlampe.

Malin zog sie heraus und ging zurück zum Metalltisch. Sie leuchtete mit der Lampe in den Spalt unterhalb des Tisches.

In dem Hohlraum befand sich ein Gegenstand. »Frank, komm mal, ich glaub ich hab da was.«

»Herrgott noch mal, Malin, wie oft soll ich dir noch sagen ...«

»Ich weiß, du kannst gerade nicht. Schon gut, reg dich ab.« Malin streckte die Hand in den Hohlraum und stieß mit ihrer Fingerspitze gegen etwas Weiches. Dann streckte sie ihre Hand so weit vor, dass fast ihr gesamter Arm unter der Metallplatte verschwand. Sie zog eine braune Damenhandtasche hervor. Bingo.

Im Flur hallten Schritte und Sekunden später trat ein rotgesichtiger Fricke neben Malin. »Was haben Sie da?«

»Die lag unter dem Metalltisch, könnte die Handtasche der Toten sein.«

Fricke pfiff durch die Zähne. »Prima, Brodersen. Frank, hast du dir die Tasche schon angesehen?«

»Was für eine Tasche?«, fragte Glaser knapp, während er eine Objekttüte beschriftete.

»Na, die Tasche, die Brodersen hier gerade unter dem Metalltisch sichergestellt hat.«

»Ich hab doch gesagt, nichts anfassen. Kannst du mir denn nicht Bescheid sagen?« Wütend funkelte er Malin an.

»Hab ich doch, ich ...«

»Kein Grund, sich an die Gurgel zu gehen«, warf Fricke ein. »Frank, mach weiter, wir kümmern uns darum.«

Glaser machte den Mund auf, schien es sich dann aber doch anders zu überlegen und wandte sich wieder seiner Arbeit zu.

Fricke blinzelte Malin zu. »Worauf warten Sie? Machen Sie die Tasche schon auf.«

Vorsichtig zog Malin den Reißverschluss auf. »Eine Packung Zigaretten. Ein Feuerzeug. Und hier eine Brieftasche.« Sie hielt eine braune Geldbörse hoch.

Fricke nahm sie ihr aus der Hand. »Da ist ein Ausweis drin. Das ist doch endlich mal was Gutes. Viktoria Steiner, geboren am 26. September 1969«, las er vor. »Sie hatte gestern Geburtstag. Hübsche Person. Schauen Sie sich mal das Foto an.« Er reichte Malin den Ausweis.

Es verschlug ihr den Atem. Das schöne Gesicht mit den dunklen Augen würde sie so leicht nicht mehr vergessen.

Fricke räusperte sich. »Sie wollten mir doch vorhin noch etwas erzählen.«

Malin schlug sich mit der Hand an den Kopf. Das war ihr völlig entfallen. Kurz fasste sie zusammen, was ihr Gespräch mit Frau Larsen ergeben hatte.

Fricke runzelte die Stirn. »Könnte interessant sein, muss es aber nicht. Vielleicht hat sich dieser Stadtstreicher in der fraglichen Nacht überhaupt nicht im Park aufgehalten.«

»Und der Fußabdruck?«

Fricke überlegte. »Also gut, Brodersen. Bestellen Sie die Larsen noch mal ins Präsidium. Wir werden eine Phantomzeichnung anfertigen lassen und stellen die dann in die interne Fahndung ein. Zufrieden?«

Dr. Steinhofer trat zu ihnen. Die Rechtsmedizinerin schob die Kapuze ihres Overalls herunter und ihr stufig geschnittenes blondes Haar wurde sichtbar. Unwillkürlich strich sich Malin über ihren eigenen zerzausten Pferdeschwanz. Unter dem Overall der Rechtsmedizinerin schimmerte ein pinkfarbener Hosenanzug, der farblich auf ihren Lippenstift abgestimmt zu sein schien.

»Dr. Steinhofer, das ist übrigens Malin Brodersen. Unser neues Teammitglied«, stellte Fricke sie vor.

»Freut mich.« Dr. Steinhofer nickte Malin kurz zu. Trotz ihrer Attraktivität hatte ihr Gesicht einen harten Zug und in ihren grauen Augen lag eine gewisse Kälte.

»Und? Können Sie schon was sagen?«, fragte Fricke.

Dr. Steinhofer zog die Augenbrauen hoch. »Warten Sie das Ergebnis der Obduktion ab. Sie wissen doch, wie das läuft.«

»Wann können wir denn mit einem vorläufigen Ergebnis rechnen?«

»Frühestens morgen Nachmittag.«

»So lange können wir nicht warten«, entgegnete Fricke entrüstet.

»Werden Sie wohl müssen. Ihre Leiche ist nicht das einzige Todesopfer in dieser verdammten Stadt. Allein am

Wochenende habe ich zwei Drogentote und vier Opfer einer Schießerei reingekriegt. – Wenn Ihre Spurensicherung dann so weit ist, lasse ich die Leiche abtransportieren.« Sie drehte sich um und ging ohne ein weiteres Wort auf einen der Kriminaltechniker zu.

Frickes Gesichtsausdruck nahm eine verräterische rote Farbe an. »Dr. Steinhofer, schauen Sie sich doch bitte noch dieses Foto an.« Er schwenkte den Personalausweis von Viktoria Steiner.

Widerwillig kam Dr. Steinhofer zurück und nahm ihm den Ausweis aus der Hand. »Könnte sein – Größe, Alter und Haarfarbe stimmen überein. Aber schauen Sie sich die Leiche doch an, keiner wird sie eindeutig identifizieren können. Wir brauchen schon die Zahnarztunterlagen oder Röntgenbilder.« Ungerührt drehte sie sich wieder um und packte ihre Tasche.

Fricke zischte durch die Zähne und wandte sich dann an Malin. »Okay, Brodersen, wir machen Folgendes: Rufen Sie im Präsidium an. Die sollen den Namen von Viktoria Steiner durch den Computer jagen. Dann sehen Sie zu, dass Sie Bartels auftreiben, dem hatte ich eigentlich kurzfristig freigegeben, aber das hier hat jetzt Vorrang. Informieren Sie ihn über die Leiche und dann machen Sie sich zusammen auf den Weg zu der Adresse auf dem Personalausweis. Ach ja, und noch was, Brodersen: Ziehen Sie endlich den verdammten Overall aus.«

Malin schaute an sich herunter. Flecken von Erbrochenem zierten ihren Oberkörper. Sie wurde knallrot. »Okay, danke, Chef.«

»Brodersen, vergessen Sie eines nicht: Auch ich habe mal angefangen.« Seine blauen Augen sahen sie freundlich an.

Sie parkten vor einem mehrgeschossigen Altbau in der Mozartstraße und warteten auf den Schlüsseldienst.

Malin musterte ihren Kollegen. Fredericks Bartels' Gesicht wirkte abweisend. »Sag mal, Fred, was ist los? Hör zu, Fricke hat mich gebeten, mit dir zusammen hierherzufahren. Wenn du das lieber mit Andresen erledigt hättest, beschwer dich bei ihm.«

Bartels seufzte. »Malin, nicht alles dreht sich um dich.«

Sie zuckte zusammen.

»Es ist etwas Privates«, fügte er versöhnlich hinzu.

»Aha.«

»Meine Frau hat mich verlassen.«

»Ich wusste ja gar nicht, dass …« Malin wies auf seinen leeren Ringfinger.

»Das ich verheiratet bin? Ich habe den Ring von Anfang an nicht getragen.«

»Und weshalb hat sie dich verlassen? Oder ist das jetzt zu indiskret?«

»Wegen so einem blöden Typen mit Makkaroni-Charme und Olivenölstimme. Das hat man nun davon, wenn man seine Frau alleine in den Urlaub schickt. Und weißt du, was das Beste an der ganzen Sache ist?«

Malin schüttelte den Kopf.

»Sie sagt, ich sei schuld. Weil ich sie immer alleine gelassen hätte. Sonst wäre sie ja auch gar nicht alleine in den Urlaub gefahren. Und weißt du was, Malin? Ich glaube, sie hat recht. Ich bin ein beschissener Ehemann.« Seine dunklen Augen glänzten verdächtig.

»Unser Beruf ist nun mal nicht besonders familienfreundlich. Lass dir nicht einreden, dass es deine Schuld ist. Dazu gehören immer noch zwei«, erwiderte sie leise.

»Danke. Du bist gar nicht so übel, weißt du das?« Der Anflug eines Lächelns überflog sein Gesicht.

Malin sah verlegen aus dem Fenster. »Du, ich glaube, da kommt der Schlüsseldienst. Lass uns gehen.«

Wenige Minuten später betraten sie die Wohnung von Viktoria Steiner.

»Hallo, ist hier jemand? Polizei!«, rief Malin in die Stille.

Keine Antwort.

Vom Flur gingen vier Türen ab. Die erste führte in ein weiß gekacheltes Badezimmer. Über dem Waschbecken befand sich ein großer Spiegelschrank, daneben zierte ein Regal mit diversen Flakons die Wand. Am Handtuchhalter hingen violette Handtücher. Die nächste Tür führte in die Küche. Auf dem Fensterbrett standen kleine Zinktöpfe mit verschiedenen Kräutern, und zu beiden Seiten des Fensters hingen duftige Gardinen. Die Küche wirkte sauber und aufgeräumt. Der nächste Raum ging von der anderen Flurseite ab. Es war ein großzügig geschnittenes Wohnzimmer, gemütlich eingerichtet. Das Dunkelrot der Sitzmöbel harmonierte mit den gebeizten Holzregalen und dem schmiedeeisernen Couchtisch. Unterhalb des Fensters stand ein großer Zeichentisch.

Malin streifte Latexhandschuhe über. Schnell und geschickt durchsuchte sie die Schubladen und Schränke. Auf einer Anrichte stand ein Hochzeitsbild in einem Silberrahmen. Sie nahm das Bild in die Hand und erkannte die Frau sofort wieder. »Frederick, schau doch mal.«

Bartels, der mittlerweile in den angrenzenden Raum gegangen war, streckte seinen Kopf durch die Tür. »Hast du was? Ich sehe mir gerade das Schlafzimmer etwas genauer an.«

»Ein Hochzeitsfoto. Ob die getrennt leben? Oder hast du irgendeinen Hinweis dafür gefunden, dass hier auch ein Mann wohnt?«

»Nein, aber vielleicht sind sie auch geschieden«, kommentierte Bartels trocken, bevor er wieder im Nebenraum verschwand.

In einem Fach der Anrichte entdeckte Malin ein Notizbuch. Lauter Telefonnummern und Adressen. Einige von Ärzten. Ein Eintrag war mit kleinen Blümchen versehen. »Frederick, ich habe ein Adressbuch gefunden!«

Bartels kam wieder aus dem Nachbarzimmer und nahm ihr das Buch aus der Hand. »Prima, dann können wir ja hier erst mal Schluss machen. Solange wir nicht wissen, ob die Tote hundertprozentig Viktoria Steiner ist, haben wir hier sowieso keine Handhabe. Fricke hat das erst mal auf seine Kappe genommen.«

Während Bartels das Wohnzimmer bereits verlassen hatte,

sah Malin sich noch einmal um. An einem Bücherregal blieb ihr Blick hängen.

»Malin, komm endlich. Wenn die Tote wirklich Viktoria Steiner ist, wird hier noch jeder Zentimeter unter die Lupe genommen«, rief Bartels vom Flur aus.

Widerwillig riss Malin sich los.

Es wurde bereits dunkel, als Malin ihren Mini auf dem gesicherten Parkplatz des Polizeipräsidiums abstellte. Sie fühlte sich völlig ausgelaugt. In der Damentoilette spritzte sie sich kaltes Wasser ins Gesicht und betrachtete ihr Spiegelbild. Ihr blondes Haar war wie immer zum Pferdeschwanz gebunden. Sollte sie es mal anders schneiden lassen? Ihr Gesicht war ganz in Ordnung. Etwas blass vielleicht, aber das machten ihre großen grünen Augen wieder wett.

Unwillkürlich musste sie an die dunklen Augen von Viktoria Steiner denken. Ihre Gedanken wanderten weiter zu der entstellten Leiche. Malin schloss die Augen und spritzte sich eine weitere Ladung Wasser ins Gesicht. Sie bräuchte eine Pause.

Seufzend trocknete sie sich ab und ordnete mit ein paar geübten Handgriffen ihren Pferdeschwanz. Dann verließ sie den Waschraum.

Die Luft im Großraumbüro war abgestanden und stickig. Jemand hatte eine zweites Whiteboard aufgestellt und die Tatortfotos vom Fabrikgelände daran befestigt. Bei Malins Eintreffen war bereits das ganze Ermittlungsteam versammelt.

Fricke hatte sich zwischen den Whiteboards postiert. »Ich weiß, ihr seid alle müde und kaputt, trotzdem brauche ich eure volle Aufmerksamkeit. Nachdem wir jetzt noch einen weiteren Mordfall zu bearbeiten haben, müssen wir uns neu formieren. Wir holen uns noch ein paar Leute dazu, aber bis es so weit ist, müssen wir uns aufteilen. Ole, du und Sven, ihr kümmert euch bis auf Weiteres um den Torhausmord. Knöpft euch die Witwe noch mal vor. Geht auch die Befragungsprotokolle der ehemaligen Patienten und die Telefonlisten noch mal durch. Vielleicht wurde etwas übersehen. Und macht Druck beim Labor. Wir brauchen den toxikologischen Befund.«

»Alles klar, Hans.«

»Was ist mit dem Phantombild des Stadtstreichers?«, warf Malin ein.

»Das ist in Arbeit. Sie, Brodersen, bilden mit Bartels ein Team und kümmern sich ausschließlich – und das gilt vor allem für Sie, Brodersen – um die Tote vom Fabrikgelände. Ich will alles über das Gelände wissen. Und überprüfen Sie die Telefonnummern aus dem Notizbuch von Viktoria Steiner. Sehen Sie zu, dass Sie den Zahnarzt ausfindig machen. Wir brauchen eine Identifizierung. Ich muss euch wohl nicht erst sagen, dass wir der Presse vorerst keine Auskünfte erteilen. Wenn die Medien erst mal Wind von der Sache kriegen, werden sie wie Hyänen über uns herfallen. Ich muss später noch zur Pressestelle, da entscheiden wir, welche Informationen wir herausgeben. Gibt es sonst noch irgendwelche Fragen oder Vorschläge?«

Schweigen machte sich breit.

»Die Haken wurden vor Kurzem noch genutzt«, sagte Glaser in die Stille.

»Von welchen Haken redest du, Frank?«, fragte Fricke verwirrt.

»Natürlich von den Deckenhaken in der Fabrikhalle. Sie wurden vor Kurzem noch genutzt.« Der Kriminaltechniker erhob sich von seinem Platz und befestigte ein leeres Papier am Whiteboard. Dann malte er einen großen Haken darauf. »Ihr müsst euch das so vorstellen: Die Deckenhaken waren größtenteils dreckig und teilweise auch schon verrostet. Aber bei einigen war hier … « Er zeigte mit dem Finger auf den unteren Teil des Hakens. »… blankes Metall zu sehen. Das ist ein Indiz dafür, dass an dieser Stelle vor Kurzem noch etwas gehangen hat.«

»Kannst du dir vorstellen, was das gewesen sein könnte?«, fragte Fricke.

Der Kriminaltechniker zuckte nur mit den Achseln.

»Kennen wir schon die Todesursache?«, fragte Bartels. »Sven hat gesagt, dass die Tote wie ein Brathähnchen ausgesehen hat.«

Die anderen lachten.

Fricke schaute seine Mitarbeiter streng an. »Ich wüsste nicht, was es da zu lachen gibt. – Nein, Fred, bisher nicht. Dr. Steinhofer ist nicht gerade sehr kooperativ.«

»Was ist mit dem Amulett, das die Tote um den Hals getragen hat? Könnte es nicht zur Identifizierung der Toten beitragen?«, fragte Malin.

»Guter Einwand. Frank?« Fricke wandte sich an den Kriminaltechniker.

»Ist noch bei der Spurenauswertung. Ich kümmere mich gleich darum. Im Übrigen haben wir am Kellerfenster Spuren von Kleberesten gefunden. Sie scheinen jüngeren Datums zu sein. Vermutlich hat der Täter die Fenster abgeklebt, damit kein Licht nach draußen dringt. Die Partikel werden ebenfalls noch ausgewertet.«

»Gut. Sonst noch was?«

Andresen räusperte sich. »Eine Sache wäre da noch, Hans. Was ist mit der Team-Zusammenstellung? Ich hatte angenommen, dass Fred und ich …« Sven Andresen ließ den Rest des Satzes unausgesprochen.

»Zu gegebener Zeit lasse ich euch meine Entscheidung wissen. Bis dahin bleibt alles so wie besprochen.« Frickes Stimme duldete keinen Widerspruch.

Andresen fuhr sich mit der Hand über seinen roten Schnäuzer, dann nickte er.

Der köstliche Duft von Bratkartoffeln mit Rührei zog durch die Küche des Lotsenhauses. Erich Brodersen hatte sich eine Küchenschürze umgebunden und schwenkte die Eisenpfanne ein letztes Mal. Dann füllte er zwei Teller, legte jeweils eine dicke Scheibe Katenschinken dazu und schnitt noch ein paar Gewürzgurken auf. Die größere Portion stellte er vor seine Enkelin auf den Tisch. »So, mein Mädchen, lass es dir schmecken.«

Malin strahlte ihn an und begann, das Essen in sich hineinzuschlingen. »Himmlisch, Opa, du machst wirklich das beste Bauernfrühstück der Welt«, schwärmte sie, nachdem sie den letzten Bissen hinuntergeschluckt hatte.

»Hast du was von deiner Mutter gehört?«

Malin verdrehte die Augen. »Ich war letzten Sonntag zum Essen da.«

»Die gute Constanze. Traditionen müssen gepflegt werden, egal was kommt.«

Beide grinsten sich an.

Dann wurde Erich Brodersen ernst. »Dein Vater hat mich angerufen.«

Malins versteifte sich. »Opa, bitte, ich habe damit abgeschlossen, mach es mir bitte nicht noch schwerer.«

»Wie du meinst. Ich mache mir Sorgen, Malin. Du bist so blass und dünn geworden. Und du kapselst dich ab. Ist es wegen Ben?« Er legte seine Hand auf ihren Arm.

»Mir geht es gut. Es sind nur diese beiden Morde.« Sie schob ihren Teller beiseite und erzählte, was sich in den letzten Tagen ereignet hatte.

Erich Brodersen legte sein Besteck auf den Teller und wischte sorgfältig seinen Mund mit der Serviette ab. »Was ist aus deiner Spur zu dieser Krimiautorin geworden? Hat sich da etwas ergeben?«

»Du meinst abgesehen von der Übereinstimmung der Tatortkulisse? Ich habe eine Verbindung zwischen dem Opfer und Charlotte Leonberger gefunden. Woys Witwe hat mir bestätigt, dass ihr Mann Ende der Siebziger der Kinderarzt von Charlotte Leonberger gewesen ist.«

»Was sagt dein Chef dazu? Wie hieß er doch gleich, Hauptkommissar Fricke?«

»Nichts«, erwiderte Malin knapp.

Erich Brodersen fixierte seine Enkeltochter. »Du hast es ihm gar nicht gesagt.«

Malin nickte. »Und das werde ich auch nicht tun, bevor ich nicht noch mehr Beweise vorlegen kann. Die Verbindung ist noch ein wenig dürftig. Charlotte Leonberger ist in Hamburg aufgewachsen. Woy war zu der Zeit ein anerkannter Kinderarzt. Es könnte Zufall sein. Außerdem halten die mich im Präsidium sowieso schon für durchgeknallt.«

»Gibt es eine Verbindung zu dem zweiten Mord?«

»Du meinst davon abgesehen, dass wir es innerhalb von einer knappen Woche mit zwei bestialischen Morden zu tun haben, die nicht ins übliche Raster passen? Nein. Es gibt keine Verbindung, zumindest keine offensichtliche.« Nachdenklich biss Malin auf ihrer Unterlippe herum. »Warum fragst du?«

»Sag mal, Malin, hast du eigentlich alle Krimis von Charlotte Leonberger gelesen?«

Verwundert schüttelte Malin den Kopf. »Nein, nur zwei. Und die habe ich geschenkt bekommen. Sie haben mir nicht sonderlich gefallen. Zu trivial. Worauf willst du eigentlich hinaus?«

»Vielleicht ist es nur ein Zufall, aber im zweiten Band wird auch eine Tote in einer Fabrik gefunden.«

Malin erstarrte. »Was sagst du da? Oh mein Gott, dass wäre ja … Hast du das Buch?«

»Warte, ich hole es dir.« Erich Brodersen erhob sich und verließ die Küche, kam mit einem Taschenbuch in der Hand zurück und blätterte darin herum.

Unter der gebräunten Haut wurde er blass. Wortlos hielt er seiner Enkelin das Buch hin und deutete auf eine Stelle des Textes.

9

Es war ein scheußlicher Tag. Kalter Nieselregen tröpfelte schon seit Stunden aus den dicken Wolken, die schwer und bedrohlich am dunkelgrauen Himmel über der Stadt hingen.

Charlotte Leonberger stand in der fünfzehnten Etage eines modernen Gebäudekomplexes am Brooktorkai und schaute missmutig aus dem Fenster auf die Giebel der Speicherstadt. Ungeduldig trommelte sie mit den Fingerspitzen gegen die Scheibe, während die Regentropfen an der Außenseite unablässig in Rinnsalen hinunterliefen. Sie wartete bereits fünfzehn Minuten.

Sie entschied sich gerade zu gehen, als die Tür zum Büro schwungvoll aufgerissen wurde.

Simon Thompson, erfolgsverwöhnter Literaturagent und Miteigentümer der renommierten Medienagentur Thompson & Leith, betrat mit einem strahlenden Lächeln sein Büro. Er war ein großer Mann, Ende vierzig, mit dunklem, glänzendem Haar und dem Aussehen eines Filmstars. Unter einem dunkelblauen Nadelstreifenanzug trug er ein cremefarbenes Hemd mit passender Krawatte und die auf Hochglanz polierten Schuhe rundeten seine elegante Erscheinung perfekt ab.

»Meine liebe Charlotte, bitte entschuldige, dass du so lange warten musstest. Bitte nimm doch Platz.« Ganz Gentleman, ging er auf einen Chromstuhl zu, um ihn ein wenig abzurücken, und setzte sich dann selbst auf einen schwarzen Lederdrehstuhl hinter seinem Schreibtisch.

»Deinen Charme kannst du woanders versprühen. Sag mir lieber, warum du mich so lange warten lässt.« Charlotte machte keinerlei Anstalten, sich zu setzen.

»Du wirst sehen, es hat sich gelohnt. Schau selbst.« Er reichte Charlotte eine Mappe.

»Was soll das? Warum musste ich extra aus Kiel herkommen?«, fragte sie mit säuerlicher Miene.

»Schau rein«, forderte er sie auf.

»Sag du es mir.«

»Okay, dann mache ich es kurz. Wir haben von den Amerikanern ein Angebot für die Filmrechte deiner Krimireihe bekommen. Ein fantastisches Angebot sogar.« Er machte eine bedeutungsvolle Pause. »Eine Million Dollar. Was sagst du dazu?«

»Nein«, antwortete Charlotte knapp.

»Wie, nein?«

»Ich möchte nicht, dass meine Bücher von den Amerikanern verfilmt werden.«

» Ich bin sicher, dass der Preis noch verhandelbar ist, wenn es das sein sollte, was dich stört.« Thompson streckte seine langen Beine aus und strich nervös über seine Krawatte.

»Simon, darum geht es nicht. Mir gefällt einfach diese ganze Kommerzkiste der Amis nicht. Die werden meine ganzen Geschichten verzerren. Wenn ich überhaupt irgendwelchen Verfilmungen meiner Bücher zustimme, dann will ich ein Mitspracherecht bei den Schauspielern und den Drehorten. Glaubst du vielleicht, dass die Amis hier in Deutschland drehen würden?«

»Tja, ich weiß nicht, aber Babelsberg ist im Kommen. Auch bei den Amerikanern. Einen Versuch wäre es wert. Solange du nicht auch noch das Drehbuch absegnen willst.«

Charlotte sah ihn eindringlich an.

»Du willst Mitspracherecht bei den Drehbüchern?«, fragte er ungläubig.

»Entweder so oder gar nicht. Sieh zu, Simon, du bist mein Agent. Jetzt kannst du endlich mal zeigen, wie gut du wirklich bist.« Charlotte griff nach ihrem Trenchcoat. Sie winkte dem verblüfften Literaturagenten noch einmal kurz zu und verließ dann zufrieden lächelnd das Büro.

Sollte er doch mal was tun für sein Geld. *Filmrechte an die Amis, nicht schlecht, Charlotte*, lobte sie sich im Stillen. Vor sich hin summend trat sie in den Empfangsbereich. Eingesunken auf einer riesigen Ledercouch saß eine kleine, rundliche Gestalt, die sich bei ihrem Anblick sofort erhob.

»Komm, Alma, wir haben etwas zu feiern. Wir gehen

jetzt shoppen und kleiden uns von oben bis unten neu ein.« Übermütig umarmte Charlotte ihre Tante und drehte sich mit ihr im Kreis.

»Was ist denn mit dir los, Kindchen? Auf einmal so gute Laune?«

»Ach, Alma, es ist doch ein herrlicher Tag heute.« Charlotte lächelte sie liebevoll an.

»Na, ich weiß nicht«, antwortete Alma mit einem skeptischen Blick durchs Fenster.

Sie schlenderten den Neuen Wall entlang und sahen sich die aktuelle Winterkollektion in den Geschäften der internationalen Designer an. Der Nieselregen war in einen kräftigen Schauer übergegangen, was Charlotte als Veranlassung sah, bei einem französischen Nobelausstatter einen pinkfarbenen Regenschirm für einen astronomisch hohen Preis zu erstehen. Die passende Handtasche für den Gegenwert eines ausländischen Kleinwagens kaufte sie gleich dazu.

Untergehakt, mit einem halben Dutzend Tüten bepackt, gingen sie vergnügt unter dem neuen Schirm Richtung Rathausmarkt. Bei den Alsterarkaden blieben sie kurz stehen, lauschten einem Geigenspieler und beobachteten die Schwäne. Dem Wetter zum Trotz suchten sich rund um das Areal des Rathauses eine Heerschar von Touristen, Geschäftsleuten und zahlreichen Einkaufswütigen, ebenfalls gut beschirmt, ihren Weg.

Charlotte und Alma überquerten den großen Platz und bewunderten die prächtige Fassade des Rathauses. Wie immer, wenn Charlotte vor dem Regierungsgebäude stand, wanderten ihre Gedanken zu ihrem Vater. Viktor Leonberger war Mitte der achtziger Jahre Senatsmitglied der Hamburger Landesregierung gewesen.

Charlotte schaute Alma an. Ihre Tante schien ebenfalls an ihren verstorbenen Bruder zu denken.

»Café *Paris*?«, fragte Charlotte aufmunternd, um keine Schwermut aufkommen zu lassen.

Alma sah sie mit ihren dunklen Knopfaugen traurig an.

Dann überzog ein verschmitztes Lächeln das runzelige Gesicht. »Café *Paris*«, bestätigte sie.

Sie schlenderten zur Rathausstraße, und sobald sie das Café betraten, tauchten sie in eine Welt längst vergessener Zeiten. Die gekachelten Wände und Decken des 1882 gebauten Hauses waren ein Jugendstiltraum mit Ornamenten und Gemälden.

Charlotte und Alma steuerten einen der wenigen freien Tische an. Alma ließ sich erschöpft auf die dunkelgrüne Lederbank fallen, und griff nach der Karte. Obwohl es fast mittags war, bestellten beide das französische Frühstück. Charlotte organisierte sich eine Ausgabe der *Hamburger Tageszeitung*, die kostenlos zur Verfügung gestellt wurde, und blätterte rasch die Seiten durch. Währenddessen bewunderte Alma das bunte Seidentuch, dass Charlotte ihr spendiert hatte.

»Leg es um«, forderte Charlotte ihre Tante auf, nachdem sie die Zeitung beiseite gelegt hatte.

»Hier?«

»Wo denn sonst, wenn nicht hier? Kannst du nicht das Pariser Flair spüren, das uns hier umgibt?« Sie lächelte Alma aufmunternd zu.

Die legte das Seidentuch andächtig um ihren Hals. »Es ist wunderschön. Vielen Dank, Charlotte.«

Sie lächelten sich an.

Eine Kellnerin brachte das Frühstück und stellte die vielen Teller auf den kleinen Tisch. »Darf ich die mitnehmen?«, fragte sie höflich und wies dabei auf die Zeitung.

»Gerne«, erwiderte Charlotte und tunkte ein Croissant in ihren Kaffee.

»Moment, warten Sie!« Alma Leonberger langte nach der Zeitung und starrte auf einen Artikel. Die Kellnerin entfernte sich diskret. »Das ist Richard Woy!« Alma zeigte auf ein Foto.

»Das Opfer vom Torhausmord? Die Polizei scheint noch keine Erfolge erzielt zu haben, die Artikel werden immer spärlicher.« Charlotte fixierte die blasse Miene ihrer Tante und fragte dann überrascht: »Du kennst seinen Nachnamen?

Alma, kennst du diesen Mann?« Sie legte das restliche Croissant zurück auf den Teller.

»Du kennst ihn auch. Das ist Dr. Richard Woy. Charlotte, er war dein Kinderarzt.«

Charlottes Puls beschleunigte sich. Die Anrufe, der nachgestellte Tatort und ihr Kinderarzt – das waren eindeutig zu viele Zufälle.

Die Tote vom Fabrikgelände war anhand des Zahnschemas als Viktoria Steiner identifiziert worden.

Von den Eltern der Toten hatten sie eine Liste mit Namen von Verwandten und Freunden ihrer Tochter erhalten. Es würde Tage dauern, alle zu überprüfen. Malin entfuhr ein Stöhnen.

»Fricke meint, wir sollen bei Elisabeth Völkers anfangen«, sagte Bartels. »Die beiden haben am Mordabend zusammen Geburtstag gefeiert.« Der Ermittler hatte tiefe Schatten unter den Augen und einen Dreitagebart am Kinn.

»Gut. Weiß man schon etwas von ihrem Mann?«

»Der ist vor acht Monaten ums Leben gekommen«, entgegnete Bartels. »Verkehrsunfall.«

»Furchtbar.« Malin hielt für einen Moment inne. »Sollten wir nicht noch mal in die Wohnung fahren?«

Bartels schüttelte den Kopf. »Da ist gerade die Spusi drin. Kannst du dich schon mal um die Adresse der Völkers kümmern? Ich muss noch mal kurz telefonieren.« Er griff nach dem Hörer.

Die Kontaktdaten von Elisabeth Völkers standen gleich auf der ersten Seite der Liste. Malin notierte sich die Anschrift und beobachtete, wie die Gesichtsfarbe ihres Kollegen von blass ins Rötliche wechselte. Seine Hand umkrampfte den Telefonhörer. Plötzlich legte er auf und blieb einige Sekunden regungslos sitzen.

»Fred, alles klar?«

»Malin, ich muss weg.«

»Und was wird dann aus der Völkers?«

»Frag Andresen, ob der Zeit hat. Ich muss los.« Er schnappte sich Jacke und Autoschlüssel.

»Aber Andresen ist doch für den Torhausmord eingeteilt!«, rief sie ihm hinterher. Doch Bartels war bereits verschwunden.

Und nun? Andresen kommt schon mal gar nicht in Frage, dachte Malin. Halbherzig wählte sie die Handynummer von Ole Tiedemann. Nach dem zweiten Klingeln legte Malin wieder auf. Anschließend wählte sie die Nummer von Elisabeth Völkers. Niemand nahm ab. *Dann eben nicht*, dachte sie und verließ den Raum.

Vor Frickes geschlossener Bürotür blieb sie einen Moment stehen. Sie hätte ihren Vorgesetzten schon längst darüber informieren müssen, dass auch der zweite Tatort Ähnlichkeiten mit einem Leonberger-Krimi aufwies. Doch würden die Übereinstimmungen ausreichen, um Fricke davon zu überzeugen, dass zwischen den beiden Morden ein Zusammenhang bestand?

Ihr nächtlicher Besuch bei ihm kam ihr in den Sinn. Damit war die Entscheidung gefallen.

Dieses Mal würde sie die Sache richtig angehen.

Zwanzig Minuten später betrat Malin den Altbau in der Mozartstraße. Die Haustür zu Viktoria Steiners Wohnung war nur angelehnt. Sie streifte sich Füßlinge und Handschuhe über.

Ein Mitarbeiter der Spurensicherung kam ihr im Flur entgegen und lächelte ihr unter der Kapuze seines Overalls freundlich zu. »Der Chef ist im Wohnzimmer.«

Dort standen Schranktüren offen, Sofakissen lagen auf dem Boden und Schubladen waren aufgerissen. Der Leiter der Spurensicherung hob gerade mit einer Pinzette etwas vom Boden auf. Er hielt es ins Licht und steckte es anschließend in eine durchsichtige Spurensicherungstüte. »Was willst du denn hier?«, fragte er mürrisch.

»Ich will mir ein persönliches Bild von der Toten machen. Hast du irgendein Problem damit?«

»Schon gut, man wird ja noch mal fragen dürfen.«

»Kannst du mir vielleicht schon irgendetwas sagen?«, fragte Malin eine Spur versöhnlicher.

Glaser legte die Pinzette beiseite. »Wir müssen die Spuren natürlich noch auswerten, aber ich glaube nicht, dass der Mörder sein Opfer hier in der Wohnung überwältigt hat. Es deutet nichts auf einen Kampf.«

»Ist es in Ordnung, wenn ich mich ein wenig umschaue?«

Der Kriminaltechniker hob die Augenbrauen und sie befürchtete schon eine seiner Ermahnungen, als sein zusammengekniffener Mund sich zu einem Grinsen verzog. »Ich hab gehört, du hast mit Andresen nicht gerade einen neuen Freund gefunden?«

Malin nickte überrascht.

»Gut. Wird Zeit, dass unserem aufgeblasenen Kollegen mal jemand die Stirn bietet.«

»Also, hab ich dein Okay?«

»Tu, was du nicht lassen kannst.«

Unverzüglich ging sie zum Bücherregal. Mit ihrer behandschuhten Hand fuhr sie langsam die Bücherreihen entlang.

Dort standen sie – alle vier Bände von Charlotte Leonberger. Sie zog einen aus dem Regal und schlug die erste Seite auf. Malin überlief ein eiskalter Schauer. Sie legte das Buch beiseite und nahm das nächste zur Hand. Mit zittrigen Händen schlug sie auch dort die erste Seite auf. Wieder.

Sie sah einen Band nach dem nächsten durch, dann benötigte sie einige Minuten, um die Entdeckung zu verdauen.

10

Das Institut für Rechtsmedizin befand sich in einem zweistöckigen Gebäude aus den Sechzigern am Rande des Universitätsklinikums Eppendorf.

Malin stellte den Mini auf dem gesonderten Parkplatz für Einsatzfahrzeuge ab und betrat mit gemischten Gefühlen die Empfangshalle. Es war ihre erste Obduktion.

Sie war erleichtert, als sie die vertraute Gestalt von Fricke entdeckte, der sich gerade mit einem kräftigen jungen Mann unterhielt. »Brodersen, dass ist Mike Hansen. Er ist Sektionsgehilfe in diesem Schuppen. Stellen Sie sich gut mit ihm, er ist immer bestens informiert.«

Fricke klopfte Hansen kurz freundschaftlich auf die Schulter.

Hansen musterte sie kurz, dann erschien ein Lächeln auf seinem runden Gesicht. »Was für ein Glanz in unserem tristen Haus.« Seine himmelblauen Augen blickten sie ergeben an.

»Wunderbar, dann haben Sie sich ja bekannt gemacht«, stellte Fricke auffordernd fest.

Hansens Blick löste sich von Malin. »Folgen Sie mir. Dr. Steinhofer wartet auf Sie. Nicht dass sie nichts anderes zu tun hätte – wir haben letzte Nacht zwei Verkehrsunfälle reinbekommen. Tja, der Herbst hat begonnen.« Er strahlte Malin an.

Im Untergeschoss, wo sich der Autopsietrakt befand, legten sie Schutzkleidung an und folgten dem Sektionsgehilfen in den Obduktionssaal. Ein schwerer, süßlicher Geruch drang ihnen mit einem Hauch von Desinfektionsmittel gepaart entgegen. Grelles Neonlicht strahlte von der Decke auf mehrere Obduktionstische aus rostfreiem Edelstahl.

Dr. Steinhofer war in einen grünen Sezierkittel gekleidet und sprach in ein Diktiergerät. Fricke räusperte sich. Die Rechtsmedizinerin gab Hansen ein Zeichen und der Sektionsgehilfe schlug das Laken zurück, das die Leiche verhüllte. Umgehend rebellierte Malins Magen.

»Ihre Erste?« Dr. Steinhofers Frage klang wie eine Feststellung und war frei von jeglichem Mitgefühl.

Malin nickte und zwang sich zu lächeln.

»Ich möchte, dass Sie sich das ansehen.« Dr. Steinhofer wies auf verschiedene Körperstellen der Toten. »Das sind Brandblasen in verschiedenen Stadien. Sie müssen sich das so vorstellen: Erst rötet sich die oberste Hautschicht, anschließend entstehen Blasen, die mit Wundflüssigkeit gefüllt sind. Irgendwann platzen sie auf und die sogenannte Lederhaut wird sichtbar. Wird diese dann weiterhin einer Strahlung ausgesetzt, platzt die Unterhaut und es kommt zu diesen fleischigen Wunden. Zeitgleich wird dem Körper Flüssigkeit entzogen. Er trocknet langsam aus, ja er verdurstet regelrecht.«

»Also war das die Todesursache?« Fricke beugte sich über den Obduktionstisch und begutachtete die Wunden.

»Nicht direkt. Der Tod trat durch einen sogenannten hyperthermischen Schock ein. Die Folge der Austrocknung.«

Fricke trat vom Obduktionstisch zurück. »Hat sie während der Folterung noch gelebt?«

»Leider ja. Man kann nur hoffen, dass sie schnell die Bewusstlosigkeit erreicht hat.«

Malin schloss die Augen und kämpfte mit einer weiteren Welle der Übelkeit.

Fricke brach das Schweigen. »Wie lange hat es gedauert, bis der Tod eingetreten ist?«

»Lange. Unter Berücksichtigung aller Faktoren würde ich sagen, mindestens zehn bis zwölf Stunden.«

»Und wie hat sie sich diese Brandverletzungen zugezogen? Ich meine, die Leiche sieht ja nun nicht gerade aus, als hätte sie im Ofen gelegen.«

»Leider kann ich in diesem Punkt nur Vermutungen anstellen. Die Haut weist unterschiedliche Verbrennungsgrade auf. Ich würde auf Strahlung tippen.«

»Es waren Sonnenstrahlgeräte, solche, wie sie in den Sonnenstudios benutzt werden«, platzte es aus Malin heraus.

»Brodersen, der Mörder hat doch keine Sonnenbank in

die Fabrik geschafft und sie dann darin gebraten«, erwiderte Fricke schmunzelnd.

»Lassen Sie Frau Brodersen ausreden«, mischte sich Dr. Steinhofer ein und nickte Malin aufmunternd zu.

»Natürlich hat der Mörder keine komplette Sonnenbank in die Fabrik geschafft. Die Geräte gibt es auch in kleinen Formaten, sozusagen für den Hausgebrauch. Meistens werden sie fürs Gesicht und den Oberkörper genutzt. Der Mörder hat die Strahler mit Stahlseilen an den Haken der Decke befestigt. Deshalb auch die Farbabplatzungen. Dann hat er sie immer weiter von der Decke abgesenkt, bis sie irgendwann nur noch wenige Zentimeter vom Körper entfernt waren. Er hat sich Zeit gelassen, um sein Opfer möglichst lange am Leben zu erhalten. Und um es länger zu quälen.« Malins Stimme war nur noch ein Flüstern.

»Brodersen, was in Teufels Namen hat Sie zu dieser verrückten Theorie veranlasst?«

Malin sagte es ihm.

11

Das Ermittlungsteam hatte sich diesmal im Konferenzraum versammelt. Wie im gesamten Polizeipräsidium herrschte auch hier eine nüchterne und kühle Arbeitsatmosphäre. Ein Konferenztisch aus hellem Holz dominierte umsäumt von Metallschwingern mit grünen Sitzflächen den Raum. Jemand hatte die Whiteboards mit den Tatortfotos zu beiden Seiten eines Fernsehbildschirmes aufgestellt.

Davor stand ein ernst blickender Fricke. »Bisher wurden beide Fälle von uns separat bearbeitet, doch jetzt haben sich die Dinge geändert. Wie es aussieht, gibt es eine Verbindung zwischen den Morden. Brodersen, Sie sind dran.«

Malin hielt vier Taschenbücher in die Höhe – Bände von Charlotte Leonberger. Vereinzeltes Lachen war zu hören.

»Das gibt's doch nicht, jetzt kommt die wieder mit ihrer Krimitheorie«, kam es von Andresen. »Brodersen, wir befinden uns hier in Hamburg. Wir haben vielleicht ein Drogenproblem, aber doch keinen verrückten Serienmörder aus einem deiner Psychothriller.« Er schlug sich auf die Schenkel.

»Lass sie doch erst einmal anfangen«, mischte Bartels sich ein.

»Von mir aus, ich bin es ja schließlich nicht, der sich blamiert«, erwiderte Andresen achselzuckend.

»Fangen Sie an, Brodersen«, forderte Fricke sein jüngstes Teammitglied auf.

»Also gut. Es gibt verschiedene Verbindungen, die uns immer wieder zu einer Person führen. Charlotte Leonberger.« Malin machte eine kurze Pause und sammelte sich, bevor sie mit fester Stimme fortfuhr. »Der Mörder hat, sowohl beim Torhausmord als auch beim Fabrikmord, die Tatorte aus den Krimis von Charlotte Leonberger detailgetreu nachgestellt. Er benutzt sozusagen ihre Bücher als Anleitung für seine Morde.« Sie zog aus ihrer Tasche einen Stapel Papiere und verteilte sie an ihre Kollegen. Das letzte Exemplar drückte sie ihrem Vorgesetzten in die Hand. »Ich habe euch die entsprechenden Stellen markiert. Bevor ihr irgendetwas sagt, lest es.«

Die Teammitglieder folgten der Aufforderung. Nur von Sven Andresen war verhaltenes Lachen zu hören, während er die Seiten durchblätterte und schließlich beiseitelegte. »Das ist doch ein Witz, oder? Müssen wir uns von dieser Miss Marple wirklich einen solchen Bockmist erzählen lassen?«

»Sven, halt den Mund. Brodersen, fahren Sie fort«, wies Fricke Malin an.

Andresens Gesicht färbte sich feuerrot.

»Es gibt noch weitere Hinweise, die uns zu Charlotte Leonberger führen. Ich hatte gestern ein interessantes Telefonat mit Henriette Woy, der Witwe unseres ersten Opfers. Sie hat bestätigt, dass ihr Mann die Krimiautorin kannte. In den Siebzigern war er ihr Kinderarzt. Auch zwischen Viktoria Steiner und Charlotte Leonberger gibt es eine Verbindung. Ich habe in der Wohnung der Toten alle vier Krimibände gefunden, alle mit persönlicher Widmung. Charlotte Leonberger ...« Sie legte die signierten Bände vor sich auf den Tisch und ließ dann die Bombe platzen. »Charlotte Leonberger war die beste Schulfreundin von Viktoria Steiner. Falls jemand an der Richtigkeit meiner Aussage zweifeln sollte: Ihr findet im Anhang eine Klassenliste aus dem Jahr 1977«, beendete Malin ihren Bericht. Ihr Herz pochte und ihre Hände zitterten.

Es blieb still. Alle anwesenden Augenpaare sahen erst zu Malin und dann zu Fricke.

Fricke räusperte sich. »Sie haben mich überzeugt, Brodersen, wir werden der Sache nachgehen.«

»Aber das ist doch total irre, was für ein Verrückter kommt auf so eine Idee?«, fragte Ole Tiedemann. Sein ohnehin blasses Gesicht wirkte jetzt kreidebleich.

»Es ist unsere Aufgabe, das rauszufinden, Ole. Ich befürchte nur, wir werden uns fachliche Unterstützung holen müssen.« Fricke wendete sich wieder Malin zu. »Mal abgesehen von Ihren Privatermittlungen, was hat die Befragung von Elizabeth Völkers ergeben?«

Malin wechselte einen kurzen Blick mit dem übernächtigt

aussehenden Bartels. »Ich habe sie gestern noch aufgesucht. Sie hat den Montagabend mit Viktoria Steiner in einer Weinstube am Großneumarkt verbracht. Gegen elf sind beide aufgebrochen. Getrennt. Viktoria Steiner war mit dem Wagen da, Völkers hat ein Taxi genommen«, berichtete Malin.

»Wurde das überprüft?«

»Das Taxiunternehmen hat die Angaben bestätigt.«

»Der Mörder könnte sie auf dem Weg zum Auto abgepasst haben.«

»Wurde denn das Auto schon gefunden?«, ertönte eine dunkle Stimme. »Vielleicht hat der Mörder sein Opfer auch vor der Tür abgepasst.« Malin sah neugierig zu der brünetten Frau, die zwischen den anderen Ermittlern saß. Die Beamtin war von kräftiger Statur und trug ihr Haar zu einem lockeren Pferdeschwanz gebunden. Dass auffälligste Merkmal waren ihre zahlreichen Sommersprossen und das tiefe Timbre ihrer Stimme.

»Nele Richter vom KDD«, erklärte Fricke, »war eine der ersten Kollegen vor Ort beim Torhausmord. Sie wurde uns vorübergehend zur Unterstützung zugeteilt. Vielen Dank, dass Sie gekommen sind. Und ein guter Einwand, den Sie vorgebracht haben. Das können Sie dann auch gleich überprüfen. Fred, du befragst die Leute in der Weinstube. Sven und Ole, ihr knöpft euch die Familie und Nachbarn vor. Sie, Brodersen, kümmern sich um die Adresse von dieser Krimiautorin.«

»Habe ich bereits.«

»Gut. Dann werden wir beide der Dame einen Besuch abstatten.« Er klatschte in die Hände. »So, Leute. An die Arbeit. Fred, Sven und Brodersen, hierbleiben.«

Fricke wartete, bis der Rest der Ermittlungsgruppe den Raum verlassen hatte, dann schaute er von Malin zu Bartels. »So, ihr beiden, und jetzt erklärt mir mal, warum Brodersen alleine eine wichtige Zeugin befragt. Woher wollt ihr wissen, dass sie nichts mit dem Mord an Viktoria Stein zu tun hat?«

»Tja, Hans, also das war so …«, begann Bartels.

»Es war meine Schuld, Chef.« Betreten sah Malin zu Boden. »Frederick hat gesagt, ich soll Andresen mitnehmen, aber irgendwie bin ich dann alleine los. Es tut mir leid.«

»Verdammt, Brodersen, ich habe Ihnen doch neulich schon gesagt – keine Alleingänge. Schreiben Sie sich das gefälligst hinter die Ohren. Sie sind noch viel zu unerfahren. Und was Ihre ständigen Kabbeleien mit dem Kollegen Andresen angeht, klärt das, wir haben für solchen Kinderkram keine Zeit.« Er warf Andresen, der noch immer auf seinem Platz saß und Kaugummi kaute, einen finsteren Blick zu. Dann schaute er auf seine Uhr. »Ich muss noch einige Telefonate führen. Brodersen, wir treffen uns in zwei Stunden. Sie können jetzt gehen.«

Das ließ sich Malin nicht zweimal sagen. Schnell folgte sie Bartels aus dem Raum.

Sie hatten gerade beschlossen, eine Kleinigkeit essen zu gehen, als Fricke nochmals seinen Kopf aus der Tür streckte. »Fred, eins noch: Sorg bitte dafür, dass die Völkers noch mal zur Aussage aufs Präsidium kommt. Und, Brodersen?«

»Ja, Chef?«

»Mal abgesehen von der Sache mit dem Verhör – gute Arbeit, Mädchen. Sie sind hartnäckig, das gefällt mir.« Sein Kopf verschwand wieder im Inneren des Raumes.

Unmittelbar darauf drang lautes Gebrüll durch die geschlossene Tür, teils von Hauptkommissar Fricke, teils von Kriminaloberkommissar Sven Andresen.

Zwanzig Minuten später bog Malin in die Gertigstraße ein. Glücklicherweise fanden sie auf Anhieb einen Parkplatz.

Bartels beförderte seine langen Beine umständlich aus dem Mini. »Ich finde es ja nett von dir, dass du mich zum Essen einlädst, aber nächstes Mal fahre ich. Dein Auto ist ja nur was für Zwerge.«

»Danke. Schau, da ist es.« Malin wies auf einen unscheinbaren Laden mit großer Fensterfront. Durch die Scheibe konnte man die schlichte Einrichtung erkennen: Stehtische mit rot-weiß karierten Lackdecken und eine Ladentheke mit italienischen Spezialitäten. Auf einer Tafel waren in kritzeliger Schrift die Tagesgerichte notiert.

»Du lädst mich in einen Stehimbiss ein?«, fragte Bartels irritiert.

»Das ist kein Stehimbiss. Das ist der beste Italiener der Stadt, du wirst schon sehen.«

»Bester Italiener? Deswegen ist wohl auch erst ein Tisch belegt?«

»Fred, jetzt maul nicht rum, es ist noch nicht mal zwölf. Warte mal ab, was hier in einer Stunde los ist.«

Die Türglocke kündigte ihr Eintreffen an. Eine rundliche Italienerin mittleren Alters trat durch einen Kettenvorhang. Als sie Malin erkannte, erhellte sich ihr Gesicht und sie breitete die Arme aus.

»Commissaria, wie schön, Sie mal wieder zu sehen. Kommen Sie, lassen Sie sich drücken.« Sie umarmte Malin herzlich und musterte sie dann eingehend. »Aber Commissaria, Sie sind ja ganz dünn geworden. Dagegen müssen wir etwas tun. Lassen Sie mich nur machen. Ich habe gerade eine vorzügliche Pasta fertig.« Sie tätschelte Malin die Wange.

Bartels starrte seine Kollegin ungläubig an, seine unausgesprochene Frage schien ihm regelrecht auf die Stirn geschrieben.

»Gut, dann nehmen wir zweimal von der Pasta«, beschloss Malin.

»Commissaria, wer ist denn Ihr hübscher junger Freund?«

Malin stellte sie einander vor. Emilia zwinkerte Bartels zu und verschwand dann in Richtung Küche.

»Commissaria …?«, fragte Bartels.

»Warum nicht? Hört sich doch gut an, außerdem sind wir schon alte Freunde, Emilia und ich.« Malin zuckte die Achseln.

»Warum hast du eigentlich nicht mit mir geredet, Malin?«

»Worüber?«

»Tu nicht so, das weiß du doch genau.«

»Gegenfrage: Hättest du mir denn geglaubt?«

»Eins zu null für dich. Aber sag mal, wann hast du das alles überhaupt rausgefunden?«

»Du meinst den Zusammenhang mit den Büchern?«

Bartels nickte. Malin erzählte ihm von ihrem Déjà-vu beim Anblick der Torhausleiche, dem tagelangen Durchforsten der Bücher und dem letztendlich entscheidenden Hinweis, der die beiden Morde miteinander verknüpfte.

»Ganz schön abenteuerlich.«

Malin runzelte die Stirn. »Weißt du, was mir wirklich Kopfschmerzen bereitet? Die Tote hatte doch diese Münze um den Hals hängen. Davon stand nichts in dem Buch.«

»Es könnte auch einfach nur eine Kette gewesen sein. Frauen tragen so etwas. Malin, du solltest dich wirklich nicht zu sehr auf die Sache einschießen, vielleicht erweist sich das alles doch noch als Sackgasse.«

Malin schüttelte den Kopf. »Das wird es nicht. Ah, da kommt das Essen.«

Emilia hatte sich eine Schürze um die Hüften gebunden, was sie noch dicker erscheinen ließ, und trug ein großes Tablett vor sich her. Sie stellte zwei Teller mit dampfender Pasta und einen Brotkorb auf den Tisch. Dann stellte sie noch unaufgefordert eine Karaffe mit Wein dazu. Bartels hob sofort abwehrend die Hände.

»Ein kleines Schlückchen wird auch Ihnen gut tun, Commissario. In Italia trinkt jeder mittags Wein. Egal, ob Straßenfeger oder Polizist. Salute«, entgegnete Emilia resolut und verschwand wieder hinter ihrem Tresen.

Mit kauenden Backen grinste Bartels Malin an.

»Mmh, lecker«, sagte er, nachdem er seinen letzten Bissen mit einem Schluck Wein hinuntergespült hatte. Sein Teller war blitzblank. »Malin, ich muss sagen, du hattest recht. Das Essen ist geradezu fantastisch.« Alle Tische in dem kleinen Lokal waren mittlerweile belegt und um sie herum herrschte lautes Stimmengewirr.

Malin schob ihren Teller beiseite. »Was war eigentlich gestern Nachmittag los? Warum konntest du nicht mit zur Völkers kommen?«

Ein Schatten flog über Bartels' Gesicht. »Meine Frau hat mich nach Hause zitiert, um mir ein Ultimatum zu stellen.

Ich soll bis Ende der Woche ausziehen, sonst tauscht sie die Schlösser aus und meine Sachen landen auf dem Sperrmüll.«

»Das kann sie doch nicht machen«, entgegnete Malin erbost. »Wer von euch beiden ist schließlich fremdgegangen? Ja wohl nicht du. Lass dir das bloß nicht gefallen.«

»Und du? Wir sprechen immer nur von mir. Bist du mit jemandem zusammen?«

Malin starrte auf ihr Wasserglas. »Zur Zeit nicht.« Diese Gesprächswendung behagte ihr nicht.

»Aber es gab jemanden?«, hakte Bartels nach.

»Natürlich, ich bin schließlich keine Nonne.«

»Das wäre auch zu schade.« Seine dunklen Augen musterten sie eingehend.

»Wir sollten jetzt lieber gehen«, entgegnete Malin spröde. »Ich möchte nicht riskieren, dass Fricke ohne mich zu Charlotte Leonberger fährt.«

Die Fahrt nach Strande dauerte fast anderthalb Stunden.

Fricke wirkte angespannt. Schweigsam saß er am Steuer seines Dienstwagens und lauschte seiner ABBA-CD. Malin nutzte die Zeit, um einige Telefonnotizen durchzugehen, die ihr Tiedemann noch kurz vor der Abfahrt in die Hand gedrückt hatte.

Zwei waren von ihrer Mutter. Die konnten warten. Eine weitere Nachricht war von Ingrid Larsen. Malin runzelte die Stirn. Was konnte die wollen? Sie griff nach ihrem Handy und wählte die angegebene Nummer. Niemand hob ab.

»Haben Sie unseren Besuch angekündigt?«, fragte Fricke. Sie hatten mittlerweile die A7 verlassen und fuhren die B503 Richtung Eckernförde.

»Sie meinen bei der Leonberger? Ja, das habe ich schon vom Präsidium aus gemacht.«

»Was haben Sie ihr gesagt? Warum wir kommen, meine ich.«

»Gar nichts. Interessanterweise schien sie nicht im mindesten überrascht über meinen Anruf«, entgegnete Malin und genoss für einen Moment die Aussicht auf den Nord-ostseekanal.

Fünfzehn Minuten später parkte Fricke den Dienstwagen vor einem reetgedeckten Haus. Solange ihr Vorgesetzter noch mit seinen Unterlagen kämpfte, schaute sich Malin draußen ein wenig um.

Das Haus von Charlotte Leonberger stand auf einer kleinen Anhöhe direkt an der Uferpromenade nur wenige Meter vom Strand entfernt. Eine Handvoll Bäume und eine zwei Meter hohe Hecke schützten die Bewohner vor neugierigen Blicken. Die Fassade war rot geklinkert und die vielen Sprossenfenster waren weiß lackiert. Kleine halbrunde Fenster lugten aus dem Reetdach hervor. Die Vorderfront des Gebäudes war von oben bis unten verglast und bildete einen reizvollen Kontrast zum Rest des Hauses.

Endlich schien Fricke alle nötigen Dinge in seiner abgewetzten Ledertasche verstaut zu haben. Er ging an Malin vorbei und trat mit energischen Schritten durch die Holzpforte. »Jetzt kommen Sie schon, Brodersen. Sie werden heute die Befragung durchführen.«

Malin zögerte. Und was, wenn sie doch falsch lag? Sie schüttelte den Gedanken ab, trat entschlossen neben Fricke und betätigte die Klingel.

Die Tür wurde geöffnet und eine ältere Frau mit dunklen Knopfaugen stand vor ihnen. Malin stellte sich und ihren Chef vor.

Die Frau reichte ihnen die Hand. »Ich bin Alma Leonberger. Charlottes Tante. Sie hat mir schon gesagt, dass Sie kommen. Leider wird sie erst in ein paar Minuten zurück sein. Kommen Sie doch bitte herein.« Sie trat ein Stück beiseite und ließ sie eintreten. »Hier entlang.« Sie wies zum Wohnzimmer.

Der Raum war komplett in hellen Tönen eingerichtet. Die Farbpalette reichte von weiß über creme bis zu einem Dunkelbeige. Das Eichenparkett war weiß lasiert. Malins Blick flog automatisch zur der verglasten Fensterfront, die eine atemberaubende Aussicht auf die wogende Ostsee bot.

Alma Leonberger war neben sie getreten. »Am schönsten ist es während der Kieler Woche. Sie können die Windjammerparade direkt hier vom Fenster aus sehen. – Käffchen?«

Malin und Fricke nickten beinahe gleichzeitig.

»Die scheint ja auch nicht im mindesten überrascht zu sein, uns hier zu sehen, Brodersen«, flüsterte Fricke seiner Mitarbeiterin zu, nachdem Alma Leonberger aus dem Raum geeilt war. »Sieht aus, als hätten Sie den richtigen Riecher gehabt. Wo bleibt denn nun diese Autorin?«

Malin zuckte die Achseln und schaute sich um. Im Wohnzimmer gab es nicht ein einziges Bücherregal. Ungewöhnlich für eine Schriftstellerin, dachte sie und beschloss nachzusehen, wo Alma Leonberger geblieben war. Sie wandte sich zur Tür und blieb abrupt stehen.

Eine Frau in Jeans und heller Seidenbluse lehnte im Türrahmen und beobachtete die beiden Kriminalbeamten. Sie war groß und schlank und hatte langes feuerrotes Haar. Ihre tiefgrünen Augen sahen Malin unverwandt an. Dann glitt ihr Blick weiter zu Fricke, der ihr den Rücken zuwandte und die Bilder auf dem Kaminsims betrachtete. Malin erkannte die Frau mit dem eindrucksvollen Gesicht sofort. Vor ihnen stand Charlotte Leonberger.

»Schauen Sie mal, Brodersen, dass muss sie sein. Sieht gar nicht aus wie eine Krimiautorin.« Fricke drehte sich zu Malin um und hielt ihr einen silbernen Rahmen hin.

»Wie muss denn eine Krimiautorin Ihrer Meinung nach aussehen?« Charlotte Leonberger trat auf ihn zu und nahm ihm das Bild aus der Hand.

Amüsiert bemerkte Malin die leichte Röte, die jetzt das Gesicht ihres Vorgesetzten überzog. Umgehend straffte sich seine ganze Statur, und er strahlte Autorität und Selbstsicherheit aus. »Fricke, Kriminalpolizei Hamburg. Meine Kollegin Brodersen. Ich nehme an, Sie sind die Autorin von diesen abstrusen Krimis.« Er machte eine wegwerfende Handbewegung.

Charlotte Leonberger zog ihre linke Augenbraue hoch. Ihr geringschätziger Blick wanderte über Frickes Kleidung. Er trug eine seiner ausgeleierten Cordhosen und eine abgewetzte Wachsjacke. Sein kariertes Hemd hatte sich mal wieder verselbständigt und hing mit einem Zipfel aus der

Hose. Sein Haar war vom Küstenwind zerzaust und stand wild vom Kopf ab. Er bemerkte die Musterung und strich sich unwillkürlich über die Haare. Wieder stieg eine leichte Röte in sein Gesicht. Malin musste sich ein Lachen verkneifen. Schöne Frauen brachte ihren Chef leicht aus der Fassung.

»Ich habe Ihre Bücher gelesen«, entfuhr es Malin.

Charlotte Leonberger lächelte sie kurz an und wies dann auf die weißen Ledersofas. »Setzen wir uns.«

»So, da bin ich wieder.« Alma Leonberger kam mit einem großen Tablett herein. »Bitte, greifen Sie zu.« Sie wies auf die Kaffeetassen und eine Schale mit Gebäck.

Fricke ließ sich nicht zweimal bitten und griff nach den Keksen. »Selbstgebacken? Die sind gut.« Genüsslich kauend lehnte er sich ins Sofa zurück. Alma Leonbergers runzeliges Gesicht strahlte ihn kurz an, bevor sie wieder den Raum verließ.

»Warum kommen Sie erst jetzt?«, fragte die Krimiautorin an Malin gewandt.

Die Frage brachte Malin aus dem Konzept. »Sie wissen von den beiden Morden? Warum haben Sie sich dann nicht bei uns gemeldet?«, fragte sie irritiert, während Fricke unbeeindruckt zum zweiten Mal in die Gebäckschale griff.

»Aber das habe ich doch. Allerdings hat mich Ihr Kieler Kollege nicht gerade besonders ernst genommen. Aber Moment mal, Sie sagten da gerade etwas von zwei Morden? Habe ich das richtig verstanden?«

»Ja, wir ermitteln in Hamburg zur Zeit in zwei Mordfällen. Wir haben Grund zu der Annahme, dass Sie mit beiden Opfern bekannt waren.«

»Dann kommen Sie gar nicht wegen der Anrufe?«, fragte Charlotte Leonberger überrascht.

»Von welchen Anrufen reden Sie da?«, mischte sich Fricke ein.

»Ich habe zwei anonyme Anrufe erhalten. Beide Male wurden Textstellen aus meinen Krimis zitiert. Beim ersten dachte ich noch an einen Scherz, beim zweiten habe ich die Polizei alarmiert.«

»Was für Textstellen?«, fragte Malin.

»Aus meinen ersten beiden Bänden. *Frühjahrssterben* und *Blutiger Sommer.* Soll ich Ihnen die Bücher holen?«

»Nicht nötig, ich habe sie dabei.« Malin zog die Bücher aus der Tasche und reichte sie der Autorin.

Die hob ungläubig die Augenbrauen. »Na, Sie scheinen wirklich ein Fan zu sein.« Sie blätterte die Seiten des ersten Bandes durch, schlug eine Seite auf und reichte das Buch an Malin zurück.

Stirnrunzelnd las Malin die bekannten Zeilen und reichte den Band an Fricke weiter. »Wann haben Sie die anonymen Anrufe bekommen?«

»Der erste kam übers Handy. Da war ich auf Autorenlesung. Ich glaube, es war vorletzte Woche, Donnerstag. Wie gesagt, da bin ich noch von einem Scherz ausgegangen.«

»Und der zweite?«

»Das weiß ich noch genau, weil ich an dem Tag von meiner Reise zurückgekommen bin. Das war am letzten Donnerstag.«

Malin und Fricke wechselten einen bedeutsamen Blick, der auch der Krimiautorin nicht verborgen blieb.

»Könnten Sie mich jetzt bitte darüber aufklären, was hier überhaupt los ist?«, bat Charlotte Leonberger. »Hat es etwas mit dem Tod von Dr. Woy zu tun?«

Malin nickte. »Wenn Ihnen die Medienberichte bekannt sind, dürften Ihnen die Gemeinsamkeiten mit einem Ihrer Bücher nicht entgangen sein. Sie kannten Dr. Woy?«

»Ja, ich kannte ihn. Allerdings habe ich ihn seit fast dreißig Jahren nicht mehr gesehen. Erst meine Tante hat mich darauf aufmerksam gemacht, dass der Tote vom Torhaus mein Kinderarzt war. Und natürlich habe ich auch die Ähnlichkeiten zu meinem ersten Krimi bemerkt. Leider hat mich bei der Polizei ja niemand wirklich ernst genommen – bis jetzt. Aber was meinen Sie eigentlich damit, ich wäre mit beiden Opfern bekannt?«, fragte sie hörbar verunsichert.

Malin zog ein Foto von Viktoria Steiner aus der Tasche und hielt es ihr hin. »Kennen Sie diese Frau?«

»Oh Gott, das ist Vicki. Was ist mir ihr?«

»Frau Steiner wurde vor zwei Tagen ermordet aufgefunden.«

Die Krimiautorin schlug für einen Moment die Hände vors Gesicht. Als sie wieder aufblickte, schimmerten ihre Augen feucht. »Wie ist sie gestorben?«, fragte sie mit belegter Stimme. »Sie brauchen mich nicht zu schonen. Ich habe selbst über jede Menge solcher Dinge geschrieben.«

Malin schob ihr den zweiten Band der Krimireihe zu. *Blutiger Sommer*. Sie wies auf die Textstelle der aufgeschlagenen Seite. Charlotte Leonberger sah irritiert auf das vor ihr liegende Buch. Dann wurde sie bleich.

12

Sie hatten die Befragung unterbrochen.

Die beiden Kriminalbeamten hatten sich diskret zurückgezogen, um der völlig aus der Fassung geratenen Autorin einige Minuten Ruhe zu gönnen. Dunkle Wolken hingen bedrohlich am Himmel, als Malin und Fricke den Strand betraten. Über ihnen kreischten die Möwen.

»Er hat seine Morde angekündigt«, rief Fricke laut, um den tosenden Wind zu übertönen.

»Und zwar immer donnerstags«, bestätigte Malin, während sie durch den Sand stapften.

»Brodersen, ich befürchte das Schlimmste. Wir müssen uns darauf einstellen, das der Täter wieder zuschlägt. Gehen Sie schon mal wieder rein und sehen nach, ob die Leonberger sich beruhigt hat. Ich muss noch ein paar Telefonate führen.«

»In Ordnung, Chef. Irgendwelche Anweisungen?«

»Packen Sie die Samthandschuhe ein, Brodersen. Bei der Leonberger müssen wir jetzt ansetzen.«

Charlotte Leonberger hatte geduscht und sich umgezogen. Sie trug eine grüne Wickelbluse und einen hellen Wildlederrock und saß mit übereinandergeschlagenen Beinen auf einem der Ledersofas. Das feuchte Haar war im Nacken zu einem lockeren Knoten geschlungen und die Blässe ihres Gesichtes ließ ihre Sommersprossen deutlich hervortreten. Sie wirkte ruhig und gefasst.

Malin zog ihr Notizbuch aus der Tasche und setzte sich auf die gegenüberstehende Couch. »Frau Leonberger, Sie haben uns vorhin gesagt, Sie hätten Dr. Woy seit fast dreißig Jahren nicht mehr gesehen. Kann ich davon ausgehen, das niemand etwas Gegenteiliges sagen wird?«

Die Krimiautorin zog die Augenbrauen hoch. »Natürlich nicht, warum sollte ich Sie anlügen?«

»Wir werden das natürlich überprüfen. Was für eine Beziehung hatten Sie zu Frau Steiner?«

»Wir waren beste Schulfreundinnen. Nach dem Abitur haben sich unsere Wege allerdings getrennt. Vicki ist nach Paris gegangen, um Kunst zu studieren. Ich bin vorerst in Hamburg geblieben. In den letzten Jahren war ich dann beruflich sehr eingespannt und viel im Ausland. Dadurch hat sich zwangsläufig ein eher sporadischer Kontakt ergeben. Meistens zu irgendwelchen Anlässen. Geburtstage, Weihnachten. Ihren letzten Geburtstag habe ich allerdings verpasst. Ich war so gestresst, dass ich ihn einfach vergessen habe.« Sie schaute Malin mit gequältem Gesichtsausdruck an.

»Wann haben Sie zuletzt mit Frau Steiner gesprochen?«

»Das muss kurz vor Weihnachten gewesen sein. Sie und Hannes wollten über die Feiertage zum Skilaufen ins Kleinwalsertal.«

Malin sah überrascht von ihren Notizen auf. »Dann wissen Sie gar nicht, das der Mann von Frau Steiner vor acht Monaten bei einem Unfall ums Leben gekommen ist?«

»Nein, das wusste ich nicht. Das ist ja schrecklich, wieso nur hat sie mich nicht angerufen?« Ihr Gesicht war aschfahl. Unruhig nestelte sie an ihrer goldenen Armbanduhr herum.

Fricke betrat den Raum und nickte seiner Mitarbeiterin kurz zu.

Malin setzte die Befragung fort. »Frau Leonberger, Sie sind bisher das einzige Bindeglied zwischen den Opfern. Außerdem benutzt der Mörder Ihre Bücher als Vorlage. Was glauben Sie, wo das Motiv für die Morde zu suchen ist?«

Charlotte Leonberger schwieg.

Fricke verließ seinen Beobachterposten und ging zur Fensterfront, um dort einen Moment zu verharren. Dann drehte er sich um und blieb neben der Autorin stehen. »Jetzt reden Sie schon! Wer könnte einen Grund haben, so etwas zu tun? Was könnte es sein? Denken Sie nach!«

Sie sah ihn verächtlich an. »Was glauben Sie eigentlich, wer Sie sind? Meinen Sie, ich bin zu dämlich, die Zusammenhänge zu erkennen? Wenn Sie es genau wissen wollen, ich zermartere mir unablässig den Kopf. Ich kann schon gar nicht mehr klar denken.«

»Haben Sie eigentlich keine Geheimnummer?«, wechselte Fricke abrupt das Thema.

»Doch, natürlich.«

»Und ist Ihnen das schon öfter passiert? Ich meine, dass Sie anonyme Anrufe auf Ihrem Handy bekommen?«

Charlotte Leonberger seufzte. »Was glauben Sie? Ich bin Krimiautorin. Und es gibt eine Menge Verrückte. Da ist im Laufe der Jahre einiges an Bedrohungen gekommen.«

»Auch auf Ihrem Handy?«, hakte Fricke nach.

»Was soll das? Glauben Sie mir etwa nicht? Oder denken Sie, ich hätte etwas mit den Morden zu tun?«, fragte sie empört.

Fricke musterte sie. »Gut, dass Sie das fragen. Wo waren Sie eigentlich letzte Woche Dienstag und diese Woche Montagabend ?«

Die Augen der Autorin weiteten sich. »Fragen Sie mich etwa nach meinem Alibi?« Sie wirkte mehr erstaunt als verärgert. »Also gut. Am Dienstagabend hatte ich eine Lesung im Literaturhaus in München und am Montag war ich bei meiner Tante zum Essen.«

»Natürlich werden wir Ihre Angaben überprüfen müssen«, entgegnete Fricke. »Aber jetzt brauchen wir von Ihnen erst einmal eine Liste mit allen Menschen, mit denen Sie zu tun haben. Verwandte, Freunde, Bekannte, Geschäftskollegen. Sie wissen schon. Sie haben doch bestimmt auch einen Agenten oder so etwas in der Richtung. Ich brauche die Telefonnummer.« Er suchte den Blickkontakt mit der Autorin. »Frau Leonberger, wir sind auf Ihre Mithilfe angewiesen. Wühlen Sie, wühlen Sie tief in Ihren Erinnerungen und Gedanken. Gibt es vielleicht einen enttäuschten Liebhaber? Oder jemanden, der Ihnen den Erfolg neidet? Denken Sie darüber nach und machen Sie die Liste. Wir müssen los. Brodersen, kommen Sie?«

»Sie können mich doch jetzt nicht alleine lassen.« Charlotte Leonberger sah sie erbost an.

Fricke hob fragend die Augenbrauen.

»Ich will Polizeischutz, da draußen läuft schließlich ein Verrückter rum, der es auf mich abgesehen hat.«

»Frau Leonberger, Sie sind doch eine ganz taffe Frau. Denken Sie mal nach. Wenn der Mörder Sie hätte umbringen wollen, warum hat er es denn nicht schon längst getan?« Fricke drehte sich um und verließ zielstrebig das Haus.

»Haben Sie dann vielleicht noch die Kontaktdaten Ihrer Agentur für mich?«, bat Malin die sichtlich verärgerte Autorin. Charlotte Leonberger ging zu einem kleinen Sekretär und reichte Malin wortlos eine Visitenkarte.

Malin verabschiedete sich und glitt wenige Minuten später neben Fricke auf den Beifahrersitz des Dienstwagens. »Ich habe mir noch schnell die Telefonnummer von ihrem Agenten geben lassen.«

»Gut«, brummte Fricke. »Wenn wir zurück sind, statten Sie ihm gemeinsam mit Bartels einen Besuch ab. Ich muss mich um andere Dinge kümmern.« Er startete den Motor.

Simon Thompson, Miteigentümer der Agentur Thompson & Leith, war ein großer, gut aussehender Mann. Er erinnerte Malin an ihren Ex-Freund Ben, vielleicht ein paar Jahre älter, aber die jungenhaften Gesichtszüge ähnelten sich sehr.

»Bitte nehmen Sie doch Platz.« Charmant lächelte er Malin zu, ohne den neben ihr stehenden Bartels zu beachten.

Bartels räusperte sich laut. »Herr Thompson, wir ermitteln in zwei Mordfällen. Beide Opfer waren mit Charlotte Leonberger bekannt. Wir benötigen diesbezüglich einige Informationen von Ihnen.«

Simon Thompson lehnte sich in seinen schwarzen Ledersessel zurück und strich mit einer Handbewegung die Falten seines teuren Anzuges glatt. »Ihnen dürfte doch bekannt sein, dass ich Ihnen keine Informationen bezüglich meiner Mandanten geben darf. Ihnen sagt das Wort Schweigepflicht etwas?«

»Kommen Sie, Herr Thompson, keine Spielchen. Auch im Interesse Ihrer Mandantin. Beide Mordopfer waren mit Frau Leonberger bekannt, beide wurden nach Vorlage ihrer Bücher ermordet. Was fällt Ihnen dazu ein?«

»Schon gut, schon gut, ich gebe mich geschlagen.« Thompson hob abwehrend die Hände. »Charlotte hat mich bereits informiert, dass Sie kommen. Was wollen Sie wissen?« Dabei schaute er zu Malin.

»Sagen Ihnen die Namen Richard Woy und Viktoria Steiner etwas?«, fragte sie.

»Ehrlich gesagt, habe ich den Namen der Frau vor einer Stunde zum ersten Mal gehört. Charlotte hat mir von ihr erzählt. Den Namen von dem Arzt kannte ich natürlich schon aus der Presse. War ja ein riesiges Medienspektakel in den letzten Wochen.«

»Aber persönlich gekannt haben Sie ihn nicht? Oder seinen Namen im Zusammenhang mit Frau Leonberger gehört?«

»Auf beide Fragen muss ich Ihnen leider mit Nein antworten. Mir sind beide Personen gänzlich unbekannt.«

»Gibt es vielleicht irgendjemanden, der in Zusammenhang mit Ihrer Mandantin steht, dem Sie diese Morde zutrauen? Jemand, der ein Motiv haben könnte?«

Thompson schien einen Moment zu überlegen. »Konkret gibt es da niemanden, den ich namentlich nennen könnte. Doch wie viele Prominente bekommt auch Charlotte die Schattenseite des Ruhmes zu spüren. In dieser Branche gibt es viele Neider. Ich habe einen dicken Aktenordner voll mit Drohbriefen an Charlotte. Manche habe ich der Polizei zur Ansicht vorgelegt. Aber für die ist das nichts Ungewöhnliches. Wenn Sie möchten, lasse ich Ihnen den Ordner von meiner Assistentin heraussuchen.« Er lächelte Malin an.

Sie nickte und strich sich unwillkürlich eine Haarsträhne aus dem Gesicht. »Wie lange ist Frau Leonberger schon Ihre Mandantin?«

»Ungefähr seit fünf Jahren.«

»Sagen Sie, Herr Thompson«, schaltete sich Bartels ein, »wo waren Sie eigentlich letzte Woche am Dienstagabend und diese Woche Montagabend?«

»Fragen Sie mich etwa nach meinem Alibi? Was sollte ich damit zu tun haben?«

»Frau Leonberger ist eine attraktive Frau, das sollte auch Ihnen nicht entgangen sein. Sind Sie eigentlich verheiratet?«, fragte Bartels.

»Geschieden. Charlotte, ich meine Frau Leonberger, ist in der Tat eine äußerst schöne Frau. Ich habe schließlich Augen im Kopf. Aber ich bin auch Geschäftsmann, Herr Kommissar. Und ich gehe niemals eine Verbindung mit einer Mandantin ein – auch nicht mit Charlotte Leonberger.«

»Dann können Sie mir ja sicher auch sagen, wo Sie sich an den besagten Abenden aufgehalten haben.« Bartels sah den Agenten auffordernd an.

Ruhig griff Simon Thompson nach seinem Terminkalender und blätterte darin herum. »Am Montagabend hatte ich ein Geschäftsessen mit einem meiner Mandanten. Ich notiere Ihnen die Anschrift des Restaurants. Der Tisch war für zwanzig Uhr bestellt und ich glaube, ich bin so gegen null Uhr dreißig nach Hause gefahren. Letzten Dienstag war ich länger im Büro. Ich hatte eine späte Telefonkonferenz mit den USA. Gegen dreiundzwanzig Uhr war ich zu Hause – allein.«

»Gibt es dafür irgendwelche Zeugen? Nachbarn, irgendwelche Anrufe?«

Thompson schüttelte den Kopf und strich sich mit der Hand durchs dunkle Haar.

»Gut, Herr Thompson, wir werden Ihre Angaben überprüfen. Wenn Sie uns dann vielleicht noch den Ordner mit den Drohbriefen mitgeben würden?«

Der Agent nickte und erhob sich von seinem Ledersessel. »Bin gleich wieder da.« Er warf den beiden Kriminalbeamten einen kurzen Blick zu und verließ den Raum.

»Meinst du nicht, das du Thompson ein bisschen zu harsch angehst?«, kritisierte Malin ihren Kollegen.

»Ach komm, lass dich doch von so einem geschniegelten Typen nicht einwickeln. Ich habe Fotos von der Leonberger gesehen. Der hat doch was mit der. Zumindest hätte er es gerne.«

»Woher willst du das denn so genau wissen?«

Bartels sah sie mit hochmütigem Grinsen wissend an.

»Hör auf so dämlich zu feixen, Fred. Oder musst du gleich von dir auf andere schließen.«

Bartels' Grinsen verschwand.

Mit Schwung wurde die Tür aufgerissen und der Agent kam zurück ins Zimmer. Er drückte Bartels einen dicken Aktenordner in die Hand. Dann nahm er eine Visitenkarte aus seinem Jackett und reichte sie Malin. »Sie können mich jederzeit erreichen. Bestimmt ergeben sich noch einige Fragen.«

Sie erwiderte sein Lächeln.

Es war schon spät am Abend, als Malin langsam ins warme Wasser ihrer Badewanne glitt. Während draußen der Regen gegen das Badezimmerfenster peitschte, lauschte sie dem Gesang Pavarottis, der aus den Lautsprechern ihrer iPod-Anlage drang. Sie schloss die Augen und begann sich zu entspannen.

Ihre Gedanken glitten zu Simon Thompson und weiter zu Ben. Zurück zu dem Moment, in dem die Eskapaden ihres Freundes aufgeflogen waren. Prompt spürte sie eine leichte Verkrampfung im Nacken. Thompson war vermutlich das gleiche Kaliber. Charmant, gutaussehend und ein notorischer Schürzenjäger und Fremdgänger.

Seufzend griff sie nach der Fernbedienung am Beckenrand und stellte Pavarotti aus. Dann langte sie nach dem Krimi, den sie zur Zeit las.

Sie war so in die Handlung des Buches vertieft, dass sie nicht spürte, wie das Wasser abkühlte. Erst das Klingeln ihres Handys im Erdgeschoss riss sie aus ihrer spannenden Lektüre.

Fröstelnd stieg sie aus der Wanne und griff nach einem Badelaken, das sie sich eilig um den Körper schlang. Barfuß hastete sie die Treppen hinunter und wäre dabei fast ausgerutscht. Sie zog das Handy aus ihrer Jackentasche an der Garderobe und meldete sich.

»Fräulein Brodersen? Ingrid Larsen hier. Entschuldigen Sie bitte die späte Störung, aber Sie haben mich nicht zurückgerufen«, ertönte die Stimme der alten Frau vorwurfsvoll.

Verdammt, die Telefonnotiz, dachte Malin. Die hatte sie völlig vergessen.

Noch ehe sie antworten konnte, sagte Frau Larsen triumphierend: »Ich habe ihn gesehen.«

»Wen haben Sie gesehen?«, fragte Malin verwirrt.

»Na, den Stadtstreicher natürlich. Deshalb versuche ich Sie doch schon den ganzen Tag zu erreichen.«

»Wo? Wo haben Sie ihn gesehen?«

»Wissen Sie, das war so. Zur Zeit betreue ich den Hund meiner Nachbarin. Ich gehe also mit Wuschel, so heißt der Hund, im Alstertal spazieren und wer liegt da auf einer Parkbank? Der Harry. Und wissen Sie, was er gemacht hat, als er mich gesehen hat? Weggegangen ist er. Einfach aufgestanden und weggegangen. Und das, nachdem ich ihn monatelang durchgefüttert habe. Was sagen Sie dazu, Fräulein Kommissarin?«, fragte sie empört.

»Können Sie mir die Stelle beschreiben, an der Sie ihn gesehen haben?«

»Ja, wissen Sie, das mit dem Beschreiben ist gar nicht so einfach. Es sieht da im Tal ja fast alles gleich aus.«

Malin entfuhr ein Stöhnen. Sie musste sich zusammenreißen. »Vielleicht können sie mir den Weg aufzeichnen.«

»Ich glaube, das würde ich hinkriegen, obwohl ich auch nicht besonders gut zeichnen kann«, gab die alte Dame zu bedenken.

»Eine grobe Skizze reicht völlig aus. Gut, dann komme ich gleich bei Ihnen vorbei und hole die Wegbeschreibung ab.«

»Was? Jetzt? Fräulein Brodersen, es ist mitten in der Nacht!«

Malin schaute auf die Uhr. Es war kurz nach dreiundzwanzig Uhr. »Tut mir leid, Frau Larsen, aber darauf kann ich keine Rücksicht nehmen. Wir ermitteln schließlich in zwei Mordfällen. Sie wollen doch sicher auch nicht, dass es noch mehr werden?«

»Na gut, dann kommen Sie halt.«

Malin fiel noch etwas ein. »Gehen Sie eigentlich öfter mit dem Hund diese Strecke?«

»Jeden Tag. Wuschel findet den Weg im Schlaf.«

Malin lächelte erfreut. »Sagen Sie, Frau Larsen, wo ist der Hund jetzt eigentlich?«

»Na, bei mir, meine Nachbarin ist doch noch im Urlaub.«

Malin verabschiedete sich und zog sich in Windeseile

an. Wenige Minuten später verließ sich mit noch feuchten Haaren das Haus.

Groß und schwarz ragten die Bäume in den Nachthimmel. Kalter Regen wirbelte die auf dem Boden liegenden Blätter empor. Es war stockdunkel.

Malin musste aufpassen, auf der glitschigen Erde nicht auszurutschen. In der linken Hand hielt sie eine Taschenlampe, doch anstatt ihr den Weg zu weisen, flackerte der Schein wild hin und her. Mit der Rechten versuchte sie krampfhaft, die Hundeleine festzuhalten. Schon als sie vor Frau Larsen Haustür gestanden hatte, war sie verwundert gewesen, dass ein kleiner Hund so laut bellen konnte. Bei dem Namen Wuschel hatte sie automatisch an eine niedliche kleine Promenadenmischung gedacht. Doch an dem Hund war gar nichts niedlich und schon gar nicht klein. Wuschel war eine riesige braune Dogge, die sie jetzt durch das dunkle Alstertal zerrte, hoch erfreut über den nächtlichen Ausflug.

Fluchend stolperte Malin über eine Baumwurzel und fand sich auf allen vieren wieder. Na prima, dachte sie, ein nächtliches Schlammbad hat mir gerade noch gefehlt. Wuschel war stehen geblieben und beobachtete jede ihrer Bewegungen.

»Bleib mir bloß vom Leib, du Mistvieh!«, schimpfte Malin, als das riesige Hundemaul auf sie zukam. Schnell versuchte sie ihren Fuß von der Baumwurzel zu befreien, doch es war zu spät. Wuschel leckte ihr voller Begeisterung übers Gesicht. Es kitzelte, und Malin lachte vor Erleichterung. Hatte sie doch gleich gewusst, dass die Dogge im Grunde lammfromm war.

»Komm, Wuschel, jetzt lass uns aber an die Arbeit gehen. Such den Harry, such.« Sie stand auf und folgte dem an der Leine zerrenden Hund in die Dunkelheit.

An sein früheres Leben konnte Harry sich kaum noch erinnern.

Er war im Februar 1943 in Berlin zur Welt gekommen, zumindest hatte es so in seinen Papieren gestanden. Als sogenannte Kriegswaise hatte er seine ersten Lebensjahre in einem

Waisenhaus verbracht. Mit zehn kam er dann in die Obhut einer Pflegefamilie. Jahrelang hatte er sich vorgestellt, wie es wohl wäre, eine Familie zu haben und geliebt zu werden. Doch Familie Obermeier liebte eher den staatlichen Zuschuss für ihr Pflegekind. Herr Obermeier war Alkoholiker und das Geld immer schon Mitte des Monats verbraucht. So musste Harry zusammen mit Frau Obermeier, einer verhärmten und kaltherzigen Frau, die Haushaltskasse mit Putzarbeiten aufbessern.

Als Harry endlich volljährig wurde, packte er seine wenigen Kleidungsstücke zusammen. Per Anhalter fuhr er nach Hamburg. Er war zu einem bemerkenswert kräftigen Mann geworden, der zupacken konnte. Schnell fand er eine Anstellung auf einem der großen Containerschiffe. Erst als er dem Alkohol immer mehr zusprach, wurde es schwierig für ihn, weitere Jobs zu bekommen.

Anfang der achtziger Jahre machte er erstmals Bekanntschaft mit dem Hamburger Sozialamt. Das Geld reichte gerade fürs Essen und für seinen täglichen Schnaps. Ein Sozialarbeiter vermittelte ihm eine Entziehungskur, doch nach drei Tagen machte Harry die Fliege. Stets mit Alkoholfahne und ohne nennenswerte Fähigkeiten fand er keine neue Arbeitsstelle. Folglich fand er keine Wohnung und ins Obdachlosenheim wollte er nicht.

Mit seinen wenigen Habseligkeiten zog er von da an durch Hamburgs Straßen. Im Sommer war es gar nicht so schlecht. Er tingelte von Park zu Park und genoss das freie Leben in der Natur. Nur der Winter gestaltete sich schwierig. Manchmal fand er Unterschlupf in einer der vielen Kirchen. Vorausgesetzt der Pastor drückte ein Auge zu. Die Stadtmission empfand er als allerletzten Ausweg.

Aber bis zum Winter war es noch Zeit. Schließlich war erst Anfang Oktober. Genüsslich rekelte sich Harry auf der Parkbank in seinem Schlafsack. Er hatte sein Glück kaum fassen können, als er den einige Monate zuvor aus einem Müllcontainer gefischt hatte. Zu dem Zeitpunkt hatte er auch noch seinen Stammplatz im Torhauspark gehabt. Doch damit war es ja jetzt leider vorbei.

Schnell verdrängte er den Gedanken wieder und zog den Schlafsack ein wenig fester um sich. Als Regenschutz hatte er eine alte Plastikplane über die Bank gehängt.

Er musste an die Begegnung mit der netten Dame vom Museum denken. Kurz hatte er überlegt, mit ihr ein Schwätzchen zu halten. Doch dann war ihm sein Schatz eingefallen. Vielleicht war sie nur gekommen, um ihm den wegzunehmen.

Er wühlte in seiner Tasche, um sicherzugehen, dass er ihn nicht verloren hatte. Erleichterung durchflutete ihn, als er den kleinen Gegenstand zwischen seinen Fingern spürte. Vielleicht wäre es besser, am nächsten Tag weiterzuziehen. Niemand sollte ihn finden.

Er war gerade wieder eingedöst, als ihn das Kläffen eines Hundes weckte. Harry zog die Plastikplane näher an sich heran.

Dann hörte er, wie ein Hund dicht an seinem Ohr zu knurren begann.

Die Arbeitsräume der Mordkommission waren einheitlich ausgestattet. Schlichte Möbel, helle Farben und klare Linien.

Einzig Hauptkommissar Fricke hatte darauf bestanden, sein zwanzig Jahre altes Mobiliar von der alten Dienststelle mitzunehmen. Das Inventar bestand aus einem klobigen Holzschreibtisch, einem ausgeblichenen, ehemals schwarzen Lederstuhl und dunklen Holzregalen. Auf seinem Schreibtisch hatte Fricke einen brandneuen Computer mit Flachbildschirm stehen, sich bis vor kurzem aber beharrlich geweigert, ihn zu benutzen. Erst nach einem internen EDV-Kurs hatte er seine mechanische Schreibmaschine auf den Beistelltisch verbannt.

Fricke tat sich schwer mit Neuerungen und so stand er auch den eigenwilligen Arbeitsmethoden seines neuestens Teammitgliedes eher skeptisch gegenüber. Gerade saß Kriminalbeamtin Malin Brodersen klatschnass und völlig verdreckt auf seinem durchgesessenen Besucherstuhl. Ihr blondes Haar war schlammverkrustet.

Fricke ging mit wildem Gesichtsausdruck hinter seinem

Schreibtisch auf und ab. »Verdammt, Brodersen, was haben Sie sich bloß dabei gedacht? Mitten in der Nacht auf Verbrecherjagd zu gehen! Noch dazu mutterseelenallein.« Er hielt beide Arme vor der Brust verschränkt und seine Augen funkelten vor Wut.

»Also, erstens war ich nicht allein und zweitens habe ich keinen Verbrecher gejagt, sondern nur einen harmlosen Stadtstreicher gesucht«, entgegnete Malin. »Und überhaupt, was regen Sie sich auf, von wegen ›mitten in der Nacht‹? Sie sind doch auch noch im Dienst.«

Jetzt blieb Fricke vor seinem Schreibtisch stehen und beugte sich über die Tischplatte, bis er mit Malin auf Augenhöhe war. »Wagen Sie es nicht, meine Intelligenz zu beleidigen. Ich bin seit über dreißig Jahren Polizist, davon allein achtzehn Jahre bei der Mordkommission, und dabei habe ich äußerst üble Dinge gesehen. Mein Gott, Mädchen, Sie sind doch nicht dumm. Was hätten Sie getan, wenn der Mann Sie angegriffen hätte? Wer sagt Ihnen, dass nicht genau dieser Mann hinter den Morden steckt? Ihre jahrelange Erfahrung? Versuchen Sie nicht, mich für dumm zu verkaufen.« Fricke ließ sich kopfschüttelnd auf seinen Schreibtischstuhl sinken.

»Bei allem Respekt, Chef, aber das würde ich mir niemals erlauben. Ich habe mir einfach nichts dabei gedacht.«

»Nichts dabei gedacht? Ha, die Heldin wollten Sie spielen. Seit Sie die Verbindung zu dieser Autorin gefunden haben, denken Sie, es wäre Ihr Fall. Ist es nicht so?«

Malin fühlte, wie ihr das Blut in den Kopf schoss. »Na und? Was ist so schlimm daran, dass ich mich verantwortlich fühle und Einsatz zeige?«, schnauzte sie ihren Vorgesetzten an.

»Mädchen, Mädchen.« Fricke schüttelte den Kopf und atmete tief durch, bevor er weitersprach. »Natürlich ist es lobenswert, dass Sie sich einsetzen. Aber die Sache von heute Nacht war einfach nur dumm und gefährlich. Sie dürfen solche Dinge wie diese Morde niemals persönlich nehmen. Das mindert Ihr Urteilsvermögen und Sie lassen sich zu solchen Dummheiten hinreißen.«

»Ich höre immer nur ›Dummheiten‹. Können wir vielleicht

jetzt mal zu dem kommen, wohin meine sogenannte Dummheit geführt hat? Dass ich vor einer Stunde einen wichtigen Zeugen gefunden und in Gewahrsam genommen habe, ist bisher unerwähnt geblieben. Und ich brauche wohl nicht extra darauf aufmerksam zu machen, dass ich damit geschafft habe, wozu ein paar Dutzend Polizisten in den letzten Tagen nicht in der Lage waren!« Malin war todmüde und hatte nur noch einen Wunsch: endlich aus den vor Dreck stinkenden Klamotten heraus und ins Bett zu kommen.

Fricke seufzte. »Der Zeuge liegt in der Ausnüchterungszelle und ist vor morgen früh nicht vernehmungsfähig. Legen Sie sich ein paar Stunden aufs Ohr. Und ziehen Sie bloß diese Klamotten aus, Sie stinken, als hätten Sie die Nacht in einem Müllcontainer verbracht.«

Malin erhob sich. An der Tür blieb sie zögernd stehen und drehte sich um. »Chef, ich wollte wirklich nicht …«

Fricke winkte ab. »Wir sprechen morgen weiter. Seien Sie pünktlich um neun zur Zeugenbefragung da. Und jetzt sehen Sie zu, dass Sie nach Hause kommen.«

Eine dichte Wolkendecke ließ alles grau in grau erscheinen. Typisches Hamburger Schmuddelwetter, dachte Malin, als sie einen flüchtigen Blick durchs Fenster warf.

Es war kurz nach acht Uhr und sie saß schon seit geraumer Zeit an ihrem Schreibtisch im Präsidium. Bis auf das leise Summen eines PCs war es ungewöhnlich still. Wenige Meter von ihr entfernt saß Sven Andresen, vertieft in seine Unterlagen. Heute trug er ein lila Seidenhemd zu einer schwarzen Jeans. Seine rötlichen Haare waren mit viel Gel zurückgekämmt und sein Schnäuzer frisch gestutzt. Bartels' und Tiedemanns Schreibtische waren noch leer. Malin beschloss, noch ein paar Berichte durchzugehen, bis es Zeit für die Vernehmung war.

Sie las gerade die Befragungsprotokolle im Mordfall Steiner durch, als sich Andresen mit verschränkten Armen vor ihrem Schreibtisch aufbaute. »Bist du endlich fertig, Brodersen? Die Zeit läuft nicht rückwärts.« Er musterte sie kurz. »Ich nehme mir jetzt den alten Pennbruder zur Brust.«

Malin sah überrascht auf. »Was soll das? Der Chef hat mir gestern aufgetragen, den Zeugen zu vernehmen.«

»Davon weiß ich nichts. Ich weiß nur, dass der Chef noch nicht da ist und ich jetzt die Befragung durchführen werde. Du kannst mitkommen oder es sein lassen. Ganz, wie es Miss Marple beliebt.« Er warf ihr einen verächtlichen Blick zu und verließ das Büro.

Das hatte ihr gerade noch gefehlt. Mit schnellen Schritten folgte sie ihrem Kollegen. Sie hatte nicht vor, sich einfach so abschütteln zu lassen.

Der alte Stadtstreicher saß zusammengesunken auf einem Stuhl beim Erkennungsdienst und sah ihnen ängstlich entgegen. Krampfhaft umklammerten seine Hände eine rote Strickmütze. Er trug einen abgewetzten Bundeswehrparka und eine schmutzverkrustete Hose. Sein graues, strähniges Haar hing bis auf seine Schultern herab und seine Fingernägel strotzten vor Dreck. Er verströmte einen unangenehmen Geruch nach Schweiß und Alkohol.

Andresen rümpfte die Nase und schaute ihn angewidert an. »Da Sie sich nicht ausweisen können, brauchen wir als Erstes Ihre persönlichen Daten.«

Der Stadtstreicher starrte wortlos zurück.

»Nun los! Name, Geburtsdatum, Anschrift. Oder können Sie nicht sprechen?«, fragte Andresen gereizt.

»Ich sag gar nichts, und wenn Sie so mit mir reden, erst recht nicht«, entgegnete der Alte leise.

»Harry, Sie heißen doch Harry, nicht wahr?«, mischte sich Malin ein.

Der Alte nickte.

»Harry, keiner will Ihnen was tun. Wir brauchen allerdings unbedingt Ihre Hilfe.« Malin sprach mit sanfter Stimme.

»Kann ich was zu trinken haben? Ein Glas Wasser oder vielleicht einen Kaffee?«

Malin blickte Andresen auffordernd an, doch der blieb wie angewurzelt sitzen. Malin verließ den Raum und kehrte kurz darauf mit drei dampfenden Bechern Kaffee zurück.

Nachdem der Stadtstreicher einige Male an der heißen Flüssigkeit genippt hatte, setzte Malin zur nächsten Frage an. »Also, Harry, wir wissen, dass Sie in den letzten Monaten im Park des Wellingsbütteler Torhauses übernachtet haben. Am letzten Mittwoch ist dort ein Mann tot aufgefunden worden. Können Sie uns dazu vielleicht etwas sagen?«

Harry betrachtete schweigend seinen Kaffeebecher.

»Nun reden Sie schon, Mann!« Andresen trommelte mit den Fingern auf den Tisch.

»Ich habe nichts getan«, stammelte Harry und schaute hilfesuchend zu Malin.

»Das glauben wir auch nicht, Harry. Wir wollen nur wissen, ob Ihnen in der Nacht etwas aufgefallen ist.«

»Ich weiß nicht, welche Nacht Sie meinen. Ich bin sowieso schon seit ein paar Wochen nicht mehr da gewesen, ich habe mir ein anderes Plätzchen gesucht.«

Andresen schlug mit der Faust auf den Tisch. »Jetzt ist aber Schluss mit dem Theater! Wir wissen genau, dass Sie Dienstag Nacht dort waren. Wollen Sie mir etwa weismachen, es sei Zufall, dass Sie ausgerechnet an dem Tag verschwinden, an dem dort eine Leiche gefunden wurde? Wenn Sie wollen, können wir Sie auch in U-Haft nehmen, vielleicht finden Sie dort Ihre Sprache wieder.«

Der Alte schmunzelte. »Dann hätte ich wenigstens ein Dach über dem Kopf. Und zu essen kriege ich dort auch. Glauben Sie also, Sie Superbulle, Sie können mir damit drohen?«

Andresen wurde vor Wut feuerrot. »Ziehen Sie Ihre Schuhe aus!«

»Warum?«

»Tun Sie einfach, was ich Ihnen sage.«

Der Stadtstreicher öffnete umständlich seine Schnürsenkel und streifte sich die Schuhe von seinen Füßen. Anschließend hielt er die ausgelatschten, stinkenden Treter Andresen hin. Der Kriminalbeamte nahm sie mit spitzen Fingern entgegen.

»Der kriegt erst einmal eine Anzeige wegen Beamtenbeleidigung«, sagte Andresen, als sie den Raum verlassen hatten.

»›Superbulle‹ …! Und das in Anwesenheit von Zeugen!« Er schaute Malin auffordernd an.

»Ich weiß gar nicht, was du meinst. Überhaupt kann ich dir nur gratulieren, das hast du ja ganz toll hingekriegt, Kollege. Dein Einfühlungsvermögen ist bewundernswert.«

»Deinen Sarkasmus kannst du dir sparen, Brodersen. Solche Typen muss man hart ran nehmen. Wir lassen ihn jetzt ein paar Stunden schmoren, und dann singt er wie ein junger Spatz. – Und die hier bringe ich jetzt ins Labor.« Er hielt die Schuhe in die Höhe. »Das Wunder der modernen Technik wird uns schon weiterhelfen, um zu beweisen, dass der Alte am Tatort war. Dann können wir ihn dem Haftrichter vorführen. Noch Fragen?«

Malin blieb skeptisch.

Simon Thompson hatte seine Kindheit in einer heruntergekommenen Gegend im Stadtteil Altona verbracht. Mit seinen Eltern und drei Schwestern lebte er in einer winzigen, düsteren Wohnung am Rande der Armutsgrenze. Simons Vater war Hafenarbeiter bei einer großen Hamburger Werft. Sein karger Verdienst reichte kaum aus, die Familie über Wasser zu halten. Um Simon den Besuch einer höheren Schule zu ermöglichen, verrichtete seine Mutter Putzjobs in den noblen Villen an der nahe liegenden Elbchaussee.

Während seine Mutter auf Knien die Fußböden fremder Leute schrubbte, verbrachte Simon seine freie Zeit damit, sein Schulwissen aufzubessern. Da er nicht über die finanziellen Mittel für die entsprechende Fachlektüre verfügte, schleuste er sich vorbei an den Arzthelferinnen in die Wartezimmer der vornehmsten Arztpraxen Hamburgs ein. Dort griff er zielstrebig nach den neuesten Ausgaben der Wirtschaftsmagazine und den hiesigen Tageszeitungen. In der Klatschpresse verfolgte er mit großen Interesse den Lebenswandel von Prominenten, Politikern und internationalen Wirtschaftsgrößen. In ihm reifte der Entschluss, eines Tages ebenso reich und erfolgreich zu sein.

Sein durch BAföG finanziertes Wirtschaftsstudium absolvierte er mit Bestnote. Das ebnete ihm den Weg für seine weitere Karriere. Nach zahlreichen Praktika in namhaften Wirtschafts- und Marketing-Unternehmen ergatterte er eine Assistentenstelle bei der renommierten Agentur Leith. Von da an war sein Weg steil bergauf gegangen.

In kürzester Zeit hatte er es vom Assistenten zum leitenden Agenten gebracht. Der größte Coup seiner Karriere war jedoch die Verpflichtung der Bestsellerautorin Charlotte Leonberger gewesen. Sie hatte ihm die Teilhaberschaft in der Agentur eingebracht.

Charlotte hatte Simon vom ersten Augenblick an fasziniert und es kostete ihn einige Anstrengung, die Grenzen des geschäftlichen Verhältnisses zu seiner Mandantin nicht zu überschreiten. Er hatte die Männer an ihrer Seite kommen und gehen sehen. Jedesmal war er erleichtert, wenn ihre kurzen Affären sich wieder in Wohlgefallen auflösten.

Er hatte einen zaghaften Versuch bei Charlotte gewagt, doch ihre grünen Augen hatten ihn übermütig angeblitzt. »Simon, du hast den Verstand verloren! Schlag dir das aus dem Kopf!« Damit war das Thema für sie erledigt gewesen.

Simon Thompson saß an seinem Schreibtisch und fühlte, wie ihm bei der Erinnerung das Blut in den Kopf schoss.

Unwillkürlich dachte er an die junge Kriminalbeamtin, die ihn am Vortag zusammen mit ihrem aggressiven Kollegen aufgesucht hatte. Er fand sie bezaubernd. Mit ihrem blonden Pferdeschwanz, den großen Augen und der zierlichen Figur wirkte sie keinen Tag älter als zwanzig. So wie sie ihn angelächelt hatte, stand sie auf ihn. Natürlich konnte die kleine Polizistin niemals mit der atemberaubenden Schönheit von Charlotte Leonberger mithalten.

Trotzdem wäre es vielleicht gut, sie näher kennenzulernen. Dabei konnte er ihr dann ein bisschen auf den Zahn fühlen. Er beschloss, Malin Brodersen später anzurufen. Jetzt hatte er anderes zu tun.

Die Lektorin von *Alster Books*, Hannah Süßkind, war eine schmächtige Frau mit scharfem Gouvernantenprofil. Ihre dunklen Augen steckten hinter einer überdimensional großen Brille, die gewichtig auf ihrer zarten Nase thronte.

Sie erinnerte Malin sofort an ihre Grundschullehrerin und sie ertappte sich dabei, wie sie umgehend den Rücken gerade aufrichtete und die Schultern straffte.

»Entschuldigen Sie bitte das Chaos.« Die Lektorin nahm einige Bücher von den Besucherstühlen.

Ihr Schreibtisch war überladen mit diversen Stapeln von Manuskripten, aufgeschlagenen Büchern und zahlreichen Zetteln mit handschriftlichen Notizen. Im Zimmer war es stickig und in der Luft hing der leichte Dunst von Zigaretten. Als die Lektorin Bartels' skeptischen Blick auf den überquellenden Aschenbecher bemerkte, öffnete sie rasch ein Fenster.

Dann schaute sie ihn durch ihre großen Brillengläser erwartungsvoll an. »Sie sind also von der Mordkommission. Was wollen Sie von mir?«

»Wie bereits am Telefon erwähnt, ermitteln wir in zwei Mordfällen, in deren Zusammenhang wir auf Charlotte Leonberger gestoßen sind.«

»Ja, ja, das habe ich ja bereits begriffen. Aber ich glaube kaum, dass ich Ihnen da helfen kann.«

»Wie gut kennen Sie Frau Leonberger?«, fragte Bartels.

»Wir arbeiten zusammen«, entgegnete sie knapp.

»Können Sie das vielleicht noch etwas ausführen?«

Die Lektorin seufzte und rückte sich die Brille auf der Nase zurecht. »Also gut, Sie lassen ja doch nicht locker. Als ich Charlotte kennengelernt habe, war sie noch völlig unbekannt. Ein unbeschriebenes Blatt sozusagen. Ihr Manuskript hat mir gefallen. Sprachlich war da noch einiges zu überarbeiten, aber einen Versuch war es wert. Um es kurz zu machen, das Buch wurde ein riesiger Erfolg. Charlotte gehört heute zu unseren einträglichsten Autoren.«

»Und privat? Ich meine, was halten Sie von Frau Leonberger?«, warf Malin ein.

Hannah Süßkind schien zu überlegen. »Sie ist eigentlich eine ganz reizende Person. Manchmal vielleicht etwas überheblich und ein wenig schwierig. Wie erfolgreiche

Schriftsteller halt sind. Alles in allem komme ich gut mit ihr aus. Für den Verlag ist sie natürlich unersetzlich«, fügte sie rasch hinzu.

»Sie mögen Sie nicht«, stellte Malin fest.

»Wie kommen Sie darauf? Vielleicht habe ich mich falsch ausgedrückt. Ich habe nichts gegen schwierige Menschen, ich selbst bin ja auch einer. Für mich ist Charlotte ein Ausnahmetalent. Ich kenne kaum eine andere Autorin, deren Bücher so zu fesseln vermögen.«

Bartels verschränkte die Arme vor der Brust. »Was uns interessiert, ist die persönliche Seite der Autorin. Der Bekanntenkreis, die Familienverhältnisse, gibt es vielleicht Probleme mit den Kollegen? Oder auch nur ganz einfach Klatsch. Was wissen Sie über solche Dinge?«

Die Lektorin dachte einen Augenblick nach und schüttelte dann bedauernd den Kopf. »Tut mir leid, aber da sind Sie bei mir an der falschen Adresse. Wir haben kaum über etwas Privates gesprochen. In dieser Hinsicht ist sie sehr verschlossen.«

»Eine letzte Frage noch. Was glauben Sie, wer könnte Interesse daran haben, Frau Leonberger zu schaden?«

Hannah Süßkind lachte auf. »Das ist so, als würden Sie fragen, wer hätte Interesse daran, unserer Kanzlerin zu schaden. Wo Erfolg ist, gibt es viele Neider. Wo gemordet wird, wenn auch nur im fiktiven Sinne, gibt es viele Verrückte. Habe ich damit Ihre Frage beantwortet?«

Sie wurden durch das schrille Läuten des Telefons unterbrochen. Hannah Süßkind griff nach dem Hörer, hielt eine Hand über die Muschel und schaute sie an. »Haben Sie noch weitere Fragen?«

»Nur der Ordnung halber: Wo waren Sie vorletzten Dienstag und letzten Montagabend?«

Hannah Süßkind legte den Hörer wieder auf. »Ich war zu Hause – den ganzen Abend. Mein Vater wird Ihnen das bestätigen.«

»Wir werden das selbstverständlich überprüfen«, entgegnete Bartels und machte sich Notizen.

Die Lektorin hatte eine ausdrucklose Miene aufgesetzt und

wirkte völlig beherrscht. Dennoch konnte Malin beobachten, wie Hannah Süßkinds Füße zwischen den Schreibtischbeinen unkontrolliert auf- und abwippten.

Die Frau war eindeutig nervös geworden.

Das Ermittlungsteam traf sich am späten Nachmittag im Konferenzzimmer des Präsidiums.

Fricke befestigte ein Foto an dem neu dazugekommenen Whiteboard. Dann wandte er sich seinem Team zu. »Es sieht so aus, als wenn unser Dreh- und Angelpunkt in beiden Mordfällen diese Frau ist. Charlotte Leonberger.«

Andresen pfiff anerkennend durch die Zähne.

»Also gut, fangen wir an. Was habt ihr? Brauchbare Spuren, Frank?«, fragte Fricke.

»Nicht wirklich. Wir haben die meisten Spuren im Fall Steiner bereits ausgewertet. Nichts. Keine Fingerabdrücke, keine Faserspuren. Das einzige Verwertbare ist ein winziger Lackrest, den wir an einem der Deckenhaken gefunden haben. Das Material wird noch analysiert. Aber auch wenn wir es einem entsprechenden Gerät zuordnen können, bleibt fraglich, ob uns das weiterhilft.«

»Was ist mit den Schuhen, die ich heute früh reingebracht habe?«, kam es von Andresen.

Glaser stellte seinen Kaffeebecher ab. »Wie schon gesagt, der Abdruck reicht für einen Abgleich nicht aus. Aber wir haben Bodenproben genommen und gleichen sie mit den Erdresten unter den Sohlen ab.«

»Das bringt uns aber auch nicht weiter. Der Mann hat ja niemals bestritten, am Wellingsbütteler Torhaus gewesen zu sein«, warf Malin ein, was ihr einen finsteren Blick von Andresen einbrachte.

»Was ist mit der Wohnung von der Steiner? Habt ihr da was Brauchbares gefunden?«, fragte Fricke.

Glaser schüttelte den Kopf. »Fehlanzeige. Ich sage dir, Hans, der Täter hat sich niemals in der Wohnung aufgehalten. Das einzige Auffällige war das defekte Schloss an der Eingangtür des Hauses. Die Fallenfeder ist gebrochen, dadurch rastet der Schnapper nicht mehr richtig ins Schließblech ein.«

»Könnte das Schloss manipuliert worden sein?«

»Möglich wäre es. Genauso gut könnte es sich aber auch um eine normale Verschleißerscheinung handeln. Weitere Spuren haben wir zumindest keine gefunden.« Glaser zog einen Streifen Kaugummi aus der Hosentasche und schob ihn sich in den Mund.

Fricke wandte sich Andresen zu. »Und der Stadtstreicher? Abgesehen von den Schuhen, ist aus dem noch was rauszuholen, Sven?«

»Ich bin mir sicher, der hat Dreck am Stecken und das meine ich nicht nur im übertragenen Sinne. Solche Typen sollte man nicht mit Samthandschuhen anfassen«, sagte Andresen und blickte dabei demonstrativ zu Malin. »Ich knöpfe ihn mir gleich noch mal vor.«

»Gut, Sven, ich möchte dabei sein«, erwiderte Fricke.

Der Ermittler nickte, obwohl er seinem Gesichtsausdruck nach nicht erfreut schien.

Frickes wandte sich Malin zu. »Brodersen, Sie scheinen ja darauf zu brennen, uns etwas zu berichten.«

Malin bemerkte erstaunt, dass sie den Kugelschreiber in ihrer Hand im Sekundentakt auf die Tischplatte schlug. Schnell legte sie ihn beiseite. »Ich habe eine Art Lebenslauf von Charlotte Leonberger verfasst. Mit allen uns bisherigen bekannten Fakten und denen, die ich im Internet recherchiert habe. Hier, ich habe für jeden eine Kopie gemacht.« Sie reichte die Blätter an ihre Kollegen. »Charlotte Leonberger war acht Jahre alt, als ihre Mutter Helena Leonberger ums Leben gekommen ist. Verkehrsunfall. Der Vater, Viktor Leonberger, war Diplomat und jahrelang im Ausland tätig. Nach dem Tod seiner Frau ist er mit Charlotte zurück nach Hamburg gekommen und wurde kurz danach in den Hamburger Senat gewählt. 1993 verstarb er an einem Herzinfarkt. Da war Charlotte Leonberger vierundzwanzig Jahre alt. Geschwister gibt es nicht. Die nächste Verwandte ist Alma Leonberger. Sie hat nach dem Tod der Schwägerin die Erziehung ihrer Nichte übernommen, ihren Wohnsitz in Strande hat sie jedoch parallel immer beibehalten. Eigene Kinder hat sie keine. Ende der Neunziger ist Charlotte Leonbergers erster Krimi erschienen. Mittlerweile gibt es vier Bände. *Frühjahrssterben, Blutiger Sommer, Mörderischer Herbst* und *Tödlicher Winter.* Derzeit schreibt sie an dem fünften Band.«

»Jahreszeitenkrimis, wie einfallsreich«, spöttelte Andresen.

»Die Bezeichnung Jahreszeitenkrimis trifft sogar zu, Kollege. Respekt, Andresen, so viel Fachwissen hätte ich dir gar nicht zugetraut.« Erfreut bemerkte Malin, wie ihr sonst so taffer Kollege rot anlief.

»Was haben Sie sonst noch?«, mischte sich Fricke ein.

»Eine Liste mit allen Schul- und Universitätsdaten, einschließlich der Lehrer, Dozenten und Klassenkameraden, sowie die Namen ehemaliger Freunde. Bei Google hat ihr Name mehr als hunderttausend Treffer ergeben. Ich habe deshalb erst mal mit den einschlägigen Klatschseiten begonnen, aber das Ganze ist enorm zeitaufwändig.«

»Binden Sie die Kollegin Richter mit ein. Sonst noch was?«

»Ich hätte da vielleicht einen Kandidaten«, warf Bartels in die Runde.

Fricke sah ihn an. »Schieß los!«

»Simon Thompson. Miteigentümer der Agentur Thompson & Leith und der Agent von Charlotte Leonberger.«

Malin begann zu husten. Sie hatte sich an ihrem Kaffee verschluckt. Nach Luft japsend stellte sie den Becher weg und starrte Bartels an. »Und was haben deine Nachforschungen ergeben? Haben wir es bei ihm in Wirklichkeit mit einem Auftragskiller zu tun?«

Bartels grinste. »Ihr müsst Brodersen entschuldigen, dieser aalglatte George-Clooney-Typ hat versucht, unsere junge Kollegin einzuwickeln. Ist ihm das vielleicht gelungen?« Bartels zwinkerte ihr zu.

»Quatsch«, erwiderte Malin knapp.

»Könntet ihr jetzt vielleicht mal auf den Punkt kommen?«, fragte Tiedemann genervt.

»Schon gut, Ole«, lenkte Bartels ein. »Um es kurz zu

machen: Thompsons Alibi ist geplatzt. Der Inhaber des Restaurants war so freundlich, uns ein Duplikat der Rechnung auszustellen. Demnach hat Thompson das Lokal eine Stunde eher verlassen, als er uns gegenüber angegeben hat. Hinzu kommt, dass die Wohnung des Opfers nur zehn Minuten vom Restaurant entfernt liegt. Es wäre für ihn ein Leichtes gewesen, Viktoria Steiner abzupassen. Und er kann für den Mordabend an Richard Woy kein Alibi vorweisen. Na, Miss Marple, was nun? Sieht so aus, als hätte da jemand gelogen.« Triumphierend schaute er Malin an.

»Dafür gibt es bestimmt eine logische Erklärung. Was sollte er für ein Motiv haben?«

»Vielleicht gibt es noch eine offene Rechnung zwischen den beiden. Außerdem werde ich das Gefühl nicht los, dass sein Interesse an der Dame weit übers Geschäftliche hinausgeht. Unerfüllte Liebe?«

Fricke schlug mit der Hand auf den Tisch. »Genug mit den Spekulationen. Wir werden Thompson unter die Lupe nehmen. Fred, du konfrontierst ihn damit, dass sein Alibi geplatzt ist. – Was ist mit dieser Lektorin?« Er wandte sich an Malin.

»Komische Frau. Sie wirkte auf mich reserviert und wenig kooperativ, fast schon genervt. Sobald sie über die Leonberger sprach, schwang sofort etwas Unterschwelliges in ihren Worten mit. Zudem schien sie recht nervös, als Fred sie nach ihrem Alibi gefragt hat. Trotzdem fällt sie als Täterin aus. Hannah Süßkind hat beide Abende bei ihrem pflegebedürftigen Vater zu Hause verbracht. Er hat die Angaben bestätigt.«

Fricke wandte sich an Glaser. »Frank, was ist mit dieser Münze?«

»Tja, die Münze. Sie hat ein Drittel Goldanteil, im Allgemeinen bekannt als 333er Gold. Zum Ursprung kann ich bisher nichts sagen, ebenso wenig über die eingravierten Schriftzeichen. Ich befürchte, es bleibt uns nichts anderes übrig, als einen Experten zu Rate zu ziehen.«

»Woher wissen wir denn überhaupt, dass es sich nicht einfach nur um eine gewöhnliche Kette handelt?«, fragte Bartels an Fricke gewandt.

»Wir haben den Eltern von Frau Steiner und auch Elisabeth Völkers ein Foto vorgelegt. Sie haben die Münze nie zuvor gesehen. Außerdem hatte Viktoria Steiner eine Kontaktallergie gegen Gold.«

»Dann hat der Täter also ein Souvenir für uns dagelassen. Und er kündigt seine Morde an. Typisch für Serientäter«, warf Malin ein.

»Und warum gibt es dann beim Torhausmord kein Souvenir?«, gab Tiedemann zu bedenken.

Fricke runzelte die Stirn. »Das habe ich mich allerdings auch schon gefragt. Was wir brauchen, ist ein Motiv. Aber was treibt einen Menschen dazu, so etwas zu tun? Was glaubt ihr?«

»Ich glaube ja, dass die Leonberger selbst dahintersteckt«, kam es von Andresen. »Sie sieht ja schon aus wie ein Teufelsweib. Vielleicht verkaufen sich ihre Bücher nicht mehr so gut und sie will sich ein bisschen Publicity verschaffen.«

»Ach, so ein Quatsch, Sven. Dann schon eher ein abservierter Liebhaber«, warf Bartels ein.

»Jetzt mal im Ernst«, meldete sich Malin erneut zu Wort. »Ich glaube, der Sinn und Zweck seiner Morde ist es, Charlotte Leonberger Angst zu machen. Der Mörder will sie in die Enge treiben und drückt das durch die Wahl seiner Opfer aus. Er mordet in ihrem Umfeld und demonstriert mit der Nachahmung der Tatorte seine Macht. Sie beginnt sich schutzlos zu fühlen, und sie hat Angst. Genau das will der Mörder erreichen.«

Für einen Moment herrschte nachdenkliches Schweigen.

Fricke durchbrach die Stille als Erster. »Ich glaube, wir sind uns alle einig, dass wir so nicht weiterkommen. Deshalb werde ich die Kollegen von der Kriminalpsychologischen Abteilung um Ermittlungshilfe bitten. Ich brauche Ergebnisse. Der Staatsanwalt sitzt mir im Nacken und es ist nur noch eine Frage der Zeit, bis die Presse Wind von den Zusammenhängen bekommt. Eine Massenhysterie ist das Letzte, was wir jetzt gebrauchen können.« Er hielt für einen Moment inne. »Ich will, dass die Leonberger komplett durchleuchtet wird.

Stöbert alle Exfreunde auf, studiert die Familie, sprecht mit den Nachbarn und allen Verlagsleuten, meinetwegen auch mit dem Bäcker, bei dem sie ihre Brötchen kauft. Ich will alles wissen.«

»Ich glaube, es ist noch nicht vorbei«, platzte es aus Malin heraus. »Es wird ein nächstes Opfer geben. Und dann wird es jemand sein, der ihr wirklich nahe steht.«

Fricke sah sie nachdenklich an. »Hoffen wir nicht, dass Sie recht behalten, Brodersen. Wir müssen alles in unserer Macht Stehende tun, um genau das zu verhindern.«

13

In dem Augenblick, als sie die Drahtschlingen an ihren Gelenken spürte, wusste sie, dass sie sterben würde. Verzweifelt versuchte sie, ihre Fesseln zu lösen, doch es wollte ihr nicht gelingen. Sie geriet in Panik, als sich gleißende Hitze auf ihre Haut legte und ihr gesamter Körper zu schmerzen begann. Sie schrie um Hilfe.

Charlotte Leonberger erwachte. Ruckartig setzte sie sich auf. Ihr Herz hämmerte. Orientierungslos tastete sie um sich herum und bemerkte erleichtert, dass sie sich in ihrem Bett befand. Zitternd umschlang sie ihre Beine.

Es war nur ein Traum, dachte sie, nur ein verdammter Traum. Sie knipste das Nachtlicht an und ließ ihren Blick durchs Schlafzimmer schweifen. Schweißgebadet und auf wackeligen Beinen stand sie auf. Am Fenster schob sie den Vorhang beiseite. Es war stockfinster und heftiger Wind peitschte Regen gegen die Scheiben.

»Wer bist du?«, flüsterte Charlotte und presste ihre Stirn gegen das Fenster. Dann schlug sie die Hände vors Gesicht und weinte.

Nachdem sie sich einigermaßen beruhigt hatte, ging sie in die Küche, um sich eine heiße Milch mit Honig zu machen. Anschließend setzte sie sich auf die Wohnzimmercouch und versuchte, ihre Gedanken zu sortieren. Wer konnte es sein? Wer hatte einen Grund, ihr so etwas anzutun? Warum ausgerechnet Vicki? Bei dem Gedanken an ihre Freundin begann sie wieder zu weinen.

Sie musste an ihre erste Begegnung denken. Mit einer riesigen Brille auf der kleinen Nase hatte Vicki eingeschüchtert in der Schulhofecke gestanden. »Brillenschlange« hatten die anderen Kinder sie gehänselt. Ihr selbst war es nicht besser ergangen. »Karotte« war noch der schmeichelhafteste Name, den die anderen ihr gaben. In Vicki hatte sie sofort eine Seelenverwandte erkannt.

Und jetzt war sie tot. Charlotte drängte die Tränen zurück.

Niemanden war geholfen, wenn sie jetzt durchdrehte. Sie beschloss, zurück ins Bett zu gehen.

Am späten Vormittag schlüpfte sie in ihre Gummistiefel und zog sich die gelbe Öljacke über. Sie fühlte sich wie gerädert. Ein Strandspaziergang würde ihr vielleicht helfen, einen freien Kopf zu bekommen.

Zügig schlug sie den direkten Weg zum Strand ein. Er war menschenleer. Regen peitschte ihr ins Gesicht und sie beglückwünschte sich im Stillen dazu, dass sie auf ihr übliches Make-up verzichtet hatte. Sie ging vor bis zum Wasser und bückte sich nach einer Muschel, als ihr Handy klingelte. Das Display zeigte keine Rufnummer an. Sie leitete den Anruf auf ihre Mailbox und wartete einen Moment. Dann erst hörte sie die Nachricht ab.

Sturm und peitschender Regen ließen nur einige Wortfetzen zu ihr durchdringen. Trotzdem erkannte Charlotte die Worte sofort. Es waren ihre eigenen.

»Ihr habt *was*?« Empört schaute Malin den Kollegen an, in dessen Zuständigkeit die Hafträume fielen.

»Entlassen«, erwiderte der Beamte trocken.

»Wer hat das veranlasst?«

Der Beamte zog die Augenbrauen in die Höhe und sein freundliches Gesicht wurde grimmig. Er griff nach seinem Ablagefach und blätterte in den Papieren herum. Triumphierend zog er ein DIN-A4-Blatt heraus und hielt es Malin hin. »Hier, sieh selbst. Veranlasst von Kriminaloberkommissar Andresen und unterzeichnet von Kriminalhauptkommissar Fricke. Sagen dir die Namen was?«

Malin griff nach dem Papier und starrte ungläubig auf die Unterschrift ihres Vorgesetzten. Sie knallte dem verdutzten Beamten den Zettel auf den Tisch und verließ wütend den Raum.

Zielstrebig steuerte sie Frickes Büro an und trat ohne anzuklopfen ein. »Chef, Sie haben Harry auf freien Fuß gesetzt.«

»Den Stadtstreicher?«, fragte er verwundert. Dann musterte er sie. »Nun schauen Sie mal nicht so vorwurfsvoll. Wir hätten ihn heute Nachmittag ohnehin laufen lassen müssen.«

»Aber …«

»Brodersen, wir konnten ihm überhaupt nichts nachweisen. Noch nicht mal, dass er sich am Mordabend auf dem Gelände befunden hat. Was hätte ich denn Ihrer Meinung nach dem Haftrichter präsentieren sollen?«

Malin seufzte. »Sie haben ja recht. Trotzdem bin ich mir sicher, dass er dagewesen ist. Und er hat etwas gesehen.«

»Andresen hat ihn heute noch mal in die Mangel genommen. Es ist nichts dabei rausgekommen. Wir haben keine rechtliche Handhabe, jemanden wegen eines vagen Verdachts länger festzuhalten. Ich verstehe ja, dass Sie enttäuscht sind, aber so ist das nun mal.«

Es klopfte, und Bartels streckte den Kopf durch die Tür. »Entschuldigt bitte, aber es ist wichtig. Charlotte Leonberger hat gerade angerufen. Der anonyme Anrufer hat sich wieder gemeldet.«

»Haben wir schon die Nummer?«

Bartels schüttelte den Kopf. »Die Kollegen sind noch dran. Aber die Leonberger hat den Anruf auf ihre Mailbox umgeleitet.«

»Ich will, dass sofort jemand die Aufzeichnung besorgt.«

Malin sah ihren Vorgesetzten an. »Lassen Sie mich das machen.«

»Gut, aber ihr fahrt beide. Und fühlt der Leonberger und ihrer Tante bei der Gelegenheit noch mal auf den Zahn. Ich würde mich nicht wundern, wenn die alte Dame vielleicht etwas Interessantes aus dem Nähkästchen plaudert. Und haltet mich auf dem Laufenden«, wies Fricke seine Beamten an.

Kurze Zeit später waren sie auf der A7. Feiner Sprühregen lag in der Luft und der Asphalt glitzerte vor Feuchtigkeit. Es regnete jetzt schon seit vier Tagen am Stück. *Und das nennt sich goldener Herbst*, dachte Malin.

Bartels fuhr viel zu schnell. Er wirkte äußerst schlecht gelaunt und hielt seinen Blick starr auf die Fahrbahn gerichtet.

Die Trennung von seiner Frau schien ihm zuzusetzen. Malin beschloss, später mit ihm zu reden. Jetzt wollte sie die einstündige Fahrt dazu nutzen, noch ein wenig zu dösen. Wann hatte sie zuletzt mehr als fünf Stunden geschlafen? Sie konnte sich nicht erinnern.

Sie kuschelte sich tiefer in den Autositz. Wenige Minuten später war sie eingeschlafen.

Charlotte Leonberger schien bereits auf sie gewartet zu haben. In einem grünen Kimonokleid stand sie aufrecht in der Eingangstür ihres Reetdachhauses. Ihr blasses, mit feinen Sommersprossen gesprenkeltes Gesicht wirkte ernst.

Frederick Bartels schien von der Krimiautorin völlig unbeeindruckt. Er nannte ihr mürrisch seinen Namen und seinen Dienstgrad.

Mit entwaffnender Liebenswürdigkeit bat Charlotte Leonberger sie in Haus und führte sie ins Wohnzimmer.

Ohne Umschweife kam Malin zur Sache. »Bitte spielen Sie uns den Anruf vor.«

Die Mundwinkel der Autorin zuckten, und Malin bemerkte erstmals einen ängstlichen Ausdruck in ihren Augen. Aus der Einschubtasche ihres Kleides zog sie ein silberfarbenes Klapphandy. »Ich stelle es auf Lautsprecher.«

Angespannt lauschten die beiden Kriminalbeamten der verzerrten Stimme. Der Anruf dauerte keine dreißig Sekunden.

»*Mörderischer Herbst*. Seite 56«, sagte Charlotte Leonberger.

Malin dachte kurz nach. »In dem Band wird jemand in einem öffentlichen Park ermordet und an eine Statue gefesselt. Mit durchtrennter Kehle.«

»Eine grobe Zusammenfassung, aber ja, es stimmt«, bestätigte die Krimiautorin.

»Ist es die gleiche Stimme wie beim letzten Anruf?«

»Ich bin mir nicht sicher – vielleicht.«

Bartels streckte die Hand nach dem Handy aus. »Können wir die SIM-Karte haben oder möchten Sie uns lieber Ihren PIN-Code geben?«

»Sie können die Karte mitnehmen. Ich habe noch eine Twincard von meinem Provider.« Charlotte Leonberger reichte ihm das Handy.

Bartels nahm die Karte heraus und steckte sie in seine Brieftasche. »Gut, legen Sie die neue bald ein. Sie sollten immer erreichbar sein, falls der anonyme Anrufer wieder Kontakt mit Ihnen aufnehmen möchte.«

»Was passiert jetzt?«

»Die Aufnahme kommt zur Untersuchung in die Kriminaltechnik. Sollte es etwas geben, dass uns weiterhilft, werden unsere Leute es finden.«

Die Autorin ließ sich aufs Sofa sinken und schlug die Hände vors Gesicht. »Es ist wie in einem Alptraum. Und es wird immer schlimmer. Der Anruf war eine Vorankündigung, nicht wahr? Jetzt gerade hat der Mörder schon sein nächstes Opfer im Visier. Es ist doch so, oder?«

Malin fühlte sich in ihren eigenen Gedanken bestätigt. »Es könnte sich auch um einen Trittbrettfahrer handeln«, wiegelte sie ab.

»Aber das mit den Anrufen weiß doch bisher niemand.«

»Unterschätzen Sie niemals die Medien, Frau Leonberger. Trotzdem müssen wir davon ausgehen, dass es sich bei dem anonymen Anrufer um den Mörder handelt. Wir behandeln die Angelegenheit mit höchster Priorität. Bisher lagen zwischen den Anrufen und den Morden einige Tage Zeit. Wenn der Täter sein Muster nicht durchbricht, verschafft uns das etwas Luft. Wir werden ihn finden, Frau Leonberger.«

Die Krimiautorin schüttelte ungläubig den Kopf.

»Das Wichtigste ist jetzt, dass Sie die Ruhe bewahren. Ich weiß, das ist leicht gesagt, aber Sie müssen sich sammeln. Durchforsten Sie Ihre Gedanken: Wer hat einen Grund, so etwas zu tun? Darauf läuft es immer wieder hinaus. Werden Sie das tun?«

»Seit achtundvierzig Stunden tue ich nichts anderes«, entgegnete Charlotte Leonberger. »Mittlerweile drehen sich meine Gedanken aber nur noch im Kreis.« Sie sank erschöpft in die Kissen der Couch zurück.

Malin zog einen Beutel aus ihrer Jackentasche. »Haben Sie diese Münze schon einmal gesehen?«

Charlotte Leonberger betrachtete den Inhalt des Beutels eingehend. »Nein. Was ist damit?«

»Frau Steiner trug sie um den Hals, als wir sie gefunden haben.«

»Etwas seltsam für ein Schmuckstück, nicht wahr? Ich hätte nicht vermutet, dass Vicki so etwas trägt.«

»Wir glauben auch nicht, dass es Viktoria Steiner gehört hat. Wir gehen davon aus, dass es vom Mörder platziert wurde.«

Charlotte Leonberger runzelte die Stirn. »Das habe ich aber in meinem Buch nicht geschrieben.«

»Sehen Sie, Frau Leonberger, und genau das ist es, was uns so irritiert. Also bleiben Sie dabei, dass Sie die Münze vorher noch nie gesehen haben?«

»Ja, ich bleibe dabei.« Die Autorin sah Malin fest in die Augen.

»Wir werden einen Kollegen vor Ihrem Haus positionieren.«

»Sie meinen, ich werde überwacht.«

»Frau Leonberger, der Mann wird zu Ihrem Schutz abgestellt«, erwiderte Malin.

»Gut.« Die Autorin nickte. »Und was werden Sie unternehmen, um weitere Opfer zu schützen?«

»Glauben Sie mir, wir arbeiten rund um die Uhr an dem Fall«, entgegnete Malin.

»Sie haben bisher gar nichts. So ist es doch, oder?« Charlotte Leonberger fixierte die Beamten.

Bartels ergriff das Wort. »Bitte informieren Sie uns, wenn Ihnen irgendetwas einfällt. Auch der geringste Verdacht kann uns zum Täter führen.«

Die Krimiautorin nickte. »Kann ich aus dem Haus gehen? Ich frage nur, weil ich heute Abend zu einer großen Veranstaltung muss. Geschäftlich. Mein Verleger wird kein Verständnis dafür haben, wenn ich dort nicht erscheine.«

»Was ist das für eine Veranstaltung?«, fragte Bartels.

»Der Goldene Füller wird verliehen. Ein bedeutsamer

Medienpreis. Ich bin eine der Preisträgerinnen. Es werden viele bekannte Gesichter da sein. Auch einige Menschen aus meinem privaten und beruflichen Umfeld.«

Malin und Bartels warfen sich einen Blick zu. Bartels räusperte sich. »Sie können hingehen, aber geben Sie uns vorher die Eckdaten von dem Event. Ihnen ist hoffentlich klar, dass Sie ab heute keinen Schritt mehr ohne uns tun.«

Charlotte Leonberger seufzte. »Das ist mir durchaus klar.«

Die beiden Kriminalbeamten verabschiedeten sich. Malin wollte ihrem Kollegen gerade aus dem Haus folgen, als die Autorin sie zurückrief. »Ich möchte Sie um einen Gefallen bitten, Frau Brodersen.«

Malin sah sie fragend an.

»Bitte kommen Sie heute Abend zu der Veranstaltung. Ich lasse Sie als meinen persönlichen Gast auf die Gästeliste setzen. Und bringen Sie eine Begleitung mit.«

Für einen Moment zögerte Malin, dann nickte sie.

Zwanzig Minuten später saßen sie im Wohnzimmer von Alma Leonberger, die nur wenige Autominuten von ihrer Nichte entfernt in einem kleinen Schieferhaus wohnte.

Das Inventar des Raumes war bunt durcheinandergewürfelt. Helle Kiefernmöbel zu Regalen aus schwarzen Eisen, blumengemusterte Teppiche zu karierten Baumwollvorhängen, und jegliche Art von Nippes. Vor dem großen offenen Kamin stand ein Sofa mit dunkelrotem Samtbezug.

Nachdem Alma Leonberger ihnen Tee eingeschenkt hatte, zog Bartels ein Notizbuch aus seiner Jacke. »Frau Leonberger, Sie wissen warum wir hier sind?«

»Ja. Meine Nichte hat mir alles erzählt.« Ungläubig schüttelte sie den Kopf. »Erst der nette Dr. Woy. Und dann die kleine Vicki. Sie war ein so reizendes Kind. Ich kann das wirklich alles gar nicht glauben.« Ihre Augen glänzten feucht.

»Frau Leonberger, hat Ihre Nichte Feinde?«, fragte Bartels.

»Meine Charlotte doch nicht«, antwortete die alte Frau erbost. »Ich glaube, diese verdammten Bücher sind schuld. Entschuldigen Sie bitte die Ausdrucksweise, aber mit der Arbeit meiner Nichte bin ich ganz und gar nicht einverstanden. Ich weiß nicht, wie sie dazu kommt, so grausames Zeugs zu schreiben. Nur Mord und Totschlag. Wie oft habe ich schon zu ihr gesagt, Kind, schreib doch mal einen schönen Liebesroman. Aber sie hört ja nicht auf mich. Hatte schon immer ihren eigenen Kopf, meine Kleine.«

Malin sah, wie ihr Kollege ungeduldig mit den Füßen scharrte. »Vielleicht jemand, der ihr nicht ganz wohlgesinnt ist?«, hakte sie nach.

Alma Leonberger schüttelte den Kopf.

»Wie sieht es denn mit ihren Freunden aus? Gab es da vielleicht mal einen Streit? Oder irgendeinen Vorfall?«

Alma Leonberger runzelte die Stirn. »Nein, tut mir leid, da kann ich Ihnen wirklich nicht weiterhelfen. Charlotte ist ohnehin mehr für sich.«

»Und wie sieht es mit Männern aus?«, fragte Malin. »Ihre Nichte hat uns zwar bereits eine Liste mit Namen gegeben, trotzdem interessiert uns auch Ihre Sicht. Gab es da vielleicht mal eine Beziehung, die etwas unglücklich auseinandergegangen ist?«

Zum ersten Mal nickte Alma Leonberger. »Ja, leider. Einmal hätte Charlotte fast geheiratet. Christian van Stetten. Er ist Künstler. Doch dann hat er sie wegen einer anderen verlassen. Das hat Charlotte damals hart getroffen. Seitdem hatte sie immer nur kurze Beziehungen. Mir gefällt ja der nette Herr Thompson ausgezeichnet, er ist ihr Agent, wissen Sie. Ein richtiger Gentleman. Doch sie interessiert sich nicht für ihn. Sie sagt, sie bräuchte einen Mann mit Ecken und Kanten.«

»Wissen Sie, ob sich Ihre Nichte zur Zeit mit jemandem trifft?«

»Sie hat mal etwas von so einem Reisejournalisten erzählt, aber ich bin mir nicht ganz sicher, ob das noch aktuell ist.«

Malin blickte von ihrem Notizbuch auf. »Wissen Sie den Namen?«

»Leider nein. Ich weiß auch gar nicht, ob es Charlotte recht ist, wenn ich so viel über ihr Privatleben erzähle«, gab sie zu bedenken.

»Frau Leonberger, wir ermitteln in zwei Mordfällen und dazu benötigen wir jede erdenkliche Information. Es ist sicher auch im Interesse Ihrer Nichte, wenn wir den Täter so schnell wie möglich stellen können.«

»Da haben Sie natürlich recht.«

»Bitte erzählen Sie uns jetzt noch von Charlottes Kindheit«, bat Malin.

Gute fünfzehn Minuten folgten die beiden Kriminalbeamten den Erzählungen der Frau. Malin machte sich hin und wieder Notizen und stellte einige Zwischenfragen.

Kurze Zeit darauf verabschiedeten sie sich.

Robert Petersen liebte den Herbst. Es war für ihn die allerschönste Jahreszeit. Das wunderbare Farbspiel der Blätter, das schließlich als goldenes Laub die Straßen säumte ... Am meisten jedoch liebte er den kühlen Wind, die Stürme und die frühe Dunkelheit.

Robert saß auf einem Chesterfield-Sofa im Arbeitszimmer seiner Jugendstilvilla. Obwohl mitten am Tag, hielt er ein Glas alten schottischen Whiskys in der Hand. Er lauschte den schweren Klängen von Beethovens fünfter Sinfonie. Das Kaminfeuer knisterte und Robert betrachtete fasziniert die züngelnden Flammen.

Im Geiste ließ er sein Leben an sich vorbeiziehen. Ein Leben, um das ihn die meisten Menschen beneideten. Doch Menschen ließen sich leicht manipulieren, das entsprach ihrer Natur.

Er griff nach der Fernbedienung und ließ die Klaviersonate noch ein wenig lauter erklingen. Dann stellte er das leere Whiskeyglas ab und legte die Füße auf den Tisch. Robert griff nach dem abgegriffenen Buch, das neben ihm auf der Couch lag, und vertiefte sich in die Seiten des Leonberger-Krimis. Als die letzten Klänge von Beethovens Sinfonie ertönten, warf er das Buch ins prasselnde Kaminfeuer.

Gebannt schaute er zu, wie die Flammen hochzüngelten und die Seiten des Buches langsam zerfielen.

14

Kurz nach ihrer Rückkehr ins Polizeipräsidium hatte Malin sich unter einem Vorwand abgemeldet. Sie wollte die Herkunft der Münze ergründen, die sich noch immer in ihrer Jackentasche befand.

Mittlerweile hatte sie zwei Juwelierläden und drei Münzhändler abgeklappert. Ohne Erfolg. Polizeiarbeit konnte so verdammt frustrierend sein. Dabei hätte sie eigentlich am Telefon hängen sollen, um Auskünfte über die Leonberger einzuholen. Stattdessen hatte sie mal wieder versucht, das Unmögliche zu schaffen. Gedankenverloren biss sie in das Franzbrötchen, das sie eben noch schnell in der Stadtbäckerei am Gänsemarkt geholt hatte.

Dann kam ihr eine Idee. *Warum nicht*, dachte sie und schlang den letzten Bissen hinunter. Einen Versuch war es wert.

Kurze Zeit später parkte sie ihren Mini in einer kleinen Seitenstraße in St. Georg vor einem heruntergekommenen Haus mit graffitibesprühter Fassade. Im Erdgeschoss befand sich ein Ladengeschäft mit dreckverkrusteten Scheiben. Nur mit Mühe konnte man die verblassten Buchstaben auf der Fensterfront erkennen, die auf einen An- und Verkauf hinwiesen.

Der Verkaufsraum war mit alten Möbeln und Antiquitäten zugestellt. Ein altes Grammophon spielte *Moon River* von Dean Martin. Malin strich über eine angestoßene Nussbaumkommode und überlegte, ob sie sie vielleicht kaufen sollte.

»Das Fräulein Brodersen …« Unbemerkt hatte sich der Ladeninhaber neben sie gestellt, ein alter Mann mit Rauschebart und Nickelbrille. »Lang nicht mehr die Ehre gehabt. Wie geht es Ihrem Großvater?«

Malin lachte ihn herzlich an. »Gut, danke der Nachfrage. Aber bitte sagen Sie doch weiter du und Malin zu mir.«

Leider wusste sie seinen Namen nicht. Als Kind hatte sie ihren Großvater öfter in den Laden mit den vielen wunderbaren Dingen begleitet. Sie konnte sich allerdings nicht daran erinnern, dass ihr Großvater den Inhaber je mit Namen angesprochen hatte. Er nannte ihn immer nur den Juden.

»Was führt dich zu mir, Malin? Interessierst du dich für die Kommode?« Die Augen hinter der Nickelbrille schauten sie neugierig an.

»Sie ist wunderschön«, erwiderte Malin. »Aber ich bin eigentlich wegen etwas anderem hier.« Sie zog den Klarsichtbeutel mit der Münze aus der Tasche. »Kennen Sie sich vielleicht mit solchen Münzen aus? Oder wissen Sie, was die eingravierten Zeichen bedeuten?«

»Soso, hat der Erich recht gehabt. Ich wollte ihm gar nicht glauben, als er mir erzählt hat, dass du bei der Polizei gelandet bist.« Er zwinkerte ihr freundlich zu. »Darf ich sie herausnehmen?«

Malin nickte.

Er steckte sich eine Uhrmacherlupe ans linke Auge und betrachtete die Münze eingehend von allen Seiten. Dann stieß er einen zischenden Laut aus.

Ungeduldig trat Malin von einem Fuß auf den anderen. »Und?«

»Nicht so ungeduldig, junge Frau. Komm mal mit.« Der Alte ging in den angrenzenden Raum.

Im Gegensatz zum chaotischen Verkaufsraum herrschte hier akribische Ordnung. Auf einer langen Werkbank reihten sich Werkzeuge aneinander und die schmalen Schubladen in den darunter befindlichen Rollcontainern waren sorgfältig beschriftet. An der linken Seitenwand standen Dutzende von Büchern dicht gedrängt im Holzregal.

Der alte Mann nahm einen dicken Bildband aus dem Regal und schlug mehrere Seiten auf. Dann stellte er den Band zurück und griff nach einem anderen Buch. Dieser Vorgang wiederholte sich noch zweimal, dann blieb sein Blick starr an einem Bild hängen. Er verharrte einige Minuten mit dem Finger auf den Textzeilen. Dabei runzelte er die Stirn. Malins Nerven waren zum Zerreißen gespannt, als er endlich zu sprechen begann.

»Ich bin mir nicht ganz sicher«, murmelte er. »Aber es sieht so aus, als wäre es eine Medaille, die einer Münze aus der Wikingerzeit nachempfunden ist.«

»Eine Medaille? Wo ist da der Unterschied?«, fragte Malin.

Er schaute sie über den Rand seiner Brille hinweg an. »Münzen dürfen nur in staatlichen Prägeanstalten hergestellt werden, das ist hier eindeutig nicht der Fall. Aber auch wenn diese hier keinen Zahlwert hat, kann sie durchaus wertvoll sein. Es handelt sich hierbei nicht um das übliche Material zur Münzherstellung, sondern um ein Edelmetall mit Goldanteil.«

»Woran kann man erkennen, dass sie einer Münze aus der Wikingerzeit nachempfunden wurde?«

Der Alte reichte ihr die Uhrmacherlupe. »Schau selbst.«

»Irgendein Tier«, sagte Malin, während sie die Lupe mit einer Hand festhielt.

Der Trödler lachte. »Nicht irgendein Tier, Malin. Das ist ein Stier, vielleicht auch ein Hirsch. Es sind charakteristische Motive der Wikingerzeit.«

»Was sind das für eingeritzte Schriftzeichen?«

Der Trödler nahm ihr die Lupe aus der Hand und legte sie zurück auf die Werkband. »Es könnten Runen sein. Runen sind die ältesten Schriftzeichen der Germanen und wurden in den nordischen Ländern bis ins fünfzehnte Jahrhundert hinein verwendet. Allerdings gibt es eine Vielzahl von altertümlichen Schriftzeichen, die sich alle in ihrer Art ähneln. Ich könnte mich also auch irren.«

Malin betrachtete den Bildband, der immer noch aufgeschlagen auf der Werkbank lag. »Sind das Abbildungen von Wikingermünzen?«

»Ja«, sagte er und deutete auf ein Foto. Es zeigte eine Reihe angelaufener Münzen.

»Aber die sehen ja ganz anders aus«, erwiderte Malin enttäuscht.

»Schau genau hin, Malin. Lass dich nicht von der Farbe verwirren. Deine Münze ist poliert. Ich vermute, dass sie als Schmuckstück gedient hat, deshalb auch die kleinen Ösen auf beiden Seiten. Siehst du, hier.«

»Also bräuchten wir einen Experten«, sagte sie, nachdem sie die Ösen in Augenschein genommen hatte.

Der Alte blätterte in einem zerfledderten Notizbuch und schrieb dann etwas auf einen Zettel, den er Malin reichte. »Probier es dort. Professor Hardenberg ist ein alter Freund von mir. Wenn er dir nicht weiterhelfen kann, so wird er dir zumindest sagen können, an wen du dich wenden kannst.«

Malin steckte den Zettel in ihre Hosentasche. »Vielen Dank. Kann ich das hier vielleicht mitnehmen?« Sie wies auf den Bildband.

Der Alte schob sich die Brille leicht von der Nase und sah Malin darüber durchdringend an. »Ich will mit der Polizei nichts zu tun haben. Hat mir bisher nichts als Ärger gebracht. Und ich will es auch künftig nicht anders handhaben. Du kannst dir das Buch gerne ausleihen, aber du hast es nicht von mir, falls jemand fragt. Und bring es zurück, wenn du es nicht mehr brauchst.«

»Vielen Dank.« Malin wendete sich zum Gehen, hielt dann aber noch einen Augenblick inne. »Wollen Sie eigentlich gar nicht wissen, was es mit der Münze auf sich hat?«

Der Alte machte eine abwehrende Handbewegung. »Es reicht mir, dass du die Enkelin von Erich bist. Eine weitere Erklärung brauche ich nicht.«

»Darf ich Sie noch was fragen?«

»Nur zu.«

»Ich kenne Ihren Namen nicht.« Malin errötete. »Bitte entschuldigen Sie meine Unverblümtheit, aber immer wenn mein Großvater von Ihnen spricht, sagt er ›der Jude‹. Sind Sie Jude?«

Der alte Mann lachte herzhaft. »Nein, auch wenn viele es denken. Ich heiße Jude, es ist mein Nachname.«

Er begleitete sie zur Tür. »Wegen der Kommode, Malin, überlege es dir. Ich mache dir einen guten Preis. Und grüße mir deinen Großvater.«

Malin verabschiedete sich und kehrte zu ihrem Auto zurück.

Majestätisch erhob sich die weiße Prachtfassade des Hotel *Atlantic* am Ostufer der Außenalster.

Kriminaloberkommissar Frederick Bartels stand neben dem Eingangsportal und musterte seinen Kollegen Andresen, der sich gerade eine Zigarette anzündete. Unter dem offenen schwarzen Ledermantel trug Andresen eine zerknitterte schwarze Hose, ein schwarzes Seidenhemd und eine ebenso schwarze Lederkrawatte. Bartels runzelte die Stirn. »Hast du nichts anderes zum Anziehen gehabt? Man sieht dir den Bullen aus hundert Meter Entfernung an.«

»Wieso?« Andresen schaute an sich herunter. »Das ist mein bestes Hemd. Kann sich ja nicht jeder wie ein Dressman kleiden.« Demonstrativ deutete er dabei auf Bartels' gut sitzenden Anzug.

Ein Taxi hielt vor dem Eingangsportal und der Portier eilte herbei. Ein elegant gekleideter älterer Herr stieg aus und bot seiner Begleitung galant den Arm.

Bartels und Andresen, die ihre Kollegin bisher ausschließlich in legerer Kleidung und ohne Make-up gesehen hatten, staunten, als sie Malin Brodersen erkannten. Die junge Kriminalbeamtin trug ein mitternachtsblaues Kleid, dessen einfacher Schnitt ihre zierliche Figur betonte und einen wunderschönen Kontrast zu ihrer hellen Haut bildete. Anstatt des üblichen Pferdeschwanzes floss ihr Haar glatt und glänzend um die schmalen Schultern. Das dezente Make-up hob ihre feinen Gesichtszüge hervor und verlieh ihren Augen einen geheimnisvollen Ausdruck.

Andresen entfuhr ein leiser Pfiff. »Wer hätte das gedacht.« Er räusperte sich. »Aber gut, dadurch wird sie auch nicht weniger nervig.«

Sein Kollege starrte gebannt auf seine Teamkollegin, die ihnen im Vorübergehen zuzwinkerte.

»Wer ist denn der Alte?«, fragte Andresen. »Fred?« Er knuffte Bartels in die Seite.

»Das muss ihr Großvater sein. Erich Brodersen.«

»Noch einer«, stellte Andresen fest und schnippte seine Zigarette weg. »Vor dieser Sippschaft ist man ja nirgends mehr sicher.« Misstrauisch betrachtete er den verträumten Ausdruck seines Kollegen. »Sag mal, Fred, ich muss mir doch keine Sorgen machen wegen dir und der kleinen Brodersen?«

»Natürlich nicht«, entgegnete Bartels, ohne seine Kollegin dabei aus den Augen zu lassen.

Charlotte Leonberger warf auf der Rückbank einer Mercedeslimousine einen letzten prüfenden Blick in ihren Handspiegel. Sie wusste, dass sie fantastisch aussah. Sie trug eine kunstvoll arrangierte Hochsteckfrisur und das strassbesetzte Prada-Kleid betonte ihre makellose Figur.

Die Limousine erreichte das *Atlantic*. Sie wartete, bis ihr die Tür geöffnet wurde, dann griff sie nach ihrem silberfarbenen Abendtäschchen und stieg aus der Limousine. Augenblicklich bemerkte sie den gutaussehenden Kriminalbeamten, der mit einem zwielichtig wirkenden Mann zusammen am Eingang stand. Fast unmerklich lächelte sie ihm zu.

Mit hoch erhobenem Kopf schritt sie durch die beeindruckende Lobby des Hotels in den kleinen Festsaal. Befrackte Kellner trugen silberne Tabletts mit Champagner und Canapés zwischen den Gästen herum. Charlotte lächelte einigen Menschen freundlich zu, ohne deren Gesichter zu kennen. Sie fragte sich, ob die Anwesenden überhaupt Interesse an den Preisträgern hatten. Den meisten ging es vermutlich eher darum, sich auf den Klatschseiten einiger Boulevardblättchen wiederzufinden.

Sie griff nach einem Glas Champagner und nippte daran. Ihr Verleger Robert Petersen trat mit weit geöffneten Armen auf sie zu. »Meine liebe Charlotte, Sie sehen fantastisch aus.«

»Vielen Dank, Robert, das Kompliment kann ich nur zurückgeben.«

Der Verleger von *Alster Books* ging bereits auf die siebzig zu, doch er war auf eine attraktive Weise gealtert. Er maß gut einen Meter neunzig und war von schlanker, aufrechter Statur. Sein volles Haar schimmerte silbergrau und sein Blick hinter der randlosen Brille wirkte intelligent und aufgeschlossen. Allerdings konnte er diejenigen, die ihn näher kannten, nicht darüber hinwegtäuschen, dass er durch und durch berechnend war.

Er zog Charlotte etwas näher zu sich heran, um ihr etwas ins Ohr zu flüstern. »Damit wir uns richtig verstehen: Kein Wort über diese unsägliche Geschichte zur Presse. Sie wissen, dass die Geschäfte nicht mehr so einfach laufen wie früher. Der Verlag kann sich jetzt keinen Skandal leisten. Ich denke, das ist auch in Ihrem Interesse.«

Charlotte rückte ein wenig von ihm ab. »Das versteht sich von selbst. Können wir später noch einmal über den Abgabetermin für das neue Buch sprechen?«

»Charlotte, der Termin steht. Ich wüsste nicht, was es da zu bereden gibt. Wir müssen die Erfolgswelle ausnutzen, auf der Sie gerade schwimmen. Die Leser erwarten das von Ihnen.«

Charlotte griff nach einem weiteren Glas Champagner und lächelte einem Bekannten zu. »Es ist nur so, Robert: Die zwei Morde haben mich, wie soll ich es am besten formulieren, ein wenig aus dem Gleichgewicht gebracht. Ich werde den Termin nicht halten können.«

Seine eisblauen Augen wirkten hart wie Stahl. »Sie wissen, dass ich Sie sehr schätze, und ich habe Verständnis für Ihre augenblickliche Situation. Dennoch, eine Terminverschiebung ist nicht akzeptabel. So leid es mir tut. Kriegen Sie Ihre Probleme in den Griff, Charlotte. Der Verlag hat einiges zu verlieren.«

Charlotte hatte das Gefühl, jeden Augenblick die Nerven zu verlieren.

In der Menge entdeckte sie die vertraute Gestalt von Simon Thompson. Der Agent hob grüßend die Hand in ihre Richtung und wandte sich dann wieder seinem Gesprächspartner zu.

»Charlotte, lächeln Sie, da sind die Leute vom *Abendblatt*. Ich habe ihnen ein Interview versprochen. Sie wollen einen doppelseitigen Artikel über Ihr neues Buch bringen. Das ist eine hervorragende Publicity.« Petersens eigenes Lächeln war das eines Haifisches, als er nach Charlottes Ellenbogen griff und sie auf die zwei Journalisten vom *Abendblatt* zuschob.

Hilfesuchend schaute sie sich nach Simon um, doch von dem Agenten war nichts mehr zu sehen.

In einer anderen Ecke des Raumes beobachtete Hannah Süßkind mit zusammengekniffenen Augen die Szene. Missmutig griff sie nach dem dritten Glas Weißwein an diesem Abend und ließ die kühle Flüssigkeit die Kehle hinunterrinnen.

Sie fragte sich, wie sie in diese Situation gekommen war. Es hatte immer nur zwei Ziele in ihrem Leben gegeben: ein eigenes Buch zu veröffentlichen und den Mann fürs Leben zu finden. Doch was hatte sie bisher erreicht? Sie war Ende vierzig und wohnte noch immer in der Wohnung ihrer Eltern. Ihre Mutter lag seit Jahren in einem anonymen Grab auf dem Ohlsdorfer Friedhof. Den Traum vom eigenen Buch hatte sie zeitgleich mit dem Beginn der Pflege ihres gebrechlichen Vaters begraben.

Hannah nippte weiter an ihrem Weinglas, während sie unablässig Charlotte Leonberger fixierte. *Es ist allein ihre Schuld*, dachte sie. *Steht da in ihrem Luxuskleidchen und benimmt sich wie eine Königin. Wo wäre sie denn heute ohne mich? Nicht ein Buch wäre auf den Markt gekommen, geschweige denn ein Bestseller geworden. Es wird Zeit, dass die Gute mal daran erinnert wird.* Hannahs Gesicht verzog sich zu einer verächtlichen Grimasse. Sie wusste, was sie tun würde.

Die Gäste in ihren eleganten Abendroben wechselten in den großen Festsaal, einem prunkvollen Ballsaal mit etlichen Lüstern und wunderschöner Kassettendecke.

Trotz der traumhaften Kulisse war die Verleihung selbst eine zähe Angelegenheit. Sachlich und aufs Wesentliche konzentriert, hielten Größen aus Politik und Wirtschaft langatmige Laudationes. Lediglich zwei musikalische Showacts lockerten den steifen Rahmen etwas auf.

Charlotte Leonberger wurde als letzte Preisträgerin auf die Bühne zitiert. Kriminalbeamtin Malin Brodersen, die in der zweiten Reihe zwischen Simon Thompson und ihrem

Großvater saß, bewunderte den selbstsicheren Auftritt der Krimiautorin. Die Worte ihrer Dankesrede waren gut gewählt und das Lächeln saß perfekt.

»Wissen Sie eigentlich, dass Ihr Kollege mich heute noch mal aufgesucht hat?«, flüsterte Thompson ihr zu.

Malin nickte, ohne den Blick von Charlotte Leonberger abzuwenden.

»Und warum haben Sie mich nicht angerufen?«, fragte Thompson.

Malin sah ihn erstaunt an.

Thompson lachte leise. »Habe ich es mir doch gedacht. Er hat Ihnen gar nicht gesagt, dass ich darum gebeten habe.«

Erich Brodersen stupste seine Enkelin an und wies auf eine blonde Frau in der Reihe vor ihnen. Malin starrte entsetzt auf den schmalen Rücken, die kunstvoll arrangierte Frisur und das Profil der Frau. Constanze Heidenberg.

»Hören Sie, Malin, geben Sie Ihrem Herzen einen Stoß und gehen Sie mit mir essen. Was sagen Sie dazu?«, flüsterte Thompson.

Im Saal entstand Unruhe und Malin musste die Frage unbeantwortet lassen.

Dann passierten mehrere Dinge gleichzeitig.

15

Auf allen Titelseiten prangte ein Foto von Charlotte Leonberger. Blass und die Augen vor Schreck geweitet, versuchte die Autorin sich vor der Fotografenmeute zu schützen. Die Schlagzeile bei Hamburgs einschlägigster Boulevardzeitung lautete: *Krimikiller – Hamburg in Panik!*

Malin hatte nichts anderes erwartet, trotzdem entfuhr ihr ein Stöhnen beim Anblick der Titelseite.

Sie saß im Kaffee *Elbgold* und startete mit einem Latte Macchiato und einem Franzbrötchen in den Tag. Sie hatte einen der begehrten Fensterplätze ergattert und beobachtete für einen Moment die Passanten am Mühlenkamp.

Dann widmete sie sich den Zeitungen und überflog die Artikel. Sie ärgerte sich maßlos über die reißerischen Texte, die die Geschehnisse vom Vorabend völlig verzerrt wiedergaben. Sie konnte immer noch nicht fassen, wie die dröge Verleihung in einen solchen Tumult hatte ausarten können. Nachdem Charlotte Leonberger ihre Rede beendet hatte, war eine Gruppe von Journalisten wie eine Heerschar über die Autorin hergefallen. Schutzlos war sie dem Blitzlichtgewitter der Kameras und den Fragen ausgeliefert gewesen. Alle betrafen den »Krimikiller«, ein Name, den die Gazetten kurzfristig erschaffen hatten. Malin war der Autorin sofort zu Hilfe geeilt, doch es war bereits zu spät gewesen. Die Story war im Kasten.

Zudem war Malin mitten im Getümmel mit ihrer Mutter zusammengestoßen, was nicht gerade dazu gedient hatte, die Situation zu entschärfen. Constanze Heidenberg schien einem Herzinfarkt nahe, als sie ihre Tochter mitten in dem Tumult entdeckte, noch dazu mit ihrem verhassten Schwiegervater im Schlepptau.

Malin und ihren Kollegen war es mit Hilfe des Sicherheitspersonals des Hotels schließlich gelungen, die aufgeheizte Atmosphäre in den Griff zu bekommen. Zur Freude der anwesenden Presseleute hatte sich Robert Petersen zu einem wütenden Kommentar über die Arbeit der Polizei hinreißen lassen. Malin war daher wenig überrascht gewesen, als Fricke am frühen Samstagmorgen bei ihr angerufen hatte, um sie zu einer Sonderbesprechung zu zitieren.

Ihr Handy vibrierte. Sie leitete den Anruf an ihre Mailbox weiter. Constanze Heidenberg hatte bereits drei Nachrichten für ihre Tochter hinterlassen.

Sie steckte das Handy zurück in die Tasche, trank den letzten Schluck Latte Macchiato und machte sich auf den Weg zu ihrem Mini.

»So eine verdammte Scheiße!«, brüllte Fricke und schlug mit der Faust auf die Titelseite einer Boulevardzeitung. »Wisst ihr, wann mich der Chef heute früh aus dem Bett geholt hat? Um genau sechs Uhr. Ich sage euch, jetzt ist die Kacke gewaltig am Dampfen. Habt ihr die Berichte schon gelesen? Sie haben uns, und damit die Kompetenz der kompletten Hamburger Polizei, in der Luft zerrissen.« Fricke hatte einen hochroten Kopf und Malin befürchtete, dass ihr Vorgesetzter kurz vor einem Kollaps stand. Sie öffnete ein Fenster.

»Was ist jetzt mit diesem Thompson, Fred? Warum ist der auf einmal aus dem Schneider?«

»Ich habe nicht gesagt, dass er aus dem Schneider ist«, wehrte Bartels ab. »Er konnte mir allerdings eine glaubhafte Erklärung für die Zeitdiskrepanz in seiner Aussage geben. Er hat die zwei Tage vor dem Mord an Viktoria Steiner bei Vertragsverhandlungen in Helsinki verbracht. Helsinki und Hamburg haben eine Stunde Zeitverschiebung. Er hat vergessen, seine Uhr zurückzustellen. So einfach ist das.«

Tiedemann kritzelte auf ein Blatt Papier. »Zeitlich gesehen, hatte er immer noch die Möglichkeit, Viktoria Steiner abzufangen.«

»Dann wären wir also wieder beim Motiv. Wir drehen uns im Kreis.« Fricke betrachtete die müden Gesichter seiner Teammitglieder. »Und der Täter hat den nächsten Mord schon avisiert. Er wird bald wieder zuschlagen.«

»Lässt sich aus den Zeitpunkten der Anrufe nicht ein Muster herleiten?«, warf Nele Richter ein.

Fricke schüttelte den Kopf. »Eher nicht. Die ersten beiden Anrufe erfolgten jeweils an einem Donnerstag, der letzte gestern und da war Freitag. Zwischen den Anrufen und den Morden sind vier beziehungsweise fünf Tage vergangen. Auf jeden Fall läuft uns die Zeit davon.«

Malin räusperte sich. »Ich frage mich schon die ganze Zeit, woher die Presse auf einmal über die Zusammenhänge Bescheid wusste. Dass die sich die Leonberger gerade bei der Verleihung gegriffen haben, ist doch kein Zufall.«

Andresen schnalzte. »Du bist wirklich noch ein Frischling, Brodersen. Die haben ihre Leute überall sitzen. Wie die Spatzen heben die jeden Krümel auf, den sie finden. Mich überrascht es eher, dass die uns nicht schon viel eher auf die Schliche gekommen sind.« Sein Ton klang herablassend.

»Oder es hat sich einer verquatscht.«

Andresen zwirbelte an seinem Bart und seine Augen verengten sich. Dann grinste er. »Was meinst du denn, wie so etwas läuft? Ein Doppelagent in unserem Team? Eine kleine Information an die Presse, um das mickrige Beamtengehalt etwas aufzubessern?«

Malin spürte, wie ihre Wangen rot wurden. Nele Richter entfuhr ein nervöses Kichern. Verlegen schlug sie sich die Hand vor den Mund.

»Ach komm, Sven, dass hat sie doch gar nicht gemeint, oder, Malin?«, warf Bartels dazwischen.

»Ich kann selber für mich sprechen«, zischte sie Bartels an und wendete sich dann Andresen zu. »Natürlich habe ich das nicht gemeint. Mir hat einzig und allein der Zeitpunkt zu denken gegeben. Vielleicht hat jemand ein begründetes Interesse daran, die Sache voranzutreiben?«

»Du meinst den Täter?«, fragte Tiedemann.

»Vielleicht.«

Fricke erhob sich von seinem Stuhl. »Ich weiß, ihr seid alle müde und kaputt, aber wir müssen jetzt alle verfügbaren Ressourcen bündeln und Druck machen.« Er schaute in die Runde. »Also passt auf, wir machen Folgendes.«

Nachdem Fricke die Aufgaben verteilt hatte, forderte er Malin und Andresen auf, in sein Büro zu kommen.

Sven Andresen, in schwarzer Lederhose, lila Seidenhemd und dunklen Cowboystiefeln, saß mit vor der Brust verschränkten Armen auf dem Besucherstuhl und starrte seinen Vorgesetzten missmutig an. Malin war stehen geblieben und wartete darauf, dass Fricke das Wort ergriff.

»Ihr wisst, warum ihr hier seid?« Fricke musterte seine beiden Beamten und zog die Augenbrauen hoch. »Nicht? Das kann ich irgendwie so gar nicht glauben.« Er schlug mit der Faust auf den Tisch. »Jeden verdammten Tag in dieser Ermittlung verschwendet ihr wertvolle Zeit und Energie damit, euch gegenseitig das Leben schwer zu machen. Ihr behindert die gesamte Ermittlung. Ich sage euch, und das meine ich verdammt noch mal ernst …« Er beugte sich über seinen Schreibtisch und fuhr verdächtig ruhig fort: »Hört auf damit, sonst kann ich euch, und zwar beide, nicht länger in meinem Team gebrauchen. Ist das jetzt ein für alle Mal klar bei euch angekommen?«

Malin war zusammengezuckt und sah ihn bestürzt an.

»Angekommen.« Andresen klang frostig.

»Sven, du weißt dass ich dich für einen erstklassigen Ermittler halte. Aber deine Ringkämpfe mit Brodersen behindern dich in deiner Objektivität. Ich weiß, du hast immer noch an der Sache mit Martin zu knabbern, trotzdem durfte der Platz im Team nicht unbesetzt bleiben. « Frickes Miene lockerte sich ein wenig.

»Aber sie wird seinen Platz niemals einnehmen können«, erwiderte Andresen.

»Das soll sie auch nicht, Sven, niemand kann einen anderen Menschen ersetzen. Trotzdem brauchten wir ein neues Teammitglied. Und meiner Meinung nach ist Kriminalkommissarin Brodersen eine Bereicherung für uns. Gib ihr eine Chance.«

Andresen Ausdruck blieb regungslos. Malin fühlte sich äußerst unbehaglich.

»Und jetzt kommen wir zu Ihnen, Brodersen. Ich habe mich

ganz genau über Sie informiert, bevor ich Sie ins Team geholt habe. Ganz genau, wenn Sie wissen, was ich meine.« Fricke fixierte seine jüngste Mitarbeiterin. »Sie schwimmen gerne gegen den Strom, und ob Sie es glauben oder nicht, das hat Sie letztendlich für mich qualifiziert. Das Team funktioniert nur durch die Zusammensetzung von euren individuellen Fähigkeiten. Und Sie, Malin, geben uns neue Impulse und neue Betrachtungsweisen. Das ist gut, aber nur, wenn sich diese Impulse nicht gegen das eigene Team wenden. Sie müssen sich ins Team einfügen, Brodersen – jetzt.«

Malin schluckte eine Erwiderung hinunter und nickte.

»Ich hätte einzeln mit euch sprechen können, aber ich will mit offenen Karten spielen. Ich hoffe, ihr werdet das künftig auch tun. Um euch beiden ein wenig entgegenzukommen, habe ich mich entschlossen, die bisherige Teamzusammenstellung beizubehalten. Im Klartext bedeutet das: Brodersen, Sie arbeiten weiterhin mit Bartels zusammen und du, Sven, mit Ole. « Seine Stimme wurde eindringlicher. »Ich brauche jetzt eine Mannschaft, auf die ich mich hundertprozentig verlassen kann. Kriegt ihr das hin?«

Diesmal war es Andresen, der als Erster das Wort ergriff. »Okay, Chef, mir soll es recht sein, wenn Bartels weiterhin das Kindermädchen spielt«, sagte er grinsend und wurde sofort wieder ernst, als er sah, dass sein Scherz Fricke verärgerte. »Verzeihung, ich muss mich wohl erst noch daran gewöhnen.«

»Dann sollte das schleunigst geschehen, Kriminaloberkommissar Andresen.«

Es schien, als ließe sich Andresen die Worte seines Vorgesetzten einen Moment durch den Kopf gehen. »In Ordnung, Chef.«

Malin fand in der Ulmenstraße einen Parkplatz direkt vor dem Eingang des kleinen Privatweges. Sie stellte den Motor ab und blieb einige Minuten regungslos sitzen. Informationen und Gesprächsfetzen wirbelten in ihrem schmerzenden Kopf durcheinander

Sie schloss die Augen. An diesem Abend brauchte sie Ruhe

und Entspannung. Keinen Serienmörder, keine nervige Kollegen und vor allem keine cholerische Mutter. Am späten Nachmittag hatte sie sich durchgerungen, den gefühlt fünfundzwanzigsten Anruf von Constanze Heidenberg entgegenzunehmen und die Entscheidung umgehend bereut. Nachdem ihre Mutter ihre Belehrungsattacke beendet hatte, erinnerte sie Malin zum hundertsten Mal an das bevorstehende Firmenjubiläum. Malin sagte den Termin zu und das Familienessen am nächsten Tag ab. Bevor Constanze Heidenberg dazu weitere Kommentare abgeben konnte, hatte sie sich verabschiedet und aufgelegt.

Jetzt hatte sie endlich ihre Ruhe. Müde und abgekämpft stieg sie aus dem Mini und ging die paar Schritte bis zu ihrer Haustür. Im Flur ließ sie ihre Jacke einfach auf den Fußboden fallen und streifte im Gehen die Schuhe ab. Aufräumen würde sie am nächsten Tag. In der Küche ließ sie zwei Aspirin in ein Wasserglas fallen, trank es dann in einem Zug aus und ging hungrig an den Kühlschrank. Gähnende Leere. Sie hatte schon wieder vergessen einzukaufen.

Sie wollte sich gerade etwas beim Lieferservice bestellen, als es an der Haustür klingelte.

Frederick Bartels stand mit zwei Pizzakartons und einer Flasche Wein vor ihrer Tür. »Nach eurem Einlauf bei Fricke habe ich mir gedacht, du könntest eine kleine Aufmunterung gebrauchen. Außerdem wollte ich mich noch für das Essen bei Emilia revanchieren.«

»Wenn du schon mal da bist …« Malin ließ ihn eintreten.

Bartel stieß einen Pfiff aus. »Wahnsinn, Malin, ein tolles Haus. Erinnert mich ein bisschen an die sieben Zwerge, allerdings wesentlich komfortabler.«

»Was hast du denn geglaubt? Dass alle Polizisten in schäbigen Hochhaussiedlungen inmitten von Zigarettenkippen und leeren Bierdosen hausen?«

»Warum zickst du denn so rum?«, entgegnete Bartels erstaunt.

»Ich zicke nicht herum. Ich bin nur müde und will endlich Ruhe haben. Ich habe dich schließlich nicht eingeladen.«

Bartels' dunkle Augen verengten sich. »Schon gut, ich kann auch wieder gehen.«

»Sorry, so war das nicht gemeint. Aber der heutige Tag reicht mir langsam. Außerdem nervt es mich, dass du meinst, immer für mich sprechen zu müssen. Ich will nicht gerettet werden. Pack einfach deine Rüstung ein und zwischen uns ist alles klar.«

»Ich gelobe Besserung.« Bartels lächelte verschmitzt. »Aber nur, wenn wir jetzt die Pizza essen.«

Malin schaute ihn noch einem Moment frostig an, dann verzog sich ihr Gesicht ebenfalls zu einem Lächeln. »Willst du nicht endlich mal die Flasche öffnen? Den Korkenzieher findest du in der Küche, erste Schublade links oben. Ich besorg uns zwei Gläser.«

Kurze Zeit später hatten sie es sich auf der Wohnzimmercouch gemütlich gemacht und verzehrten die Pizza direkt aus dem Karton.

Bartels betrachtete den aufgeschlagenen Bildband auf dem Couchtisch. »Ich wusste gar nicht, dass du dich um die Münze kümmerst. Ich dachte, da wäre Glaser dran.«

»Ich habe nur ein paar Kontakte genutzt.« Malin erzählte ihm vom Trödler.

Bartels beugte sich über die Abbildungen. »Eine gewisse Ähnlichkeit ist nicht zu leugnen. Aber irgendwie scheint mir das Ganze ein bisschen weit hergeholt. Wikinger, sagtest du? Versteht der Typ, bei dem du warst, überhaupt etwas davon?«

»Ich glaube schon.«

Bartels Interesse schien geweckt. »Wie bist du überhaupt auf diesen Kerl gekommen? Ich meine, du bist doch sicher nicht auf gut Glück losgefahren und hast in den dunklen Ecken Hamburgs nach einschlägigen An- und Verkäufen gesucht.«

»Tut mir leid, aber ich habe meinem Informanten versprochen, seinen Namen nicht preiszugeben.«

Bartels Brauen fuhren in die Höhe. »Dir ist wohl der Wein zu Kopf gestiegen. Du benimmst dich wie eine Agentin vom BND.«

»Blödmann, erzähl du mir lieber mal, warum du mir verschwiegen hast, dass ich Simon Thompson anrufen sollte.«

»Was hat er gesagt?«

»Versuch nicht abzulenken, ich weiß genau, dass ich dich ertappt habe.«

»Was findest du bloß an diesem Kerl?«

»Du meinst abgesehen davon, dass er attraktiv, gut gekleidet, charmant und gebildet ist?«

»Dieser Lackaffe ist nichts für dich«, stellte Bartels fest.

»Fred, wir haben ein Abmachung. Also halte dich daran.« Malin griff nach der Weinflasche und füllte die Gläser auf. Ihr entfuhr ein Kichern. »Weißt du, was ich glaube? Nele Richter hat sich in dich verguckt.«

»Wie kommst du denn darauf?«, fragte Bartels überrascht.

»Ist dir noch nicht aufgefallen, das sie immer rot wird, wenn du mit ihr sprichst?«

»Das liegt bestimmt daran, dass sie so begeistert ist von meinen fachlichen Fähigkeiten als Kriminalkommissar«, erwiderte Bartels grinsend.

»Na ja, bei mir wird sie aber nicht rot.«

Bartels beugte sich zum Couchtisch vor und zog ein zerfleddertes Taschenbuch unter den Unterlagen hervor. »*Miss Marple. Ihr Leben und ihre Abenteuer*«, las er vor. Er sah sie erstaunt an. »Du liest das Zeug wirklich?«

Malin nickte.

»Warum bist du eigentlich Polizistin geworden?«

»Du hältst die Antwort in der Hand«, antwortete sie schmunzelnd. »Seit ich mit dreizehn meinen ersten Krimi gelesen habe, wollte ich Polizistin werden. Na ja, ehrlich gesagt, am Anfang eher Privatdetektivin. Ich habe meinen Traum dann einfach nur der Zeit angepasst.«

»Das ist total irre.«

»Warum? Weil ich nicht dem typischen Klischee entspreche? Vielleicht wollte ich auch einfach nur nicht in einem Frauenverein enden«, entgegnete Malin.

»Was um Himmels Willen ist denn ein Frauenverein?«

»Ein Club für privilegierte gelangweilte Gattinnen reicher Männer, die sich sozial engagieren und Wohltätigkeitsbasare organisieren.«

»Aha. Da kann ich mir dich so gar nicht drin vorstellen.«

»Eben. Und deshalb bin ich Polizistin geworden«, grinste Malin.

Sie alberten noch eine Zeit lang herum und zogen sich gegenseitig auf. Als Malin den Rest der Weinflasche auf die Gläser verteilte, wurde Bartels auf einmal ernst. »Du gibst mir Rätsel auf, Malin. Bisher kannte ich dich eher als schroff, arrogant und ein bisschen durchgeknallt. Dann bist du auf einmal ein feengleiches Wesen, das sich mit einer solchen Eleganz auf dem Parkett der feinen Gesellschaft bewegt, als hättest du nie woanders hingehört. Und dann dieses wunderschöne Haus. Wer bist du eigentlich?« Seine dunklen Augen sahen sie intensiv an.

Malin rang noch mit der Antwort, als er plötzlich nach ihrem Haar griff und eine blonde Strähne langsam durch seine Finger gleiten ließ. »Weißt du was, Miss Marple, ich mag dich wirklich gerne.« Dabei kam er ihrem Gesicht ganz nahe.

Sie bemerkte, dass er wunderschöne lange Wimpern hatte. Eine kleine Narbe verlief quer zwischen seinen Brauen. Als er nach ihrer Hand griff und ihren Blick festhielt, schien es, als würde die Zeit stehen bleiben.

Dann drehte sie den Kopf weg und stand auf. »Gut, du Charmeur, ich gehe jetzt ins Bett. Wenn du möchtest, kannst du heute hier schlafen. Es sei denn, du willst einen Führerscheinentzug wegen Trunkenheit am Steuer riskieren.«

»Ich hoffe, du hast feste Absichten?« Bartels grinste sie schief an.

»Mach dir keine falschen Hoffnungen, mein Lieber. Du schläfst auf der Couch. Ich hole dir rasch eine Decke.«

Als Malin zurückkam, war Bartels bereits eingeschlafen. Er hatte seinen Arm über die Augen gelegt und stieß gelegentlich kleine Schnarcher aus. Sie breitete die Decke über ihm aus und blieb noch einen Augenblick stehen, um ihn zu betrachten.

Dann verließ sie auf Zehenspitzen den Raum.

16

Es war zehn vor acht, als Malin blinzelnd die Augen aufschlug.

Das Schrillen des Telefons hatte sie aus dem Schlaf geholt. Sie beschloss es zu ignorieren und verkroch sich noch tiefer unter die Bettdecke. Ein pelziger Geschmack lag auf ihrer Zunge und in ihrem Kopf hämmerte es. Das Telefon läutete erneut.

Seufzend schob Malin die Bettdecke beiseite und ging auf wackeligen Beinen ins Bad. Sie füllte ihr Zahnputzglas mit Wasser, ließ zwei Aspirin hineinfallen und trank es in einem Zug leer. Sie begegnete ihrem Blick im Badezimmerspiegel. Unter ihren geröteten Augen lagen dunkle Schatten und ihr Gesicht war ungewöhnlich blass. Ihr war ein wenig übel.

Sie spritzte sich eiskaltes Wasser ins Gesicht, ordnete mit ein paar Handgriffen ihre Haare und stieg die schmale Wendeltreppe hinunter ins Untergeschoss. Gähnend ging sie in die Küche und stellte die Kaffeemaschine an. Während das Wasser durch die Maschine lief, betrachtete sie gedankenverloren die Überbleibsel des vergangenen Abends. Benutzte Gläser, eine leere und eine halbvolle Weinflasche standen auf der Spüle, daneben lagen zwei Pizzakartons mit eingetrockneten Resten.

War wohl doch etwas zu viel Wein, dachte sie. Siedendheiß fiel ihr ein, dass sie einen Übernachtungsgast beherbergte. Auf Zehenspitzen schlich sie ins Wohnzimmer.

Das Sofa war leer. Die Wolldecke lag fein säuberlich zusammengelegt auf der Armlehne und auch die Kissen lagen wieder auf ihrem Platz. Verwirrt und leicht enttäuscht ging sie wieder in die Küche und setzte sich mit einem Becher Kaffee an den Tisch. Eigentlich mochte sie keinen schwarzen Kaffee, doch heute war es unumgänglich. Sie musste ihre Gehirnzellen wieder zum Laufen bringen. Das Hämmern in ihrem Kopf ließ langsam nach.

Sie schaltete das Küchenradio ein. Der Nachrichtensprecher brachte die Kurzmeldung, dass die Bestsellerautorin Charlotte Leonberger im Visier eines Serienkillers stand. Malin verschluckte sich an ihrem Kaffee und das heiße Getränk schwappte auf ihr *Hardrock-Café*-T-Shirt.

Das Atelier lag abseits des Straßenlärms in einem Hinterhof des Eppendorfer Weges. Das weiße Jugendstilgebäude war aufwendig restauriert und an der Hauswand schlängelte sich der Efeu bis in die erste Etage hinauf. Am Eingangsportal wies ein schlichtes Plexiglasschild auf das Atelier hin.

Malin drückte den Klingelknopf und wandte ihr Gesicht der eingebauten Kamera zu. »LKA, Hamburg. Ich möchte bitte zu Herrn van Stetten.« Sie zeigte ihren Dienstausweis.

Statt einer Antwort ertönte der Türsummer und sie trat in einen lichtdurchfluteten Eingangsbereich. Da sie niemand in Empfang nahm, ging sie weiter durch die Schwingflügeltür und betrat ein großes Loft. Die hohen Wände waren unverputzt. Bodenlange Fenster in der Frontwand tauchten den Raum in helles Licht. Statt der erwarteten Bilder fand sich Malin Dutzenden von Skulpturen und Gipsabdrücken gegenüber. Vor einem großen, ineinander verschlungenen Gebilde blieb sie stehen. Bewundernd fuhr sie mit ihrer Hand über die glatte Oberfläche der Skulptur.

»*Die Liebenden*«, ertönte eine dunkle, raue Stimme hinter ihr. »Sie ist phantastisch, nicht wahr? Die Skulptur meine ich.«

Wie ertappt zog Malin ihre Hand zurück und drehte sich um.

Der Mann war um die vierzig und trug sein blondes Haar streng zurückfrisiert. Sein Gesicht wurde von einer markanten Adlernase und einem kräftigen Kinn dominiert. Das hellblaue Hemd und seine ausgeblichene Jeans, die von einem breiten Ledergürtel gehalten wurde, waren schlicht, aber teuer, wie Malin sofort erkannte.

Er trat neben sie und legte eine Hand auf die Skulptur. »Gefällt Sie Ihnen? Es ist meine Lieblingsskulptur.« Sein Lächeln zeigte kräftige, weiße Zähne. Die Augen unterzogen

Malin einer abschätzenden Musterung. »Was führt das LKA zu mir? Noch dazu an einem Sonntag.«

Malin kam direkt zum Punkt. »Was können Sie mir über Charlotte Leonberger sagen?«

»Charlotte Leonberger? Ich verstehe nicht.«

»Lesen Sie keine Zeitung? Wir ermitteln in zwei Mordfällen, die sich in den letzten zwei Wochen in Hamburg ereignet haben. Der Mörder benutzt Frau Leonbergers Bücher als Vorlage. Wir sprechen mit allen, die mit ihr in näherer Verbindung stehen oder standen. Und wir wissen, dass Sie mit ihr liiert waren.«

Christian van Stettens Lächeln erlosch und eine tiefe Falte bildete sich auf seiner Stirn. »Ich weiß nicht, was Sie von mir hören wollen. Ich lese keine Zeitung und das mit Charlotte ist lange her.«

»Aber Sie waren doch mit ihr verlobt, oder? Das lässt doch wohl auf eine ernsthafte Beziehung schließen. Warum haben Sie die Verlobung gelöst?«

Van Stettens Augen verengten sich. »Darüber gibt es nicht viel zu sagen. Charlotte ist ein sehr schwieriger Mensch und ehrlich gesagt, ich bin es auch. Wenn beide Menschen in einer Beziehung im Mittelpunkt stehen wollen, geht das selten gut. Kurz, ich habe einfach jemanden kennengelernt, der besser zu mir passte.«

»Ihre jetzige Frau?«, hakte Malin nach.

»Nein. Ich glaube, ich bin einfach nicht für die Ehe geschaffen. Und Sie?« Er trat einen Schritt auf Malin zu und sah sie mit seinen stechenden grauen Augen intensiv an.

Unwillkürlich machte Malin einen Schritt zurück. »Wo haben Sie Frau Leonberger kennengelernt?«

»Auf einer Vernissage in Hamburg, wir wurden einander vorgestellt. Wissen Sie, dass Sie gar nicht wie eine Polizistin aussehen? Dieses Haar, diese Augen … Hätten Sie vielleicht Lust, mir Modell zu stehen?«

»Danke, kein Bedarf. In der Zeit, wo Sie mit Frau Leonberger liiert waren, hat sie da jemals davon gesprochen, dass sie bedroht wurde?«

Christian van Stetten schüttelte den Kopf.

»Kennen Sie jemanden, der Frau Leonberger so hasst, dass er dafür mehrere Morde auf sich nähme?«

Van Stetten lachte auf. »Ehrlich gesagt ist mir selbst durchaus schon mal der Gedanke gekommen. Dieses Teufelsweib kann einen wirklich zur Weißglut bringen. Aber nein, ich kann Ihnen niemanden Konkreten nennen.«

»Wo waren Sie am Dienstag den zwanzigsten September und diese Woche Montagabend?«, fragte Malin.

Van Stetten runzelte die Stirn. »Am zwanzigsten September war ich bei einer Vernissage. In der Galerie einer meiner Geschäftspartner. Dort wurden auch ein paar Stücke von mir gezeigt.«

»Gibt es jemanden, der das bezeugen kann?«

»So in etwa zweihundert Gäste«, erwiderte van Stetten trocken.

»Und am Montag?«

»Meine Freundin ist hier gewesen. Wollen Sie ihre Telefonnummer?«

Malin nickte. Van Stetten ging zur Werkbank und zog eine der Metallschubladen auf. Er holte einen Kugelschreiber und ein Stück Papier heraus, notierte etwas darauf und reichte Malin den Zettel.

»Ich habe Ihnen auch die Nummer der Galerie aufgeschrieben. War es das jetzt?«

»Fürs Erste. Es kann sein, dass wir noch mal auf Sie zukommen müssen.«

Van Stettens Gesicht verschloss sich. »Wenn es sich nicht vermeiden lässt.«

Malin wandte sich zum Gehen, an der Flügeltür drehte sie sich noch einmal um. »Sie haben sich gar nicht nach den Morden erkundigt. Interessiert es Sie nicht, wer die Opfer waren?« Ohne eine Antwort abzuwarten, verließ Malin das Atelier.

Susanne Bremer war schlank und sah gut aus. Sie trug eine enge Röhrenjeans, ein teures italienisches Designertop und hatte ihre langen Beine übereinander geschlagen. Ihre dunklen Augen musterten Malin.

»Du siehst schlecht aus«, stellte sie fest. »Wenn du nicht aufpasst, glaubt dir noch jemand, dass du bald dreißig wirst.«

»Bis dahin sind es noch fast zwei Jahre«, erwiderte Malin empört.

Sie saßen am Bartresen einer Brasserie in den Hohen Bleichen und tranken ein Glas Rosé-Champagner. Die Brasserie, Kassenhalle eines ehemaligen Bankhauses, befand sich im Hochparterre eines alten Stadtpalais und war Susannes Lieblingslokal.

Trotz des Sonntags hatte Malin einen langen Arbeitstag hinter sich. Bartels hatte sich krank gemeldet und sie hatte nach Abstimmung mit Fricke die anstehenden Befragungen alleine absolviert. Auch van Stettens Alibis hatte sie umgehend überprüft. Seine Angaben waren sowohl von dem Galeriebesitzer als auch von seiner aktuellen Freundin, einer prallen Blondine mit Kulleraugen, anstandslos bestätigt worden. Frustriert über den ergebnislosen Tag, war ihr Suses Einladung auf ein Glas Champagner gerade recht gekommen.

Im Lokal herrschte reger Betrieb und aus den Lautsprechern tönte dezent eine Swingnummer von Michael Bubble.

»Wie steht' mit den Männern?«, fragte Susanne und fixierte dabei jemanden hinter Malins Rücken.

Bevor Malin antworten konnte, brachte ihnen ein Kellner zwei neue Gläser Champagner. »Die haben wir nicht bestellt«, protestierte Malin.

»Eine kleine Aufmerksamkeit von dem Herrn.« Der Kellner wies auf eine Person außerhalb Malins Sichtfeld und entfernte sich dann diskret.

Susanne beugte sich zu ihr. »Der hat schon die ganze Zeit zu uns herüber gestarrt. Sieht aus wie Clooney.« Ihr Gesicht hatte einen schwärmerischen Ausdruck angenommen.

Malin drehte den Kopf und bemerkte einen gutaussehenden Mann am anderen Ende der Bar. Er trug einen seidig glänzenden, grauen Anzug und ein geschmackvolles blaues Hemd mit passender Krawatte – Simon Thompson.

Lächelnd trat er auf die beiden Frauen zu. »Was für ein netter Zufall. Guten Abend, die Damen, ich hoffe, ich störe Sie nicht.« Er verbeugte sich vor Susanne und stellte sich vor.

Susanne lächelte erfreut. »Wollen Sie sich nicht zu uns setzen?«

»Herr Thompson ist bestimmt nicht alleine hier, nicht wahr?«, sagte Malin.

Der Agent zögerte. »In der Tat. Ich bin mit einem meiner Geschäftspartner hier, aber ich wollte es nicht versäumen, Ihnen zu sagen, dass Sie heute Abend mal wieder ganz bezaubernd aussehen.« Er lächelnd Malin an.

Susanne zog die Augenbrauen hoch und musterte das schlichte Outfit ihrer Freundin, das aus Jeans und einem hellen Kaschmirpullover bestand.

Thompson griff in sein Jackett, zog eine Visitenkarte heraus und schrieb etwas darauf. »Hier ist meine Privatnummer, für den Fall, dass Sie es sich doch noch mit dem Essen überlegen sollten.« Er reichte Malin die Karte.

»Herr Thompson, Sie wissen doch …«

»Rufen Sie mich an.« Er sah ihr tief in die Augen.

Susanne Bremer starrte ihm nach, als er zu seinem Geschäftspartner zurückging. Fragend schaute sie ihre Freundin an, doch Malin tat ihr nicht den Gefallen, darauf einzugehen.

»So viel zum Thema Männer«, sagte Susanne trocken. »Du wirst ihn doch anrufen, oder? Wenn nicht, gib mir die Karte.« Demonstrativ streckte sie die Hand aus.

Malin drehte die Karte unschlüssig in der Hand herum. »Ich werde ihn definitiv nicht anrufen. Leider. Er ist in eine Mordermittlung verwickelt.« Ihr Blick glitt zu dem Agenten. Er unterhielt sich angeregt mit einem hochgewachsenen Mann, der Malin den Rücken zuwandte. Sie bemerkte das gut geschnittene, grau melierte Haar des anderen, dann verharrten ihre Augen einen Moment auf Thompsons attraktivem Gesicht.

Sie ließ die Visitenkarte in ihre Hosentasche gleiten.

Charlotte hatte eine schlechte Nacht hinter sich.

Seit Tagen plagte sie der gleiche Alptraum. Sie träumte von Ästen auf schäumenden Wellen und von einer Frauengestalt, die sich schlaff wie eine Puppe unter der Wasseroberfläche bewegte. Wenn die Leiche an Land gespült wurde und ihre leuchtend grünen Augen öffnete, schaute sie stets in ihr eigenes Antlitz. Das war der Zeitpunkt, an dem sie für gewöhnlich schweißüberströmt aufwachte.

Kein Wunder, dass ich langsam durchdrehe, dachte Charlotte. Sie saß an ihrem Schminktisch und fuhr sich mit der Bürste langsam durch die langen Haare. Als sie noch ein Kind war, hatte das ihre Mutter für sie gemacht. Genau einhundert Bürstenstriche, nicht mehr und nicht weniger. Es war ihre einzige Kindheitserinnerung an ihre Mutter und sie hütete sie wie einen Schatz.

Sie legte die Bürste beiseite und begann bitterlich zu schluchzen. Sie weinte um den frühen Tod ihrer Mutter, den Verlust des Vaters, um Vicki und um die verlorenen Erinnerungen ihrer Kindheit.

Ihr Blick fiel auf ihr Spiegelbild. Ihre Augen waren verquollen und ihr Gesicht so mit roten Flecken übersät, dass sie kaum noch ihre Sommersprossen erkennen konnte.

Das ist also aus dir geworden, Charlotte. Eine zweiundvierzigjährige Frau mit Falten, ohne Mann und Kind, ohne Freunde und mit einem Verrückten im Nacken. Das Einzige, was du im Leben zustande gebracht hast, sind deine Bücher. Und ausgerechnet die reißen dich jetzt ins Verderben.

Verbittert fegte sie ihre Haarbürste vom Tisch. Dann zwang sie sich, tief durchzuatmen. *Gut, Charlotte, du bist kurz davor, durchzudrehen, aber das darf nicht passieren, hörst du. Jetzt wäscht du dir dein Gesicht, steckst deine Haare zusammen und legst Make-up auf. Niemand darf dir deine Angst ansehen.*

Während sie mechanisch ihre eigenen Anweisungen befolgte, fragte sie sich, wann ihre Ideale auf der Strecke geblieben waren. War es nach der Veröffentlichung ihres ersten Buches gewesen, als ihr Name zum ersten Mal auf der Bestsellerliste auftauchte, oder war es passiert, als ihr Konto zum ersten Mal ein Guthaben in sechsstelliger Höhe erreichte? Hatte sie ihre Ideale verkauft? Was war ihr geblieben? Eine Krimireihe, die sie nur noch aus kommerziellen Gründen weiterschrieb. Ihre Figuren, die sie einst so innig geliebt hatte, waren nur noch billige Abziehbilder ihrer selbst. Die einzige Freundin, die sie je gehabt hatte, war ihretwegen ermordet worden.

Charlotte fasste einen Entschluss. Dieses letzte Buch würde sie noch beenden, dazu war sie vertraglich verpflichtet. Doch dann war endgültig Schluss damit. Und die andere Sache würde sich auch klären. Die Polizei würde den Mörder in Kürze überführen.

Sie würde es überstehen. Vielleicht würde es einige Zeit dauern, alles zu vergessen, aber sie würde es überstehen.

Zufrieden betrachtete sie ihr nun geschminktes Gesicht. Zumindest die Fassade würde gewahrt bleiben. Sie griff nach ihrem Handy und wählte die Nummer ihres Agenten. Charlotte hinterließ eine weitere Nachricht auf seiner Mailbox. An diesem Vormittag war es bereits die dritte.

Das Museum für Völkerkunde war in einem repräsentativen Gebäude an der Rothenbaumchaussee untergebracht. Die Fassade des unter Denkmalschutz stehenden Klinkerbaus war mit zahlreichen Skulpturen und Ornamenten versehen.

Professor Hardenberg stand in einem der Räume des Museums und begutachtete die Münze von allen Seiten. Er war ein kräftig gebauter Mann Mitte sechzig mit außergewöhnlich langen Fingern. Außerdem war er ein gefragter Wikinger-Experte unter den deutschen Mittelalterhistorikern.

Er legte die Münze auf einen Objektträger und betrachtete sie für einen Augenblick unter dem Mikroskop. »Das ist ein Stereomikroskop. Durch zwei vollständig getrennte Strahlengänge kann das Objekt aus zwei verschieden Richtungen betrachtet werden. Sie können dadurch einen räumlichen Eindruck gewinnen«, informierte er die Kriminalbeamtin. »Schauen Sie selbst.« Er trat beiseite, um ihr Platz zu machen.

Neugierig schaute Malin durch das Mikroskop.

»Sie haben also meine Telefonnummer vom alten Juden bekommen«, stellte Professor Hardenberg fest und taxierte neugierig Malins Gestalt. »Die Münze ähnelt in der Tat den Wikingermünzen. Unser Museum verfügt über einige wenige Exponate aus dieser Epoche. Wenn Sie möchten, kann ich sie Ihnen später noch zeigen.«

»Vielen Dank, vielleicht ein anderes Mal. Was ist mit dem Schriftzeichen? Herr Jude meinte, es könnte sich dabei um eine Rune handeln.«

»Der alte Halunke kennt sich in meinem Fachgebiet wirklich außerordentlich gut aus. Ja, es ist eine Rune. Die ältesten Schriftzeichen der Germanen. Viele Runen sind zudem mit magischen Bedeutungen verbunden. Diese hier allerdings nicht. Die Inschrift entstammt einem altnordischen Runenalphabet.«

Malin sah den Professor auffordernd an. »Und? Was bedeutet es?«

»Ich könnte jetzt einen mehrstündigen Fachvortrag über die jeweilige Charakteristik der germanischen Runenschrift halten, aber vermutlich sind Sie eher für die kürzere Variante empfänglich. Es handelt sich bei dem Zeichen um einen Buchstaben. Ein A.«

»Also ein A«, wiederholte Malin. Ihr Verstand arbeitete bereits auf Hochtouren, als Professor Hardenberg mit seinem Bericht fortfuhr.

»Diese Form des Runenalphabets war überwiegend in nordischen Ländern im Gebrauch. Schweden, Dänemark, Norwegen, Finnland, Island.«

»Vielen Dank, Sie haben mir sehr geholfen.« Malin lächelte ihn an.

Kriminaloberkommissar Sven Andresen lehnte rauchend am Dienstwagen, einem dunkelblauen VW Passat. Sobald er seine Kollegin aus dem Museum kommen sah, trat er die Kippe aus. Im Auto sah er Malin vorwurfsvoll an. »Das hat verdammt lange gedauert.«

»Tut mir leid«, antwortete Malin. Sie wollte es sich nicht gleich wieder mit dem ruppigen Kollegen verderben.

Nachdem Bartels immer noch krank gemeldet war, hatte Fricke seine beiden schwarzen Schafe beauftragt, zusammen einige Auskünfte über die leerstehenden Fabrikhallen einzuholen. Sie hatten sich bereits mit dem Immobilienmakler getroffen, der den Eigentümer vertrat, einem im Ausland ansässigen Konservenfabrikanten. Allerdings hatte sie die Befragung keinen Schritt weitergebracht.

Trotzdem sah Malin in dem Ganzen durchaus etwas Positives. Andresen und sie hatten ein paar kleine Wortgefechte gehabt, waren sich aber noch nicht gegenseitig an die Gurgel gegangen. Um auch ihre Bereitwilligkeit, sich ins Team zu integrieren, unter Beweis zu stellen, hatte sie Fricke über ihre Informationen bezüglich der Münze unterrichtet. Gleichzeitig hatte sie sich die Erlaubnis geholt, weiter in dieser Richtung nachzuforschen.

»Hat es was gebracht? Ich meine, hat dieser Professor etwas zu der Münze sagen können?«, fragte Andresen, während er die Rothenbaumchaussee verließ und am Klosterstern in die St. Benedictstraße einbog.

Malin erzählte ihm von der Runeninschrift.

»Bringt uns das jetzt weiter?«

»Das werden wir sehen.« Malin griff nach ihrem Handy, um die Mailbox abzuhören. Die einzige Nachricht war von Simon Thompson, der sie ein weiteres Mal um ein Date bat. Malin lächelte und sah aus dem Fenster. Sie passierten gerade den Stadtpark, doch anstatt den Jahnring zu überqueren, bog Andresen ab Richtung City Nord. »Das ist nicht der Weg zum Präsidium«, bemerkte sie.

»Wir machen einen kleinen Umweg. Fünf Minuten.«

»Aha, und wohin?«

»Das wirst du dann sehen, wenn wir da sind«, erwiderte Andresen und steckte sich eine weitere Zigarette an.

Malin hüstelte demonstrativ und öffnete ein wenig das Seitenfenster. Kalter Wind schlug ihr entgegen.

Sie hatten die City Nord hinter sich gelassen und Andresen nahm die Hebebrandstraße Richtung Steilshoop. Im

Gropiusring endete ihre Fahrt. Malin beäugte die umliegenden Hochhäuser und musste an einen Spruch ihrer Mutter denken: »In den Betonmassen von Steilshoop leben die Randexistenzen unserer Gesellschaft.«

Vor einem der identisch aussehenden Häuser blieb Andresen stehen.

»Kannst du mir jetzt vielleicht mal verraten, was wir hier wollen?«, fragte Malin.

»Bartels wohnt im achten Stock.«

»Hier?« Verschämt erinnerte sie sich an ihren Spruch bezüglich Polizisten und Hochhäusern.

Andresen bückte sich und sammelte zwei leere Bierdosen auf. »Lass dich nicht täuschen, Brodersen. Das meiste, was man über Steilshoop so hört, sind Vorurteile. Die Kriminalitätsrate ist hier bei weitem niedriger als der Hamburger Durchschnitt. Vermutlich, weil hier so viele Menschen aus unterschiedlichen Nationalitäten leben. Ausländerfeindlichkeit ist hier kein Thema.«

Malin staunte. Es war bereits das zweite Mal an diesem Tag, dass Andresen sie mit seinem durchaus umgänglichen Verhalten überraschte.

»Jetzt klapp mal wieder den Mund zu, dir wird hier schon niemand deinen Designersweater klauen. Dass ihr Weiber aber auch immer so ängstlich sein müsst.«

Das zum umgänglichen Verhalten, dachte Malin und folgte ihrem Kollegen zu dem mit Graffiti besprühten Fahrstuhl.

»Was macht ihr denn hier?« Frederick Bartels stand in der Eingangstür und sah seinen Kollegen überrascht entgegen. Er trug eine schwarze Jeans und ein anthrazitfarbenes Hemd, das ihm hervorragend stand. Er war frisch rasiert und seine dunklen Haare schimmerten feucht. Malin ärgerte sich, dass sie nervös wurde.

»Hey Alter, wir wollten nur einen kurzen Krankenbesuch machen.« Andresen knuffte ihn freundschaftlich in die Seite und musterte ihn. »Komisch, krank siehst du eigentlich nicht aus. Höchstens ein wenig blass um die Nase.«

»Ich habe es ein bisschen mit dem Magen«, murmelte Bartels.

»Wohl eher einen über den Durst getrunken. Sind die vielleicht von dir? Lagen vorm Eingang.« Er hielt die leeren Bierdosen hoch und wollte sich neben seinem Kollegen durch die Tür schieben. »Warte, ich bring die mal kurz in die Küche.«

»Du lass mal, ich mach das schon«, erwiderte Bartels.

»Frederick, wer ist denn da?«, rief eine helle Frauenstimme aus dem Inneren der Wohnung.

»Nur ein paar Kollegen.«

»Wer ist es denn?« Eine dunkelhaarige Frau trat in die Tür. Sie trug ein schlichtes schwarzes Kleid und bewegte sich geschmeidig wie eine Katze. Ihre Augen leuchteten bei Andresens Anblick auf und sie hauchte ihm einen Kuss auf die Wange. »Sven, wie schön, dich mal wieder zu sehen.«

»Britta, das ist ja eine Überraschung. Ich muss sagen, du siehst fantastisch aus«, schmeichelte ihr der Ermittler.

Das konnte Malin innerlich nur bestätigen und wurde sich des eigenen Outfits bewusst, das heute aus Jeans und einem alten Marc O'Polo-Sweater bestand.

»Ich bin Malin Brodersen, eine Kollegin von diesen beiden Herren.« Sie reichte der Frau die Hand.

»Und ich bin Britta, Fredericks Frau. Fred, du hast mir gar nicht erzählt, dass du eine neue Kollegin hast. Nett, dass wir uns kennenlernen.« Sie schenkte Malin ein Lächeln, bei dem man ihre perfekten weißen Zähne sehen konnte. *Britta, na prima*, dachte Malin und zwang sich ebenfalls zu einem Lächeln.

»Bitte, kommt doch herein. Fred, hast du den beiden denn noch nichts angeboten?«

»Nein, Britta, lass es gut sein«, entgegnete Andresen. »Wir wollten nur mal kurz vorbeischauen. Also, Fred, sieh zu, dass du schnell gesund wirst.« Er klopfte seinem Kollegen zum Abschied kurz auf die Schulter. Als sein Handy klingelte, reichte er Britta Bartels umständlich die leeren Bierdosen. Sie verschwand in der Wohnung, um den Müll zu entsorgen.

Während Andresen telefonierte, suchte Bartels Malins Blick. »Es tut mir leid, Malin«, sagte er leise.

»Es gibt nichts, was dir leid tun müsste«, erwiderte sie, um einen neutralen Tonfall bemüht.

Andresen hatte sein Gespräch beendet und wandte sich seinen beiden Kollegen zu, ohne die in der Luft liegende Spannung zu bemerken. Sein Gesichtsausdruck war besorgt.

»Simon Thompson ist verschwunden«, sagte er mit rauer Stimme.

17

Dunkle Wolken hatten sich am Himmel aufgetürmt und kündigten den nächsten Regenguss an.

Mit angespannten Gesichtern verließen Malin und Andresen den modernen Gebäudekomplex am Brooktorkai. Um Zeit zu sparen, hatten sie die Mitarbeiter von Thompson & Leith getrennt befragt. »Wusste Thompsons Assistentin irgendetwas Brauchbares?«, fragte Malin, als sie auf den Beifahrersitz des Dienstwagens glitt.

Andresen kaute nachdenklich auf seiner Unterlippe. »Thompson hat sie am Samstagabend angerufen. Sie sollte für ihn eine Pressemitteilung vorbereiten, die sie heute früh noch mal im Detail durchgehen wollten. Das war das letzte Mal, dass sie von ihm gehört hat.«

»Die Mitteilung betraf sicher Charlotte Leonberger«, stellte Malin fest.

»Stimmt.« Er startete den Motor. »Seine Assistentin hat Zugang zu seinen elektronischen Terminkalender. Dort war für gestern Abend ein Termin verzeichnet. Leider stand nicht drin, mit wem. Dafür die Adresse des Lokals. Es ist eine Bar in den Hohen Bleichen. Ich denke, wir werden dem Laden gleich mal einen Besuch abstatten.«

Malin stöhnte. Seit der Nachricht von Thompsons Verschwinden waren ihre Nerven zum Zerreißen gespannt. Zum hundertsten Mal ließ sie den vergangenen Abend in ihren Gedanken Revue passieren.

»Was ist los, Brodersen?«, fragte Andresen schroff.

»Ich glaube, ich muss dir da etwas sagen.«

Es war später Nachmittag, als das Team im Konferenzzimmer der Mordkommission zusammentraf. Mit gemischten Gefühlen folgte Malin Andresen in den Raum. Der rothaarige Ermittler hatte in der letzten halben Stunde kein Wort mit ihr gewechselt.

Fricke sprach gerade mit einem uniformierten Beamten.

Der Chef der Mordkommission war tiefrot im Gesicht, ein sicheres Zeichen, dass er wegen irgendetwas aufgebracht war. Malins Unbehagen verstärkte sich.

Der Schutzbeamte verließ das Konferenzzimmer und Fricke richtete seinen Augenmerk direkt auf sein jüngstes Teammitglied. »Thompsons Wagen wurde am Fischmarkt aufgefunden.« Er klang außergewöhnlich ruhig. »Von Thompson selbst fehlt jegliche Spur. Was allerdings nicht fehlt, ist Thompsons Handy. Das wurde nämlich von unserem Team vor Ort sichergestellt. Und raten Sie mal, Brodersen, welche Nummer er zuletzt gewählt hat.« Fricke flüsterte jetzt und trat ganz dicht neben sie, bevor er seine Faust neben ihr auf die Tischplatte krachen ließ. »Können Sie mir verdammt noch mal erklären, warum Simon Thompson mitten in der Nacht ausgerechnet Ihre Handynummer gewählt hat? Und wenn Sie schon dabei sind, können Sie mir auch gleich erklären, warum Sie gestern Abend mit einem Tatverdächtigen zusammen in einer Bar waren?!« Jetzt brüllte er.

Malins Blick schoss zu Andresen. Er hatte keine Zeit vergeudet. Sie stieß ihren Stuhl zurück und sah ihrem Vorgesetzten in die Augen. »Bei allem Respekt, Chef, aber das ist so was von unfair!« Ihre Stimme bebte vor Wut. »Erstens war ich mit einer Freundin in dieser sogenannten Bar, und zwar in meiner Freizeit. Und zweitens habe ich Simon Thompson dort rein zufällig getroffen. Er hatte einen Termin mit einem Geschäftspartner. Und was seinen Anruf betrifft: Thompson hat mich mehrfach zum Essen eingeladen und ich habe selbstverständlich alle Angebote abgelehnt. Allerdings hat er nicht lockergelassen. Wenn Sie mir nicht glauben, können Sie den Anruf auf meiner Mailbox abhören!«

»Haben Sie den Mann erkannt, ich meine den Geschäftspartner von Thompson?«, fragte Fricke unvermittelt.

»Wie wäre es erst einmal mit einem ›Tut mir leid, dass ich Ihnen Unprofessionalität unterstellt habe‹?!«

»Nun stell dich mal nicht so an, Brodersen«, mischte Andresen sich ein. »Bartels hat schließlich auch schon erzählt, dass du eine Schwäche für Thompson hegst. Ist typisch für dich, bloß kein Fettnäpfchen auslassen.«

Malin warf ihm einen giftigen Blick zu. Ole Tiedemann rollte genervt die Augen.

»Lass das, Sven. Brodersen, Sie haben recht. Asche auf mein Haupt, reicht Ihnen das?«, lenkte Fricke ein.

Malin nickte.»Leider habe ich den Mann nur von hinten gesehen.«

»Also gut. Wir wissen nicht, wo Thompson abgeblieben ist. Und wir wissen auch nicht, ob wir ihn als mögliches Opfer oder jetzt erst recht als tatverdächtig betrachten müssen«, sagte Fricke nachdenklich. »Uns bleibt nur, den Mann zu finden. Bartels ist wieder im Dienst und auf dem Weg zu Thompsons Wohnung. Ich sehe zu, dass ich einen Durchsuchungsbeschluss bekomme. Sven und Ole, ihr fahrt noch mal zur Bar und verhört das Personal. Die Spätschicht müsste mittlerweile eingetroffen sein. Sie, Brodersen, geben als Erstes Ihr Handy an die Technik. Vermutlich waren Sie die Letzte, zu der Thompson Kontakt aufgenommen hat. Und dann habe ich für jeden von euch noch eine spezielle Aufgabe. Wenn mir das jemand vor zwei Wochen erzählt hätte, was wir jetzt tun, hätte ich denjenigen für verrückt erklärt. Aber außergewöhnliche Situationen erfordern außergewöhnliche Maßnahmen.« Fricke öffnete seine Aktentasche und zog vier Taschenbücher heraus. »Hier, hier und hier.« Er knallte sie mit Schwung auf die Tischplatte. »Das sind Band drei und Band vier der Krimis. Sobald ihr eure Aufgaben erledigt habt, widmet ihr jede weitere Minute dieser Lektüre. Geht die Tatorte in den Büchern durch und findet heraus, wie sie sich auf unsere Stadt übertragen lassen. Der Täter wird sein Muster nicht durchbrechen, also müssen wir vorbereitet sein.«

Er wandte sich an Malin. »Sie, Brodersen, rufen die Leonberger an. Sie soll sich umgehend auf den Weg nach Hamburg machen. Klären Sie das auch mit den Kollegen ab, die zur ihrer Überwachung eingeteilt sind. Und seien Sie um Himmels willen vorsichtig, wenn Sie mit der Leonberger sprechen. Erwähnen Sie mit keinem Wort Thompsons Ver-

schwinden. Sie darf jetzt nicht die Nerven verlieren. Haben Sie das verstanden, Mädchen?« Er sah Malin in die Augen.
»Sie können sich auf mich verlassen, Chef.«

Zwei Stunden später hatte Charlotte Leonberger die Sicherheitsschleuse im Eingangsbereich des Polizeipräsidiums passiert und saß in der Wartezone. Sie trug schwarze Stiefel und einen schicken, dazu passenden Ledermantel, der genau über dem Knie endete. Ihr rotes Haar trug sie offen.

Sie hat etwas von Emma Peel, dachte Malin, als sie aus dem Fahrstuhl trat und auf die Autorin zuging.

Charlotte Leonberger hatte sie ebenfalls gesehen. Mit verärgertem Gesichtsausdruck trat sie Malin entgegen. »Warum tun Sie eigentlich nichts? Seit heute früh um sechs lauert die Presse vor meinem Haus. Ich werde von einem Irren bedroht und jetzt scheint auch noch mein Agent verschwunden zu sein. Und Sie bestellen mich seelenruhig ins Präsidium? Kein Wunder, dass Sie immer noch keine Spur haben.«

»Wenn Sie dann genug Dampf abgelassen haben, können wir vielleicht in mein Büro gehen. Da können wir miteinander reden und ich werde Ihnen die Situation erklären«, versuchte Malin sie zu beruhigen.

»Die Situation erklären? Ich kann Ihnen die Situation ganz genau erklären. Mein Agent, der übrigens auch zu meinen engsten Vertrauten gehört, befindet sich vermutlich in der Gewalt eines Psychopathen. Und Sie wollen mit mir ein Kaffeekränzchen halten?«

Malin ging nicht auf die Provokation ein.

Im Großraumbüro der Mordkommission bat sie die Autorin, Platz zu nehmen. Charlotte Leonberger hängte ihren Mantel über die Stuhllehne, bevor sie sich setzte. Die Anspannung schien ein wenig von ihr abzufallen. »Sind Ihre Kollegen alle unterwegs?«, fragte sie und schaute sich im Büro um.

Malin nickte. »Kaffee?«, fragte sie freundlich.

»Danke, nein, ich glaube, ich bin schon überdreht genug. Bitte entschuldigen Sie mein Auftreten, aber so langsam gehen meine Nerven mit mir durch. Ich versuche schon seit Ewigkeiten, Simon zu erreichen, und seine Sekretärin sprach davon, dass er vermisst wird. Ich habe einfach furchtbare Angst, dass Simon etwas zugestoßen ist.«

»Wann haben Sie zum letzten Mal mit ihm gesprochen?«

»Am Abend der Preisverleihung, Sie waren ja dabei.«

»Haben Sie bei der Gelegenheit einen Termin mit Herrn Thompson vereinbart?«

»Ja. Simon und ich hatten für heute eine Verabredung zum Mittagessen. Wir wollten die Stellungnahme für die Presseleute durchgehen. Aber Simon ist nicht gekommen.«

Die Tür wurde aufgestoßen und Hauptkommissar Fricke kam herein. Er begrüßte Charlotte Leonberger und zog sich dann einen Stuhl heran.

Er wirkte ernst. »Wir haben Thompsons Wohnung durchsucht. Die Kleidung, die Sie uns beschrieben haben, Brodersen, befand sich nicht in der Wohnung. Seine Putzfrau hat ausgesagt, dass sie sein Bett heute Morgen unbenutzt vorgefunden hat. Wir müssen also davon ausgehen, dass er seit gestern nicht mehr zu Hause war.«

»Irgendwelche Einbruchsspuren?«, fragte Malin.

Fricke schüttelte den Kopf. »Wir haben keinerlei Hinweise für Gewaltanwendungen oder Spuren eines Einbruchs in der Wohnung feststellen können. Bartels ist noch vor Ort und befragt die Nachbarn. Andresen ist noch mal zu der Bar gefahren.« Er wendete sich an Charlotte Leonberger. »Wissen Sie vielleicht, mit wem Herr Thompson gestern Abend eine Verabredung hatte?«

Die Autorin schüttelte den Kopf. »Nein, aber er hat einen sehr großen Freundeskreis.«

»Frau Brodersen gegenüber erwähnte er einen Geschäftspartner.«

»Tut mir leid, darüber weiß ich nichts.«

»Können Sie sich vorstellen, dass Herr Thompson hinter den Morden steckt? Gibt es vielleicht irgendetwas, das zwischen Ihnen steht?«

»Niemals. Für Simon lege ich meine Hand ins Feuer.«

Charlotte Leonberger klang empört. »Ich schätze ihn als meinen Manager und auch als Freund.«

»Also gut, gehen wir mal vom schlimmsten Fall aus. Wenn der Mörder sein Muster nicht durchbricht, müssen wir uns dem dritten Buch widmen. Wie heißt es doch gleich?«

»*Mörderischer Herbst*«, warf Malin ein.

»Passender Titel«, erwiderte Fricke trocken und fuhr sich besorgt mit der Hand übers Gesicht. Er wandte sich der Krimiautorin zu. »Bitte fassen Sie uns in kurzen Zügen den Inhalt des Buches zusammen.«

Charlotte Leonberger schluchzte auf.

»Frau Leonberger, Sie müssen sich jetzt zusammenreißen. Wenn wir Ihren Freund finden sollen, müssen Sie uns helfen.«

»Also gut.« Charlotte schniefte kurz und schien sich dann wieder zu fassen. »In meinem Buch geht es um einen gewissen Leonhard Bohden, einen skrupellosen Geschäftsmann. Eines Tages, genauer gesagt im Morgengrauen, wird er tot aufgefunden. An eine Statue gefesselt und mit durchtrennter Kehle.«

»Im Morgengrauen«, überlegte Fricke laut. »Bisher wurde Thompson noch nicht gefunden, das sollte uns hoffen lassen.«

»Vielleicht sollte ich noch erwähnen, dass der Mörder sein Opfer noch einen Tag lang gefangen gehalten hat.«

»Und wo?«

»Im Keller des Mörders.«

»Das hilft uns nicht. Also weiter. Diese Statue, wo steht die?«

»Am Schreventeich in Kiel.«

Frickes Handy klingelte. Er wendete sich kurz ab, um zu telefonieren. Dann wandte er sich an Malin. »Brodersen, Sie gleichen die Standorte auf dem Hamburger und dem Kieler Stadtplan ab. Holen Sie sich die Kollegin Richter zur Unterstützung. Und rufen Sie bitte auch noch mal die Assistentin von Thompson an. Wir brauchen eine Liste seiner Klienten. Sie, Frau Leonberger, kommen mit mir. Die Techniker haben das Tonband unseres anonymen Anrufers entzerrt. Ich möchte, dass Sie sich das anhören.«

Das Verlagsgebäude von *Alster Books* befand sich an der sechsspurigen Willy-Brandt-Straße in der Hamburger Altstadt.

Das Büro des Verlegers Robert Petersen war hell erleuchtet und das Mobiliar spiegelte kostspielige Eleganz wider. Petersen saß an seinem Schreibtisch und starrte immer noch auf die Tür, die der hochgewachsene blonde Polizist erst wenige Minuten zuvor hinter sich geschlossen hatte. Der Kriminalbeamte mit dem unscheinbaren Äußeren ging ihm langsam auf die Nerven. Seit Tagen schon behinderten der und dessen Kollegen seine Mitarbeiter bei der Arbeit. Unentwegt schnüffelten sie im Verlag herum. Der Tag war ohnehin eine einzige Farce gewesen. Die Pressekonferenz eine mittlere Katastrophe. Charlotte Leonberger hatte sich noch nicht einmal bemüht, ihr Nichterscheinen zu entschuldigen.

Petersen war aufs Tiefste beunruhigt. Er erhob sich von seinem Schreibtischsessel, ging zu dem Barschrank aus den Zwanzigern und entnahm ihm eine Kristallkaraffe und ein Whiskyglas. Er befüllte das Glas zu einem Sechstel mit der bernsteinfarbenen Flüssigkeit und schwenkte es behutsam, bevor er es langsam austrank. Aber anstatt seine Sinne zu beruhigen, brachte der Alkohol sein Blut erst recht in Wallung.

Nervös schaute er auf seine Armbanduhr. Es wurde langsam Zeit, dass er den nächsten Akt seines Vorhabens hinter sich brachte.

Malin lag zusammengesunken über Unterlagen und Stadtplänen, als Telefonklingeln sie aus dem Schlaf riss. Erschrocken fuhr sie hoch und griff automatisch nach dem Hörer, während sie verwirrt feststellte, dass sie sich immer noch an ihrem Schreibtisch befand. Erst als sie sich meldete, bemerkte sie, dass das Klingeln von einem der anderen Schreibtische kam. Ihr Blick glitt zum Fenster. Hinter den Scheiben war es noch dunkel. Verdammt, wie spät war es überhaupt? Sie sah aufs Telefondisplay. Gerade mal halb sieben. Sie hatte die gesamte Nacht an ihrem Schreibtisch verbracht.

Sie reckte sich ausgiebig und erhob sich, um die Kaffeemaschine anzustellen. Mit einem Becher Kaffee in der Hand ging sie zurück zu ihrem Schreibtisch und betrachtete nachdenklich die Markierungen auf dem Stadtplan. Es gab einfach zu viele Gewässer in und um Hamburg, ganz zu schweigen von den Statuen, Denkmälern und Skulpturen.

Als Erstes waren ihr natürlich die Außen- und Binnenalster ins Auge gesprungen, die sich wie der Kieler Schreventeich im Zentrum der Stadt befanden. Sie hatte einige Beamten der Schutzpolizei ausgeschickt, um am Ufer die Augen nach verdächtigen Vorgängen offenzuhalten. Leider bisher erfolglos. Ebenso am Stadtparksee. Und wenn die Statue nicht an der Alster stand, sondern an einem der vielen Kanäle? Es war unmöglich, alles abzusuchen.

Ihr knurrender Magen erinnerte sie daran, dass ihre letzte Mahlzeit länger als zwölf Stunden zurücklag. Sie griff wieder nach ihrem Kaffeebecher und ließ sich nachdenklich in ihren Schreibtischstuhl zurücksinken. Bisher hatte sie sich ausschließlich auf die geografische Lage fixiert. Vielleicht musste sie umdenken.

Wo würde das Auffinden einer Leiche einen besonders großen Effekt erzielen? Schließlich hatte der Mörder schon beim Torhausmord einen spektakulären Tatort gewählt. Womöglich wollte er diesen noch toppen.

Sie fuhr mit dem Finger über den Stadtplan und blieb an einem Punkt stehen. Konnte das sein? Oder hatte der fehlende Schlaf ihr den letzten Verstand geraubt?

In ihrem Schreibtisch befand sich noch ein alter Feldstecher. Sie steckte ihn in ihre Tasche und zog ihre Jacke über. Am Fahrstuhl stieß sie mit Ole Tiedemann zusammen.

»Ich muss schnell mal los. Wenn etwas ist, könnt ihr mich übers Handy erreichen«, informierte sie ihren Kollegen noch knapp, bevor sich die Türen des Fahrstuhls hinter ihr schlossen.

Sie parkte ihren Wagen wie schon etliche Male zuvor an der Elbchaussee. Zwei Stufen auf einmal nehmend hastete sie die Treppen des Schulbergs hinunter. Leichter Nieselregen setzte ein und scharfer Wind trieb ihr Tränen ins Gesicht.

Malin lief bis zum Ende des Schulbergs, bog aber nicht wie gewohnt in den schmalen Fußweg zum Haus ihres Großvaters, sondern lief weiter die Stufen hinunter, die zur *Strandperle* führten. Der schlichte Kiosk, früher ein Geheimtipp unter dem überwiegend jungen Publikum, hatte sich mittlerweile zum Treffpunkt mit Kultstatus entwickelt. Jetzt wirkte die Holzveranda einsam und verwaist.

Malin überquerte die Veranda und trat in den Sand. Letzte Nebelschwaden erschwerten ihr die Sicht und sie musste die Augen zusammenkneifen, um in der Ferne ein Boot der Hafenpolizei zu erkennen. Sie rannte bis zur Uferpromenade, schlug den schmalen Pfad nach links ein und lief die letzten Meter bis zu ihrem Ziel. Dann blieb sie stehen und starrte auf die Elbe.

Auf einer fast zweieinhalb Meter großen Flachwassertonne, die unweit vom Ufer schwamm, hatte ein Bildhauer vor einigen Jahren eine lebensgroße Holzfigur montiert. Vom Ufer aus betrachtet sah es aus, als stünde ein Mann mitten auf der Elbe und blicke den vorbeigleitenden Schiffen hinterher.

Diesmal bot sich Malin ein anderer Anblick. Sie wühlte in ihrer Tasche nach dem Feldstecher und sah hindurch.

Sie hatte sich nicht geirrt.

18

Die leblose Gestalt im dunklen Anzug war mit dicken Seilen um die Skulptur gewickelt. Der Kopf mit den dunklen Haaren und dem schönen Gesicht war auf die Brust gesunken, trotzdem wusste Malin sofort, dass es sich um Simon Thompson handelte.

Ein Boot der Wasserschutzpolizei lag keine zwei Meter seitlich des Pontons, an Bord zwei große Scheinwerfer, die gleißendes Licht auf die Leiche warfen.

Malin taumelte ein paar Schritte zurück und setzte sich in den feuchten Sand. Sie vergrub ihren Kopf zwischen den Beinen und versuchte ihre Fassung wiederzuerlangen.

Sie wusste nicht, wie lange sie so gesessen hatte, als ihr Handy klingelte. Sie zog es aus ihrer Jackentasche und meldete sich.

»Brodersen, wo stecken Sie denn schon wieder?«, schallte ihr Frickes Stimme entgegen. »Machen Sie sich sofort auf den Weg in den Hafen. Die Wasserschutzpolizei hat den Fund einer Leiche gemeldet.«

Malin antwortete nicht.

»Brodersen, sind Sie noch dran? Ich kann Sie so schlecht verstehen. Sven, mach mal das Radio leiser.«

»Ja, ich bin dran«, antwortete Malin.

»Also passen Sie auf. Die Leiche wurde auf diesem Ponton mit der Skulptur gefunden, zwischen Övelgönne und Neumühlen. Wir treffen uns an den Landungsbrücken, Brücke fünf. Da wird uns dann ein Boot der Wasserschutzpolizei an Bord nehmen. Wir sind bereits unterwegs, beeilen Sie sich.«

»Ich bin schon hier«, erwiderte Malin.

»Wie, Sie sind schon da?«, schrie Fricke.

»Ich stehe am Ufer in Övelgönne und habe den Ponton samt Leiche direkt vor Augen.«

»Aber wie kommen Sie denn dahin? Ich habe es doch selbst gerade erst erfahren. Das kann doch mal wieder nicht wahr sein, Brodersen. Darüber sprechen wir noch. Aber wo Sie schon mal da sind, halten Sie bitte die Stellung. Ich schicke Ihnen gleich ein paar Beamte zur Unterstützung. Befragen Sie die Leute und halten Sie Ihre Augen offen. Vielleicht mischt sich der Täter unter die Gaffer. Brodersen, wir fahren in einen Tunnel, die Verbindung reißt gleich ab, rufen Sie mich später noch mal an. Ich …«

Die Verbindung war unterbrochen. Malin verstaute ihr Handy wieder in der Tasche.

Die letzten Nebelschwaden waren verschwunden und trotz des ungemütlichen Herbstwetters hatten sich erste Schaulustige an der Uferpromenade versammelt. Einige zückten ihre Handykameras.

Malin erhob sich und klopfte sich den Sand aus der Hose. Leute befragen, Fricke hatte Nerven. Wer wusste, wo die alle herkamen …! Sie beschloss zu warten, bis die versprochene Unterstützung eintraf, und begann die Promenade abzulaufen. Dabei vermied sie sorgfältig jeden Blick zum Ponton. Die letzte Begegnung mit Thompson kam ihr in den Sinn und sie glitt in die Hocke.

Erst als jemand neben sie trat, bemerkte sie, dass sie ihre Hände in unbändiger Wut zu Fäusten geballt hielt.

»Mein Gott, Malin, ist alles in Ordnung?«, sagte eine vertraute Stimme.

Überrascht sah Malin auf und schaute in die besorgten Augen von Erich Brodersen. Irritiert über die Anwesenheit ihres Großvaters konnte sie einen Moment nicht antworten. Sie nickte kurz und erhob sich. Malin zwang sich zu einem geschäftsmäßigen Ton. »Was tust du denn hier?«

»Aber Malin, mein Haus steht keine dreihundert Meter entfernt«, entgegnete er befremdet. »Glaubst du, ich bekomme von dem ganzen Rummel hier nichts mit? Ich bin zwar alt, aber noch längst nicht senil.«

»Entschuldige, so war das nicht gemeint. Wir haben wieder eine Leiche. Es ist Simon Thompson«, erwiderte Malin und fügte nach kurzem Zögern leise hinzu: »Du hast ihn bei Preisverleihung kennengelernt.«

Erich Brodersen erblasste unter seiner gebräunten Haut

und legte einen Arm um seine Enkelin. Malin erlaubte sich einen Moment der Nähe, danach löste sie sich aus der Umarmung. »Ich muss jetzt die Befragungen der Anwohner koordinieren.« Es klang barscher als beabsichtigt.

Erich hob abwehrend die Hände, zwinkerte ihr aber dabei liebevoll zu. »Kein Problem, mein Typ wird hier also nicht verlangt. Aber vielleicht kann ich dir noch irgendetwas Gutes tun, vielleicht eine Kanne mit heißem Tee? Du siehst völlig durchgefroren aus.«

Malin lächelte ihn dankbar an. »Gerne.«

Mit strammen Schritten machte sich Erich Brodersen auf den Weg. Malin schlängelte sich durch die Schaulustigen an der Uferpromenade und entdeckte eine Gruppe Schutzbeamte, die gerade den Strandabschnitt betraten. Zeitgleich traf ein zweites Polizeiboot am Ponton ein. Trotz der Entfernung konnte sie die untersetzte Statur von Fricke erkennen. Sie hob den Arm, um ihm zuzuwinken.

Unruhig tigerte Charlotte Leonberger im Büro ihrer Lektorin auf und ab. Seit ihrem Zusammentreffen mit den beiden Kriminalbeamten am Vorabend befürchtete sie das Schlimmste. Sie hatte die Nacht in einem kleinen Hotel am Hofweg verbracht und in dem fremden Bett kaum ein Auge zugetan.

»Mein Gott, Charlotte, jetzt setz dich endlich«, stöhnte Hannah Süßkind. »Du machst mich noch ganz verrückt mit deiner Hin-und-her-Rennerei.«

Charlotte nahm einen Stoß Manuskripte vom Stuhl und legte ihn auf den bereits überquellenden Schreibtisch. Dann setzte sie sich und begann augenblicklich mit den Fingern auf die Stuhllehne zu trommeln. Als sie den genervten Blick ihrer Lektorin bemerkte, zog sie ihr Handy aus der Tasche und sah auf das Display. Keine Anrufe. War das jetzt ein gutes Zeichen?

»Also, hättest du jetzt bitte die Güte, mir mitzuteilen, warum du so nervös bist? Falls es dich interessiert, ich habe noch jede Menge Arbeit.« Genervt rückte Hannah Süßkind ihre Brille zurecht und starrte Charlotte an.

»Simon ist verschwunden.«

Die Lektorin wurde blass. »Wie, Simon ist verschwunden? Was meinst du damit? Jetzt lass dir doch bitte nicht jedes Wort aus der Nase ziehen.«

Charlotte schwieg einen Moment, dann sprudelten die Worte. Sie erzählte von den Nachrichten, die ihr der Mörder geschickt hatte, von der Presse, die sie seit Tagen belagerte und davon, dass niemand Simon Thomson seit Sonntagabend gesprochen oder gesehen hatte.

Hannah Süßkinds Gesicht war noch eine Spur blasser geworden. Sie erhob sich von ihrem Stuhl und ging ans Fenster. Dort blieb sie regungslos stehen. Charlotte betrachtete den Rücken ihrer Lektorin und sah, wie deren Schultern kaum merklich zuckten. Hannah Süßkind weinte.

»Hannah? Alles in Ordnung?«, fragte sie unsicher. Sie hatte die Lektorin noch nie so gesehen. Hannah Süßkind wirkte stets geschäftsmäßig und leicht unterkühlt. Vermutlich fühlte sie sich daher nie ganz wohl in deren Nähe.

Als hätte Hannah ihre Gedanken erraten, drehte sie sich zu Charlotte um. Ihr Gesicht war weiß und starr wie Wachs, doch in ihren Augen loderte es. Charlotte schlug ungezügelter Hass entgegen, und sie zuckte zusammen.

Es dauerte nur den Bruchteil einer Sekunde und die Lektorin hatte sich wieder im Griff. »Nein, nein, Charlotte, es ist alles in Ordnung. Das mit Simon wird sich klären, du wirst sehen. Es ist bestimmt nur ein übler Scherz von ihm. Du weißt doch, wie gerne er die Leute auf die Schippe nimmt.« Hannah legte eine Hand auf Charlottes Schulter. Charlotte konnte die Kälte der Hand durch ihre dünne Bluse spüren.

Sie fröstelte.

Malin klopfte kurz an Frickes Bürotür und trat ein. Ihr Vorgesetzter telefonierte. Er winkte sie heran und wies auf einen Stuhl. Aus seinen Äußerungen schloss Malin, dass er gerade mit der Rechtsmedizin sprach. Als er den Hörer auflegte, schaute sie ihn erwartungsvoll an.

»Möchten Sie auch einen Tee?« Fricke zeigte auf eine Thermoskanne, die auf einem Sideboard stand.

»Ich wusste gar nicht, dass Sie Tee trinken«, sagte Malin.

»Mach ich eigentlich auch nicht, aber meine Frau ist der Auffassung, dass mein Lebenswandel auch ohne literweise Koffein schon ungesund genug ist. Also tue ich ihr den Gefallen.« Er war aufgestanden und befüllte zwei Becher mit einer hellen Flüssigkeit. Einen reichte er Malin.

Sie beäugte den Inhalt misstrauisch, schnupperte kurz daran, und begann vorsichtig zu nippen. »Bah, was ist denn das für eine Brühe?« Sie sah ihren Vorgesetzten entschuldigend an. »Nichts gegen Ihre Frau, Chef, aber das ist ungenießbar.« Sie stellte den Becher wieder auf den Tisch und schob ihn von sich.

»Darf ich Sie zitieren? Vielleicht glaubt sie mir dann.« Er lächelte Malin schelmisch zu. Dann wurde er ernst. »Das eben war Bartels. Er ist bei Dr. Steinhofer in der Rechtsmedizin. Jeder Zweifel ist ausgeschlossen. Der Tote ist Simon Thompson.« Fricke schaute seine Beamtin prüfend an. »Alles in Ordnung, Brodersen?«

Malin zwang sich zu einem Lächeln. »Konnte Dr. Steinhofer schon etwas sagen?«

»Die Obduktion ist noch nicht abgeschlossen, aber Bartels wollte uns schon mal einen kurzen Zwischenbericht geben. Der Tod ist in der Nacht von Montag auf Dienstag eingetreten. Thompson hat eine Schnittverletzung an der Kehle, die auch die Todesursache war. Sauberer, präziser Schnitt mit einem spitzen, scharfen Gegenstand.«

»Ein Skalpell«, warf Malin ein. »Der Mörder hat sich an die Vorlage gehalten.«

Fricke nickte. »Was wollten Sie eigentlich von mir? Oder sind Sie nur zum Smalltalk in mein Büro gekommen?«

»Ich wollte Sie nur darüber informieren, dass im Blankeneser Jollenhafen ein Motorboot als gestohlen gemeldet wurde. Der Hafenmeister will mir die Diebstahlanzeige gleich durchfaxen.«

»Gut, dann hätten wir zumindest einen Anhaltspunkt.« Fricke kratzte sich am Kopf. »Thompson ist schon Sonntagabend verschwunden. Wo ist der Täter in der restlichen Zeit mit ihm geblieben?«

Sie schwiegen einen Moment.

»Wissen Sie, Mädchen, ich bin ganz ehrlich. Ich weiß nicht so genau, ob ich Sie loben oder ob ich Sie lieber übers Knie legen sollte. Sie wollen es wohl allen mit Ihren Alleingängen beweisen.«

Malin öffnete schon den Mund, um ihm Paroli zu bieten, doch Fricke schnitt ihr mit einer Handbewegung das Wort ab. »Ich weiß, was Sie jetzt sagen wollen, Brodersen. Ihnen wird es nicht leicht gemacht in der Abteilung. Aber die Jungs sind in Ordnung und auch mit Andresen wird es bald besser laufen, glauben Sie mir.« Ein Lächeln huschte über sein Gesicht. »Und jetzt spannen Sie mich verdammt noch mal nicht länger auf die Folter, und erzählen Sie mir, wie sie auf den Tatort gekommen sind.«

Malin lachte erleichtert auf und begann zu erzählen.

»Sie sind ein helles Köpfchen, Brodersen«, sagte Fricke, als Malin fertig war. »Aber das nächste Mal rufen Sie mich an. Sie können …« Das Klingeln des Telefons unterbrach ihn. Er meldete sich, hörte kurz zu und beendete dann mit knappen Worten das Gespräch.

»Das war Bartels noch mal. Dr. Steinhofer hat etwas gefunden«, berichtete er. Sein Gesichtsausdruck wirkte äußerst zufrieden.

»Vielleicht verraten Sie es mir auch?«

»Beim Entkleiden der Leiche hat Dr. Steinhofer eine weitere Münze entdeckt. Sie wurde genau wie im Mordfall Steiner dem Opfer um den Hals gehängt. Jetzt kommt die Sache in Gang, Brodersen. Was ist los, hat es Ihnen die Sprache verschlagen? Sie waren doch schon von Beginn an davon überzeugt, dass uns der Mörder ein Souvenir hinterlassen hat. Es müsste Sie doch freuen, dass sich Ihre Vermutung bestätigt hat.« Fricke fixierte sie mit zusammengekniffenen Augen.

»Ich frage mich nur gerade, warum der Mörder nicht auch bei unserem ersten Opfer eine Münze hinterlassen hat. Haben Sie dafür vielleicht eine Erklärung?«

19

Charlotte Leonberger war ein einziges Nervenbündel. Die Nachricht von Simons Tod hatte sie aufs Tiefste erschüttert. Seitdem hatte sie weder geschlafen noch irgendetwas zu sich genommen. Blass und mitgenommen schritt sie durch Almas Wohnzimmer und zog gelegentlich an ihrer Zigarette. Dann drückte sie den Stummel auf einem kleinen Porzellanteller aus und schaute erneut auf das Display ihres Handys. Warum ließ die Polizei nichts von sich hören? Sie mussten doch längst eine Spur haben. Simons Bild schob sich vor ihre Augen. Sie zwang sich, es zu verdrängen. Zu groß war ihr Schmerz über den Verlust des Freundes, übertroffen nur durch ihre lähmende Angst. Ihre Gedanken kreisten nur noch um zwei Dinge: wer und warum.

Sie griff nach einer weiteren Zigarette und zog gierig das Nikotin in ihre Lungen.

»Aber Kind, seit wann rauchst du denn? Das ist doch auch keine Lösung.« Alma hatte das Wohnzimmer betreten und betrachtete kopfschüttelnd ihre Nichte. »Jetzt setz dich doch erst mal. Wir trinken jetzt eine schöne Tasse Tee und du wirst sehen, es wird dir dann gleich viel besser gehen.«

Ungläubig starrte Charlotte ihre Tante an. »Wie naiv bist du eigentlich? Da draußen läuft ein Irrer rum, der meine Freunde umbringt. Ist dir überhaupt klar, dass wir beide, du und ich, die Nächsten sein könnten? Aber trink du nur deinen Tee.«

Almas rundliche Gestalt zuckte zusammen und ihre Augen füllten sich mit Tränen. Ohne ein weiteres Wort stand sie auf und verließ den Raum.

Charlottes Wut verpuffte. Sie schämte sich entsetzlich.

Rasch drückte sie ihre Zigarette aus und folgte ihrer Tante in die Küche. Die alte Frau saß zusammengesunken auf der Bank des alten Kachelofens und hielt ein Foto ihres verstorbenen Bruders in der Hand. Sie schien in den letzten Minuten sichtlich gealtert zu sein. Charlotte nahm ihrer

Tante behutsam das Bild aus der Hand und legte ihr den Arm um die Schulter.

»Es tut mir leid, Alma, ich habe mich einfach abscheulich aufgeführt. Bitte verzeih mir.«

»Weißt du, ich habe deinem Vater versprochen, immer auf dich aufzupassen. Ich glaube, ich habe viel zu viel verkehrt gemacht.« Eine dicke Träne rollte über ihre Wange.

Charlotte zog ein Taschentuch aus ihrer Hosentasche und wischte ihrer Tante die Tränen vom Gesicht. Dann faltete sie das Taschentuch auseinander. »Siehst du die gestickten Astern auf dem Taschentuch? Du hast es mir zu meinem fünfzehnten Geburtstag geschenkt. Du hast Tage dafür gebraucht. Es sind meine Lieblingsblumen und du wusstest das. Du warst immer für mich da und dafür danke ich dir.« Sie schlang auch den zweiten Arm um ihre Tante und drückte sie heftig an sich.

»Du drückst mir ja die Luft ab, Kind. Aber es ist lieb, dass du mir das gesagt hast.«

»Alles wieder gut?«

»Alles wieder gut.« Alma verzog den Mund zu einem zaghaften Lächeln.

»Vielleicht wäre eine Tasse Tee jetzt doch nicht so verkehrt.«

Alma griff nach der Kanne, füllte eine weiße Porzellantasse und reichte sie ihrer Nichte. »Was meinst du, soll ich dem Jungen auch eine Tasse bringen?«

»Gute Idee, der arme Kerl friert sich da draußen bestimmt den Hintern ab. Ist ziemlich kalt geworden in den letzten Tagen.«

Alma nahm einen großen Becher aus der Anrichte und füllte ihn bis oben hin mit der dampfenden Flüssigkeit. Dann machte sie sich auf den Weg zu dem jungen Polizeibeamten, der seit Stunden vor ihrer Haustür postiert war.

Charlotte spürte, wie ihre Anspannung zurückkehrte, als Alma wieder in die Küche kam.

»Der Junge hat sich richtig gefreut, aber reinkommen wollte er nicht. Er dürfe seinen Posten nicht verlassen, hat er gesagt. So ein Quatsch, der kann doch hier drinnen genauso gut auf dich aufpassen.«

»Sag mal, hast du der Polizei von Christian erzählt?«, fragte Charlotte unvermittelt.

»Wie kommst du darauf?«

»Er hat mich angerufen und mir erzählt, dass er Besuch von Kommissarin Brodersen hatte. Also, hast du was erzählt?«

Alma blickte beschämt. »Du weißt doch, dass die Polizei mich befragt hat. Dabei habe ich natürlich auch Christian erwähnt. Der war doch schließlich deine große Liebe.«

»Was heißt schon große Liebe, er war eher die größte Enttäuschung meines Lebens.« Charlotte merkte selbst, wie bitter ihre Worte klangen. »Ich gehe jetzt nach Hause und versuche, ein wenig zu arbeiten. Petersen macht mir Druck mit dem Buch. Obwohl ich wirklich nicht weiß, wie ich unter den Umständen auch nur einen vernünftigen Satz zustande bringen soll.« Resigniert erhob sie sich und griff nach ihrem Trenchcoat.

Alma erhob sich ebenfalls und griff nach dem Arm ihrer Nichte. »Es tut mir leid, Charlotte, es tut mir so unendlich leid.«

»Es ist ja nicht deine Schuld.« Charlotte drückte ihrer Tante zum Abschied einen Kuss auf die Wange.

Alma Leonberger starrte der schmalen Gestalt im Mantel hinterher, als Charlotte das Schieferhaus verließ, den uniformierten Beamten im Schlepptau. Die letzten Worte ihrer Nichte hämmerten in ihrem Kopf. Alma begann hemmungslos zu schluchzen.

Kriminaloberkommissar Frederick Bartels saß an seinem Schreibtisch und fixierte seine gegenübersitzende Kollegin. »Irgendetwas Neues?«

Malin blickte von ihren Unterlagen auf. Bartels wirkte frisch ausgeschlafen und der sorgenvolle Gesichtsausdruck der letzten Wochen schien verschwunden. »Ich habe Professor Hardenberg ein Foto von der zweiten Münze geschickt. Allerdings hat er sich noch nicht bei mir gemeldet.«

»Ich wollte gleich bei Thompsons Agenturpartner vorbeifahren. Kommst du mit? Oder soll ich das lieber alleine machen?«

»Warum? Meinst du, ich bin befangen?«

Bartels' Gesichtsausdruck wurde grimmig. »So meinte ich das eigentlich nicht, aber du benimmst dich in den letzten Tagen etwas merkwürdig. So abweisend. Hängt es vielleicht mit Britta zusammen?«

Malin winkte ab. »Du bist mir keinerlei Rechenschaft schuldig«, erwiderte sie knapp, als ihr Blick an Ole Tiedemann hängen blieb. Obwohl sie den Kollegen noch nicht lange kannte, verriet ihr sein Gesichtsausdruck, dass er auf etwas gestoßen war. »Hast du was rausgefunden, Ole?«

Eine leichte Röte überzog Tiedemanns blasses Gesicht, dann grinste er. »Der Mörder hat ein Zeitschema.« Er stand auf und schlenderte zu Malins Schreibtisch. »Zuerst sah es doch so aus, als würde er seine Morde immer donnerstags bei der Leonberger ankündigen. Bis er dann beim dritten Mal an einem Freitag anrief. Interessant ist dabei der Zeitraum zwischen dem Anruf und dem Mord. Beim ersten waren es fünf Tage, beim zweiten vier Tage. Soeben habe ich noch mal mit der Rechtsmedizin gesprochen. Dr. Steinhofer hat den Todeszeitpunkt auf zwei Stunden eingrenzen können. Und zwar zwischen dreiundzwanzig und ein Uhr in der Nacht von Montag auf Dienstag. Wenn wir davon ausgehen, dass Thompson vor null Uhr getötet wurde, liegt diesmal ein Zeitfenster von drei Tagen zwischen der Ankündigung und dem Mord.«

»Er zählt einen Countdown«, entgegnete Malin nachdenklich.

»Genau. Aber das ist noch nicht alles.« Tiedemann holte von seinem Schreibtisch eine Liste, die er vor Bartels auf den Tisch legte. Malin beugte sich über ihren Tisch und besah sich den Zettel.

»Das sind die Einzelnachweise von Thompsons letzten Handy-Verbindungen.«

Bartels musterte seinen Kollegen verblüfft. »Wie bist du da so schnell herangekommen?«

»Glaub mir, es ist besser, wenn ihr nicht alles wisst. – Die letzte Nummer braucht uns nicht zu interessieren, wir wissen ja mittlerweile alle, dass sie Brodersen gehört. Aber seht euch das an.« Er tippte mit seinem Finger auf einen Eintrag. »Diese Nummer hat ihn angerufen, kurz bevor er – laut Aussage des Kellners – in die Bar gekommen ist. Es ist dieselbe Nummer, mit der er die letzten zwei Tage mehrfach telefoniert hat. Und jetzt ratet mal, wem die gehört.« Ole Tiedemann sah seine Kollegen grinsend an.

»Nun sag schon«, drängte Bartels.

»Robert Petersen«, sagte Tiedemann triumphierend.

»Dem Verleger?«, fragte Bartels. »Aber das ist doch überhaupt nicht ungewöhnlich. Die werden öfter miteinander zu tun gehabt haben.«

Tiedemann schaute listig. »Da gebe ich dir recht, allerdings hat Petersen steif und fest behauptet, zuletzt am Abend der Preisverleihung mit Thompson gesprochen zu haben. Warum also lügt er?«

Malin kaute nachdenklich auf ihrer Unterlippe. »Ich glaube, ich weiß jetzt, wer Thompsons Verabredung am Sonntagabend war.«

Eine Dreiviertelstunde später stand Malin zusammen mit Bartels an jenem Teil der Bar, wo sich die beiden Männer am Sonntagabend unterhalten hatten. Sie hielt dem Barkeeper ein Bild entgegen. »War das der Mann?«

Der Barkeeper griff nach dem Foto und betrachtete es einen Augenblick. Dann nickte er. »Das ist er.«

Malin hatte recht gehabt. Simon Thompsons Begleitung am Abend seines Verschwindens war Robert Petersen gewesen.

»Haben Sie etwas von dem Gespräch zwischen den beiden mitbekommen?«, fragte Bartels den Barkeeper.

»Hören Sie, ich belausche unsere Gäste nicht. Ich mache hier nur meinen Job.«

»Ist schon klar, aber vielleicht haben Sie zufällig etwas mitgekriegt?«

»Kann sein, dass sie gestritten haben, bin mir aber nicht sicher. Sie hören ja selbst, wie laut es hier ist. Da muss man schon mal lauter sprechen.«

»Vielen Dank für Ihre Hilfe. Sollte Ihnen vielleicht doch noch etwas einfallen, rufen Sie mich bitte an.« Bartels reichte dem Barkeeper eine Visitenkarte, die dieser ungelesen in seine Hosentasche gleiten ließ.

Anschließend nahm Bartels die Bar in Augenschein. »Hier gehst du also in deiner Freizeit hin.«

»Bist du wieder mit Britta zusammen?«, fragte Malin unvermittelt.

»Nein. Wie kommst du darauf? Weil sie neulich bei mir in der Wohnung war? Sie hat nur ein paar Sachen geholt. Letztendlich hat sie sich entschieden auszuziehen. Und ehrlich gesagt ist es auch gut so. Ich will, dass sie glücklich ist, auch wenn ihr das mit mir anscheinend nicht gelingt.« Seine dunklen Augen wurden noch eine Spur dunkler.

»Lass uns Fricke anrufen. Ich denke, das mit Petersen wird ihn brennend interessieren«, sagte Malin abrupt und wendete ihrem Kollegen den Rücken zu. Was immer das für ein Gefühl war, das da in ihrem Inneren tobte, sie würde es nicht zulassen.

Robert Petersen erschien am späten Nachmittag im Präsidium, zusammen mit seinem Anwalt, einem drahtigen kleinen Mann im maßgeschneiderten Anzug. Petersen taxierte die beiden Kriminalbeamten mit kalten Augen. Abschätzend wanderte sein Blick über Hauptkommissar Fricke und blieb dann an Malin hängen. »Waren Sie nicht bei der Preisverleihung?«

Malin nickte.

Fricke räusperte sich und ergriff dann das Wort. »Also, Herr Petersen, wir wissen, dass Sie am Sonntagabend zusammen mit Simon Thompson in einer Bar in den Hohen Bleichen gewesen sind.«

Der Anwalt beugte sich zu Petersen und flüsterte ihm etwas zu.

»Mein Anwalt rät mir gerade, die Frage nicht zu beantworten«, entgegnete Petersen. »Trotzdem werde ich es tun. Die Antwort lautet ja. Ich war an dem Abend in der Bar und vermutlich hat Ihnen das Ihre junge Mitarbeiterin längst bestätigt.«

Fricke ließ sich seine Überraschung nicht anmerken. »Warum haben Sie uns das nicht gleich bei der ersten Befragung gesagt?«

»Zugegeben, Herr Kommissar …«

»Erster Kriminalhauptkommissar«, verbesserte ihn Fricke.

»Ganz wie Sie wollen. Also, Herr Hauptkommissar Fricke, das war zugegebenermaßen recht dumm von mir. Ich selbst weiß natürlich, dass ich nichts mit Thompsons Tod zu tun habe. Allerdings wollte ich Sie nicht auf den Gedanken bringen, dass es anders sein könnte.«

»Wann haben Sie die Bar verlassen?«

»Gegen Mitternacht. Ich bin direkt nach Hause gefahren. Meine Frau wird Ihnen das bestätigen. Thompson hingegen ist noch geblieben. Vielleicht sollten Sie Ihre Kollegin mal befragen«, erwiderte er lächelnd.

Fricke klang beherrscht, doch Malin konnte sehen, wie es an der Schläfe ihres Vorgesetzten pochte. »Glauben Sie nicht, dass Sie damit aus dem Schneider sind«, erwiderte er mit finsterem Blick. »So leicht werden Sie uns nicht los und ich sage Ihnen, wir können verdammt lästig sein. Wenn es irgendetwas gibt, dass Sie in Zusammenhang mit den Morden bringt, dann werden wir es finden.«

Petersens Anwalt erhob sich. »Es gibt dann wohl keine weitere rechtliche Grundlage, meinen Mandanten hier länger festzuhalten oder in Gewahrsam zu nehmen«, stellte er fest. »Komm, Robert.«

Petersen erhob sich und bemühte sich nicht, sich sein spöttisches Lächeln zu verkneifen.

»Glauben Sie, dass Petersen etwas mit den Morden zu tun hat?«, fragte Malin, nachdem sich die Fahrstuhltür hinter dem Verleger und seinem Anwalt geschlossen hatte.

»Zumindest kann er mich mit seinem weltmännischen Auftreten nicht darüber hinwegtäuschen, dass er irgendetwas zu verbergen hat. Ich kenne diese Art Menschen, Brodersen. In all den Jahren bin ich ihnen oft begegnet.«

Nele Richter kam ihnen im Flur entgegen und reichte Malin einen Zettel. »Da ist ein Anruf für dich gekommen.«

Malin bedankte sich und las die Nachricht. »Professor Hardenberg hat sich gemeldet. Wegen der zweiten Münze. Das Schriftzeichen war wieder ein Buchstabe aus dem Runenalphabet. Ein T.«

Fricke fuhr sich mit der Hand übers Gesicht. »Was hat das denn nun schon wieder zu bedeuten?«

20

Die Ermittlungen waren ins Stocken geraten.

Wie nicht anders zu erwarten, hatte Petersens Frau die Ankunftszeit ihres Mannes bestätigt. Sie drehten sich im Kreis. Auf Frickes Anweisung wurden weitere Befragungen im Familien und Freundeskreis der Opfer durchgeführt. Es war eine zeitaufreibende Ermittlung, zahlreiche Zeugen mussten vernommen, Alibis und Aussagen überprüft werden. Seit dem Auffinden der ersten Leiche zweieinhalb Wochen zuvor hatte die Mordkommission keine Erfolge vorzuweisen.

Malin saß auf dem Korbstuhl in ihrem Schlafzimmer und starrte auf ihren Kleiderschrank. Es war Freitag, der 7. Oktober, der Tag, an dem die Privatbank Heidenberg ihr 150. Firmenjubiläum feierte. Am liebsten hätte sie abgesagt. Sie hätte behaupten können, dass sie von den Ermittlungen unabkömmlich sei. Was im Grunde noch nicht einmal gelogen wäre. Fricke hatte ihrem Wunsch nach einem freien Tag nur äußerst widerwillig stattgegeben.

Vielleicht half auch die Drohung, dass ihre Kollegen bei der Feier auftauchen könnten, um sie einzusammeln. Bei dem Gedanken, wie Fricke in seinen ausgebeulten Cordhosen und Andresen, der Ähnlichkeiten mit einem Türsteher aufwies, sie von den erlesenen Gästen fortzerren würden, kicherte sie. Der Gesichtsausdruck ihrer Mutter würde mit Gold kaum aufzuwiegen sein.

Immer noch grinsend durchforstete sie ihren Kleiderschrank. Das Inventar bestand überwiegend aus schlichten Pullovern, Poloshirts und Jeans in allerlei Variationen.

Einen Augenblick spielte Malin mit dem Gedanken, ihre Mutter in Jeans zu provozieren, doch dann entschied sie sich, zumindest für einen Tag die Rolle der liebenswürdigen Bankierstochter zu übernehmen. Anziehtechnisch blieben Malin somit zwei Möglichkeiten. Entweder sie trug ihren dunkelblauen Hosenanzug, den für alle Anlässe und jede Gelegenheit, oder ihr weißes Sommerkleid. Das Abendkleid, das sie zur Preisverleihung getragen hatte, war bereits frisch gereinigt in die Hände seiner Besitzerin, Marie Heidenberg, zurückgegeben worden.

Ein Blick aus dem Fenster genügte, um sich gegen das Sommerkleid zu entscheiden. Zwar hatte der Wetterbericht einen milden Herbsttag mit viel Sonne prophezeit, doch am Horizont türmten sich drohend dunkle Wolken auf. Also der Hosenanzug. Sie zog ihn aus dem Kleiderschrank und stellte mit Entsetzen fest, dass er dringend in die Reinigung musste.

Panisch schaute Malin auf ihre Armbanduhr. Es war zwanzig vor zehn. Somit hatte sie noch zwei Stunden Zeit. Das müsste zu schaffen sein. Sie würde schnell ins Alstertaler Einkaufszentrum fahren und sich etwas Passendes zum Anziehen kaufen. Der Friseurtermin fiel damit ins Wasser, aber jetzt ging es um Schadensbegrenzung.

Sie strich sich mit ein paar Handgriffen die Haare hinters Ohr und schnitt ihrem Spiegelbild eine Grimasse. Dann schnappte sie sich die Autoschlüssel und verließ eiligen Schrittes das Haus.

Im unteren Parkdeck des Einkaufzentrums fand sie auf Anhieb eine Lücke.

Der Weg zum Eingang führte an einigen Parkbuchten vorbei. Zahlreiche Leute kamen ihr mit prall gefüllten Einkaufstüten entgegen. Ein gebückter Mann mit roter Wollmütze schob einen Einkaufswagen vor sich her. Er wirkte etwas heruntergekommen und stank nach Schweiß. Schnell ging Malin an ihm vorbei.

Im Erdgeschoss strömte ihr der herrliche Zimtgeruch frischer Franzbrötchen entgegen. Sie widerstand der Versuchung und steuerte auf ihre Lieblingsboutique zu. Dort sah sie im Schaufenster ein leuchtend blaues Etuikleid aus Wildseide.

Genau das Richtige, dachte sie. Sie betrat den Laden und wandte sich an eine etwas hochnäsig dreinblickende Verkäuferin. »Gibt es zu dem blauen Kleid im Fenster einen passenden Blazer?«

Die Verkäuferin wies auf eine Kleiderstange. »Wenn Sie

hier vielleicht mal schauen möchten. Wir führen das Kleid auch noch in einem wunderschönen Tomatenrot.«

Malin zog es heraus und strich bewundernd über den seidenen Stoff. Sie warf einen kurzen Blick aufs Etikett. Teuer, aber nicht zu teuer. Blau oder doch lieber rot?

Malin stutzte. Leuchtend rot. Ohne eine Erklärung drückte sie der verdutzten Verkäuferin das Kleid in die Hand und verließ im Laufschritt die Boutique. Sie lief an den Geschäften und den Essständen vorbei und eilte die Rolltreppen ins Untergeschoss hinab. Außer Atem verließ sie das Einkaufscenter und blieb keuchend auf dem unteren Parkdeck stehen.

Er war nicht zu sehen. Wütend lief sie den Weg an den Parkbuchten entlang. Keine Spur von einer roten Wollmütze. *Verdammter Mist, Malin. Du lässt dir doch glatt von so einem blöden Fest das Gehirn vernebeln. Denk nach. Was hat er auf dem Parkdeck gewollt?* Ihre Augen glitten zur angrenzenden Straße. Sie führte zum Alstertal.

Malin hastete zum Kassenautomaten, bezahlte ihr Parkticket und war mit wenigen Schritten bei ihrem Mini. In Windeseile setzte sie ihn aus der Parklücke.

Wenige Minuten später sah sie den Mann. Er schob seinen Einkaufswagen gerade an der Schranke vorbei und schlug den Weg Richtung Alstertal ein. Schnell steckte sie das Parkticket in den Kartenleser und hielt fünfzig Meter weiter auf dem Bürgersteig. »Harry! Warten Sie!«, rief sie dem Obdachlosen hinterher, der seinen Weg unbeirrt fortsetzte. Es schien, als wollte er sie nicht hören. »Mensch, Harry, jetzt warten Sie doch.«

Zum zweiten Mal an diesem Tag legte Malin einen kurzen Spurt hin und blieb direkt vor dem Mann stehen. Sie zwang sich, seinen stechenden Körpergeruch aus ihrer Wahrnehmung zu verdrängen, und legte ihre Hand an den Einkaufswagen. »Hallo, Harry, wir kennen uns doch. Erinnern Sie sich nicht? Malin Brodersen von der Polizei.« Sie lächelte ihm aufmunternd zu.

Der Obdachlose musterte sie einen Augenblick, dann nickte er.

»Was meinen Sie, Harry, können wir uns vielleicht kurz unterhalten? Ich spendier Ihnen auch einen Kaffee.«

»Ich will nicht mit Ihnen reden.«

»Kommen Sie schon, Harry, ein gutes Essen und ein Bier sind natürlich inbegriffen.«

Der Obdachlose schien einen Moment nachzudenken, dann nickte er. »Gut, aber nicht zur Polizei. Dahin geh ich nicht.«

»Wenn Sie möchten, gehen wir da hin.« Malin wies mit dem Kopf in Richtung Einkaufscenter.

»Geht nicht, da haben Sie mich gerade rausgeschmissen.«

»Also gut, Harry, schnappen Sie sich Ihre Sachen und kommen Sie mit. Wir fahren woanders hin.« Mit forschen Schritten ging sie zu ihrem Mini und öffnete die Beifahrertür. »Nun kommen Sie schon, bevor ich einen Strafzettel kassiere.«

Er schlurfte auf den Mini zu und äugte misstrauisch ins Innere. »Ist ja nicht gerade besonders groß.«

»Für uns beide wird es schon reichen. Packen Sie Ihre Tüten auf die Rückbank.«

Wortlos verstaute er die drei dreckigen Tüten mit ihrem zweifelhaften Inhalt auf den Hintersitzen. Er zog einen kleinen bunten Lederbeutel aus einer davon und drückte ihn eng an seine Brust. Dann setzte er sich auf den Beifahrersitz. Malin kurbelte ihr Seitenfenster ein Stück weiter herab. Es würde Tage dauern, bis der beißende Geruch wieder aus dem Wagen verschwand.

In der Ulmenstraße in Winterhude parkte Malin und forderte den Stadtstreicher auf, seine Tüten im Wagen zu lassen. Harry weigerte sich.

Bepackt mit seinen Schätzen schlurfte er hinter ihr her bis zu ihrem Häuschen. Im Vorübergehen bemerkte sie, dass sich die Gardine des Nachbarfensters bewegte.

Im Haus führte sie Harry direkt in ihre Küche und bat ihn, am Tisch Platz zu nehmen. Misstrauisch sah er sich um und ließ sich dann auf einem der Stühle nieder. Seine Tüten hielt er krampfhaft umklammert.

Der Inhalt des Kühlschranks zeigte Malin, dass sie mit dem Angebot eines guten Essens wohl ein wenig übertrieben hatte. Drei Eier und ein altes Stück Käse, das nicht mehr besonders verlockend roch, waren das einzig Essbare. Sie schlug die Eier in eine gusseiserne Pfanne und wärmte ein paar tiefgefrorene Franzbrötchen aus ihrer Notreserve in der Mikrowelle auf. Rasch vermischte sich der verlockende Duft von Zimt mit dem von gebratenen Spiegeleiern in ihrer kleinen Küche. In der hintersten Ecke ihres Kühlschrankes fand sich noch eine Flasche Warsteiner, die sie Harry zusammen mit dem Essen und einem aufmunternden Lächeln hinstellte.

Sie selbst nahm sich ein Glas Milch und setzte sich neben den Alten. »Nun kommen Sie schon, Harry, stellen Sie Ihre Tüten ab. Hier wird Sie schon niemand bestehlen.«

Zweifelnd schaute Harry von Malin auf seine Tüten und dann wieder auf die Spiegeleier. Der Hunger gewann. Er ließ die Tüten zu Boden sinken, legte den kleinen bunten Lederbeutel neben seinen Teller und schlang die Spiegeleier abwechselnd mit dem Zimtgebäck hinunter. Er brauchte dazu keine zwei Minuten. Dann griff er nach der Flasche Bier und trank sie in einem Zug leer. Zufrieden ließ er sich an die Rücklehne des Stuhls sinken und rülpste.

»Was meinen Sie, könnten Sie mir jetzt ein paar Fragen beantworten?«

»Ich habe Ihnen doch schon gesagt, dass ich in der Nacht damals nicht im Park war. Was wollen Sie denn jetzt noch von mir? Wenn ich nicht da war, kann ich auch nichts sagen, oder?«

»Tja, Harry, das Problem ist nur, ich glaube Ihnen nicht. Ich glaube, Sie waren in jener Nacht durchaus im Park. Warum auch nicht? Die Nacht war mild. Es war Ihr Stammplatz und Frau Larsen hat Sie sogar täglich mit Brötchen und Kaffee versorgt. Warum hätten Sie sich da einen anderen Schlafplatz suchen sollen?«

Der Stadtstreicher hielt ihrem Blick stand, doch in seinen Augen flackerte es.

»Ich bin mir sicher, dass Sie auch von den Vorgängen am Torbogen etwas mitbekommen haben. Was haben Sie gesehen, Harry? Sagen Sie es mir.« Malin legte ihre Hand auf seinen Arm und schaute ihm, wie sie hoffte, vertrauenerweckend in die Augen. »Bitte.«

»Also gut, ich war da. Aber ich habe nichts gesehen, Frau Kommissarin, bitte glauben Sie mir. Es war stockdunkel. Und ich hatte Angst. Da waren so komische Geräusche. So ein Poltern und Kratzen.«

»Und Sie sind nicht neugierig geworden und haben geschaut, was da vor sich geht? Sie sind nicht hingegangen?«

»Nein.« Er sah angestrengt zu Boden.

»Kommen Sie, Harry, sagen Sie mir die Wahrheit.«

»Ich sage die Wahrheit. Ich bin nicht hingegangen. Da noch nicht. Erst später«, gab er zaghaft zu.

»Wann, Harry, wann sind Sie zum Torbogen hingegangen?«

»Erst, als alles ruhig war.« Er griff nach seinem Beutel. »Ich habe ein Feuerzeug. Hab es mal im Ascheimer gefunden, war noch ein bisschen Gas drin. Ich habe das Feuerzeug also angemacht und dann habe ich ihn gesehen.«

»Wen haben Sie gesehen, Harry?«

»Den Mann. Er hing am Balken. Frau Kommissarin, es war so gruselig.« Seine Hände zitterten. »Kann ich noch ein Bier haben?«

»Tut mir leid, das war mein letztes. Aber wenn Sie möchten, bekommen Sie etwas von der Milch.« Ohne eine Antwort abzuwarten, holte Malin aus dem Küchenschrank ein frisches Glas, füllte es mit Milch und stellte es vor Harry auf den Tisch. Der Stadtstreicher schüttelte angewidert den Kopf, griff dann aber doch danach.

»Was haben Sie noch gesehen?«

»Nichts mehr. Mein Feuerzeug ist ausgegangen. Ich hab mir fast in die Hosen gemacht vor Angst. Eines sag ich Ihnen, da kriegen mich keine zehn Pferde mehr hin.«

Malin stand auf und schaute nachdenklich aus dem Küchenfenster. Entgegen ihrer Erwartung hatte es nicht zu regnen begonnen. Die Sonne stand am knallblauen Himmel. Einzig der Wind trotzte dem schönen Herbsttag, fegte durch die Bäume und versuchte, die verbliebenen Blätter von den Ästen zu reißen.

Sie drehte sich wieder zu dem Stadtstreicher um, der seinen kleinen Lederbeutel wieder fest umklammert hielt. Was hatte er nur immer mit seinem Beutel? Was für Schätze konnte so ein Obdachloser schon haben? Ein altes Feuerzeug, vielleicht ein paar alte Fotos. Ein paar alte Münzen.

Malins zog die Luft ein.

»Geben Sie mir die Münze, Harry«, forderte sie ihn auf.

Der Stadtstreicher schaute sie verständnislos an. Unwillkürlich presste er jedoch den Lederbeutel fester an die Brust.

»Ich weiß, dass Sie sie haben Harry, geben Sie sie mir. Bitte.«

»Das ist alles meins, es gehört mir und ich lasse mir nichts wegnehmen. Von Ihnen schon gar nicht.« Er funkelte sie wütend an. »Sie haben mich reingelegt. Erst schleppen Sie mich hierher, wollen angeblich nur mit mir reden und dann wollen Sie mir einfach mein Eigentum wegnehmen. Aber nicht mit mir, Frau Kommissarin, oder was auch immer Sie sind. Nicht mit Harry. Hab ich doch gleich gewusst, dass man den Bullen nicht trauen kann.« Er erhob sich von seinem Stuhl und griff nach seinen Tüten.

»Hören Sie, Harry, ich will sie mir doch nur mal ansehen. Wenn es das ist, was ich vermute, werden wir uns bestimmt einig. Ich werde sie Ihnen bezahlen. Und wenn nicht, spendiere ich Ihnen noch ein weiteres Essen. Und diesmal ein anständiges in einem Lokal. Was sagen Sie dazu?«

Harry wirkte weiterhin misstrauisch, rührte sich allerdings nicht vom Fleck.

»Okay, ein anständiges Essen und noch einen Zwanziger für was Flüssiges«, bot Malin an.

Sie schämte sich, dass sie die offensichtliche Alkoholabhängigkeit des Mannes so ausnutzte. Doch es wirkte. Harry ließ die Tüten sinken, zog ein kleines Päckchen aus dem Lederbeutel und reichte es ihr. Es war in altes Zeitungspapier gewickelt. Schnell löste sie das Papier und hielt eine schimmernde Münze in der Hand. Ihr Herz machte einen Luftsprung und ignorierte dabei die großen Zeiger der Küchenuhr.

Das Jubiläumsfest hatte vor über einer Stunde begonnen.

21

Langsam stieg Alma Leonberger die knarrenden Stufen der Dachbodentreppe hinauf. Jede einzelne bereitete ihren von Arthritis geplagten Beinen unsägliche Schmerzen. Am Ende der letzten Treppe angekommen, zog sie einen großen Eisenschlüssel aus ihrer Schürze und öffnete die Tür.

Spinnenweben hingen von den Dachbalken herab und überall standen Möbel, teilweise abgedeckt mit schweren Leinentüchern. Ein Lichtstrahl fiel durch eine der Luken und tauchte den Dachboden in eine düstere Atmosphäre. Alma erschauderte. Schnell knipste sie ihre Taschenlampe an und ließ den Lichtschein durch den Raum gleiten.

Die große Holztruhe stand mit einer dicken Staubschicht überzogen immer noch dort, wo sie das letzte Mal von ihrer Besitzerin geöffnet worden war. Alma griff nach einem Zipfel ihrer Schürze und beseitigte den gröbsten Schmutz von der Truhe. Vielleicht wollte sie aber auch nur den Augenblick hinauszögern, in dem die verdrängte Vergangenheit sie einholen würde.

Zögerlich griff sie nach dem klobigen Messinggriff und zog den schweren Deckel nach oben. Mit zittrigen Fingern durchforstete Alma den Inhalt. Alte, in Leder gebundene Fotoalben, ausgeblichene Kinderzeichnungen und Dutzende Briefe, sorgfältig zu Päckchen verschnürt, fanden ihren Weg ans Licht. Liebevoll strich sie über die Oberfläche eines der Fotoalben und beschloss, es später mit hinunterzunehmen. Dann wandte sie ihre Aufmerksamkeit einem alten Aktenordner in der untersten Ecke der großen Truhe zu. Von zwiespältigen Gefühlen geplagt zog sie ihn heraus. Im Schein der Taschenlampe betrachtete sie die Seiten mit ausgeschnittenen Zeitungsartikeln, die sie Jahr für Jahr gewissenhaft chronologisch sortiert hatte. Bis zu jenem Tag.

»Ich habe es gewusst«, rief Malin, als sie ins Großraumbüro der Mordkommission stürmte.

Fricke und Bartels standen in eine Unterhaltung vertieft zusammen an Andresens Schreibtisch. Sie schauten verwirrt auf die kleine Tüte, die Malin triumphierend über ihrem Kopf schwenkte.

»Was tun Sie denn hier? Brauchten Sie nicht unter allen Umständen heute einen freien Tag?«, fragte Fricke irritiert.

»Er hat es getan, ich meine: Klar hat er es getan«, sagte Malin strahlend.

»Und was bitte hat wer getan? Wovon zum Teufel reden Sie überhaupt?«, erwiderte Fricke ungehalten.

»Der Täter hat auch beim Torhausmord eine Münze hinterlassen. Harry hat sie mitgehen lassen.«

»Harry?«, fragte Bartels.

»Der Stadtstreicher! Mein Gott, seid ihr begriffsstutzig. Ich bin ihm heute zufällig über den Weg gelaufen. Er hatte sie, er hatte sie die ganze Zeit.«

»Und er hat dir die Münze einfach so ausgehändigt? Oder hast du ihm vorher vielleicht etwas eingeflößt?«, bemerkte Andresen sarkastisch.

Malin wurde rot. »Ich habe ihn getroffen, mich ein wenig mit ihm unterhalten und – das ist doch völlig egal, auf jeden Fall hat er mir die Münze gegeben. Er hat zugegeben, in der fraglichen Nacht am Tatort gewesen zu sein.« In kurzen Worten fasste Malin das Gespräch mit dem Stadtstreicher zusammen.

»Wo befindet sich dieser Harry jetzt?«, fragte Fricke.

Malin grinste. »Ein Kollege nimmt gerade seine Aussage auf. Hat mich einiges an Überredungskünsten gekostet, ihn ins Präsidium zu bewegen.«

»Gute Arbeit, wirklich gute Arbeit, Brodersen«, sagte Fricke.

Malin lächelte erfreut. »Ich war eben noch auf einen Sprung im Völkerkundemuseum. Die Runeninschrift ist dieses Mal ein K. Professor Hardenberg teilt im Übrigen unsere Meinung, dass die Münzen zu einem Schmuckstück umgearbeitet wurden.«

Fricke nickte. »Also gut, Leute. Hat jemand mal einen Stift?«

Bartels griff in seine Schreibtischschublade und zog einen

schwarzen Edding hervor. Fricke ging mit dem Stift zum Flipchart und schrieb drei große Buchstaben auf die Seite: K A T. »Das sind die Buchstaben der übersetzten Runen. Der Mörder stellt uns ein Rätsel, also lösen wir es. Was könnte es bedeuten?«

»Das hat doch keinen Sinn, es könnte alles sein«, kam es von Andresen. »Ein Name, ein Wort, wer sagt uns überhaupt, dass es sich dabei um ein deutsches Wort handelt, schließlich sind das nordische Münzen. Es könnte genauso gut Dänisch, Norwegisch oder sonst etwas sein.«

»Du hast recht, Sven.« Fricke sah auf seine Uhr. »Denkt bitte trotzdem darüber nach. Ich habe jetzt noch einen Termin in der Chefetage.«

»Viel Glück, Hans«, warf Bartels ein.

Malin verabschiedete sich ebenfalls. Ihre Mutter hatte zwei Sprachnachrichten auf ihrem Handy hinterlassen.

Eine Stunde später parkte Malin ihren Mini in der Auffahrt vor der Jugendstilvilla am Harvesterhuder Weg. Constanze Heidenberg hatte sich bewusst dafür entschieden, die Jubiläumsfeier hier statt in der Bank stattfinden zu lassen, um den familiären Charakter der Traditionsbank Heidenberg zu unterstreichen.

Die Abenddämmerung hatte bereits eingesetzt und der Himmel war wolkenverhangen. Malin fröstelte und zog ihre Jacke ein wenig enger, als sie mit raschen Schritten auf das offene Eingangsportal zuging. Einige Männer in Arbeitskleidung waren gerade dabei, Bistrotische in ihren Lieferwagen zu verstauen.

Im Garten waren zwei Partyzelte auf dem kurz geschorenen Rasen aufgebaut worden, dazwischen hatte man eine Tanzfläche verlegt. Die Musiker verstauten gerade die letzten Instrumente und befrackte Kellner räumten Gläser und Geschirr von den verbliebenen Tischen. Dazwischen stand Constanze Heidenberg und gab Anweisungen. Sie war in ein cremefarbenes Seidenensemble gekleidet und ihr blondes Haar war zu einem kunstvollen Knoten geschlungen.

Trotz ihrer geringen Körpergröße und der zierlichen Figur strahlte Constanze Heidenberg jene Autorität aus, die nur wenige Menschen in die Wiege gelegt bekamen und die nicht zu erlernen war.

Gerade zog sie ein silberfarbenes Klapphandy aus ihrer Seidenjacke. Malins Handy klingelte und Constanze Heidenberg drehte sich zu ihrer Tochter um. Mit zusammengekniffenen Lippen klappte sie ihr Telefon wieder zusammen und sah Malin mit hochgezogenen Augenbrauen entgegen. »Wie ich sehe, funktioniert dein Handy«, sagte sie kalt.

»Mutter, ich weiß, ich hätte anrufen sollen«, begann Malin.

»Nichts weißt du«, zischte Constanze Heidenberg. »Du solltest nicht anrufen, sondern um Punkt zwölf erscheinen. Aber vielleicht ist ja auch deine Uhr kaputt. Ist deine Uhr kaputt?«

»Mutter, lassen wir das doch. Es tut mir leid. Aber ich habe nun mal einen Job, bei dem es um Wichtigeres geht.«

»Das 150. Firmenjubiläum deiner Familie ist nicht wichtig?«

Malin konnte nur mit Mühe ein Augenrollen unterdrücken. »Sicher ist das auch wichtig, aber ...« Weiter kam sie nicht.

»Es ist auch dein Unternehmen, Malin. Du bist Bestandteil dieser Familie, ob es dir nun passt oder nicht. Und da hat man auch Pflichten. Man kann nicht einfach kommen und gehen, wann immer es einem passt.«

»Ich habe nie darum gebeten«, erwiderte Malin trotzig.

»Alle waren da. Die ganze Familie, unsere wichtigsten Kunden, sogar der erste Bürgermeister war anwesend.«

»Großvater auch?«, entgegnete Malin provokant. Hinter ihren Schläfen begann es zu pochen. »Er war nicht da, habe ich recht? Er hat genau wie ich keine Lust auf diesen ganzen Zirkus hier.«

»Ich erwarte dich am Sonntag zum Essen«, erwiderte Constanze scharf. Dann wandte sie Malin den Rücken zu und ging ins Haus.

Charlotte Leonberger saß in eine Wolldecke eingewickelt in einem der verwaisten Strandkörbe vor Hugos Bistro, einem der noch wenigen geöffneten Lokale an der Promenade. Vor ihr, am Ende des Sandstrandes, glitzerte das Meer in der frühen Morgensonne. Der Herbststurm der vergangenen Nacht hatte sich verzogen und Sonnenstrahlen wärmten ihr das Gesicht.

Sie hatte ruhelose Nächte hinter sich. Falls es ihr doch einmal gelang, Schlaf zu finden, wurde sie von dem immer wiederkehrenden Alptraum geplagt. Rund um die Uhr rasten ihre Gedanken um ein Wort: warum? Immer wieder hatte sie alle Bausteine ihres Lebens durchforstet und nie eine Antwort gefunden. In den Tagen nach Simons Tod hatte sie kurz vor einem Nervenzusammenbruch gestanden.

Doch jetzt hatte sie sich wieder einigermaßen im Griff. Sie würde sich nicht zerstören lassen. Von niemandem. Und sie würde sich auch nicht mehr verstecken. Mit neuer Entschlossenheit zwang sie alle Ängste beiseite und richtete ihre Aufmerksamkeit auf ihr Laptop, das auf ihrem Schoß lag. Ihre flinken Finger flogen wie von selbst über die Tastatur.

Ein Schatten fiel auf ihren Bildschirm und Charlotte hob den Blick. Hugo, der gut gebaute Mittvierziger und Besitzer des Bistros, hielt ihr einen Becher mit dampfender Flüssigkeit entgegen. »Moin, Charlotte, so früh schon auf den Beinen? Und fleißig bist du auch schon«, sagte er mit beifälligem Blick auf ihr Laptop. »Gut, dass du dich nicht unterkriegen lässt.«

»Danke.« Charlotte nahm den Becher entgegen.

»Gehört der zu dir?« Der Bistrobesitzer wies auf den wenige Meter entfernt sitzenden Mann, der sie aufmerksam beobachtete.

Charlotte nickte. »Mein Aufpasser.«

Als Hugo sich entfernt hatte, griff Charlotte nach ihrem Handy. Sie wählte die Büronummer ihrer Lektorin. Niemand meldete sich. Dann wählte sie Hannah Süßkinds Privatnummer. Als der Anrufbeantworter ansprang, hinterließ sie eine Nachricht. Nachdenklich betrachtete sie das glitzernde Meer. Wie konnte es sein, dass die Polizei noch immer völlig im Dunkeln tappte?

Sie musste selbst aktiv werden.

Die Ermittlungsgruppe hatte sich zur morgendlichen Besprechung im Konferenzzimmer versammelt. Alle hielten Becher mit Kaffee in den Händen.

»Ich habe eben mit Hamann telefoniert«, begann Fricke mit sorgenvollem Blick auf sein Team. Berthold Hamann war der Leiter des LKA 4, dem sogenannten Fachbereich für deliktsorientierte Ermittlungen, und Frickes Vorgesetzter. »Jetzt setzen sie uns die Daumenschrauben an. Hamann will aus einem zweiten Team Ermittler hinzuziehen. Ich denke, er kriegt Druck von oben. Und nicht nur das. Habt ihr euch schon die heutigen Titelseiten angeschaut? Die haben eine richtige Hetzkampagne gestartet.« Er holte tief Luft.

»Für die sind wir doch eine Lachnummer«, warf Andresen ein.

»Lass mich ausreden«, erwiderte Fricke barsch. »Ich habe Hamann gesagt, dass wir die Ermittlungsgruppe verkleinern. Inoffiziell. Zu viele Köche verderben den Brei. Wir, dass heißt ich, Ole, Frederick, Sven und auch Sie, Brodersen«, er nickte Malin zu, »wir bilden weiterhin den Kern der Ermittlungen. Alle anderen eingesetzten Kollegen werden ausschließlich mir Bericht erstatten und ich werde dann entscheiden, was ermittlungsrelevant ist. Weiterhin bekommen wir Unterstützung von den Kollegen der Schutzpolizei. Auf diesem Wege können wir der Öffentlichkeit Genüge tun und gleichzeitig den Kopf für die wesentlichen Dinge frei halten. Irgendwelche Fragen?«

»Und was hat Hamann dazu gesagt?«, fragte Ole Tiedemann

»Sagen wir so: Er ist offiziell gesehen nicht ganz meiner Meinung, aber Fakt ist, er hat grünes Licht gegeben.«

»Was ist mit der Kriminalpsychologischen Abteilung, haben die schon was?«, fragte Tiedmann.

»Sie wollen uns noch heute einen Bericht mit ersten Einschätzungen zur Täterpersönlichkeit vorlegen. Also machen wir weiter. Was habt ihr?«

Bartels meldete sich als Erster zu Wort. »Im Fall Thompson sind jetzt alle Anwohner im näheren Umkreis des Tatortes verhört worden. Leider war niemand dabei, der uns mit seiner Aussage weiterhelfen konnte. Ich selbst bin gestern Abend noch mal zur Elbe gefahren, um mir das anzusehen. Der Ponton ist im Dunkeln vom Ufer her kaum zu sehen, wenn dann noch Regen dazukommt, ist es eine einzige Waschküche – unmöglich, etwas zu erkennen. Ich habe mir außerdem von den Hafenbehörden die Namen der Schiffe durchgeben lassen, die in der fraglichen Nacht im Hafen ein- oder ausgelaufen sind. Ist aber eine ziemlich mühsame Kleinarbeit. Ich habe ein paar Leute darauf angesetzt«, beendete Bartels seinen Bericht.

»Das gestohlene Boot aus dem Blankesener Jollenhafen ist wieder aufgetaucht«, kam es von Glaser. »Jemand hat es zu einem anderen Liegeplatz gebracht. Es handelt sich eindeutig um das Boot, mit dem Thompson zum Ponton gebracht wurde. Meine Leute haben Spuren gefunden.« Sein zusammengekniffener Mund verzog sich zu einem Lächeln. »Um genau zu sein: graue Faserreste, die mit dem Anzugstoff des Opfers präzise übereinstimmen.«

»Bingo«, sagte Andresen

»Und – wir haben das hier gefunden.« Glaser war aufgestanden und fischte eine kleine Zellophantüte aus seiner Jackentasche. Er hielt sie für alle gut sichtbar in die Höhe.

»Was ist das?«, fragte Malin.

»Das, meine Liebe, ist ein abgerissener Teil eines Taucherhandschuhes. Wir sind bereits dabei, das Material zu analysieren.« Zufrieden ließ sich Glaser auf seinen Stuhl zurückfallen.

»Vielleicht stammen die Handschuhe aber auch vom Bootseigentümer«, gab Malin zu bedenken.

»Tun sie nicht. Ich habe mit dem Eigentümer gesprochen«, meldete sich Andresen zu Wort. »Es gehört einem 78-jährigen Rentner. Er hat schweres Rheuma und benutzt deshalb das Boot schon seit Jahren nicht mehr. Dass er das Verschwinden überhaupt bemerkt hat, war reiner Zufall.«

»Gut, dann haben wir eine Spur«, sagte Fricke. »Gibt es weitere Vorschläge zu unserem Buchstabenrätsel? Brodersen?«

»Nicht wirklich, Chef. Aber ich wüsste jemanden, der uns helfen kann.«

»Brodersen, ich will keine Externen in meiner Ermittlung«, brauste Fricke auf. »Wir setzten unsere IT-Spezialisten darauf an.«

Er ging zum Whiteboard und umkreiste mit rotem Edding Charlotte Leonbergers Namen. »Diese Frau ist der zentrale Punkt unserer Ermittlung. Die Opfer dienen dem Mörder lediglich als Statisten. Ihm geht es einzig und allein um Charlotte Leonberger.« Er setzte drei Ausrufezeichen hinter ihren Namen. »Wir müssen tiefer graben. Und dieses Mal wird jedes Detail durchleuchtet, wir gehen da mit der Lupe ran. Richter, Sie kümmern sich um die Eltern der Autorin. Schauen Sie nicht so missmutig, ich weiß, die sind seit Jahren tot. Trotzdem durchforsten Sie die Stadtarchive und alte Zeitungen.«

»Googeln, heutzutage kann man alles googeln«, warf Nele Richter ein.

»Meinetwegen auch googeln, Sie wissen schon, was ich meine. Sven, du zapfst deine Kontakte bei der Klatschpresse an und du, Fred, schnappst dir Brodersen und ihr beide fahrt nach Kiel. Geht mit Fotos von den Münzen zu den Leonbergers. Legt ihnen die Daumenschrauben an. Es kann mir doch kein Mensch erzählen, dass es da nicht irgendeine Spur gibt. Nicht einen winzigen Verdacht.« Frickes Gesicht war von grimmiger Entschlossenheit erfüllt. »Ich selbst statte dem feinen Herrn Verleger mal einen Privatbesuch ab. Petersen soll nicht denken, dass er aus dem Schneider ist.« Er zog sich seinen abgewetzten Parka über.

Alle erhoben sich von ihren Stühlen. Malin wartete, bis sämtliche Kollegen das Konferenzzimmer verlassen hatten, dann zog sie ihr Handy aus der Hosentasche und wählte die Nummer ihres Großvaters. »Sag mal, Opa, du löst doch gerne Rätsel, oder?«

»Ja – warum?« Erich Brodersen klang irritiert.

»Prima«, entgegnete Malin zufrieden. »Dann hätte ich da eines für dich.« In knappen Worten informierte sie ihren Großvater über die Münzen und deren Inschriften.

»K A T«, wiederholte Erich. »Schon notiert. Da werde ich meine grauen Zellen wohl ganz schön anstrengen müssen.« Er murmelte einen kurzen Abschiedsgruß und legte auf.

Malin verstaute ihr Handy wieder in der Hosentasche und griff nach ihrer Jacke. Kurz meldete sich ihr schlechtes Gewissen, dass sie mal wieder gegen Frickes Anweisungen handelte. Doch damit würde sie sich später auseinandersetzen. Jetzt muss sie schleunigst Bartels finden, bevor er ohne sie nach Strande fuhr.

Das schrille Klingeln des Telefons durchschnitt die Stille. Ein schwacher Lichtstrahl fiel durch die Jalousien in den abgedunkelten Raum und warf einen leichten Schein auf die reglose Silhouette in dem großen Lehnsessel.

Es wurde wieder still.

Hannah Süßkind saß seit Stunden an derselben Stelle und betrachtete das Bild in ihren Händen. Ihr Handy vibrierte und zeigte die Nummer der Anruferin an. Hannah schaltete es aus.

»Hannah?«, erklang die brüchige Stimme ihres Vaters durch die Zimmertür.

Sie antwortete nicht.

»Hannah? Bist du da?«, rief er ein wenig lauter.

Nicht jetzt, Vater, nicht jetzt, dachte Hannah Süßkind. Sie dachte über ihr Leben nach. Und über Charlotte Leonberger – die große Krimiautorin, deren Bücher jetzt auch noch verfilmt wurden. Die große Charlotte, die schöne Charlotte. Der die Männer zu Füßen lagen, um letzten Endes doch nur Fußtritte zu kassieren.

»Hannah! Nun komm doch endlich«, quengelte ihr Vater.

Hannah erhob sich seufzend und ging den Flur entlang zum Schlafzimmer ihres Vaters. »Guten Morgen. Tut mir leid, ich habe dich nicht gleich gehört«, begrüßte sie ihn betont fröhlich und schob die bunt gemusterten Gardinen beiseite. Das schale Tageslicht erhellte den Raum nur unwesentlich.

Der von Alter und Krankheit ausgezehrte Mann in dem Krankenbett aus weißem Metall sah sie vorwurfsvoll an. »Ich habe mir schon die Lunge aus dem Hals geschrien. Es wird Zeit für meine Morgentoilette.« Mit seiner schmalen, von Altersflecken übersäten Hand schob er die Bettdecke beiseite. Hannah half ihm, sich auf den Rand zu setzen, während sie mit dem Fuß unter dem Bett nach seinen Hausschuhen fischte. Mit geübten Griffen half sie ihm in den Bademantel und führte ihn dann zum Badezimmer.

»Pinkeln kann ich noch alleine«, brummte er.

Hannah ging in die Küche, um Kaffee aufzusetzen. Während sie Wasser in die Kanne laufen ließ, starrte sie aus dem Küchenfenster. *Trostloses Wetter*, dachte sie, stellte die Kanne gedankenverloren in die Maschine und füllte Kaffeepulver ein. *Genauso trostlos wie mein Leben.*

Seufzend richtete sie das Frühstückstablett für ihren Vater. Er litt mit seinen siebenundachtzig Jahren an Lungenkrebs und war nach der letzten gescheiterten Chemotherapie auf eigenen Wunsch nach Hause geschickt worden. Hannah liebte den alten Mann, war er doch der Einzige, der ihr noch geblieben war. Wenn er in absehbarer Zeit den Kampf gegen die Krankheit verlieren würde, wäre sie ganz alleine. Mit ihm würden sich die Reste ihrer Vergangenheit, Kindheit und ihrer einstigen Träume in Luft auflösen.

Erschöpft fuhr sie sich durch das strähnige Haar und ging zurück in ihr Schlafzimmer. Dort nahm sie den silbernen Bilderrahmen wieder in die Hand und kuschelte sich in den Lehnsessel. Entfernt hörte sie ihren Vater rufen, doch sie war längst wieder in ihre Gedanken versunken. Ihre Hände umschlossen das Bild auf ihrem Schoß noch ein wenig fester. Zärtlich betrachtete sie das geliebte Gesicht. Die Augen von Simon Thompson schienen nur sie anzusehen.

Hannah Süßkind brach in hysterisches Schluchzen aus.

Die Sonnenstrahlen hatten sich durch die Wolkendecke gekämpft und zauberten bunte Lichtreflexe auf die Glasfront des Hauses.

Alma Leonberger öffnete ihnen die Tür. »Ach, Sie sind es. Meine Nichte ist nicht da.« Sie klang ein wenig außer Atem.

»Wie, sie ist nicht da?« Bartels warf einen finsteren Blick zum Auto des Observierungsteams.

»Charlotte ist nach Hamburg gefahren. Schon heute früh. Aber jetzt kommen Sie doch bitte erst einmal herein.« Sie trat beiseite und hielt einladend die Tür auf. »Gehen Sie schon mal durch. Sie kennen ja den Weg. Ich hole uns nur rasch ein Käffchen.«

Im Wohnzimmer stellte sich Bartels mit grimmiger Miene neben Malin. »So ein Stiesel da draußen. Von wegen, sie ist zu Hause. Vermutlich hat er genüsslich ein Schläfchen gehalten.«

»Ich rufe die Leonberger gleich mal an.« Malin griff nach ihrem Handy. Nur die Mailbox. Sie hinterließ eine Nachricht.

»So, da bin ich wieder. Ich habe noch ein paar Kekse mitgebracht.« Alma Leonberger reichte ihnen jeweils einen Kaffeebecher, die Schale mit Keksen stellte sie auf den Tisch. »Greifen Sie doch zu, Kindchen, Sie sind ganz blass um die Nase.« Ihre dunklen Knopfaugen sahen Malin freundlich an.

»Frau Leonberger, wo ist Ihre Nichte?«, fragte Malin.

»In Hamburg, das habe ich doch schon gesagt.«

Bartels stellte seinen Kaffeebecher auf den Tisch. »Veralbern Sie uns nicht. Sie wissen genau, dass da draußen ein Mörder herumschleicht. Haben Sie schon mal darüber nachgedacht, dass Ihre Nichte vielleicht die Nächste auf seiner Liste sein könnte?« Er war laut geworden.

»Wenn das sein Ziel wäre, hätte er das schon mehrfach erledigen können. Charlotte nimmt das jetzt selbst in die Hand«, erwiderte die alte Frau ruhig.

»Was soll das heißen, sie nimmt das jetzt selbst in die Hand?«

»Genau, wie ich es gesagt habe«, entgegnete Alma Leonberger energisch.

Bartels schüttelte ungläubig den Kopf. »Das Sie so abgeklärt sind! Man könnte ja meinen, Sie machen sich überhaupt keine Sorgen. Kann es vielleicht sein, dass Sie viel mehr wissen, als Sie uns bisher weismachen wollen?«

»Ihr Ton gefällt mir nicht, junger Mann.« Alma Leonbergers Knopfaugen funkelten verärgert.

»Und mir gefällt es nicht, wie Sie unsere Ermittlungen behindern«, gab Bartels zurück.

Malin stellte ihren Kaffeebecher auf den Glastisch und griff ihren Kollegen am Arm. »Komm, Fred, regle du das Problem mit dem Kollegen draußen. Ich mache das hier schon.«

Bartels verließ ohne ein weiteres Wort den Raum. Alma Leonberger schaute dem Kriminalbeamten kopfschüttelnd hinterher. Dann wandte sie sich lächelnd Malin zu. »Ihr Kollege ist wohl ein wenig überhitzt, meine Liebe.«

»So, Frau Leonberger, und jetzt unterhalten wir uns. Setzen Sie sich«, befahl Malin, ohne das Lächeln zu erwidern. Sie zog ein paar Fotografien aus ihrer Umhängetasche und legte sie vor Alma Leonberger auf den Tisch. »Bitte sehen Sie sich diese Fotos an. Kommen Ihnen die Münzen darauf bekannt vor?«

Alma Leonberger nahm die Fotografien in die Hand und betrachtete sie eingehend. »Das sagt mir gar nichts. Was haben diese Münzen mit Charlotte zu tun?«

»Der Mörder hat sie bei seinen Opfern platziert.«

Es schien, als wäre die alte Frau eine Spur blasser geworden. »Welche Bedeutung haben die Runen auf den Münzen?«

»Es sind Buchstaben. Warum fragen Sie? Fällt Ihnen dazu doch etwas ein?«

»Nein, es hat mich nur interessiert.«

Malin fixierte Alma Leonberger einige Sekunden. Dann zog sie wortlos ihre Jacke an, griff nach ihrer Tasche und verließ den Raum.

»Sie haben Ihre Fotos vergessen, Frau Kommissarin.« Alma Leonberger war ihr hinterhergeeilt und hielt ihr die Fotos entgegen.

»Die habe ich nicht vergessen. Sie können sie behalten«, erwiderte Malin.

»Aber wozu?«

»Vielleicht fällt Ihnen ja doch noch etwas dazu ein. Oder vielleicht stellen Sie sich einfach nur eine weitere Münze vor, die wir bei dem nächsten Opfer finden. Fragt sich nur, ob es das nächste Mal vielleicht nicht doch Ihre Nichte ist.

Einen schönen Tag noch.« Malin verließ das Reetdachhaus und eilte auf den Dienstwagen ihres Kollegen zu.

»Und?«, fragte Malin, nachdem sie eingestiegen war.

»Der Trottel vom Überwachungsteam ist eingeschlafen. Nur kurz, höchstens zehn Minuten sei er eingedöst«, entgegnete Bartels. »Schöner Mist. Und bei dir? Hat die Alte noch etwas rausgelassen? Ich glaube, so harmlos, wie die immer tut, ist die gar nicht.«

»Fred, bitte warte noch einen Augenblick«, bat Malin, als er den Motor anließ.

»Und worauf warten wir?«

»Lass uns bitte einfach warten.«

»Frauen«, seufzte Bartels und stellte den Motor wieder ab.

In diesem Augenblick öffnete sich die Haustür und Alma Leonberger eilte winkend zum Straßenrand. »Halt! Warten Sie, bitte warten Sie!« Außer Atem, das runde Gesicht hochrot, stand sie an der Beifahrertür und klopfte an die Scheibe.

Langsam ließ Malin das Seitenfenster herunterfahren.

»Charlotte ist zu ihrer Lektorin gefahren.«

»Gut. Noch etwas?«

Die alte Frau schüttelte den Kopf und ging zurück zum Haus.

Malin grinste. »Also gut, Fred – zurück nach Hamburg.«

Ihr Kollege schaute sie fragend an. »Wie hast du …«

»Die Runen. Sie wusste sofort, dass die Schriftzeichen auf den Münzen Runen sind. Irgendetwas verheimlicht uns diese Frau. Jetzt können wir nur hoffen, dass ihre Nichte nicht auf dumme Gedanken gekommen ist.«

»Das hoffe ich allerdings auch.« Bartels startete den Motor und lenkte den Wagen auf die Küstenstraße.

22

Es befanden sich nur noch wenige Spaziergänger an der Elbpromenade. Niemand blieb stehen, um zu der schwimmenden Holzskulptur zu blicken, an die noch vor wenigen Tagen eine Leiche gebunden war. Es achtete auch niemand auf die schlanke rothaarige Frau, die in einen Wollmantel gehüllt reglos auf der Holzveranda des geschlossenen Strandlokals saß und die vorbeifahrenden Frachtschiffe beobachtete.

Es war später Nachmittag und das Tageslicht verlor bereits an Kraft. Charlotte Leonberger griff erneut nach ihrem Handy und wählte die bekannte Nummer. Wieder die Mailbox.

Bisher waren ihre Nachforschungen alles andere als ergiebig gewesen. In Hamburg war sie als Erstes zu der Adresse in Barmbek gefahren. Hannah Süßkind wohnte in einem der für diesen Stadtteil so typischen Backstein-Etagenhäusern, die sich dicht an dicht aneinanderreihten. Doch sie war offenbar weder in ihrer Wohnung noch in ihrem Büro in der Willy-Brandt-Straße.

Nun saß Charlotte seit einer halben Ewigkeit an der Strandpromenade und starrte auf die Elbe.

Sie hatte einen vagen Verdacht. Verursacht durch Hannahs Reaktion auf Simons Verschwinden. Für den Bruchteil einer Sekunde hatte sie gemeint, in den Augen der Lektorin glühenden Hass zu erkennen. War sie die Mörderin?

Oder hatte sie sich getäuscht? Ging ihre Phantasie langsam mit ihr durch und hatte ihr Urteilsvermögen getrübt? Sah sie nun schon in jedem Menschen ihrer näheren Umgebung einen potentiellen Mörder? Und was, wenn Hannah Süßkind gar nichts zu verbergen hatte, sondern einfach nur aus einem ganz bestimmten Grund nicht erreichbar war? Was war, wenn Hannah in Gefahr schwebte?

Charlotte wählte erneut die Nummer der Lektorin. Wieder nur die Mailbox. Sie bat dringlich um Rückruf.

Charlotte spürte, wie ihr die Kälte in die Knochen fuhr.

»Was zum Teufel ist denn hier heute los? Das geht ja zu wie im Taubenschlag.« Eine kräftige Frau in Krankenpflegerkleidung öffnete den beiden Kriminalbeamten die Tür.

Bartels hielt ihr seinen Dienstausweis entgegen. »Wir möchten bitte mit Frau Süßkind sprechen.«

»Das will heute anscheinend jeder. Aber da haben Sie Pech. Die ist nicht da. Habe ich Ihrem Kollegen auch schon gesagt«, antworte die Frau barsch und strich sich mit einer kurzen Bewegung eine fettige Haarsträhne zurück.

»Kollege?«, fragte Malin.

»Ja, Ihr Kollege. Der sitzt drinnen beim Herrn Süßkind. Bei Ihnen weiß wohl auch der eine nicht, was der andere tut«, erwiderte die Frau, hielt jedoch die Tür ein wenig weiter auf. »Zweite Tür links.«

Das Erste, was Malin auffiel, war der strenge Geruch, der ihr entgegenschlug, das Zweite war eine bekannte Gestalt in abgewetzter Jacke und ausgebeulter Cordhose. Hauptkommissar Fricke.

Er wies auf das leere, ungemachte Krankenbett, das einen Großteil des schmalen Raums einnahm.»Schöner Schiet … Kann man nur hoffen, dass einem so etwas erspart bleibt. Vor allem bei der Pflegerin«, flüsterte er in Richtung Tür. Fricke schien nicht im Geringsten erstaunt, die beiden zu sehen.

»Chef, was machen Sie hier?«, fragte Malin.

»Die Leonberger hat mich vor einer Stunde auf dem Präsidium angerufen. Total aufgelöst. Sie hat gesagt, die Süßkind wäre die Mörderin.«

Bartels hob die Brauen. »Hat sie auch was davon erwähnt, dass sie sich ohne Personenschutz aus dem Staub gemacht hat?«

»Sie meinen, dass unsere Kieler Kollegen Volltrottel sind? Hat sie. Allerdings scheint ihr nicht ganz klar zu sein, in welcher Gefahr sie sich befindet. Hat einfach mitten im Gespräch aufgelegt. Teufelsweib«, sagte Fricke mit Bewunderung. Dann wurde er wieder ernst. »Der Herr Süßkind sagt, dass seine Tochter bis heute früh noch hier gewesen ist. Wollte wohl nicht mit der Leonberger sprechen.«

»Und wo ist sie jetzt?«, fragte Bartels.

Fricke zuckte mit den Achseln. »Sie wollte eine Weile allein sein. Ihr Vater meint, dass passiere in letzter Zeit öfter. Meistens fährt sie irgendwo ans Meer. Wohin genau, weiß er nicht. Ein sehr kluger alter Herr übrigens, ich habe mich ein wenig mit ihm unterhalten«, erzählte Fricke und fuhr dann lauter fort: »Da ist er ja, der Herr Süßkind.«

Der alte Mann ging leicht gebeugt und gestützt von seiner Pflegerin zu seinem Krankenbett und setzte sich auf die Kante. Misstrauisch beäugte er die Neuankömmlinge.

»Meine Kollegen«, erklärte Fricke. »Wir werden uns dann jetzt auch verabschieden, Herr Süßkind. Ist es Ihnen recht, wenn wir uns noch ein wenig in der Wohnung umschauen? Wir müssen dringend in Erfahrung bringen, wo sich Ihre Tochter aufhält.«

Der alte Süßkind überlegte einen Moment. »Von mir aus. Muss ich mir Sorgen machen?« Seine wässrigen Augen schauten zu Fricke.

»Vermutlich ist es so wie Sie sagen, und sie gönnt sich nur eine kurze Auszeit.« Fricke hob die Hand zum Abschied und bedeutete seinen Mitarbeitern mit einer Kopfbewegung, zur Tür zu gehen.

Malin murmelte einen Abschiedsgruß und folgte den beiden Männern. Die Pflegerin hielt ihnen auffordernd die Haustür auf. »Gehen Sie jetzt, der Herr Süßkind braucht seine Ruhe. Den alten Herrn so aufzuregen …!« Verärgert schüttelte sie den Kopf.

»Nicht so schnell, gute Frau«, mahnte Fricke. »Jetzt würden wir gerne noch Frau Süßkinds Räume sehen. Fred, fahr du doch schon los und informier die Kollegen von der Schutzpolizei. Wir müssen unbedingt die Leonberger finden und sie davon abhalten, weiter Räuber und Gendarm zu spielen. Ich nehme später Brodersen mit.« Er wandte sich wieder der Pflegerin zu. »Wo geht es lang?«

»Letzte Tür am Ende des Flures.«

Im Zimmer der Lektorin herrschte eine düstere und beklemmende Atmosphäre. Die dunklen Holzjalousien waren heruntergelassen und nur vereinzelte Lichtstreuungen hatten ihren Weg in den Raum gefunden.

Die Seitenwände waren von hohen Regalen voller Bücher flankiert. Unter dem Fenster quoll ein großer Holzschreibtisch vor Papierstapeln über und auf einem Sessel lag eine achtlos zerwühlte Wolldecke. Auf einer Anrichte befand sich eine Sammlung von Figuren und Skulpturen. Nirgendwo hingen Bilder.

»Dann sehen wir uns doch mal ein wenig um.« Fricke wandte sich dem Schreibtisch zu.

Malin begann mit den Bücherregalen. Hannah Süßkind hatte ein weit gefächertes Interesse. Klassische Literatur, Sachbücher aus verschiedensten Bereichen und jegliche Art von Unterhaltungsliteratur. Sie nahm die Krimibände von Charlotte Leonberger aus dem Regal und blätterte sie flüchtig durch in der Hoffnung, irgendetwas zu finden. Nichts. Sie stellte die Bücher zurück.

»Ihr Handy. Sie hat ihr Handy liegenlassen.« Fricke hielt es in die Höhe. »Kein Wunder, dass sie nicht erreichbar ist.«

Malin zog ein Fotoalbum aus dem Regal und schlug es auf. Eine junge Frau lachte ihr mit strahlenden Augen entgegen. Sie musste zweimal hinschauen, um das Gesicht mit dem verhärmten Ausdruck von Hannah Süßkind in Einklang zu bringen. Trotzdem gab es keinen Zweifel, dass es sich um dieselbe Frau handelte.

Malin fragte sich, was Hannah Süßkind widerfahren war.

»Sie mal einer an.« Fricke pfiff durch die Zähne. »Kommen Sie mal her, Brodersen.« Er hielt ihr einen dünnen Hefter hin.

Malin blätterte die Seiten durch. Jede enthielt Drohungen gegen Charlotte Leonberger. Auf der letzten Seite befand sich eine handschriftlich angelegte Liste mit einer stichpunktartigen Zusammenfassung der Briefe. Es waren widerwärtige, zutiefst verabscheuungswürdige Worte, die nur von einem Menschen stammen konnten, der von ganzem Herzen hasste.

»Glauben Sie, dass die von der Süßkind stammen?«, fragte Malin, obwohl sie die Antwort bereits ahnte.

Fricke reichte ihr ein Blatt Papier vom Schreibtisch. Es war eine Manuskriptseite mit Lektoratsanmerkungen am rechten Seitenrand.

»Dieselbe Handschrift«, stellte Malin fest.

Fricke nickte. »Rufen Sie die Spurensicherung und lassen Sie eine Fahndung nach der Süßkind rausgeben. Entweder will sie der Leonberger mit den Briefen nur einen Denkzettel verpassen, oder aber wir haben gerade erste Einsichten in die Psyche einer Serienmörderin bekommen.«

23

Es war bereits fünf Uhr morgens, als Malin völlig erledigt ihre Haustür aufschloss.

Sie ging ins Schlafzimmer und warf einen sehnsüchtigen Blick auf ihr Bett. Malin widerstand der Versuchung, sich einfach hineinzulegen, und zog sich rasch aus. Sie ging ins Badezimmer und stellte sich gähnend unter die Dusche. Das heiße Wasser prasselte auf ihre Schultern und langsam verschwand die bleierne Müdigkeit aus ihren Knochen.

Fricke hatte alle Teammitglieder noch zu später Stunde zur Besprechung beordert. Alle hatten gespürt, dass die Ermittlung eine entscheidende Wendung genommen hatte. Bis tief in die Nacht hatten sie sich die Köpfe heiß geredet und über Hannah Süßkinds Rolle in der Mordserie spekuliert.

Malin drehte die Dusche ab und hüllte sich in ihren Bademantel. Sie frottierte sich kurz die Haare, putzte sich dann mit einer Hand die Zähne, während sie mit der anderen den beschlagenen Spiegel trocken wischte. *Du hast auch schon mal besser ausgesehen*, dachte sie, fuhr sich mit der Bürste durch die feuchten Haare und ging dann die schmale Treppe hinunter in die Küche, um sich einen Kaffee zu kochen. Nachdem sie zwei Franzbrötchen in der Mikrowelle aufgetaut hatte, ging sie mit ihrem Frühstück ins Wohnzimmer und kuschelte sich auf die Couch. Nach dem letzten Bissen griff sie nach den Krimis von Charlotte Leonberger, die vor ihr auf dem Couchtisch lagen, und ordnete sie chronologisch.

Vier Krimis, drei Morde, fehlt noch einer, dachte sie. Das Ermittlungsteam war sich einig gewesen, dass ein weiterer Mord folgen würde, sollte es ihnen nicht gelingen, den Täter in Kürze zu fassen. Sie nahm den vierten Band und vertiefte sich in die Lektüre. *Tödlicher Winter*. Es ging um einen Serienmörder, der eine Todesspur durch die Kieler Parkanlagen zog. *Auf den ersten Blick sah es aus, als würde er schlafen. Sein großer schlanker Körper saß kerzengerade auf der Parkbank, der Kopf war auf die Brust gesunken. Erst als sie vor ihn trat, konnte sie erkennen, dass seine Augen leblos auf den Boden starrten und jegliches Leben aus seinem Körper gewichen war.*

Obwohl Malin bereits in etlichen Krimis Ähnliches gelesen hatte, erschauderte sie. Unwillkürlich fragte sie sich, wann sie diesen Toten finden würden. Sie hatten nicht die Kapazitäten, sämtliche Parkanlagen Hamburgs zu überwachen. Zudem fehlte noch ein nicht ganz unwesentliches Detail. Der Mörder hatte seinen nächsten Mord bisher noch nicht avisiert.

Entnervt warf sie das Buch auf den Tisch und griff nach der Zeitung. Die Morde beherrschten weiterhin die Schlagzeilen. *Wer ist der Nächste? – Das würden wir auch gerne wissen,* dachte Malin. Der Verfasser berichtete von der anfänglichen Beunruhigung der Bevölkerung, die in Sensationslust umgeschlagen war. Laut einer Umfrage hatte mittlerweile jeder vierte Bürger der Hansestadt die Jahreszeitenkrimis von Charlotte Leonberger gekauft und gelesen.

Angewidert legte Malin die Zeitung beiseite. Stattdessen nahm sie sich den Computerausdruck von Neles Bericht vor, den sie mit nach Hause genommen hatte. Sie überflog die Seiten und griff ein weiteres Mal nach den Befragungsprotokollen. Bei einem Namen hielt sie inne.

Jens Stahlkamp. Das war der Reisejournalist, mit dem sich Charlotte Leonberger ab und zu traf. Allerdings befand er sich zur Zeit in Singapur und hatte bisher nur telefonisch befragt werden können.

Malin griff nach ihrem Kaffeebecher und begann die letzten Seiten des Berichtes zu lesen. Der Inhalt betraf Viktor und Helena Leonberger, die Eltern der Krimiautorin. Viktor Leonberger hatte nach dem Wirtschafts- und Politikstudium die Akademie des Auswärtigen Amts besucht und anschließend Auslandseinsätze in den Botschaften in Belgrad, Budapest und Reykjavik gehabt. Helena Leonberger war bereits mit achtundzwanzig Jahren bei einem Verkehrsunfall in Reykjavik gestorben. Der Unfallverursacher hatte Fahrerflucht begangen und war nie gefunden worden. Zu diesem Zeitpunkt war Charlotte acht Jahre alt gewesen. Viktor Leonberger war mit seiner kleinen Tochter in seine Heimatstadt Hamburg zurückgekehrt und kurz danach in den Hamburger Senat berufen worden. Seine Schwester Alma war mit in die Stadtvilla der Familie gezogen, um Charlotte zu betreuen. Auf dem Höhepunkt seines politischen Werdeganges war Viktor Leonberger mit achtundfünfzig Jahren einem Herzinfarkt erlegen.

Malin legte den Bericht beiseite. *Was für eine tragische Familiengeschichte*, dachte sie. Auf dem Tisch lag noch ein weiterer Stapel Unterlagen, allesamt Zeitungsberichte über die Familie Leonberger. Doch die mussten vorerst warten.

Charlotte Leonberger verließ den Bungalow im Häherweg und schloss das Gartentor hinter sich. Dann drehte sie sich noch mal um und betrachtete die heruntergelassenen Rollläden. Resigniert wendete sie sich ab.

Ihr war es als gute Idee erschienen, Kontakt zu den Hinterbliebenen aufzunehmen. Sie hatte gehofft, dass sich im Gespräch irgendein Hinweis auf den Täter ergab. Schließlich musste er viel Zeit investiert haben, seine Opfer und ihre Gewohnheiten auszuspionieren. Irgendjemand musste ihn oder sie gesehen haben.

Charlotte hatte sich gut vorbereitet, jedoch nicht auf die eiskalte Ablehnung, die ihr entgegenschlug.

Henriette Woy hatte sie gar nicht erst hereingelassen. Bei Viktorias Eltern war es ihr ebenso ergangen. Lediglich Elizabeth Völkers, Viktorias enge Freundin, hatte sich gesprächsbereit gezeigt. Allerdings war auch sie keine Hilfe gewesen.

Charlotte seufzte auf. Sie stand noch immer unschlüssig vor dem Bungalow. Ein Blick in den düsteren Himmel war nicht geeignet, ihre Stimmung zu heben. Unwillkürlich dachte sie an Hannah. Wo ihre Lektorin wohl gerade steckte? *Wenn ich nur wüsste, wem ich noch trauen kann*, dachte Charlotte und fühlte sich unendlich allein. Kurz war sie versucht, zurück nach Strande zu fahren, doch eigentlich hatte sie noch einen weiteren Besuch abzustatten. Eine letzte Möglichkeit.

Sie stieg ins Auto und verließ, ohne in den Rückspiegel zu sehen, die Parkbucht.

Das Großraumbüro war wie ausgestorben.

Malin fluchte. Sie war mal wieder zu spät dran. Das Familienessen hatte sich unerwartet in die Länge gezogen. Ihr Cousin Maximilian, der eine Gesellschafterfunktion in der Bank innehatte, hatte kurz vor dem Dessert verkündet, dass er und seine Frau planten, für einige Zeit ins Ausland zu gehen. Das hatte zu einer heftigen Debatte zwischen ihrem Cousin und ihrer Mutter geführt, in der Malin zwischen die Fronten geraten war. Auf dem Weg zum Präsidium hatte dann auch noch ihr Mini den Geist aufgegeben.

Sie sah sich in dem leeren Büro um. Die Computer ihrer Kollegen waren noch eingeschaltet. Sie steuerte Frickes Büro an. Auch dort war niemand. Verdammt, wo steckten die denn alle? Und warum sagte ihr keiner Bescheid? Eine Ahnung beschlich sie und sie zog ihr Handy aus der Jackentasche. Malin hatte schon wieder vergessen, den Akku aufzuladen.

Eilig lief sie zum Konferenzzimmer. Eine laute, energische Stimme drang auf den Flur, gefolgt von leisem Murmeln. Malin stieß die Tür auf. Etwa zwei Dutzend Augenpaare sahen sie kurz an und wandten sich dann wieder dem Redner zu.

Es handelte sich um den LKA-Chef Hermann Jörnsen, ein gedrungener Mann Ende fünfzig, mit lichtem Haupthaar und hochrotem Kopf, der auf zu hohen Blutdruck schließen ließ. Trotz seiner geringen Körpergröße strahlte er die Autorität eines Befehlshabers aus. Neben Jörnsen stand Hamann, ein drahtiger Mann mit zerfurchtem Gesicht, Leiter des LKA 4, und daneben ein ebenfalls krebsroter Fricke. Bei Malins Erscheinen schien es, als würde die Farbe noch eine Spur dunkler werden.

Sie schlüpfte auf einen freien Stuhl neben Frank Glaser. »Was ist denn hier los?«, flüsterte sie ihm zu.

»Pst!« Glaser hielt warnend seinen Zeigefinger vor den Mund.

Jörnsens Stimme peitschte durch den Raum. »Ich hoffe, ich brauche Ihnen allen nicht noch einmal zu erklären, wie katastrophal sich die Lage mittlerweile darstellt. Der Ticker läuft. Ein weiteres Opfer darf es nicht geben. Ich erwarte von Ihnen allen jeden nur erdenklichen Einsatz, sonst werden wir entsprechende Personalentscheidungen treffen – treffen müssen.« Er lies seinen Blick bedeutungsvoll über die anwesenden Beamten schweifen. Dann verließ Kriminaldirektor Jörnsen, gefolgt von Hamann, das Konferenzzimmer.

»Der hat gut reden«, war ein giftiger Kommentar zu hören, kaum dass sich die Tür geschlossen hatte.

»Die tun ja gerade so, als würden wir hier nur Däumchen drehen«, schimpfte Bartels.

Fricke strich sich mit seiner Hand übers Gesicht und umklammerte dann die Lehne des Stuhls vor ihm. Einen Augenblick sah es so aus, als würde er den Halt verlieren. Seine Falten schienen sich in den letzten Wochen vervielfacht zu haben und die Ringe unter den geschwollenen Augen wurden täglich dunkler. »Ich verstehe euch ja, aber diese Diskussion bringt doch nichts. Jörnsen steht enorm unter Druck – oder glaubt ihr, der marschiert zum Spaß am Sonntag auf? Letzte Nacht hat es wieder ein paar Brandanschläge gegeben, die Serie hält jetzt schon seit Monaten an. Dazu kommen noch die Anschläge auf zwei unserer Senatoren. Die Bevölkerung wird langsam unruhig. Und in einem Punkt sind wir uns ja wohl alle einig: Es darf keinen weiteren Mord geben.«

»Aber …«, wollte Andresen protestieren.

Fricke sah ihn streng an. »Kein Aber. Ihr wisst, was zu tun ist. Morgen ist die Beisetzung von Simon Thompson. Wir werden auch da sein. Macht jetzt Feierabend und schlaft euch aus. Alles Weitere sehen wir morgen. Brodersen, Sie kommen in mein Büro.« Er nickte seinem Team zu und verließ eilig das Besprechungszimmer.

»Chef, ich weiß, ich bin zu spät«, sagte Malin, die ihm im Laufschritt folgte.

Hans Fricke schnitt ihr mit einer Handbewegung das Wort ab. Er trat in sein Büro, stellte sich mit dem Rücken zum Raum ans Fenster und betrachtete den mittlerweile dunkel gewordenen Abendhimmel. Malin blieb unschlüssig neben ihm stehen.

»Gleich wird es regnen«, sagte Fricke. Malin folgte seinem

Blick und tatsächlich begann es in diesem Augenblick wie aus Eimern zu schütten.

»Ich habe den Regen schon immer gemocht. Für die meisten Menschen hat er etwas Bedrückendes. Für mich bedeutet er Sicherheit, etwas, auf das man sich verlassen kann. Und solange man sich in Hamburg immer noch aufs Schmuddelwetter verlassen kann, ist noch nicht alles verloren. Was meinen Sie, Brodersen, was geschieht als Nächstes?« Er wandte sich Malin zu und sah sie aus müden Augen an.

»Ich verstehe nicht genau, Chef, meinen Sie in unserem Fall?«, erwiderte sie, verunsichert, weil die erwartete Standpauke ausblieb.

Fricke lachte kurz auf. »Sie haben gedacht, ich mache Ihnen Ihre schönen Beine jetzt noch ein Stück kürzer? Mädchen, wenn das mein einziges Problem wäre … Glauben Sie nicht, ich hätte nicht gemerkt, dass Sie mal wieder zu spät dran waren, und ich hab auch mitbekommen, dass Sie mal wieder Ihr Handy ausgeschaltet haben. Aber das interessiert mich im Moment nicht. Sie sind eine gute Polizistin, Malin. Vielleicht manchmal etwas unkonventionell und vielleicht auch noch ein klein wenig, nehmen Sie es mir nicht übel, naiv. Aber Sie sind eine Querdenkerin, das kann uns in diesem Fall möglicherweise helfen. Also noch mal: Was, denken Sie, passiert als Nächstes?«

»Ich glaube, dass sehr bald etwas geschieht. Er liegt auf der Lauer, hat sein Opfer schon im Visier und wartet nur noch auf den richtigen Augenblick.«

Fricke nickte. »Was denken Sie, wer wird es sein?«

»Jemand, der ihr nahe steht. Ein enger Freund. Vielleicht jemand aus der Familie. Alma Leonberger.«

»Das befürchte ich auch. Wir lassen sie verstärkt überwachen. Aber wir können sie nicht alle schützen. Verdammt, wir brauchen unbedingt mehr Anhaltspunkte.« Fricke schlug mit der flachen Hand gegen die Fensterscheibe.

»Was ist mit der Süßkind, hat die Fahndung schon etwas ergeben?«, fragte Malin.

»Wie vom Erdboden verschluckt. Wenn sich bis morgen

nichts tut, müssen wir Fotos an die Presse rausgegeben. Wir können es einfach nicht riskieren, ihr Verschwinden länger geheim zu halten. Wenn das durchsickert, dann können wir uns gleich alle nach einem neuen Job umschauen. Auch wenn ich es hasse, den Aasgeiern da draußen auch noch weitere Munition zu liefern.« Er seufzte tief, bevor er weitersprach. »Ich kann mir einfach nicht vorstellen, dass eine Frau hinter den Morden steckt. Ganz zu schweigen vom dem Kraftaufwand. Es müsste ihr jemand geholfen haben. Aber so ein Mitwisser ist ein ziemliches Risiko. Ist die Süßkind wirklich so kaltblütig?«

»Möglich. Zumindest scheint die Leonberger das zu glauben. Hat sie nicht zu Ihnen am Telefon gesagt, dass die Süßkind die Mörderin ist?«, fragte Malin.

Fricke nickte. »Aber das kann man nicht sonderlich ernst nehmen – die Leonberger ist einfach durch den Wind. Das ist auch so was. Rennt das Weib herum und spielt Agentin. Ich hatte heute Nachmittag einen unerfreulichen Anruf von Henriette Woy. Charlotte Leonberger war heute bei ihr und wollte Fragen stellen. Fotos hatte sie auch dabei.«

Malin sah Fricke verblüfft an. »Sie hatte – was?!«

»Sie haben schon richtig gehört. Allerdings hat die Woy sie wohl gar nicht erst reingelassen. Ich frage mich nur … Wenn die Leonberger schon bei der aufgetaucht ist, hat sie es bestimmt auch noch woanders versucht. So ein unvernünftiges Frauenzimmer ist mir bisher noch nicht untergekommen. Was, wenn sie wirklich etwas herausfindet und dem Mörder dabei unwissentlich auf die Zehen tritt?«

»Wissen Sie, was mich schon die ganze Zeit beschäftigt, Chef?«, sagte Malin. »Die Runen, oder besser die Münzen. Ich glaube, dass wir denen bei unserer Ermittlung viel zu wenig Aufmerksamkeit schenken.«

Fricke seufzte. »Deswegen haben wir ja auch die kriminalpsychologische Abteilung mit einbezogen.« Er reichte ihr mehrere DIN-A4-Blätter. »Das ist der Bericht mit den ersten Einschätzungen zur Täterpersönlichkeit.«

Malin überflog die Seiten. »Planvoller Serienmörder, gebildet, hoher IQ, sozial angepasst«, las sie vor. »Das hört sich an wie aus dem Lehrbuch ...« Sie runzelte die Stirn. »Da steht, dass der Täter forensische Kenntnisse hat.«

»Glaser ist der gleichen Ansicht. Er vermutet außerdem, dass der Täter Schutzanzüge benutzt. Das würde auch die fehlenden DNA-Spuren erklären.«

»Glauben Sie, dass hilft uns, den Täterkreis einzugrenzen?«

Fricke schüttelte den Kopf. »Nein. Vermutlich hat sich der Mörder über einen längeren Zeitraum vorbereitet. Übers Internet ist es nicht besonders schwierig, sich Informationen über Forensik zugänglich zu machen. Der Kollege vom LKA 21 schreibt in seinem Bericht, dass es dem Mörder mit hoher Wahrscheinlichkeit um Rache geht. Er geht von einem Schlüsselerlebnis aus, für das der Täter Charlotte Leonberger verantwortlich macht.«

Malin dachte einen Augenblick nach. »Es gibt da aber eine Sache, die ich nicht so recht verstehe. Ein Serientäter folgt doch in der Regel einem gewissen Ritual. Manche Täter fügen ihren Opfern gleichartige Verletzungen zu, andere haben bestimmte Opfertypen und einige nehmen Trophäen.«

»Und unser Mörder lässt uns welche da. Ich verstehe, worauf Sie hinauswollen. Er will ein bisschen Katz und Maus spielen. So weit waren wir doch schon«, erwiderte Fricke ungeduldig.

»Aber warum so umständlich? Wenn er mit uns Worträtsel spielen will, warum hinterlässt er uns nicht einfach einen Zettel mit Buchstaben? Warum sind es Teile einer Kette? Warum Runen? Das lässt mir einfach keine Ruhe«, erwiderte Malin.

Minutenlang schauten beide schweigend auf den strömenden Regen, der jetzt in dicken Rinnsalen die Fensterscheibe entlanglief.

»Ich glaube, wir lassen es für heute gut sein, Malin. Fahren Sie nach Hause. Schlafen Sie ein wenig. Ich werde das jetzt auch tun.« Fricke tätschelte Malin ein wenig unbeholfen die Schulter und verließ dann seinen Fensterplatz.

24

Die Kapelle am Ohlsdorfer Friedhof war voller Menschen.

Simon Thompson muss viele Freunde gehabt haben, dachte Malin. Sie stand hinter der letzten Sitzreihe und beobachtete die Anwesenden, während der Pastor den Trauergottesdienst hielt. In der vordersten Reihe sah sie ein älteres Paar, das sich an den Händen hielt. Ab und an löste sich die Frau von dem Mann, um sich geräuschvoll die Nase zu schnäuzen. Vermutlich waren das die Eltern. Unwillkürlich fragte sie sich, wie sich wohl ihre eigenen Eltern verhalten würden, wenn sie gestorben wäre. Sie hatte ihre Mutter noch nie weinen sehen.

In eine der vorderen Reihen erkannte Malin Charlotte Leonberger an ihrer graziösen Haltung und dem feuerrotem Haar. Bei der kleinen fülligen Gestalt neben ihr musste es sich um Alma Leonberger handeln.

Eine Sopranistin trat auf die Kanzel und sang das *Ave Maria*. Malin sah, wie Charlotte Leonbergers Schultern zuckten. Auch sie selbst hatte einen dicken Kloß im Hals. Simon Thompsons Präsenz schien fast greifbar. Ein großformatiges Foto von ihm stand auf dem Altar und seine Augen schienen sie direkt anzublicken. Zwischen den süßlichen Tönen der Musik waren verhaltenes Schluchzen und das Rascheln von Taschentüchern zu hören. Der Pastor, ein großer, kerzengerader Mann, beendete den Gottesdienst mit einem Gebet.

Die Trauergäste verließen langsam, teils mit gesenkten Köpfen, die Kapelle und blieben in einigem Abstand stehen. Sie erkannte Fricke, der sich mit einem riesigen schwarzen Hut auf dem Kopf unter die Menge mischte. Malin trat als eine der Letzten aus der Kapelle und blinzelte, als grelles Sonnenlicht sie blendete. Die Sargträger bahnten sich langsam, mit dem glänzenden schwarzen Sarg auf den Schultern, einen Weg durch die Menge.

Hinter dem Sarg ging das ältere Paar, dass Malin bereits in der Kirche aufgefallen war. Das Gesicht der Frau war tränenüberströmt. Still folgten die Trauergäste. An der Grabstelle angekommen, wurde der Sarg in die Erde gelassen. Leises Schluchzen war zu hören, als der Pastor ein abschließendes Gebet sprach. Die Trauergäste gingen nacheinander zum Grab und kondolierten anschließend der Familie.

Malin studierte die Mienen. Ab und zu klickten Kameras. Natürlich war die hiesige Presse auch anwesend, hielt sich jedoch bisher hinter der extra aufgestellten Absperrung.

Malin hielt Ausschau nach Charlotte Leonberger. Sie entdeckte die Autorin wenige Meter entfernt, die Augen hinter einer riesigen schwarzen Sonnenbrille verborgen. Sie stand neben ihrer Tante und einem großen, breitschultrigen Mann, der Malin den Rücken zuwandte.

Charlotte Leonberger hielt ein weißes Spitzentaschentuch in den Händen. Jetzt steckte sie es in ihre Manteltasche und begann zu gestikulieren. Sie schien in eine lebhafte Diskussion vertieft, was unter diesen Umständen etwas unpassend erschien. Der Mann legte beschwichtigend eine Hand auf den Arm der Autorin. Mit einer energischen Bewegung fegte sie die Hand beiseite und ließ ihn stehen. Sie reihte sich in die Schlange der Kondolierenden ein.

Malin bemerkte Fricke, der in einigem Abstand an einer alten Eiche lehnte und den Vorfall ebenfalls beobachtet hatte. Er nickte ihr fast unmerklich zu.

Sie schlängelte sich an der Kondolenzreihe vorbei und war mit wenigen Schritten bei Alma Leonberger.

Die dunklen Knopfaugen der alten Frau blitzten überrascht auf und ein verschmitztes Lächeln überzog das runzelige Gesicht. »Fräulein Kommissarin, schön, Sie wiederzusehen.« Sie reichte Malin die Hand.

»Wollen Sie mich nicht Ihrem Bekannten vorstellen?« Malin wies mit dem Kopf in Richtung des Unbekannten, der jetzt ebenfalls kondolierte.

»Aber Sie kennen sich doch bereits«, erwiderte Alma Leonberger erstaunt.

In diesem Moment drehte der Riesenrücken sich um und hob grüßend die Hand in ihre Richtung. Malin erkannte das markante Gesicht mit der Adlernase. Christian van Stetten. Er hatte seine ausgeblichenen Jeans und das saloppe Hemd gegen einen seriösen Nadelstreifenanzug mit einen eleganten Hut getauscht.

Er kam Malin entgegen und taxierte sie mit seinen grauen Augen. »Schwarz steht Ihnen ausgesprochen gut, Frau Brodersen. Haben Sie es sich vielleicht überlegt? Das mit dem Modellstehen, meine ich?« Er lächelte und seine strahlend weißen Zähne blitzten auf.

»Sie sind unverschämt«, erwiderte Malin.

»Tut mir leid, aber bei schönen Frauen geht es immer mit mir durch.« Er trat einen Schritt näher und umfasste mit seiner kräftigen Hand ihr Kinn. »Sie haben ein interessantes Profil«, sagte er mit rauer Stimmer.

Malin fegte seine Hand beiseite. »Lassen Sie das. Sagen Sie mir lieber, was Sie hier zu suchen haben. Kannten Sie den Toten?«

»Flüchtig. Aber da er Charlotte nahestand, hab ich mir gedacht, ich stehe ihr ein bisschen bei.«

Malin hob die Augenbrauen. »Ich dachte, Sie hätten keinen Kontakt mehr?«

»Das habe ich nie behauptet. Ich habe Ihnen nur gesagt, dass unsere Beziehung einige Jahre her ist. Was den Tatsachen entspricht.« Er lächelte sie herablassend an.

»Und was sagt Ihre Freundin dazu?«, entgegnete Malin.

»Eifersüchtig?« Christian van Stetten machte wieder einen Schritt auf sie zu und sah sie dabei unverwandt an.

»Christian, was soll das? Lass die Frau in Ruhe.« Charlotte zog ihren ehemaligen Verlobten beiseite. Dann wandte sie sich an Malin. »Meine Tante hat mir erzählt, dass Sie gestern mit mir sprechen wollten. Tut mir leid, dass ich nicht da war, aber ich hatte zu tun.«

Malin beherrschte sich nur mühsam. »Sie haben vielleicht Nerven! Dass Sie Kriminalromane schreiben, befähigt Sie noch lange nicht, in eine Mordermittlung einzugreifen. Diesen Job überlassen Sie doch bitte den Leuten, die wirklich etwas davon verstehen. Statt uns ständig bei der Arbeit zu behindern!«

Charlotte Leonberger verzog verärgert das Gesicht. »Und Sie, Frau Kommissarin? Haben Sie den Täter schon gefasst? Oder haben Sie eine Spur? Was ist mit meiner Lektorin? Haben Sie da schon irgendwelche Fahndungserfolge?« Charlotte Leonberger hatte sich in Rage geredet. »Hab ich es mir doch gedacht, nichts haben Sie. Und da soll ich mich nicht einmischen? Es geht hier schließlich um mein Leben, nicht um Ihres.« Charlottes Stimme war schrill geworden.

Alma Leonberger griff nach ihrem Arm. »Sie müssen meine Nichte entschuldigen, Fräulein Brodersen. Ihre Nerven liegen blank. Aber das können Sie ja gewiss verstehen, nachdem wir gerade den armen Herrn Thompson beerdigen mussten.«

»Alma, es ist nicht nötig, dass du mein Verhalten entschuldigst. Nur, dass das klar ist, Frau Brodersen: Ich meine jedes Wort genau, wie ich es gesagt habe.« Kampflustig sah die Autorin Malin an.

»Charlotte, jetzt reg dich doch nicht so auf«, mischte sich nun auch Christian van Stetten ein, der dem Wortgefecht interessiert gelauscht hatte.

»Christian, du hältst dich jetzt mal komplett heraus. Ich habe dir vorhin schon gesagt, dass deine Anwesenheit hier völlig unangebracht ist. Niemand hat dich gebeten zu kommen.«

»Ich habe ihn hergebeten«, verkündete Alma Leonberger.

»Darüber sprechen wir noch«, zischte Charlotte.

Christian van Stetten fixierte die Autorin aus zusammengekniffenen Augen. »Du willst es dir wohl partout mit jedem verderben, was, Charlotte? Kein Wunder, dass da so ein Irrer um dich herumschleicht.«

Charlotte Leonberger zuckte fast unmerklich zurück. »Dann halt dich mal lieber fern von mir. Schließlich trifft es immer nur die Leute in meiner Nähe, oder ist dir das bisher entgangen?«

Christian van Stetten wurde ein wenig blasser um die Nase. Er drehte sich grußlos um und verließ die Grabstelle Richtung Ausgang.

»Frau Leonberger, Sie müssen uns jetzt helfen, die Zeit drängt«, sagte Malin.

Die angespannten Gesichtszüge von Charlotte Leonberger lösten sich ein wenig. »Sie haben recht, Frau Brodersen. Bitte verzeihen Sie mein Benehmen, ich bin doch ziemlich überreizt.« Sie nahm ihre Sonnenbrille vom Gesicht und steckte sie sich in die Haare. Ihre Augen waren vom Weinen rot und geschwollen.

»Das sind wir im Moment wohl alle. Wichtig ist jetzt, ob Ihnen in der Kapelle oder am Grab jemand Verdächtiges aufgefallen ist. Oder vielleicht auch unter den Schaulustigen, hinter der Absperrung?«

Sowohl Charlotte als auch ihre Tante schüttelten den Kopf.

»Aber der Mörder wird sich doch denken können, dass die Polizei hier ist«, flüsterte Alma Leonberger und schaute sich ängstlich um.

»Das wird ihn trotzdem nicht abhalten. Er weiß sicherlich auch, dass Ihre Nichte heute hier ist. Und das will er um keinen Preis versäumen.«

»Aber woher soll er das denn wissen? Jeder andere Mensch würde sich in dieser Situation vor Angst verkriechen.«

»Ich nicht«, kommentierte Charlotte Leonberger trocken.

»Eben«, sagte Malin. »Und der Mörder scheint Sie sehr gut zu kennen. Wir sind uns ziemlich sicher, dass er hier ist. Mörder kommen oft zu den Beerdigungen ihrer Opfer, das gibt ihnen noch einen ganz besonderen Kick.«

»Aber bei den vielen Menschen …«, sagte Alma Leonberger zweifelnd.

»Unsere Leute sind überall verteilt. Jeder, der sich hier auch nur in der Nähe aufhält, wird fotografiert. Glauben Sie mir, wenn der Täter hier war, dann finden wir ihn auch.«

»Hoffentlich«, erwiderte Alma Leonberger. »Wenn Sie mich bitte entschuldigen würden, ich will doch rasch noch mal nach Christian sehen.« Sie drückte kurz den Arm ihrer Nichte und verließ dann die Grabstätte.

»Sie scheint Ihren Ex zu mögen«, stellte Malin fest und nahm aus dem Augenwinkel Frederick Bartels wahr, der mit Thompsons Eltern ein paar Worte wechselte. Sie gab ihm ein Zeichen.

»Wissen Sie, Frau Brodersen, ich bin nicht so abgebrüht, wie es Ihnen vielleicht erscheinen mag. Simons Tod geht mir sehr nahe. Ehrlich gesagt weiß ich überhaupt nicht, wie ich weiterleben soll. Wie soll ich mit dem Wissen umgehen, dass ich für den Tod von drei Menschen verantwortlich bin? Also versuche ich das einzig Mögliche zu tun, was mir noch bleibt. Ich versuche den Mörder zu finden.«

Malin atmete durch. »Also gut. Ich muss Sie bitten, uns zum Präsidium zu begleiten. Es gibt noch einige offene Fragen zu klären. Hier scheint mir nicht der ideale Ort dafür zu sein.«

»Dann schaue ich schon mal, wo meine Tante steckt. Ich warte dann an der Kapelle auf Sie.«

»In Ordnung.« Malin sah ihr nachdenklich hinterher. Was würde sie tun, wenn sie in der Lage wäre? Würde sie auch versuchen, die Dinge selber aufzuklären? Vermutlich.

Bartels trat neben Malin und lächelte sie flüchtig an. »Und, was haben die beiden Damen gesagt?«

»Angeblich ist ihnen niemand aufgefallen. Aber selbst wenn, bin ich mir nicht sicher, ob Charlotte Leonberger uns das auch verraten würde. Sie scheint fest entschlossen zu sein, den Mörder selbst zu finden. Wo steckt Fricke überhaupt?« Malin schaute sich suchend um, während sie den Weg zur Kapelle einschlugen.

»Er ist schon vorgefahren. Er wollte die Befragung der beiden Leonbergers vorbereiten.«

»Verstehe.«

»Ah, da ist Sven.« Bartels winkte dem Kollegen zu, der mit schnellen Schritten auf sie zukam. »Und?«

»Nichts. Und bei euch?«

Malin und Bartels schüttelten den Kopf.

»Dann lasst uns fahren.«

»Würde es euch etwas ausmachen, die beiden Leonbergers mitzunehmen?«, fragte Malin. »Ich möchte mir noch mal in Ruhe die Gestecke anschauen.«

»Wozu? Die Kollegen haben alles fotografiert.« Bartels klang leicht genervt.

»Komm schon, Fred, lass sie tun, was sie nicht lassen kann.

Mir sind in diesem Fall eindeutig zu viele verrückte Weibsbilder am Werk«, mischte sich Andresen ein.

Bartels zuckte die Achseln und folgte seinem Kollegen.

Eine einsame Gestalt stand am offenen Grab von Simon Thompson. Beim Näherkommen hörte Malin unterdrücktes Schluchzen und beobachtete, wie die schmale Gestalt zusammensackte.

Malin hielt inne. Es war ihr zutiefst unbehaglich, einen Menschen in diesem intimen Moment der Trauer zu stören. Dann trat sie neben die Frau, die immer noch auf der Erde kauerte. Es war Hannah Süßkind.

Ihre Lider waren vom Weinen dick geschwollen, das blasse Gesicht von roten Flecken übersät. Die energische, zynische Frau, die mit beiden Füßen fest im Leben stand, schien es nicht mehr zu geben.

Malin fielen die widerlichen Drohbriefe ein und sie drängte ihr Mitleid zurück.

Sie legte ihre Hand auf die bebende Schulter der Frau. »Stehen Sie auf, Frau Süßkind. Ich muss Sie bitten, mich aufs Präsidium zu begleiten.«

»Warum?«, erwiderte die Lektorin kraftlos und erhob sich.

»Das erfahren Sie dort.«

»Und wenn ich mich weigere?«

»Dann muss ich Sie vorläufig festnehmen«, entgegnete Malin.

Hannah Süßkinds Augen verengten sich zu Schlitzen. »Dazu haben Sie kein Recht. Ich habe nichts getan.«

»Das werden wir sehen.« Malin klärte Hannah Süßkind über ihre Rechte auf.

Die Vernehmung wurde von Kriminaloberkommissar Bartels geleitet, Malin war ebenfalls dabei.

Der Ortswechsel ins Präsidium schien auf die Lektorin belebend zu wirken. Nichts erinnerte mehr an die tränenüberströmte Frau an Simon Thompsons Grab. »Zum letzten Mal – ich habe nichts getan!«, protestierte Hannah Süßkind.

»Und was ist das?« Bartels knallte die sichergestellten Drohbriefe auf den Tisch.

Hannah Süßkind warf nur einen kurzen Blick darauf und zuckte dann mit den Achseln. »Drohbriefe«, erwiderte sie trocken.

Malin beobachtete die Mimik der Lektorin. Sie ist wirklich gut, dachte sie, sie hat sich vollkommen im Griff.

»Drohbriefe an Charlotte Leonberger. Drohbriefe, die wir in Ihrer Wohnung sichergestellt haben.« Bartels stützte seine Arme auf den Tisch und sah die Lektorin durchdringend an.

»Was fällt Ihnen eigentlich ein, meine Wohnung zu durchsuchen?! Dürfen Sie das überhaupt?«, zischte sie.

»Darüber machen Sie sich jetzt mal keine Gedanken. Sagen Sie mir lieber, warum Sie die Briefe geschrieben haben.«

»Die sind nicht von mir«, entgegnete Hannah Süßkind fest.

»Das ist gelogen. Zu dumm, dass Sie die Drohungen auch noch handschriftlich notiert haben, nicht wahr, Frau Süßkind? Noch dazu mit genügend Material in der Wohnung für einen Abgleich. Da spielt es kaum noch eine Rolle, dass unsere Techniker auf der Festplatte ihres Computers ebenfalls fündig geworden sind.«

Hannah Süßkind runzelte die Stirn. »Also gut, ich habe diese verdammten Briefe geschrieben. Das beweist noch gar nichts.«

Bartels fixierte sie, ohne eine Miene zu verziehen. »Sehen Sie, Frau Süßkind, es geht doch. Dann verraten Sie uns mal, weshalb Sie diesen widerwärtigen Schund verfasst haben. Sicherlich haben Sie nicht Germanistik und Philosophie studiert, um die Bücher anderer zu lektorieren. Eifersüchtig auf den Erfolg Ihrer besten Autorin? Hat sie vielleicht das erreicht, wovon Sie schon immer geträumt haben? Vielleicht hat Charlotte Leonberger es Sie auch spüren lassen, dass sie besser ist, als Sie es je werden.«

Malin hielt den Atem an. Die Lektorin senkte den Blick, hielt einen Augenblick inne und hob dann den Kopf. In ihren Augen blitzte es. »Ich werde ohne die Anwesenheit meines Anwalts nichts mehr sagen.«

Sie hatten die Vernehmung unterbrochen.

»Diese Frau ist mit allen Wassern gewaschen«, sagte Bartels.

»Mir ist sie ziemlich unheimlich«, entgegnete Malin nachdenklich. »Wenn du sie vorhin auf dem Friedhof gesehen hättest … Sie war ein ganz anderer Mensch.«

»Oder eine sehr gute Schauspielerin.«

Malin schüttelte den Kopf. »Sicher nicht, sie hat mich doch zuerst überhaupt nicht bemerkt. Die Frau war völlig verzweifelt.«

»Auf mich wirkt sie eiskalt und berechnend. Es würde mich wirklich nicht wundern, wenn wir gerade eben die Person vernommen hätten, die drei Menschenleben auf dem Gewissen hat. – Hast du dir schon mal überlegt, warum sie schluchzend auf allen vieren vor Thompsons Grab gelegen hat?«

»Sie muss in ihn verliebt gewesen sein.«

»Genau. War ja auch so ein richtiger Charme-Bolzen.« Bartels zwinkerte seiner Kollegin zu. »Das ihr Frauen immer auf solche Schönlinge abfahren müsst.« Er grinste und wurde gleich wieder ernst. »Gehen wir also mal davon aus, dass Hannah Süßkind in Thompson verliebt war. Das wirft dann allerdings die Frage auf, wozu eine Frau fähig ist, deren Liebe nicht erwidert wird.«

Malin schauderte. »Und nun?«

»Abwarten. Wir lassen sie erst mal ein wenig schmoren. Vermutlich wird ihr Anwalt ohnehin bald hier sein. Ich glaube kaum, dass Robert Petersen noch mehr negative Publicity gebrauchen kann.«

»Ganz, wie man es nimmt«, bemerkte Malin trocken.

Mittlerweile war es Abend geworden.

Malin saß über einem Berg von Unterlagen an ihrem Schreibtisch. Ein paar Haare hatten sich aus ihrem Pferdeschwanz gelöst und der Schlafmangel ließ sie unentwegt gähnen. Neben ihr stand eine Thermoskanne mit schwarzem Kaffee, die sie bereits bis zur Hälfte geleert hatte. Auf einem Teller daneben lagen die letzten Krümel der beiden

Franzbrötchen, die sie soeben verdrückt hatte. Es war ihre erste Mahlzeit seit fünf Uhr früh gewesen und ihr Magen rebellierte gegen den Mix aus Koffein, Zucker und Fett. Sie hatte Sodbrennen.

Malin stöhnte. Sie war total erschöpft. Dabei hatte sie sich vorgenommen, noch einmal sämtliche Unterlagen durchzugehen. Sie war sich sicher, etwas übersehen zu haben. Es fiel ihr schwer, sich zu konzentrieren. Zu viele Gedanken kreisten in ihrem Kopf und das Gelächter ihrer Kollegen, die im Halbkreis um Andresens Schreibtisch standen, lenkte sie ebenfalls ab.

Malin ging in den Waschraum und ließ sich eiskaltes Wasser über das Gesicht laufen. »Ich bin total fertig«, sagte sie laut zu ihrem Spiegelbild. Mit ein paar Handgriffen band sie ihren Pferdeschwanz neu und ordnete ein wenig ihr zerzaustes Äußeres. Sie strich gerade ihre Bluse glatt, als Nele Richter hereinkam.

Die junge Beamtin stellte sich neben Malin ans Waschbecken und betrachtete das eigene Spiegelbild. Dann wandte sie sich an Malin. »Hast du Lust, mit uns anderen ein Bier trinken zu gehen?«

»Was heißt mit uns?«, fragte Malin etwas unwirscher als beabsichtigt.

»Na, Sven, Fred, Ole und noch ein paar von der Spusi.«

»Nein, danke.« Malin beförderte das eben benutzte Papierhandtuch in den Müll-Container.

»Ach, komm schon, Malin. Wir müssen alle mal ein wenig abschalten. Dann haben wir auch wieder mehr Energie und können ganz frisch an die Arbeit gehen«, zwitscherte Nele fröhlich.

»Aus welchem Werbeslogan hast du das denn?«, entfuhr es Malin.

»Weißt du was? Langsam finde ich, die anderen haben recht. Du bist eine richtige Spaßbremse.« Neles sommersprossiges Gesicht hatte sich ärgerlich verzogen.

»Warum? Weil ich meinen Job ernst nehme und meine Zeit nicht sinnlos vergeuden möchte?«, konterte Malin.

Neles Gesicht verschloss sich. »Du bist ja besessen. Ich wollte nur freundlich sein. Aber vielleicht hältst du dich ja für was Besseres.« Nele wandte sich wieder ihrem Spiegelbild zu und umrandete ihre Augen mit einem Kajalstift. Dann fügte sie leise hinzu: »Kein Wunder, dass du im Präsidium nicht viele Freunde hast.«

Malin verließ ohne ein weiteres Wort den Waschraum. Zurück im Büro ließ sie sich erschöpft auf ihren Schreibtischstuhl sinken. Sie war keine Spaßbremse.

Immer noch verärgert, griff sie nach dem nächsten Bericht, als ihr Telefon klingelte. »Hallo, Malin, ich bin es«, dröhnte ihr die Stimme von Erich Brodersen entgegen.

»Endlich, ein netter Mensch«, seufzte Malin.

»So schlimm?«

»Schlimmer.«

»Ich hatte gehofft, dich zu Hause anzutreffen, aber du kannst dich wohl mal wieder nicht loseisen. Was tust du gerade?«, fragte Erich Brodersen.

»Zeugenbefragung, Obduktionsberichte, Vernehmungsprotokolle, Telefonlisten. Das volle Programm.«

»Klingt so, als könntest du mal eine kleine Pause vertragen.«

Malin seufzte. »Sorry, aber da muss ich passen. Ich muss das heute unbedingt noch mal alles durchgehen.«

»Jeder muss essen«, erwiderte Erich hartnäckig.

»Ich hatte gerade zwei Franzbrötchen«, entgegnete Malin.

»Von dem süßen Zeugs wird man doch nicht satt.«

Malin musste ein Grinsen unterdrücken. »Also gut, du lässt ja sowieso nicht locker.« Sie sah auf ihre Uhr. »Sagen wir, in etwa dreißig Minuten bei Emilia?«

»Wer, um Himmels Willen, ist denn Emilia?«

»Ein kleines italienisches Bistro in der Gertigstraße.«

»Prima. Dann kann ich dich auch gleich auf den neuesten Ermittlungsstand bringen. Bis gleich.«

Bevor Malin reagieren konnte, hatte ihr Großvater aufgelegt. Irritiert betrachtete sie das Telefon. Was für ein Ermittlungsstand?

Erich Brodersen saß bereits in Emilias Küche, als Malin im Bistro eintraf. Vor ihm stand ein riesiger Teller Pasta und in der Hand hielt er ein Glas Rotwein, mit dem er ihr fröhlich zuprostete. »Ich hoffe, du bist nicht böse, dass ich schon mal angefangen habe. Aber es roch so köstlich, dass ich mich einfach nicht beherrschen konnte.« Dabei zwinkerte er Emilia zu, die bereits dabei war, ein weiteres Gedeck aufzulegen.

»Setzen Sie sich, Commissaria. Etwas Spaghetti?«, fragte Emilia.

Malin setzte sich neben ihren Großvater und schon hatte sie einen großen Teller Spagetti mit Meeresfrüchten vor sich stehen. Emilia stellte unaufgefordert ein Glas von Malins Lieblingswein daneben. »Essen Sie, Commissaria, Sie sind viel zu dünn.« Dann wandte sie sich um und räumte ein paar Teller in die Geschirrspülmaschine.

»Siehst du, genau so ist es mir vorhin ergangen. Kaum hatte ich mich vorgestellt, saß ich auch schon hier am Tisch und habe Spaghetti gegessen«, flüsterte Erich Brodersen seiner Enkelin zu, ehe er in normaler Lautstärke hinzufügte: »Die besten, die ich übrigens je hatte. Das ist schon meine dritte Portion.« Er strich sich über seinen Bauch.

Verstohlen schaute Malin sich um. Sie war bisher noch nie in der Küche des Bistros gewesen. Dunkelrot gestrichene Wände, lange Arbeitsplatten aus Edelstahl, ein überdimensional großer Gasherd mit Kupfertöpfen sowie ein großer Holztisch mit passenden Bänken sorgten für Behaglichkeit.

Malin und Erich aßen ihre Pasta, tranken ihren Wein und lauschten der schnatternden Emilia, die gerade von ihren fünf Enkelkindern erzählte. Malin spürte, wie sich wohltuende Wärme in ihr ausbreitete, und sie begann sich zu entspannen.

Kaum waren ihre Teller geleert, stellte Emilia zwei riesige Portionen Tiramisu vor sie auf den Tisch. »Ecco, das Beste zum Schluss.«

»Emilia. Ich kann nicht mehr«, stöhnte Malin und hielt sich den Bauch.

»Aber Commissaria! Tiramisu geht immer, das rutscht sozusagen von alleine durch«, erwiderte die resolute Italienerin.

»Ich muss noch im Bistro aufräumen. Bitte lassen Sie sich Zeit und fühlen sich wie zu Hause. Ich bringe Ihnen dann später noch einen Kaffee.« Emilia rauschte singend davon.

»Hast du etwas rausgefunden?«, fragte Malin, nachdem sie ihren leeren Teller beiseite geschoben hatte.

Erich berichtete ihr von seinen Nachforschungen und schmückte dabei besonders die Internetrecherche ausführlich aus. Die hatte er mit Hilfe seiner Nachbarin, einer Informatikstudentin, durchgeführt. Er beförderte einen schweren Aktenordner auf den Tisch. »Hier sind unsere Ergebnisse bezüglich der möglichen Buchstabenkombinationen.«

»Danke.« Malin blätterte die Seiten flüchtig um. »Meine Güte, das sind Hunderte, es wird Tage dauern, das alles zu sichten.«

»Genau genommen sind es eher mehrere Tausend. Ehrlich gesagt befürchte ich, dass noch ein Buchstabe dazukommen muss, um das Rätsel zu lösen.«

Sie schwiegen. Beide wussten, was das bedeutete.

»Ich glaube, ich habe etwas übersehen, aber ich komme einfach nicht drauf.« Malin verschränkte die Hände hinter dem Kopf. »Das macht mich noch wahnsinnig.«

»Im Zusammenhang mit den Runen?«

»Möglich.«

»Bisher ging es ja nur um die Buchstabenkombinationen«, bemerkte Erich nachdenklich. »Vielleicht kann man auch von den Tiersymbolen auf der Rückseite der Münzen etwas ableiten. Im welchen geografischen Gebiet fanden denn diese speziellen Runen damals Verwendung?«

»In den nordischen Ländern.«

»Habt ihr schon überprüft, ob es eine Verbindung zwischen einem dieser Länder und der Familie Leonberger gibt?«

Malin starrte ihn an. »Mein Gott, das ist es. Jetzt weiß ich, wo ich suchen muss! Tausend Dank, Opa.« Sie drückte ihrem verdutzten Großvater einen Kuss auf die raue Wange, griff nach dem Aktenordner und zog sich eilig ihre Jacke über.

»Aber wir wollten doch noch einen Kaffee trinken«, protestierte er zaghaft.

»Das machen wir ein anderes Mal.« Malin eilte davon.

»Aber ruf mich morgen wenigstens an«, rief Erich Brodersen seiner Enkelin kopfschüttelnd hinterher.

Malin saß auf dem Wohnzimmerboden ihres Stadthauses, die Unterlagen um sich herum verteilt. Zuvor hatte sie eine halbe Stunde im Internet recherchiert, um Informationen über die Tiersymbole zu sammeln. Nun las sie den Bericht über Viktor und Helena Leonberger zum zweiten Mal. Sie unterdrückte ein Gähnen. Schlafen konnte sie später immer noch. Sie blätterte zur nächsten Seite.

Dann sah sie es. War es Zufall? Nein – dort stand es schwarz auf weiß. Sie kennzeichnete die Stelle mit einem Textmarker. Wie es aussah, hatte sie endlich die Verbindung gefunden.

Einen Augenblick spielte sie mit dem Gedanken, sich gleich auf den Weg zu machen, entschied sich dann aber dagegen. Sie brauchte einen kühlen Kopf. Dafür musste sie schlafen. Gleich morgen früh würde sie nach Kiel fahren.

Die Dame hatte ihr einiges zu erklären.

25

Charlotte Leonberger fühlte sich wie gerädert.

Sie hatte wieder diesen Alptraum gehabt. Wieder hatte sie in ihr eigenes totes Antlitz geblickt, bevor sie mit Herzrasen aufgewacht war.

Charlotte saß in eine Wolldecke gekuschelt auf ihrer Wohnzimmercouch und beobachtete die tosende Ostsee. Der gestrige Tag war für sie eine Achterbahn der Gefühle gewesen. Die Beisetzung von Simon, das Zusammentreffen mit Christian und dann noch die Sache mit Hannah …

Charlotte fröstelte und zog die Wolldecke enger um sich herum. Seit man sie über die Festnahme ihrer Lektorin informiert hatte, zweifelte sie plötzlich an ihrem Verdacht, dass Hannah eine Mörderin war. Konnte es sein, dass sie sich da in etwas verrannt hatte? Doch wer kam dann in Frage?

Das gestrige Gespräch mit Hauptkommissar Fricke hatte auch nicht gerade zu ihrer Beruhigung beigetragen. Sie musste an die Reaktion von Alma denken, als Fricke ihnen zwei weitere Münzen vorgelegt hatte. Für Außenstehende war es vermutlich nicht erkennbar gewesen, doch Charlotte hatte bemerkt, wie sich Almas Züge beim Anblick der Münzen verhärtet hatten. Sie hatte sich irgendwie merkwürdig benommen.

Charlotte nahm sich vor, später noch mit ihrer Tante zu sprechen, jetzt musste sie arbeiten. Bereits in den frühen Morgenstunden hatte sie einen recht unerfreulichen Anruf von Robert Petersen bekommen. Sie musste ihre Termine einhalten.

Seufzend schob sie die Wolldecke beiseite, stellte ihren Kaffeebecher auf den Couchtisch und ging ins Arbeitszimmer. Sie hatte gerade ihr Laptop eingeschaltet, als ihr Telefon klingelte. Das Display zeigte eine Rufnummer aus dem Ausland. Das hatte ihr gerade noch gefehlt … Sie atmete tief durch und nahm den Anruf an.

»Mein Gott, Charlotte, endlich erreiche ich dich«, schallte die Stimme von Jens Stahlkamp, ihrem Ex-Freund, durch die

Leitung. Trotz der schlechten Verbindung hörte sie sofort den vorwurfsvollen Ton.

Sie widerstand dem Zwang, das Gespräch gleich wieder zu beenden. »Hallo, Jens.«

»Sag mal, Charlotte, wann gedachtest du eigentlich, dich mit mir in Verbindung zu setzen? Weißt du überhaupt, dass ich schon mehrere Anrufe von der Hamburger Polizei bekommen habe? Was ist da los bei euch?«

Charlotte verfluchte sich insgeheim dafür, das Telefonat angenommen zu haben. »Was los ist?«, erwiderte sie gereizt. »Drei Menschen sind nach meinen Buchvorlagen ermordet worden. Drei Menschen, die ich gut kannte.«

»Und da kommst du nicht mal auf den Gedanken, mir Bescheid zu geben? Muss ich das erst von wildfremden Leuten erfahren?« Stahlkamp schrie jetzt ins Telefon.

Charlotte hielt für einen Moment den Hörer weg. »Tut mir leid, aber anscheinend kannst du dir nicht vorstellen, wie es mir momentan geht. Und vielen Dank der Nachfrage, ja, es geht mir beschissen«, fuhr sie ihn an.

»Ja, ja. Tut mir leid. Aber schließlich geht das auch mich etwas an.«

Charlotte war einen Augenblick sprachlos, dann holte sie tief Luft. »Ich wüsste nicht, warum. Wir waren uns doch einig, dass das mit uns keine Zukunft hat.«

»Du warst dir einig«, kommentierte Stahlkamp trocken.

»Für solche Diskussionen fehlt mir jetzt jegliche Geduld, Jens. In meinem Leben geht es gerade drunter und drüber, und ich werde mit dir jetzt bestimmt nicht darüber diskutieren, wer wann mit wem Schluss gemacht hat. Davon abgesehen war das mit uns doch eine ganz lockere Geschichte.« In ihren Schläfen begann es zu pochen.

»Trotzdem wäre es nett gewesen, wenn du mich informiert hättest.«

»Gut, ich gebe mich geschlagen. Du hast recht. Ich hätte dich anrufen sollen.« Charlotte seufzte.

»Danke für dein spätes Einsehen. Schließlich hätte auch ich das Opfer sein können.«

»Wohl kaum. Es sei denn, du wärst in den letzten Wochen hier gewesen.«

»Apropos, ich komme in ein paar Tagen zurück. Kommst du zum Flughafen?«

»Nimm dir ein Taxi«, sagte Charlotte und legte auf. Sie ignorierte ihr Herzklopfen, griff nach ihrem Laptop und ließ ihre Dateien hochfahren.

Sie hatten Hannah Süßkind laufen lassen.

Eine Stunde nach dem Eintreffen ihres Anwaltes war die Lektorin wieder auf freiem Fuß. Für zwei von drei Tatzeiten hatte sie bestätigte Alibis vorweisen können. Außer dem Verfassen der Drohbriefe konnte ihr nichts nachgewiesen werden.

Malin war schon seit den frühen Morgenstunden auf den Beinen. Nach einer weiteren unruhigen Nacht, diesmal verursacht durch einen rebellierenden Magen, hatte sie sich kurz nach sechs auf den Weg ins Polizeipräsidium gemacht. Sie hatte nach der Telefonnotiz von Professor Hardenberg gesucht und war schließlich in einer ihrer Schreibtischschubladen fündig geworden. Trotz der frühen Stunde war der Professor bereits im Museum gewesen und hatte ihren Verdacht umgehend bestätigt. Auf der zuletzt gefundenen Münze war ein Drache abgebildet. Zusammen mit den Abbildungen auf den ersten beiden Münzen, dem Adler und dem Stier, hatten sie somit die Motive, die auch auf der isländischen Landesflagge wiederzufinden waren. Die Schutzgeister von Island.

Malin hinterließ Fricke eine Nachricht auf seiner Mailbox. Knappe zwei Stunden später parkte sie den Dienstwagen vor dem großen Reetdachhaus in Strande.

Die Wolkendecke riss gerade auf und Malin blieb einen Augenblick ans Auto gelehnt stehen, um die frische Seeluft einzuatmen. Kalter Wind fegte vom Meer herüber und ließ Malins Pferdeschwanz fröhlich hin und her tanzen. Sie zog den Reißverschluss ihrer blauen Wachsjacke ein wenig höher. Dann ging sie zu dem Streifenwagen, der vor Charlotte

Leonbergers Haus parkte, und hielt ihren Dienstausweis vor die Windschutzscheibe.

Der junge Beamte, der gerade die Tageszeitung las, schrak zusammen. Schnell ließ er das Seitenfenster hinunter. »Es ist alles in Ordnung, die Zielperson ist noch im Haus«, beteuerte er eifrig.

»Das hat der Kollege letztes Mal auch gesagt«, erwiderte Malin streng, obwohl sie ein Schmunzeln kaum unterdrücken konnte.

»Wir sind zu zweit. Mein Kollege ist gerade im Haus und holt Kaffee«, erwiderte der Beamte mit hochrotem Kopf.

»Ist schon in Ordnung, aber legen Sie die besser beiseite.« Sie zeigte auf die Zeitung. Malins Handy klingelte.

»Was soll das heißen, Sie haben da etwas gefunden?« Fricke klang aufgebracht. Malin konnte sich bildlich vorstellen, wie er mit hochrotem Kopf in seinem Büro stand und wild mit den Händen fuchtelte.

»Ich glaube, ich habe einen Zusammenhang mit Charlotte Leonbergers Vater gefunden. Die Runen sind isländischer Herkunft. Viktor Leonberger war Botschafter in Reykjavik.«

»Island«, sagte Fricke. »Aber ist das nicht ein wenig weit hergeholt? Der Mann ist schon seit Jahren tot.«

»Stimmt. Aber haben wir etwas anderes?«

Für einen Moment war es still in der Leitung.

»Also gut, Sie lassen ja doch nicht locker. Aber Sie rufen mich nach dem Gespräch sofort an, verstanden?«, polterte Fricke.

»Verstanden, Chef.« Malin verstaute ihr Handy wieder in der Jackentasche.

Sie hatten eine Spur.

Charlotte Leonbergers dunkelgrüner Seidenmorgenmantel bildete einen wunderbaren Kontrast zu ihrem feuerroten Haar, das sie zu einem lässigen Zopf am Hinterkopf gebunden hatte. Die Autorin war barfuß. Beim Anblick der rot lackierten Fußnägel dachte Malin schuldbewusst an ihre eigenen vernachlässigten Füße, denen eine Pediküre auch mal wieder gutgetan hätte.

»Kommen Sie mit in die Küche, ich habe mir gerade einen Kaffee gemacht. Möchten Sie auch einen?«

»Danke, gerne.« Malin stieß im Flur fast mit einem uniformierten Beamten zusammen, der zwei Kaffeebecher vor sich her trug. Sie hielt ihm die Haustür auf, dann folgte sie der Autorin in die Küche.

Die sah aus, wie man sie meist nur in teuren Wohnmagazinen zu sehen bekam. Weiße Schränke im Landhausstil mit naturbelassener Holzarbeitsplatte gaben den passenden Rahmen für die Kochinsel in der Mitte. Überall standen, wie zufällig verstreut, teure verchromte Utensilien, und die Elektrogeräte schienen auf dem letzten Stand der Technik zu sein. Die Küche wirkte perfekt – aufgeräumt und unbenutzt.

»Ich halte nicht viel vom Kochen. Ich bestelle lieber«, bekannte Charlotte Leonberger lachend, als sie Malins Blick bemerkte.

»Kommt mir bekannt vor.« Malin schmunzelte, als sie an ihren leeren Kühlschrank dachte. Eine Welle der Sympathie erfasste sie. Dann besann sie sich auf den Grund ihres Kommens.

»Setzen wir uns.« Charlotte Leonberger wies auf zwei Rattanstühle.

Malin zog die Unterlagen aus ihrer Tasche und legte sie vor sich auf den Bistrotisch. »Sie hatten gestern ein Gespräch mit Hauptkommissar Fricke.«

»Ja. Und?«, fragte die Autorin irritiert und stellte eine weitere Tasse Kaffee auf den Tisch.

»Im Laufe dieses Gespräches hat er Ihnen einige Beweisstücke vorgelegt.«

»Die Münzen. Ja«, bestätigte die Krimiautorin.

»Und Sie wissen auch, dass der Mörder die Münzen bei seinen Opfern deponiert hat.«

Charlotte Leonberger nickte.

»Haben Sie irgendeine Vorstellung, was der Mörder damit bezweckt? Es scheint sich ja ganz eindeutig um eine Nachricht zu handeln. Ich meine, Sie sind die Autorin. Wenn Sie es nicht wissen, wer dann?« Sie sah Charlotte Leonberger forsch in die Augen.

Die Autorin erwiderte offen ihren Blick. »Ich weiß es nicht, ich weiß es wirklich nicht. Und Sie können mir glauben, seit ich von der Existenz dieser Münzen weiß, habe ich mir darüber unentwegt den Kopf zerbrochen. Nebenbei bemerkt finde ich es übrigens ungeheuerlich, dass man mich über die beiden weiteren Exemplare bis gestern in Unkenntnis gelassen hat.« Ihre Stimme hatte einen scharfen Ton angenommen.

Malin spürte heiße Wut aufwallen und musste sich zusammenreißen. »Frau Leonberger, Sie müssen es schon uns überlassen, worüber wir Sie in Kenntnis setzen und worüber nicht. Wir führen hier die Ermittlungen durch. Und da wir gerade dabei sind: Haben Sie eigentlich irgendeine Ahnung, was für einen Personalaufwand wir hatten, um Sie während Ihrer Privatermittlungen wieder aufzuspüren? Vielleicht könnten wir uns das künftig sparen und die Beamten lieber darauf ansetzen, den Mörder zu finden. Was meinen Sie?«

Charlotte Leonberger zog ihre Augenbrauen in die Höhe. Dann schmunzelte sie. »Ich glaube, wir sind uns ähnlicher, als wir bisher dachten.« Als sie Malins finsteren Gesichtsausdruck bemerkte, wurde sie wieder ernst.

»Sagen Sie mir lieber, warum Sie gegen uns arbeiten, wenn Sie doch so erpicht darauf sind, den Mörder zu finden«, sagte Malin.

»Ich verstehe nicht, was Sie meinen.«

»Warum haben Sie uns nicht gesagt, dass Ihr Vater jahrelang als Botschafter in Island tätig war? Hauptkommissar Fricke hat Ihnen doch mitgeteilt, dass die Runen nordischer Herkunft sind. Sie wollen mir doch nicht erzählen, dass Ihnen als Krimiautorin, die ihren Lebensunterhalt damit verdient, Plots zu entwickeln und Verbindungen herzustellen, ausgerechnet diese Verbindung nicht aufgefallen ist? Oder halten Sie uns für so unfähig, dass Sie denken, wir würden darüber nicht stolpern?«

Der Augen der Autorin verfinsterten sich. »Natürlich ist es mir gleich aufgefallen, aber damit weiß ich auch nicht mehr als Sie. Vermutlich hätte ich es Ihnen gleich sagen müssen. Aber ehrlich gesagt hat sich Ihre Ermittlungstruppe bisher auch nicht gerade mit Ruhm bekleckert.«

»Jetzt verstehe ich – Sie wollten wieder selber ermitteln.« Malin musterte die Autorin abschätzend. Das Aufblitzen in deren Augen entging ihr nicht. »Und, schon was rausgefunden?«, hakte Malin nach.

Charlotte Leonberger überging die Frage. »Ich habe viel zu tun, in zwölf Wochen habe ich Abgabetermin für meinen nächsten Band.«

»Sie wollen mir doch nicht sagen, dass das alles ganz normal weiterläuft, ganz nach dem Motto ›business as usual‹?«

Charlotte entfuhr ein Seufzen. »Leider doch. Petersen, der Verleger, hat ganz klar deutlich gemacht, dass ich meinen Vertragspflichten pünktlich nachkommen muss. Als einzige Entschuldigung ließe er gelten, wenn ich selbst das nächste Opfer wäre. Seine Worte.«

»Das ist ja widerwärtig«, entfuhr es Malin.

»So ist das Business. Schreib oder stirb. Beides steigert die Auflage«, erwiderte Charlotte Leonberger bitter.

»Und das bereitet Ihnen keine Schwierigkeiten? Ich will Ihnen ja nicht zu nahe treten, aber immerhin wurden nach den Vorlagen Ihrer Bücher drei Menschen ermordet.«

Charlotte Leonberger zuckte mit den Achseln. »Wenn ich schreibe, versuche ich alles um mich herum auszublenden. Das gelingt mir natürlich nicht immer. Aber es ist das Einzige, was in meinem Leben momentan Bestand hat, und deshalb versuche ich, irgendwie damit klarzukommen.«

Malin bemerkte, wie sich die Augen der Autorin mit Tränen füllten, und sie zwang sich, das Mitleid zu verdrängen. »Dann kommen wir noch mal auf meine ursprüngliche Frage zurück. Haben Sie etwas herausgefunden?«

»Ich weiß das mit den Runen doch erst seit gestern«, antwortete Charlotte Leonberger ausweichend.

»Aber Sie haben einen Verdacht?«

»Ich weiß nichts Genaues. Eigentlich ist es nur eine vage Vermutung. Ich wollte es erst selbst mir ihr besprechen.«

Malin hob die Augenbrauen. »Mit wem besprechen?«

»Dazu möchte ich nichts sagen«, erwiderte Charlotte Leonberger und räumte die unberührten Kaffeetassen vom Tisch.

In Malins Gedanken blitzte eine Erinnerung auf, als sie an das letzte Gespräch mit Alma Leonberger in diesem Haus zurückdachte. »Sie reden von Ihrer Tante?«

»Ja, ich rede von meiner Tante«, bestätigte Charlotte Leonberger resigniert.

Alma Leonberger legte zitternd den Hörer zurück aufs Telefon. Nun ist es so weit, dachte sie. Was sie jahrelang befürchtet hatte, war eingetreten.

Die junge, sonst so freundliche Kriminalkommissarin war sehr bestimmt gewesen und Alma war klar, dass die sich diesmal nicht mit Ausreden abspeisen lassen würde.

Sie zog ein blütenweißes Taschentuch aus ihrer Küchenschürze und wischte sich damit den Schweiß von der Stirn. Vielleicht wusste die gar nichts. Die Kommissarin hatte keinen Grund für ihr sofortiges Treffen genannt, nur betont, dass es dringend war. Das konnte alles bedeuten.

Langsam stieg Alma die steile Holztreppe hinauf, die zur kleinen Dachkammer führte. Lange würden ihre von Arthritis geplagten Beine das auch nicht mehr schaffen. Vielleicht sollte sie endlich auf ihre Nichte hören und sich ein Schlafzimmer im Erdgeschoss einrichten.

Doch einen alten Baum verpflanzt man nicht, dachte sie bei sich und erklomm die letzte Stufe. Aus dem Kleiderschrank nahm sie eine dunkle Hose und eine frisch gebügelte Bluse. Sie zog sich langsam und sorgfältig um, als könnte sie mit der Zeit, die sie hierfür benötigte, einen Aufschub erreichen.

Dann ließ sich das Unvermeidliche nicht länger hinauszögern und sie stieg die Treppenstufen wieder hinunter, um ihr Haus zu verlassen.

Sie hatten sich darauf geeinigt, sich in Hugos Bistro an der Strandpromenade zu treffen. Malin wollte damit der spannungsgeladenen Situation ein wenig die Schärfe nehmen. Alma Leonberger hatte am Telefon etwas eingeschüchtert gewirkt.

Malin und Charlotte Leonberger setzten sich an einen der wenigen verbliebenen Tische auf der Terrasse. Das Lokal hatte nur noch wenige Tage geöffnet und würde dann bis zum Saisonstart im Frühjahr seine Türen schließen.

Sie hatten Glück mit dem Wetter. Es wehte zwar noch immer ein kräftiger Wind, doch es war nicht mehr so eiskalt wie in den frühen Morgenstunden, als Malin in der Kieler Förde angekommen war. Die herbstlichen Sonnenstrahlen trugen ein Übriges dazu bei, einen Augenblick innehalten und abschalten zu können. Charlotte Leonberger hielt ihr Gesicht mit geschlossenen Augen den wärmenden Strahlen entgegen, während sie auf Alma Leonberger warteten.

»Es muss schön hier sein – im Sommer«, bemerkte Malin.

Charlotte blinzelte. »Das ist es. Früher war ich mit meinem Vater immer am Wochenende zum Segeln hier.« Sie schloss wieder ihre Augen.

Wie verletzlich sie aussieht, dachte Malin, bevor sie die Speisekarte studierte. Sie war versucht, etwas zu bestellen, doch leider wäre das ziemlich unprofessionell. Sie schob die Karte wieder beiseite.

»Die Tapas sind hier wirklich gut«, bemerkte Charlotte Leonberger. Sie hatte ihre kleine Sonnendusche beendet und winkte einen gut gebauten Mann heran. »Hugo, wir hätten gerne einmal die Tapas und eine Schale mit Scampi und Flusskrebsen.« Sie lächelte den Mittvierziger freundlich an.

»Gerne, Charlotte, bringe ich euch. Wo hast du denn deinen Aufpasser gelassen?« Er blickte sich suchend um.

Charlotte nickte mit dem Kopf zu Malin. »Sitzt da.«

»So junge Damen bei der Polizei? Da haben sie wohl das Schmuckstück der Abteilung geschickt. Darf ich mich vorstellen? Ich bin Hugo. Hugo wie das Bistro. Na ja, es ist meins, meine ich.« Er hielt Malin lächelnd seine sonnengebräunte Hand hin.

Malin ergriff sie und erwiderte das Lächeln. »Malin Brodersen. LKA Hamburg.«

»Also, wenn Sie noch irgendetwas brauchen …?«

»Kaffee wäre nett.«

»Gut, zwei Kaffee. Kommt sofort.« Der Bistrobesitzer drehte sich um und verließ die Terrasse.

»Gefällt er Ihnen?«, fragte Charlotte und musterte Malin. »Ich könnte da was arrangieren.«

»Wie kommen Sie denn darauf? Ich frage mich nur gerade, wie gut Sie diesen Mann kennen?«

»Hugo?« Charlotte lachte.

»Was ist daran so komisch?«, erwiderte Malin gereizt.

»Können Sie überhaupt noch an etwas anderes denken?«

»Nein. Und Sie sollten das auch nicht tun«, entgegnete Malin.

Charlotte Leonberger wurde ernst. »Doch das muss ich. Denn sonst drehe ich durch. Jedes Mal, wenn ich aus dem Haus gehe, muss ich mich immer wieder umdrehen. Dann frage ich mich, ist er jetzt da? Beobachtet er mich gerade? Und wenn er nicht da ist, wo ist er dann? Bedroht er gerade einen Menschen, der mir wichtig ist, einen Menschen, den ich liebe? Sie, Frau Brodersen, Sie wissen nicht, wie das ist. Also erlauben Sie sich kein Urteil darüber, was ich tun sollte.«

»Sie haben recht, ich weiß nicht, wie das ist. Aber es ist mein Job, die Morde aufzuklären und den Täter zu stellen. Und dafür brauche ich Ihre Hilfe. Bitte.« Malin beugte sich vor und griff nach der Hand der Autorin.

Charlotte Leonberger starrte sie einen Augenblick an und erwiderte dann den Händedruck.

»Also, wie gut kennen Sie Hugo?«, wiederholte Malin ihre Frage.

»Genauso lange, wie ich hier wohne, seit fast fünfzehn Jahren. Er bringt mir meinen Kaffee und die Tapas. Das war es.«

»Haben Sie auch außerhalb des Bistros Kontakt?«

Charlotte Leonberger schüttelte den Kopf.

»Wir werden ihn überprüfen.«

»Frau Brodersen, was glauben Sie, wer wird das nächste Opfer sein? Es wird doch ein weiteres Opfer geben, oder?«

Malin ließ sich mit der Antwort Zeit. Ein Tablett mit zwei Kaffeebechern vor sich hertragend, kam Hugo zurück. Er stellte die Becher auf den Tisch und zwinkerte Charlotte im Weggehen kurz zu.

»Bisher hat er nicht angerufen«, stellte Malin fest.

»Nein, aber er wird es tun. Und dann wird er wieder jemanden umbringen«, erwiderte die Krimiautorin leise.

»Wir werden alles tun, um das zu verhindern. Glauben Sie mir. Wir haben unser Ermittlungsteam um etliche Mitarbeiter aufgestockt und die potenziellen Opfer werden verstärkt überwacht.«

»Alle?«, hakte Charlotte Leonberger nach.

»Ach, da kommt sie ja endlich.« Malin erhob sich von ihrem Stuhl und deutete auf Alma Leonberger, die in Begleitung eines Beamten auf die Terrasse des Bistros trat.

Alma Leonberger rührte weder die Tapas noch die weiteren Köstlichkeiten an.

Malin konnte die Anspannung der alten Frau deutlich spüren. »Frau Leonberger, reden wir nicht lange um den heißen Brei herum. Sagen Sie uns endlich, was Sie wissen. Denn dass Sie etwas wissen, dürfte uns mittlerweile allen klar sein. Also, wenn Sie möchten, dass wir Ihre Nichte schützen und nicht noch mehr Menschen ihr Leben verlieren, müssen Sie mit uns reden.« Malin stellte ihren leeren Teller beiseite, schob ihre Sonnenbrille in die Haare und suchte Blickkontakt mit der älteren Frau.

»Es hat überhaupt nichts mit dieser ganzen Sache zu tun«, flüsterte diese nun.

»Das überlassen Sie bitte uns«, entgegnete Malin. »Also?«

Alma Leonberger sah traurig zu ihrer Nichte. »Ich habe deinem Vater versprochen, es für mich zu behalten. Er wollte nicht, dass du es erfährst. Und schon gar nicht so.«

»Was sollte Ihre Nichte nicht erfahren?«, fragte Malin.

»Viktor hatte eine Affäre, damals in Island. Nichts Ernstes.«

Charlotte Leonberger erstarrte.

»Was war das für eine Frau, wissen Sie ihren Namen?«, fragte Malin. Ein Schatten flog über Almas Gesicht und Malin musste die Augen zusammenkneifen, um sie gegen das blendende Sonnenlicht mustern zu können.

Die alte Dame schüttelte den Kopf. »Ich habe nie erfahren, wer sie ist. Viktor hat es mir nie gesagt.«

»Was war mit Mama? Hat sie es gewusst?«, fragte Charlotte.

»Helena hat es zumindest geahnt. Charlotte, es tut mir leid.«

»Du hättest es mir sagen müssen«, erwiderte ihre Nichte spröde.

Malins Handy klingelte. Sie entschuldigte sich und entfernte sich ein paar Schritte von den beiden Frauen, die jetzt zu streiten begannen.

Es war Bartels. »Malin? Wir haben neue Informationen. Fricke hat mich gebeten, dich anzurufen. Du bist doch noch bei den beiden Leonbergers?«

»Schieß los.«

»Wir haben endlich Informationen von den Kollegen in Island bekommen – bezüglich Helena Leonbergers Todesumständen. Ein Polizeibericht war leider nicht mehr aufzutreiben, aber dafür konnte sich ein Mitarbeiter von der damals zuständigen Dienststelle erinnern.«

»Du meinst an den Unfall?«, fragte Malin.

»Nur, dass es gar kein Unfall war.«

Malin lauschte schweigend.

Das Café war exklusiv ausgestattet und die Gäste schienen gut betucht. Robert Petersen lehnte am Tresen, hatte eine Kaffeetasse vor sich stehen und lächelte höflich der jungen Bedienung zu.

Vermutlich hatte sie keinen Zweifel daran, dass sich hinter seiner eleganten und gut gekleideten Erscheinung etwas anderes verbarg als ein erfolgreicher Geschäftsmann.

Doch nicht immer waren die Dinge so, wie sie schienen. Petersen griff nach der Kaffeetasse und musterte die anderen Gäste. Er war aufs Tiefste beunruhigt. Dieser primitive Polizist wurde mittlerweile regelrecht lästig. Genau wie er es angekündigt hatte, schnüffelte er in seinen zerbeulten Cordhosen ständig im Verlag herum. Und nicht nur das. Eben hatte ihn Clarissa auf dem Handy angerufen, um ihm mitzuteilen, dass Hauptkommissar Fricke vor wenigen Minuten ihr Haus an der St. Benedict-Straße verlassen hatte.

Er trank einen weiteren Schluck Kaffee und dachte einen Moment über seine Frau nach. Bisher hatte Clarissa ihm keinerlei Fragen gestellt und er hatte das Gefühl gehabt, sich hundertprozentig auf sie verlassen zu können. Jetzt war er sich dessen nicht mehr so sicher. Er musste sich eingestehen, dass ihm das Ganze langsam über den Kopf wuchs.

Er bestellte bei der Bedienung ein Glas Whisky und leerte es in einem Zug.

Vielleicht wurde es Zeit für eine kleine Planänderung.

Malin bemerkte sofort, dass Alma Leonberger geweint hatte.

Die alte Dame schnäuzte sich die Nase und ihre Augen waren leicht gerötet. Ihre Nichte saß stocksteif neben ihr und vermied dabei jeglichen Blickkontakt. »Alles in Ordnung?«, fragte sie Malin.

»Nein«, antwortete Malin knapp und wandte sich an Alma Leonberger. »Erzählen Sie mir von Helena. Sie hat von der Affäre ihres Mannes gewusst, nicht wahr?«

»Ja, sie hat es gewusst.« Die Stimme der alten Frau klang brüchig.

»Und sie hat es einfach so hingenommen?«, fragte Charlotte ungläubig.

Alma Leonberger richtete ihren Blick in die Ferne.

»Erzählen Sie Ihrer Nichte die ganze Wahrheit, Frau Leonberger«, mischte Malin sich ein. »Oder ich tue es.«

Alma Leonberger schwieg.

»Also gut. Ganz wie Sie wollen.« Malin wandte sich der Krimiautorin zu. »Ihre Mutter ist nicht bei einem Verkehrsunfall ums Leben gekommen. Sie hat Selbstmord begangen.«

»Sie hat was?« Fassungslos sah Charlotte zu ihrer Tante. »Sie hat sich umgebracht und du hast das die ganzen Jahre gewusst?«

Alma nickte und ihre Augen füllten sich wieder mit Tränen. »Dein Vater wollte dich auf keinen Fall damit belasten. Damals habt ihr beide Island verlassen.«

Charlotte Leonberger schnappte hörbar nach Luft. »Jetzt verstehe ich. Seine Karriere wäre ein für alle Mal erledigt gewesen, wenn das bekannt geworden wäre. Dabei hat er meine Mutter in den Tod getrieben.« Sie klang verbittert.

»Charlotte! So etwas will ich nie wieder hören. Du hast ja keine Ahnung, wie es damals gewesen ist.«

Die Gesichtszüge der Autorin wurden hart. »Dann erzähl es mir. Erzähl mir von meinen Eltern. Was ist die Wahrheit? Die ganzen Klischees, die ihr mir in der Vergangenheit aufgetischt habt, scheinen ja nicht zu stimmen.«

Alma Leonberger zögerte, dann begann sie zu sprechen. »Nach deiner Geburt fing es in der Ehe deiner Eltern an zu kriseln. Helena bekam schwere Depressionen. Dein Vater war derjenige, der nachts aufgestanden ist, wenn du vor Hunger geschrien hast und deine Mutter von Tabletten betäubt war. Ihr habt damals in Budapest gelebt. Helena hat sich dort nie heimisch gefühlt. Dann erhielt dein Vater eine neue Position in Island. Doch dort wurde alles nur noch schlimmer. Dein Vater schien deiner Mutter nichts mehr recht machen zu können. Immer öfter musste er sich Ausreden einfallen lassen, um das Fernbleiben deiner Mutter bei gesellschaftlichen Einladungen zu entschuldigen. Dein Vater hat alles versucht, ihr zu helfen, er hatte sogar schon eine Rückversetzung beantragt. Aber das ging natürlich nicht von heute auf morgen.«

»Und dann hat er die andere Frau getroffen?«, fragte Charlotte.

»Sie war für ihn wie eine Flucht in ein anderes Leben.« Alma schaute ihre Nichte traurig an.

Auch Charlotte standen nun die Tränen in den Augen. »Aber warum hat er Mama nicht verlassen?«

»Weißt du, Charlotte, im Leben ist nicht immer alles schwarz oder weiß. Viktor hat deine Mutter sehr geliebt und du warst noch ein Kind. Was also hätte er tun sollen? Er hat immer gehofft, dass Helenas Depressionen nur eine Phase wären. Er hoffte, wenn ihr erst nach Deutschland zurückkehren würdet, würde alles besser werden.«

»Aber das wurde es nicht?«

»So weit kam es nicht. Es war noch in Island, als Helena eines Morgens einfach verschwunden war. Einige Stunden später wurde sie zufällig von einem vorbeifahrenden Touristenpaar entdeckt. Sie war in ihr Auto gestiegen und frontal gegen einen Baum gefahren.«

»Aber vielleicht war es doch ein Unfall? Vielleicht war sie durch die ganzen Medikamente verwirrt?« Charlotte Leonbergers Stimme zitterte.

Ihre Tante schüttelte den Kopf. »Es war kein Unfall. Helena hatte schon seit Wochen ihre Medikamente nicht mehr genommen. Wir haben sie später unter ihrer Matratze entdeckt. Sie war bei vollem Bewusstsein. Und es gab keine Bremsspuren.«

Charlotte starrte ihre Tante fassungslos an. »Aber in den Medien war immer von einem Unfall die Rede. In allen Berichten, die ich gefunden habe.«

»Ich weiß nicht genau, wie dein Vater es angestellt hat. Er war damals ein mächtiger Mann in Island, hatte überall seine Kontakte. Vielleicht war ihm jemand einen Gefallen schuldig.«

»Was ist aus der anderen Frau geworden?«, fragte Charlotte.

»Dein Vater hat nach dem Tod deiner Mutter jeglichen Kontakt zu ihr abgebrochen. Zumindest hat er mir das gesagt. Und kurz darauf seid ihr ja dann auch zurück nach Deutschland gekommen.«

Charlotte Leonberger fuhr sich mit dem Handrücken über die Augen. »Ich wünschte, du hättest schon eher mit mir gesprochen. Ich kann mich so gut wie gar nicht an diese Zeit erinnern. Ich habe dir alles geglaubt.« Sie sah ihre Tante vorwurfsvoll an. »Ich denke, ich hätte ein Recht auf die Wahrheit gehabt.«

Obwohl es ihr schwergefallen war, hatte Malin sich bei dem Gespräch der beiden Frauen zurückgehalten. Doch sie spürte, dass sich etwas Entscheidendes verändert hatte. »Wir brauchen den Namen der Frau.«

Alma Leonberger schüttelte bedauernd den Kopf. »Tut mir leid, aber den kenne ich nicht. Viktor hat ihn mir nie gesagt.«

Charlotte Leonberger wandte sich an Malin. »Was passiert jetzt? Meinen Sie, dass der Selbstmord meiner Mutter und die Affäre meines Vaters in irgendeinem Zusammenhang mit den Morden stehen?«

»Frau Leonberger, fragen Sie das im Ernst? Das sind mir eindeutig zu viele Zufälle. Der Selbstmord, die isländische Geliebte, die Runen, alles weist darauf hin«, entgegnete Malin.

Charlottes Augen verengten sich. »Das verstehe ich, aber bitte vergessen Sie bei der ganzen Sache nicht, dass der Mörder es auf mich abgesehen hat. Er will mich fertigmachen. Warum sollte er das tun? Nur, weil mein Vater vor einigen Jahren eine Affäre hatte? Das kommt in den besten Familien vor. Und ich war damals noch ein Kind. Was habe ich mit dem Ganzen zu tun?«

»Genau das, Frau Leonberger, werden wir herausfinden.«

Die Luft in dem kleinen Raum war stickig und es roch leicht nach Schweiß. Bartels und Andresen saßen auf den Besucherstühlen und waren gerade in eine hitzige Diskussion vertieft, als Malin das Büro ihres Vorgesetzten betrat.

Fricke starrte missmutig in eine Tupperbox mit Rohkostgemüse, die vor ihm auf dem Schreibtisch stand. Malin fand, dass ihr Chef müde und abgespannt wirkte. Sie bemerkte, dass sich im Raum etwas verändert hatte. In der Ecke, wo sich sonst ein kleiner Beistelltisch mit einem Ficus befunden hatte, stand jetzt ein nagelneuer Hometrainer.

Fricke registrierte ihren Blick. »Kein Wort, Brodersen. Das war nicht meine Idee. Meine Frau ist der Meinung, dass ich abnehmen sollte. Da ich allerdings so gut wie nie zu Hause bin und ich mich somit außerhalb ihrer Kontrollzone befinde, hat sie mir kurzerhand dieses Ding hierhin stellen lassen. Als wenn ich mich nicht genug bewegen würde.« Er wirbelte mit seinem Schreibtischstuhl herum und lehnte sich dann zurück.

Bartels und Andresen grinsten sich an. Malin musste sich zusammenreißen, um nicht ebenfalls zu lachen.

»Aber Chef, so ein Hometrainer ist eine prima Sache«, gab sie zu bedenken. »Mit Hilfe des Bordcomputers können Sie sogar Berg- und Talfahrten simulieren.«

»Pah, wenn ich auf den Berg will, gehe ich wandern«, brummte Fricke. Er warf einen letzten missmutigen Blick in die Box mit dem Rohkostgemüse und beförderte sie in die unterste Schreibtischschublade. Dann öffnete er ein Fach darüber und holte ein mit Salami belegtes Brötchen heraus, von dem er herzhaft abbiss.

Seine Laune schien sich schlagartig zu heben. »Brodersen, jetzt stehen Sie nicht so herum, sondern setzen Sie sich endlich. Ich habe die beiden Kollegen bereits über Ihr Gespräch mit den beiden Leonberger-Frauen in Kenntnis gesetzt und wir haben auch schon über das weitere Vorgehen gesprochen. Aber erst einmal, und das will ich Ihnen hier in aller Deutlichkeit sagen: Sie sind nicht Miss Marple und ich bin nicht Inspector Craddock. Es geht nicht, dass Sie einfach losziehen und Ihre eigenen Ermittlungen durchführen, ohne sich mit mir vorher abzustimmen.«

»Bei allem Respekt, Chef. Miss Marple ist eine alte runzelige Frau und ich habe mich vorher mit Ihnen abgestimmt«, brauste Malin auf.

»Aber erst, als Sie bereits vor Ort waren. Und um noch mal auf Miss Marple zurückzukommen: Sie wissen genau, was ich meine, sie ist eine neugierige Person, wenn auch zugegebenermaßen etwas älter und runzeliger als Sie, Malin. Aber Sie macht Inspector Craddock das Leben schwer, indem sie ständig in seine Ermittlungen pfuscht. Und Sie, Brodersen, Sie machen mir das Leben schwer. Die Ermittlung wird von einem Team durchgeführt, ein Team, dass ich leite. Und als Teamleiter muss ich immer wissen, was meine Leute treiben. Haben wir uns da jetzt ein für alle Mal verstanden?«

»Gut Chef, ich werde mich künftig mit Ihnen und den Kollegen besser abstimmen, aber Sie sollten bei alledem nicht vergessen, dass Miss Marple immer den richtigen Riecher hatte«, erwiderte Malin.

Fricke zog eine Augenbraue hoch. »Gut, also wir haben jetzt einen ganz neuen Ansatzpunkt: Viktor Leonberger und seine unbekannte Geliebte. Könnte was dran sein, muss es aber nicht. Brodersen, ich nehme an, Sie wollen das übernehmen?«

Malin nickte.

»Also gut, setzen Sie sich mit den Isländern in Verbindung und sehen Sie zu, dass Sie die ein wenig aufwirbeln. Die Kollegen gehören nicht gerade zu der schnellen Truppe. Sven, du übernimmst noch mal diesen, wie hieß er doch gleich ...« Fricke blättterte in seinen Unterlagen. »Ach ja, da. Christian van Stetten.«

»Aber der wurde bereits überprüft«, warf Andresen ein.

»Trotzdem, irgendwie kommt mir sein Auftauchen bei Thompsons Beerdigung merkwürdig vor. Prüf auch gleich, ob der bei uns schon eine Vergangenheit hat.«

»Bereits passiert. Stand mal wegen Körperverletzung vor dem Jugendrichter. Die Strafe wurde zur Bewährung ausgesetzt.«

»Welcher Art war die Verletzung?«

»Er hat einem Schulkameraden verprügelt und ihm dabei die Nase gebrochen.«

»Also gewalttätig. Sonst noch was?«

Andresen schüttelte den Kopf.

»Also, Sven, dranbleiben«, forderte Fricke den rothaarigen Ermittler auf, der unablässig mit seinem Stuhl kippelte.

»Was ist mit der Süßkind, ist die jetzt völlig aus dem Rennen?«, warf Bartels ein.

Fricke schien kurz zu überlegen. »Schwierig zu sagen. Zum jetzigen Zeitpunkt ist es überaus wichtig, nichts außer Acht zu lassen. Die Frau ist sehr undurchsichtig. Persönlich glaube ich nicht, dass sie es war. Aber sie könnte durchaus damit in Zusammenhang stehen. Wir lassen sie überwachen.«

»Und wer kümmert sich um diesen Reisejournalisten? Wenn ich es richtig verstanden habe, ist er derjenige, den die Leonberger zur Zeit datet. Er könnte das nächste Opfer sein«, bemerkte Frederick Bartels.

»Charlotte Leonberger hat mir erzählt, das die Sache bereits Geschichte ist«, informierte Malin ihre Kollegen. »Vermutlich scheidet er damit als potentielles Opfer aus.«

»Unsere Kollegin – immer fleißig« entfuhr es Andresen. »Vermutlich hast du deshalb gestern Abend keine Lust gehabt, mit uns einen trinken zu gehen.«

Malin ging nicht auf seine Provokation ein.

»Deine Kollegin Richter war sich da nicht zu fein, allerdings ist sie genauso zickig wie du, Brodersen«, setzte Andresen nach.

»Sven, das geht jetzt wirklich zu weit«, polterte Fricke.

Malin stand auf und blieb wenige Zentimeter vor Sven Andresen stehen. »Wo ist das Problem, Andresen? Hat deine billige Anmache bei Nele nicht gezogen?« Zufrieden sah sie, wie er rot wurde. »So ein Pech aber auch, die Frau hat eben Geschmack.«

»Können wir jetzt endlich weitermachen?«, fragte Fricke, nachdem Malin sich wieder gesetzt hatte.

»Man sollte alle Weiber bei der Polizei verbieten«, schimpfte Andresen, dann fing er Frickes drohenden Blick ein. »Ja, ist ja schon gut. Wir können weitermachen.«

»Der Journalist ist also Geschichte«, wiederholte Fricke nachdenklich. »Aber weiß das auch unser Mörder? Fred, du bleibst dran. Stahlkamp kommt am Wochenende zurück aus Singapur. Besorg dir die Flugdaten.«

»Charlotte Leonberger hat noch einen Verehrer«, warf Malin ein. »Der Eigentümer von Hugos Bistro, einem Strandlokal. Sie sagt zwar, er bringt ihr nur den Kaffee, aber er hat ganz offensichtlich mit ihr geflirtet.«

»Gut, überprüfen Sie ihn.« Fricke erhob sich und griff nach seiner Jacke. »Wir machen für heute Schluss. Ich muss schnell los, bevor der Imbiss zumacht. Zu Hause gibt es zur Zeit nur Grünzeug. Ich frage mich, wie man da überhaupt satt werden soll. Wir sehen uns morgen.« Er hob die Hand zum Gruß und war verschwunden.

»Können wir mal miteinander reden?« Frederick Bartels war Malin ins Büro gefolgt und setzte sich auf die Kante ihres Schreibtisches. Eine Haarsträhne fiel ihm in die Augen und Malin ertappte sich bei dem Wunsch, sie beiseite zu streichen.

»Wo hast du denn deinen Kumpel Andresen gelassen?«, fragte sie brüsk.

»Sven ist schon los«, antwortete Bartels.

»Vermutlich, um wieder irgendwelche Frauen aufzureißen. Komisch, im Bett scheinen sie ihn nicht zu stören.«

»Ich weiß nicht, warum ihr beide immer wie die Streithammel aufeinander losgehen müsst. Ich dachte, ihr hättet das geklärt«, erwiderte Bartels, ohne Malin dabei aus den Augen zu lassen.

Malin spürte, wie ihr heiße Röte ins Gesicht schoss. »Also, worüber willst du reden?«, fragte sie barsch.

»Ich will wissen, warum du mir in letzter Zeit ständig ausweichst.«

»Tue ich doch gar nicht.« Malin wandte sich ihrem Computer zu und hämmerte auf die Tastatur ein.

»Doch das tust du, jetzt gerade wieder.« Bartels legte seine Hand auf ihre Schulter. »Ich dachte, wir sind Freunde.«

Malin sah ihn an. »Sind wir auch«, erwiderte sie und löste sich von seiner Hand.

»Als ich bei dir zu Hause war, da gab es einen Augenblick ...« Bartels hielt inne, als suche er nach den passenden Worten. »... wo ich dachte, wir könnten auch mehr sein.« Seine dunklen Augen schienen bis in sie hinein zu sehen.

Malin rückte ein Stück ab. »Vielleicht gab es einen Augenblick, aber das kam vom vielen Wein. Wir sind Kollegen, Frederick, und so sollte es auch bleiben. Da kannst du mich noch so lange mit deinem Welpenblick anschauen.«

Bartels zuckte zurück. »Der Wein, so wird es wohl gewesen sein«, murmelte er und wandte sich zum Gehen.

»Und überhaupt, wie kommst du überhaupt auf die Idee, ich könnte mit dir etwas anfangen? Versteh mich nicht falsch, Frederick, es ist nicht so, dass ich dich nicht mag, aber ich habe grundsätzlich kein Faible für Männer mit Ehefrauen«, rief Malin ihm hinterher.

Frederick Bartels drehte sich um. »Du weißt genau, dass wir nicht mehr zusammenleben.«

»Das macht für mich keinen Unterschied.«

Bartels ging zurück zu ihrem Schreibtisch. »Das sollte es aber. Es ist mir ernst, Malin.«

Malin blickte angestrengt auf ihre Hände. »Es tut mir leid, Frederick, aber ich kann nicht. Ich habe jetzt einfach nicht den Kopf für so etwas.«

»Du lässt das alles zu nah an dich heran«, erwiderte Bartels sanft.

Malins Kopf fuhr herum. Wovon redete er? Dann begriff sie, dass er ihre Ermittlungen meinte.

»Als guter Polizist musst du deine persönlichen Gefühle außer Acht lassen, um einen klaren Blick zu behalten. Aber das wirst du noch lernen.«

Sofort wurde Malin wütend. »Du brauchst gar nicht so gönnerhaft mit mir zu reden. Nur weil ich klein und blond bin, bin ich noch lange nicht naiv und schutzlos. Und was meine Gefühle betrifft, die überlasse doch bitte mir.«

Frederick Bartels betrachtete sie. »Du hast dich verändert, Malin. Wenn du nicht aufpasst, wird dich dieser Job in den Abgrund ziehen. Oder willst du mir vielleicht sagen, dass du in letzter Zeit besonders gut geschlafen hast.«

Malin sah stur an ihm vorbei.

»Ich sehe schon, wir sind anscheinend wirklich in allen Punkten unterschiedlicher Meinung. Schade«, sagte Bartels.

Malin wollte gerade etwas erwidern, als das Telefon klingelte. Bartels nahm das Gespräch an, hörte kurz zu und wurde blass.

»Hol Fricke zurück«, sagte er zu Malin, nachdem er aufgelegt hatte. »Das war die Leonberger. Sie hatte wieder einen Anruf.«

26

Malin war todmüde. Das gesamte Team hatte fast rund um die Uhr gearbeitet. Seit dem anonymen Anruf am vergangenen Abend waren die Personenüberwachungen verstärkt worden und sämtliche größeren Parkanlagen wurden durch Polizeistreifen überwacht. Alle befanden sich in Alarmbereitschaft.

Trotzdem schien es Malin wie die Suche nach der berüchtigten Stecknadel im Heuhaufen. Nicht umsonst wurde Hamburg mit seinen fast hundert Parks und Grünanlagen in fast jedem Wohngebiet auch »die grüne Stadt« genannt.

Malin war auf dem Weg zur Kriminaltechnik, wo die Aufzeichnungen der anonymen Anrufe untersucht und bearbeitet wurden. Der Kriminaltechniker hieß Torben Hansen, ein strohblonder Mittdreißiger, fachlich immer auf dem neuesten Stand. Bei Malins Eintreten hob er den Kopf.

»Du siehst müde aus«, stellte er fest.

»Ich sehe nicht nur so aus. Hast du schon was für uns?«

»Wir haben Stimmenanalysen mit den Menschen aus dem näheren Umfeld der Leonberger durchgeführt. Allerdings ohne Erfolg. Dafür bin ich auf etwas anderes gestoßen.« Hansen gab etwas in seine Computertastatur ein. »Das ist der anonyme Anruf von gestern. Hör genau hin.«

Beide lauschten dem Anrufer, der einige Zeilen aus *Tödlicher Winter* zitierte.

»Fällt dir was auf?«, fragte Hansen.

»Ehrlich gesagt, nein.«

»Einen Moment«, bat Hansen und gab weitere Befehle in den Computer ein. »Achte nicht auf den Text, nur auf die Stimme.«

Malin sah zum Monitor. Diesmal wurden Zeilen aus *Mörderischer Herbst* zitiert.

Malin hörte es sofort. »Das ist jemand anders«, stellte sie fest.

Hansen nickte. »Genau.«

»Was bedeutet das? Haben wir es mit einem Trittbrettfahrer zu tun?«, fragte sie irritiert.

»Habt ihr die Info mit den Anrufen an die Medien rausgegeben?«

Malin verschränkte die Arme vor der Brust. »Nein. Wir haben es bewusst zurückgehalten, genau aus dem Grund.« Sie schlug die Hände vors Gesicht. »Was hat das jetzt alles schon wieder zu bedeuten?«

Hansen lehnte sich in seinem Stuhl zurück. »Das solltet ihr schleunigst rauskriegen.«

Die Mittagsmaschine aus Frankfurt, in der sich auch die Transitpassagiere aus Singapur befanden, traf mit fünfzehnminütiger Verspätung am Hamburger Flughafen ein.

Den Zwischenstopp mit eingerechnet, hatte Jens Stahlkamp fast zwanzig Stunden für seine Reise zwischen den beiden Kontinenten benötigt. Das Telefonat mit Charlotte am Vortag war in eine völlig andere Richtung gelaufen als von ihm beabsichtigt. Er wusste, dass er sich wie ein Vollidiot aufgeführt hatte. Er hatte etliche Versuche unternommen, um seine Ex-Freundin nochmals zu erreichen, doch Charlotte war nicht mehr ans Telefon gegangen. Kein Wunder. Sein Verhalten war unentschuldbar. Unsensibel und egoistisch. Daraufhin hatte er eine Entscheidung getroffen. Unter Zahlung eines satten Aufpreises war es ihm gelungen, sein Ticket auf einen früheren Flug umzubuchen.

Der Reisejournalist schob seinen Gepäckwagen durch die Sicherheitskontrolle, die ihn anstandslos passieren ließ, und schaute sich suchend im Ankunftsterminal unter den Wartenden um.

Er seufzte und schalt sich selbst einen Narren. Sie konnte schließlich nicht wissen, dass er früher kam. Außerdem war sie am Telefon mehr als deutlich gewesen. Trotzdem hoffe er, dass Charlotte sich, was ihre Beziehung betraf, noch umstimmen ließ.

Deshalb war er früher zurückgekommen.

Er widerstand der Versuchung, Charlotte sofort anzurufen.

Vermutlich war sie immer noch verärgert. Er würde ihr die Zeit geben, sich zu beruhigen. Diese Vorgehensweise hatte sich bereits in der Vergangenheit bewährt. Morgen würde er dann zu ihr fahren und sich für sein egoistisches Verhalten entschuldigen. Vielleicht würde sie dann ihre Entscheidung noch einmal überdenken.

Den leise nagenden Zweifel drängte er rasch beiseite.

Er wich einer entgegenkommenden Gruppe von Teenagern aus und steuerte mit seinem Gepäckwagen das Langzeitparkhaus an, in dem sein alter Range Rover stand. Wenige Augenblicke später hatte er seine Taschen im Kofferraum verstaut und verließ mit dem Geländewagen den Flughafen.

Kurz überlegte er, die Polizei über seine verfrühte Rückkehr zu informieren, doch das konnte bis zum nächsten Tag warten. Niemand wusste, dass er wieder in der Stadt war, zumindest bis auf eine Person.

Ihm drohte keine Gefahr.

Fricke hatte das gesamte Team im Konferenzraum der Mordkommission versammelt. Neben einigen Beamten aus dem erweiterten Team waren auch Frank Glaser von der Spurensicherung und ein Kollege der Kriminalpsychologischen Abteilung gekommen. Die meisten Teammitglieder hatten in den letzten Tagen kaum geschlafen und saßen blass und erschöpft auf ihren Stühlen.

»Also, wir wissen jetzt, dass die anonymen Anrufe von unterschiedlichen Personen kommen. Was ist eure Meinung dazu?«, fragte Fricke.

Der Kriminalpsychologe Heinrich Frohmut erhob sich von seinem Platz. Er war ein kleiner, gedrungener Mann mit kugelrundem Kopf und spärlichem Haupthaar. Frohmut räusperte sich. »Der Täter, mit dem wir es hier zu tun haben, konstruiert seine Taten bis ins letzte Detail. Er überlässt nichts dem Zufall und wir können davon ausgehen, dass er alles von langer Hand geplant hat. Er weiß genau, dass wir über die technischen Möglichkeiten verfügen, ihn anhand einer Stimmenanalyse zu überführen. Deshalb hat er sich auch für diesen Fall abgesichert. Vermutlich hat er Leute dafür bezahlt, den entsprechenden Text aufs Band zu sprechen. Ich würde vorschlagen, dass wir den Medienrummel nutzen und eine Hotline einrichten. Dort kann die Bevölkerung die Stimmen vom Band abhören. Vielleicht bekommen wir dadurch Hinweise, die uns zum Täter führen.«

Fricke sah Frohmut nachdenklich an. »Das gefällt mir gar nicht. Das Ganze könnte auch nach hinten losgehen.«

Andresen räusperte sich. »Ich habe da noch etwas, was dir nicht gefallen dürfte.« Der Ermittler erhob sich und reichte seinem Vorgesetzten einen großen Umschlag.

»Was ist das?«, fragte Fricke.

»Ich habe einen Kontakt bei der Presse, er war mir noch einen Gefallen schuldig«, erwiderte Andresen.

Fricke zog eine DIN-A4-Seite aus dem Umschlag und sein Gesicht wurde von einer Sekunde auf die andere tiefrot. »Woher haben die das?« Seine Stimmte bebte vor Wut, als er das Blatt in die Höhe hielt. *24 STUNDEN! Wer trägt das nächste Todesamulett?*

Alle starrten auf die Schlagzeile des Zeitungsartikels.

»Wir müssen das sofort stoppen!«, sagte Fricke aufgebracht.

Andresen räusperte sich. »Hans, du weißt, dass das nicht geht. Mein Informant riskiert ohnehin schon Kopf und Kragen.«

Fricke setzte sich und fuhr sich durch die schütteren Haare. »Also gut, ich informiere Hamann und die Presseabteilung. Was haben wir noch? Brodersen, irgendetwas Neues bezüglich der Runen?«

Malin schüttelte den Kopf. »Leider nicht, Chef.«

»Also, ich weiß nicht, inwieweit es was mit unseren Fällen zu tun hat. Aber mir ist da ein interessantes Gerücht zu Ohren gekommen«, kam es von Tiedemann. »*Alster Books* soll pleite sein.«

Fricke sah ihn aufmerksam an. »Woher weißt du das?«

»Petersens Sekretärin scheint nicht gerade besonders gut auf ihren Chef zu sprechen sein. Jedenfalls hat sie ein paar entsprechende Bemerkungen gemacht. In der oberen Etage soll jemand einige Fehlinvestitionen getätigt haben.«

»Könnte Petersen vielleicht der Presse die Infos gesteckt haben?«, fragte Bartels.

Nachdenklich strich sich Fricke übers Kinn. »Da könnte ein Schuh draus werden. Die Leonberger ist sein wichtigstes Pferd im Stall. Wenn der Verlag wirklich in Schwierigkeiten ist, könnte die Publicity seine Probleme mit einem Schlag lösen. Die Stimmung in der Bevölkerung ist umgeschlagen, die Leute sind sensationslustig geworden. Und sie kaufen die Bücher.« Fricke wandte sich an Frohmut. »Könnte es sein, dass wir soeben ein mögliches Motiv entwickelt haben?«

»Möglich ist alles«, erwiderte der Kriminalpsychologe skeptisch. »Aufgrund der Schwere der Verbrechen würde ich aber nicht davon ausgehen.«

»Also gut, was haben wir noch? Haben die Datenabgleiche etwas gebracht, Ole?«

Ole Tiedemann gab regelmäßig alle Informationen ihrer Mordfälle, von den Spuren bis hin zu den Tathergängen, in die ViCLAS-Datenbank ein. Das Programm suchte dann unter den eingetragenen Delikten nach Mustern, die einen Zusammenhang mit früheren Taten aufdecken könnten. »Bisher leider nicht«, erwiderte er.

Fricke erhob sich von seinem Stuhl. »Wir werden Petersen genauer unter die Lupe nehmen. Ich will jedes kleinste Detail seiner Biographie. Ole, du übernimmst das. Ich selbst werde ein weiteres Gespräch mit Clarissa Petersen führen, sie kam mir doch beim letzten Mal etwas angespannt vor. Frederick, Malin, wir brauchen den Namen von Viktor Leonbergers Geliebten. Und zwar sofort. Ihr anderen geht noch mal alles durch, was wir bisher haben. Vielleicht haben wir etwas übersehen.« Er schaute auf seine Armbanduhr. »Wir haben nicht mehr viel Zeit. Wenn der Mörder sich an seinen Countdown hält, ist bereits mehr als die Hälfte der Zeit vergangen. Wenn es uns nicht gelingt, ihn zu stoppen, kennen wir innerhalb der nächsten vierundzwanzig Stunden den Namen des nächsten Opfers.«

27

Dicke Regentropfen prasselten ihr ins Gesicht, als sie das Verlagsgebäude an der Willy-Brandt-Straße verließ.

Schnell wich Charlotte Leonberger einige Schritte zurück ins Portal und kramte in ihrer pinkfarbenen Handtasche nach dem farblich passenden Taschenregenschirm.

Sie wusste, dass sie unvernünftig war, trotzdem konnte sie nicht länger tatenlos zusehen. Der Gesprächstermin mit ihrem Verleger war ihr daher gerade zur rechten Zeit gekommen. Petersen hatte ihr bei der Gelegenheit Bernd Meincke, ihren neuen Lektor, vorgestellt, der Hannah Süßkind bis aufs Weiteres vertreten würde. Meincke war ein großer, hagerer Mann mit kaltem Blick und Charlotte ertappte sich bei dem Gedanken, dass sein Äußeres ihren Vorstellungen eines Serienmörders verdächtig nahe kam.

Petersen hatte an diesem Morgen ungewohnt abwesend und unkonzentriert gewirkt. *Vielleicht sind aber auch nur die heutigen Schlagzeilen schuld*, dachte sie.

Sie entnahm ihrer Handtasche noch Handy und Geldbörse, verstaute beides unauffällig im Mantel, und ließ die Tasche dann neben dem Hauseingang auf den Boden sinken. Charlotte spannte den Schirm auf und ging zu ihrem Wagen, den sie ein Stück weiter in einer Haltebucht geparkt hatte. Ein zivil gekleideter Beamte folgte ihr. Sie wusste, dass die Überwachung nur ihrem Schutz diente, trotzdem fühlte sie sich wie eingesperrt.

Am Wagen angekommen drehte sie sich um. »Ach, so ein Mist«, sagte sie mit bestürztem Gesichtsausdruck.

Der Beamte mit dem jungenhaften Gesicht wirkte besorgt. »Stimmt etwas nicht, Frau Leonberger?«

»Ich habe meine Tasche stehenlassen.« Mit geübtem Augenaufschlag sah sie ihn bittend an.

»Setzen Sie sich schon mal in den Wagen, ich hole Ihnen die Tasche.« Der Beamte sprintete davon.

Charlotte sprang in ihr Auto, ließ den Motor an und fuhr

mit quietschenden Reifen aus der Parkbucht. Im Rückspiegel sah sie den Beamten mit beiden Armen winkend am Straßenrand stehen. Hinter ihm trat eine groß gewachsene Gestalt aus dem Verlagsgebäude. Unwillkürlich fragte sie sich, was Robert Petersen wohl vorhatte.

Ein hupender Siebeneinhalbtonner riss sie aus ihren Überlegungen und sie konzentrierte sich auf den Verkehr. Automatisch schlug sie den Weg zur Elbe ein, ohne den dunklen Wagen zu bemerken, der direkt hinter ihr die Parkbucht verlassen hatte.

Kurze Zeit später saß sie in einem Café am Elbufer und betrachtete die großen Frachter. Ab und zu nippte sie an ihrem Tee. Die Einrichtung war plüschig und von der Decke baumelten verstaubte Lüster. Das erklärte vermutlich auch, warum es trotz des Schmuddelwetters so schlecht besucht war. Der einzige weitere Gast war kurz nach ihr eingetroffen und schien ganz in seine Zeitung vertieft zu sein, zumindest gönnte er ihr keinen einzigen Blick.

Ihre Gedanken schweiften zu ihrem Vater. Seit sie denken konnte, hatte ihn stets eine besondere Melancholie umgeben. Zudem hatte sie sich oft gefragt, warum er nie wieder geheiratet hatte. Hatte es etwas mit der Geliebten zu tun? Was war das für eine Frau, für die ihr Vater seine Ehe aufs Spiel gesetzt hatte?

Die Kommissarin hatte recht, es gab zu viele Hinweise, die nach Island deuteten. Das konnte kein Zufall sein. Aber welche Rolle spielten Hannah Süßkind und ihre Drohbriefe?

Charlotte war entsetzt gewesen, als sie erfahren hatte, dass einige der hässlichsten Exemplare aus der Feder ihrer Lektorin stammten. Bis vor Kurzem hätte sie allerdings auch niemals gedacht, dass sie Hannah Süßkind einmal des Mordes verdächtigen würde. Warum hasste diese Frau sie so?

Sie entschloss sich, der Frage auf den Grund zu gehen, und gab dem Kellner ein Zeichen. Als sie die Rechnung beglichen hatte, griff sie nach ihrem Mantel und verließ eilig das Café.

Dreißig Minuten später stand sie im Laubengang vor Hannah Süßkinds Haustür.

Als die Tür nach dem zweiten Klingeln einen Spalt geöffnet wurde, erschrak Charlotte. Das ohnehin schon schmale Gesicht der Lektorin war blass und ausgezehrt. Das Fehlen der Brille veränderte Hannahs Erscheinung zudem radikal. »Was willst du?«, fragte sie unfreundlich.

»Ich möchte mit dir reden«, erwiderte Charlotte bestimmt.

»Was sollten wir noch zu bereden haben?« Hannah machte Anstalten, die Tür wieder zu schließen. Blitzschnell stellte Charlotte ihren Fuß dazwischen und biss die Zähne zusammen, als die schwere Haustür dagegenschlug.

»Hannah, wer ist denn da?« Eine brüchige Stimme drang aus dem Inneren der Wohnung.

»Niemand, Vater. Leg dich ruhig wieder hin«, rief die Lektorin zurück.

»Also, was ist jetzt, lässt du mich rein?«, drängte Charlotte.

Hannah runzelte die Stirn, öffnete jedoch dann die Tür ein wenig weiter. »Meine Räume sind am Ende des Ganges, aber erwarte nicht zu viel.« Sie wies der Autorin mit der Hand den Weg.

»Du kannst dich setzen, wenn du willst.« Hannah war ihr gefolgt und nahm einen Stapel Zeitschriften von dem einzigen Stuhl im Zimmer. Sie selbst setzte sich in den Lehnsessel vor dem Fenster. »Du bist ja ganz schön mutig, einfach so hierher zu kommen.« Hannah klang aggressiv. »Hast du denn gar keine Angst? Schließlich hat mich die Polizei im Visier.«

»Ich habe nur eine Frage«, entgegnete Charlotte ruhig. »Warum?«

»Warum ich die drei Morde begangen habe? Ich verrate es dir. Ich war es nicht.«

»Das meine ich nicht. Warum hast du mir diese abscheulichen Briefe geschrieben? Was habe ich dir getan, dass du mich so hasst?« Charlotte bemühte sich, ihre zitternde Stimme unter Kontrolle zu halten.

Hannah erhob sich von ihrem Sessel und ging zu einem der Bücherregale. Dann wandte sie sich Charlotte zu. »Du weißt es wirklich nicht?« Ihre Augen funkelten vor Wut. »Ich hätte nie gedacht, dass du so naiv bist. Vermutlich hast du sogar gedacht, wir wären Freunde.« Hannah lachte. Es war ein kaltes, emotionsloses Lachen.

Charlotte wurde blass.

»Die hier«, Hannah strich über einige Bücher im Regal, »die hätten meine sein sollen. Mein Name hätte darauf stehen müssen. Nicht deiner. Oder glaubst du etwa, dass du ohne mich jemals so viel Erfolg gehabt hättest? Oh ja, du denkst bestimmt, die kleine graue Maus kann nur lektorieren. Aber weit gefehlt, meine Liebe. Ich habe Germanistik und Philosophie studiert, alles was man braucht, um eine gute Schriftstellerin zu werden. Mir wurde nur nicht alles in die Wiege gelegt, so wie dir. Ich musste mir immer alles hart erkämpfen. Und was hat es mir gebracht? Frauen wie du sind es, die den ganzen Erfolg für sich einstreichen, und den wirklich Guten den Platz wegnehmen.« Ihre Stimme bebte vor Wut.

Charlotte betrachte die Frau, die keinen Meter von ihr entfernt stand. »Du irrst dich, Hannah. Alles, was du über mein Leben zu wissen glaubst, ist so nicht existent. Bis vor Kurzem war mir das noch nicht einmal selber klar. Ich will dich jetzt nicht mit den Details meines Familiendramas langweilen, aber eines kann ich dir hier und jetzt versichern: Ich habe für meinen Erfolg hart gearbeitet. Nichts ist mir in den Schoß gefallen. Vielleicht bin ich im Gegensatz zu dir in einem großen Haus aufgewachsen, aber willst du mich deshalb für dein verkorkstes Leben verantwortlich machen? Du hast mir sehr geholfen, Hannah, gerade in der Anfangszeit. Vielleicht hätte ich dir das einfach mal sagen sollen. Trotzdem, wenn du mein erstes Manuskript nicht genommen hättest, wäre es ein anderer Verlag gewesen.« Charlotte hielt einen Augenblick inne. »Und wenn wir schon mal dabei sind … Was habe ich denn im Leben? Meine Eltern sind seit Langem tot, einen Mann und Kinder habe ich nicht. Ach ja, fast hätte ich es vergessen, da gibt es ja noch einen Irren, der um mich herumschleicht und die wenigen Menschen, die mir nahe stehen, nacheinander umbringt. Und trotzdem ist es mir nicht einmal, hör genau hin, es ist mir nicht ein einziges Mal in den Sinn gekommen, jemand anderen für mein Leben verantwortlich zu machen!« Charlotte hatte sich jetzt ebenfalls erhoben.

Hannah Süßkinds Augen funkelten. »Du tust ja glatt so, als könntest du nichts dafür, dass du alleine bist. Du hättest nur mal die Augen aufmachen müssen. Aber dazu bist du in deiner Überheblichkeit ja gar nicht in der Lage. Die Männer liegen dir zu Füßen und du behandelst sie wie den letzten Dreck. Du mit deinen langen roten Haaren und den langen Beinen, du Hexe!« Hannah Süßkind hatte jegliche Selbstbeherrschung verloren.

Charlotte wich ein paar Schritte zurück und stieß dabei versehentlich gegen eine kleine Tonfigur, die zu Boden fiel und in mehrere Stücke zerbrach. Mit aufgerissenen Augen starrte sie die Lektorin an. »Du bist ja total verrückt. Worum geht es hier überhaupt?«

Hannah schluchzte und setzte sich wieder in ihren Sessel. Jede Kraft schien aus ihr zu schwinden. »Du hast ihn mir weggenommen«, wimmerte sie.

»Wen meinst du? Wovon um Himmels willen redest du?« Sie folgte Hannahs Blick zu einem gerahmten Foto auf der Fensterbank. Charlotte schnappte vor Überraschung nach Luft, als sie das vertraute Gesicht erkannte. »Mein Gott, du redest von Simon.«

Obwohl Hannah immer noch wimmernd in ihrem Lehnsessel hockte und einen alles andere als bedrohlichen Eindruck machte, wich Charlotte weiter zur Tür zurück. »Hannah, ich werde jetzt gehen. Du musst dir helfen lassen. Professionell, meine ich. Aber lass mich noch eines sagen: Zwischen Simon und mir ist niemals etwas gewesen. Er war mein Agent und mein Freund. Nicht mehr, aber auch nicht weniger.« Dann verließ sie den Raum und zog leise die Tür hinter sich zu.

Mit eiligen Schritten verließ sie die Wohnanlage. Zitternd lehnte sie sich an ihr Auto und sog dankbar die kühle Luft ein. Langsam gelang es ihr, sich wieder zu beruhigen.

Es hatte aufgehört zu regnen. Spontan entschloss Charlotte sich zu einem Spaziergang am naheliegenden Osterbekkanal.

In weniger als zehn Minuten hatte sie den Kanal erreicht. Sie ging die paar Schritte bis zum Ufer und ließ sich dort in die Hocke sinken. Nachdenklich warf sie Steine ins Wasser und schaute zu, wie sie die glänzende Oberfläche durchbrachen. Sie fühlte sich schuldig, dass sie Hannahs Gefühle für Simon nie bemerkt hatte. *Trotzdem, das gibt ihr noch lange nicht das Recht, mir solche abscheulichen Briefe zu schreiben,* dachte Charlotte und pfefferte den nächsten Stein ins Wasser. Und was war mit Simon? Hatte er ihr wirklich zu Füßen gelegen? Aber hätte sie das nicht bemerken müssen?

Aus den Augenwinkeln nahm Charlotte eine Gestalt wahr. Sie blickte sich um. Etwa fünfzig Meter entfernt kam ein Mann auf sie zu. Er war dunkel gekleidet und irgendetwas an seiner Silhouette kam ihr vage bekannt vor. Charlotte spürte, wie ihr Regentropfen übers Gesicht liefen. Sie fröstelte. Dann sah sie, wie der Mann den Grünstreifen am Uferrand betrat.

Er verfolgte sie.

Ihre Gedanken rasten. Sie musste hier weg. Sie stand auf, begann zu laufen und gleichzeitig nach ihrem Handy zu suchen. Wie hatte sie nur so leichtsinnig sein können? Sämtliche Warnungen der Polizei schossen ihr gleichzeitig in den Kopf. Außer ihr und ihrem Verfolger war kein Mensch zu sehen. Sie wagte nicht sich umzudrehen und war bereits völlig außer Atem.

Endlich hielt sie ihr Handy zwischen den Fingern und es gelang ihr, eine Kurzwahltaste zu betätigen. Sie strauchelte. Bevor sie Verbindung mit dem Anschluss bekam, rutschte ihr das Handy aus der Hand und landete im Gras.

Sie zögerte nur eine Sekunde. Dann bückte sie sich, um nach dem Handy zu greifen, und hörte plötzlich hinter sich ein Geräusch.

Sie schaute hoch und ihr stockte der Atem.

Malin blieb keuchend stehen. Schweiß, gemischt mit Regentropfen, strömte ihr über die Stirn. Sie griff nach ihrer Trinkflasche, um ihren Durst zu löschen. Ein Blick auf ihre Sportuhr bestätigte, dass sie ihrer persönlichen Bestzeit um einige Minuten hinterherlief. Sie befestigte die Flasche wieder an ihrem Hüftgurt und machte ein paar Dehnübungen.

Nachdem Malin bei der morgendlichen Teambesprechung mehrfach die Augen zugefallen waren, hatte Fricke sie zu einer Zwangspause verdonnert. Sie war nach Hause gefahren, hatte sich ins Bett gelegt und – konnte nicht einschlafen. Ihr Biorhythmus war völlig durcheinander. Also hatte sie beschlossen, etwas für ihre Fitness zu tun, und im nahe gelegenen Stadtpark ihre Runden gezogen.

Sie setzte sich für einen Moment auf die Treppenstufe vor ihrer Haustür. Ihr graute davor, ins Präsidium zurückzukehren. Im Büro herrschte geradezu eine gespenstische Ruhe.

»Die Ruhe vor dem Sturm«, flüsterte Malin und erhob sich. Sie konnte es nicht länger hinauszögern. Sie würde kurz duschen und dann wieder zur Arbeit gehen.

Sie hatte gerade den Flur betreten, als ihr Telefon klingelte.

»Malin? Ich weiß, Fricke hat dir eigentlich bis Mittag freigegeben, aber wir brauchen dich.«

»Ist was passiert?«, fragte sie alarmiert.

»Hoffen wir das Beste. Bartels hat gerade mit dem Hotel von Jens Stahlkamp in Singapur gesprochen, um sich die Flugdaten bestätigen zu lassen. Stahlkamp hat bereits vor zwei Tagen ausgecheckt. Laut Hotelrezeption hat er seinen Flug auf Dienstagabend vorverlegt.«

»Aber das muss doch nicht gleich heißen, dass etwas passiert ist«, wiegelte Malin ab, obwohl sie unruhig wurde.

»Er wird nicht überwacht, Malin. Und auf seinem Handy und in seiner Wohnung meldet sich niemand. Das ist nicht gut, gar nicht gut.« Tiedemann klang zutiefst besorgt.

»War er denn überhaupt in der Maschine? Was sagt denn die Airline?«

»Bartels ist am Flughafen und überprüft das. Stahlkamp hat aber definitiv eingecheckt und auch sein Gepäck wurde abgeholt. Von da an verliert sich dann jegliche Spur. Bartels bleibt vor Ort und hält uns auf dem Laufenden. Fricke bittet dich, ihn bei Stahlkamps Wohnung zu treffen.«

»Warum hat er mich nicht selbst angerufen?«, fragte Malin.

»Es gibt da noch ein anderes Problem, er wird es dir später selbst erklären.«

Malin runzelte die Stirn. Na klasse, dachte sie und betrachte ihre schweißgetränkte Kleidung. »Ich brauch nur kurz was zu schreiben.« Sie zog Stift und Papier aus der Flurkommode. »Gut. Schieß los.«

Ole Tiedemann nannte ihr die Adresse.

»Kommen Sie, ich helfe Ihnen.« Die Stimme klang rau.

Charlotte starrte angsterfüllt auf die behandschuhte Hand, die ihr entgegengestreckt wurde.

»Nun kommen Sie schon, ich beiße nicht.« Der Mann deutete ein kleines Lächeln an, das sein düsteres Aussehen gleich um einiges aufhellte.

Ohne auf die ausgestreckte Hand zu achten, stand Charlotte auf und klopfte sich den Dreck von den Hosenbeinen. Einige Sekunden fixierte sie ihren Verfolger. Dann straffte sie die Schultern und trat ihm mutig entgegen. »Was wollen Sie von mir? Verfolgen Sie mich etwa?«, fragte sie aggressiv.

In dem Augenblick hörte sie, wie jemand weit entfernt immer wieder ihren Namen rief. Ihr Blick fiel auf ihr Handy, das immer noch im Gras lag.

»Darf ich?« Ohne eine Antwort abzuwarten, griff der Unbekannte danach und schaute kurz aufs Display. »Alles in Ordnung, Herr Fricke. Ich habe sie.« Er hörte einen Augenblick zu. »In Ordnung, mache ich.«

Bevor er weitersprechen konnte, riss ihm Charlotte Leonberger das Handy aus der Hand. »Hauptkommissar Fricke?«, zischte sie verärgert.

»Höchstpersönlich«, tönte ihr Frickes Stimme entgegen.

Charlotte holte tief Luft. Ihre Stimme bebte vor Wut. »Wie können Sie es wagen?«

»Wie kann ich was wagen? Ihnen einen zweiten Aufpasser

hinterherzuschicken? Auch ich lerne dazu, Frau Krimiautorin. Im Übrigen wird das Ganze für Sie ein Nachspiel haben. Ich sorge persönlich dafür, dass die Stadt Hamburg Ihnen eine gepfefferte Rechnung für den Einsatz der Beamten schickt.«

Charlotte schwieg.

»Was ist? War der Kollege etwa nicht freundlich? Oder haben Sie es vielleicht endlich mal mit der Angst bekommen?«

»Natürlich nicht«, erwiderte sie.

»Tut mir leid, aber ich muss unsere nette Plauderei leider beenden. Ich werde dringend gebraucht, um ein paar Mordfälle zu lösen. Der Beamte bringt Sie jetzt zu Ihrem Auto, da wartet dann schon der Kollege Andresen auf Sie.«

Fricke hatte aufgelegt.

Der Beamte zog einen pinkfarbenen Taschenschirm hervor und reichte ihn Charlotte. »Den haben sie im Café liegenlassen.« Er zwinkerte ihr zu.

Magdalenenstraße, las Malin, bevor sie den Zettel wieder auf den Beifahrersitz beförderte. Der Straßenname sagte ihr etwas.

Die Autos standen Stoßstange an Stoßstange. Das Navigationssystem hatte sie zielstrebig in den zähfließenden Verkehr geführt. Malin klopfte auf das Lenkrad des Dienstwagens. Eigentlich hätte sie schon längst wieder in ihrem Mini sitzen sollen, doch sie hatte es immer noch nicht geschafft, den Serviceberater der Werkstatt zurückzurufen.

Während sie das ausländische Kennzeichen des Vorderwagens betrachtete, fiel es ihr wieder ein: Die Magdalenenstraße verlief parallel zum Harvesterhuder Weg, wenige Schritte von der Alster entfernt. Und dem Alsterpark.

Sie griff nach ihrer Tasche und wühlte mit einer Hand nach ihrem Handy. Nichts. Sie musste es irgendwo liegengelassen haben.

Hinter ihr begannen die Autos zu hupen. Schon wieder schaffte es nur ein Fahrzeug über die Kreuzung, dann schaltete die Ampel erneut auf Rot. Kurz entschlossen griff sie nach dem Blaulicht hinter ihrem Sitz, schaltete es an uns setzte es routiniert aufs Wagendach. Die Autos vor ihr schoben sich beiseite und bildeten eine Gasse. Sie bog in den Harvestehuder Weg ein und warf im Vorbeifahren einen Blick auf das Anwesen ihrer Mutter, bis sich der Verkehr in Höhe der Sophienterrasse wieder staute. Es war eine zähe Angelegenheit und Malin kam es vor, als dauerte es Stunden, bis die Fahrzeuge vor ihr den Weg für sie frei machten. Kurz vor der Abzweigung in den Fährdamm, einer Zufahrtsstraße zum Alsteranleger, kam der Verkehr vollkommen zum Erliegen. Auf beiden Straßenseiten standen die Autos dicht an dicht. Manche Fahrer hupten. Es herrschte das totale Chaos.

Wie bei einem Großeinsatz, dachte Malin unbehaglich. Der Lkw vor ihr schob sich im Zeitlupentempo weiter. Dann erkannte sie die Ursache für den Verkehrstumult. Zwei Streifenwagen mit blinkendem Blaulicht hatten die Durchfahrt zum Fährdamm blockiert. Hinter der Absperrung konnte Malin weitere Polizeiwagen erkennen. Ihr Unbehagen verstärkte sich.

Sie fuhr langsam durch die schmale Gasse von Fahrzeugen, zeigte dem Uniformierten an der Absperrung ihren Dienstausweis und durfte passieren. Malin stellte ihren Wagen wenige Meter weiter in einer der Parkbuchten ab und folgte mit klopfendem Herzen dem Weg. Vor einem Laubbaum mit astronomischen Ausmaßen, einer Kaukasischen Flügelnuss, parkte ein Krankenwagen. Schon von Weitem konnte sie sehen, dass sich in der Nähe des Ufers eine Menschenansammlung gebildet hatte und Richtung Alster schaute.

Malin schob sich an den Schaulustigen vorbei und starrte zum Fähranleger.

Sie hatten Jens Stahlkamp gefunden.

28

Auf den ersten Blick sah es aus, als würde er schlafen.

Malin stand auf dem Anleger und betrachtete den regungslosen Körper. Der Tote saß auf der Bank des Wartehäuschens und lehnte mit dem Rücken an der Glaswand. Wie zum Spott hing direkt neben ihm ein Rettungsring. Der Kopf mit dem hellblonden Haarschopf war auf die Brust gesunken, das sonnengebräunte Gesicht wirkte merkwürdig aufgedunsen. Die Augen waren starr auf den Boden gerichtet, während das Team der Spurensicherung jeden Quadratzentimeter der Anlegestelle unter die Lupe nahm.

Sie entdeckte Hauptkommissar Fricke, der am gegenüberliegenden Rand des Anlegers mit einem uniformierten Polizisten sprach. Der Beamte nickte Malin fast unmerklich zu und verließ dann mit wichtiger Miene die Anlegestelle. Fricke trat zu Malin.

»Die sollen alles weiträumig absperren. Vermutlich haben die Aasgeier«, er deutete mit dem Kopf in Richtung der Schaulustigen, »bereits sämtliche Spuren vernichtet. Sofern es welche gab.« Aufmerksam betrachtete er seine Mitarbeiterin. »Sie sind schnell hier, Brodersen, ich habe Ihnen doch eben erst eine Nachricht auf der Mailbox hinterlassen.«

»Sie sind doch auch schon da«, stellte Malin fest. »Stahlkamp?« Sie betrachtete den Jogginganzug, den der Tote trug.

Fricke nickte. »Wir haben es vermasselt, Brodersen«, brummte er und drehte sich zum Geländer um.

»Unsere Beamten konnten nicht überall sein«, erwiderte Malin und stellte sich neben ihren Vorgesetzten. Sie sahen eine Weile zum *Cliff*, einem angesagten Lokal am Alsterufer. Es lag nur wenige Meter vom Fährdammanleger entfernt und bot Sitzplätze direkt auf dem Steg. »Gibt es Zeugen?«, fragte Malin.

»Wir haben die Aussage einer Kellnerin vom *Cliff*. Als sie gegen neun zur Arbeit gekommen ist, saß der Tote bereits am Anleger. Natürlich wusste sie nicht, dass er tot war. Sie dachte, er wartet auf den nächsten Alsterdampfer. Als er dann drei Stunden später immer noch da saß, hat sie angefangen, sich zu wundern. Der Anleger wird nur innerhalb der Saison angefahren. Und die ist seit Sonntag vorbei. Momentan gibt es nur noch Kanal- und Fleetfahrten und die legen hier nicht an. Sie ist hingegangen und hat den Toten angesprochen. Als sie gesehen hat, was los ist, hat sie die Polizei angerufen.« Fricke musterte Malins Sportoutfit. »Haben Sie auch einen Hometrainer?«, fragte er verblüfft.

»Nein, Chef, ich bevorzuge richtigen Sport. Ich bin gerade vom Joggen gekommen, als Tiedemann angerufen hat.«

»Ihr müsst jetzt hier mal ein wenig beiseite gehen, ihr verunreinigt mir noch den ganzen Tatort.« Frank Glaser war in seinem Schutzanzug neben sie getreten und sah sie vorwurfsvoll an.

»Ist ja schon gut, Frank«, beruhigte Fricke den Kollegen. »Kannst du schon was sagen?«

Glaser warf ihm einen missbilligenden Blick zu. »Mensch, Hans, jedes Mal das Gleiche. Jetzt gedulde dich kurz. Wir müssen ohnehin noch auf die Rechtsmedizin warten. Ach, wenn man vom Teufel spricht ...«

Dr. Steinhofer kam mit energischen Schritten zum Anleger und Fricke fuhr sich automatisch über seine zerzausten Haare. Die Rechtsmedizinerin nickte ihnen kurz zu, wechselte ein paar Worte mit Glaser und begann mit ihrer Arbeit.

Fricke beobachte sie kurz und wandte sich dann wieder Malin zu. »Der Täter ist ein extremes Risiko eingegangen. Er musste doch damit rechnen, dass ihn jemand sieht.«

Malin sah zum Toten. »Stahlkamp trägt einen Jogginganzug. So ein Flug von Singapur nach Hamburg dauert um die zwanzig Stunden. Ich glaube kaum, dass er da gestern noch Lust auf Joggen hatte. Wo hat der Mörder ihn also abgefangen? Hier an der Alster oder an der Wohnung? Und das Wichtigste, woher wusste der Mörder, dass Stahlkamp wieder da war? Wenn ich Ole richtig verstanden habe, handelte es sich um einen spontanen Entschluss. Wie konnte der Mörder also rechtzeitig anrufen und sein Zeitfenster einhalten?«

»Sie müssen miteinander gesprochen haben«, entgegnete Fricke. Er klang aufgeregt. »Und das bedeutet, Stahlkamp kannte seinen Mörder. Wir brauchen sein Adressbuch und sein Handy. Und die letzten Telefonverbindungen von seinem Hotelzimmer. Ich setze gleich jemanden darauf an. Sie, Brodersen, kümmern sich um die Zeugin, vielleicht ist ihr zwischenzeitlich noch etwas eingefallen.«

»In Ordnung, Chef. Sagen Sie, wo stecken eigentlich die anderen?« Malin schaute sich suchend um.

»Bartels ist auf dem Rückweg vom Flughafen, Tiedemann ist bereits mit einem Team in Stahlkamps Wohnung. Und Andresen holt gerade unser ausgeflogenes Vögelchen zurück ins Nest«, brummte Fricke.

»Er macht was?«, fragte Malin irritiert.

»Erkläre ich Ihnen später, machen Sie sich jetzt auf die Socken«, drängte ihr Vorgesetzter. »Ah, da kommt Bartels.«

Frederick Bartels eilte ihnen mit blassem Gesicht entgegen. Sein Blick streifte Malin nur kurz, dann wandte er sich sofort Fricke zu. »Hans, ich weiß nicht was ich sagen soll. Es tut mir leid.«

»Konnte ja kein Mensch ahnen, dass er eine frühere Maschine nehmen würde«, brummte Fricke. »Ist ja auch nicht so, dass er nicht gewarnt war. So ein Unglücksrabe. – Fred, du und Brodersen, ihr fangt als Erstes damit an, die Leute in dem Lokal zu befragen. Dann hört euch bei den Passanten um. Die meisten Menschen haben feste Gewohnheiten. Vielleicht hat ein Spaziergänger oder ein Jogger etwas gesehen.«

»Chef, eine Sache noch«, warf Malin ein. »Wir sollten nachsehen, ob der Täter uns wieder ein Souvenir dagelassen hat.«

Fricke nickte. »Also gut.«

Sie streiften sich Schutzkleidung über und gingen zum Wartehäuschen. Dr. Steinhofer wandte sich zu ihnen um. »Das Opfer wurde erdrosselt.« Sie wies mit ihrer behandschuhten Hand auf eine horizontale Läsion am Hals des Toten. »Wie Sie sehen können, ist die Stauung extrem stark ausgebildet. Außerdem hat der Tote Einblutungen im inneren Augenwinkel und Blutungen im Nasen und Ohrenbereich.«

»Tatwaffe?«, fragte Fricke und betrachtete eingehend das aufgedunsene Gesicht des Toten.

»Ich würde auf eine Metallschlinge tippen«, entgegnete Dr. Steinhofer und zog ihre Gummihandschuhe aus.

»Wie in der Vorlage«, brummte Fricke. »Todeszeitpunkt?«

»Noch nicht lange her. Ich würde sagen, in den frühen Morgenstunden. Für genauere Angaben muss ich ihn erst einmal auf dem Tisch haben. Ich muss jetzt los.« Die Rechtsmedizinerin wandte sich zum Gehen. »Sagen Sie Bescheid, wenn Ihre Leute fertig sind, ich lasse die Leiche dann abholen.«

»Wann kriegen wir den Bericht?«, rief Fricke ihr hinterher.

Dr. Steinhofer drehte sich um. »Darf ich den Toten erst noch obduzieren?«

Während Frickes Wortgefecht mit der Rechtsmedizinerin war Malin dicht neben die Leiche getreten. Glaser beäugte sie misstrauisch, während er mit Hilfe von Klebeband Faserspuren von der Kleidung abtrug. Malin ging in die Hocke und betrachtete den Leichnam, wobei sie es sorgfältig vermied, in Stahlkamps aufgerissene Augen zu schauen. Vorsichtig griff sie nach dem Zipper des Reißverschlusses und öffnete langsam die Jacke.

»Was zum Teufel machst du da? Nichts anrühren«, fuhr Glaser sie an.

Doch da hatte sie es schon gesehen. Eine Münze, gebunden an das obligatorische Lederband, baumelte am Hals des Toten. Sie nahm die Münze vorsichtig in die Hand und betrachtete sie von beiden Seiten, ohne auf den schimpfenden Techniker zu achten.

Auf der Rückseite der Münze war eine Gestalt abgebildet.

»Sag mal, hörst du mir überhaupt zu?«, blaffte Glaser.

»Jetzt mach dich mal locker. Die Rechtsmedizin war da, die Leiche wurde bereits fotografiert und ich trage ganz vorschriftsmäßig Schutzkleidung. Jetzt schau dir doch mal lieber an, was ich hier gefunden habe.«

»Hätte ich auch gleich gesehen«, nuschelte der Techniker.

»Haben Sie eine gefunden, Brodersen?« Fricke trat neben sie.

Malin nickte. »Sie war unter der Jacke. Eine weitere Rune. Und auf der Rückseite ist eine menschliche Gestalt abgebildet.«

Fricke bückte sich und musterte die Münze in Malins Hand. »Der Riese. Der vierte Schutzgeist von Island«, murmelte er.

Sie sahen sich stumm an.

»Jemand muss es der Familie sagen. Und der Leonberger.« Fricke schien auf einen Schlag gealtert. Die Furchen in seinem Gesicht traten deutlich hervor und seine Haut wirkte fahl. »Kümmern Sie sich um die Leonberger? Ich habe keine Lust, mich jetzt auch noch mit diesem zänkischen Weib auseinanderzusetzen.«

»Ich glaube, dafür ist es zu spät, Chef«, erwiderte Malin. Sven Andresen eilte im Laufschritt und mit grimmigem Gesicht auf den Fähranleger. Einige Schritte hinter Andresen kam Charlotte Leonberger, wurde aber von einem Streifenbeamten vor der Absperrung zurückgehalten.

»Sven, warum bringst du die her? Die macht uns doch nichts als Ärger«, fuhr Fricke den Ermittler an.

»Mensch, Hans, die Meldung kam gerade über Funk, als ich die Leonberger bereits im Auto hatte«, erwiderte Andresen genervt. Sein Blick glitt zum abgeschirmten Wartehäuschen. Die Spurensicherer hatten mittlerweile eine Art Zelt auf dem Anleger gebaut, um den Toten und die polizeiliche Untersuchung vor der Presse und den Schaulustigen zu schützen. »Stahlkamp?«, fragte er Malin. Sie nickte. »Scheiße«, kommentierte der Ermittler. Er griff in seine Jackentasche und reichte Malin ein Handy. »Hast du liegenlassen.«

Bevor sie sich bedanken konnte, gab es jenseits der Absperrung Tumult. Ein Heer von Presseleuten mit Mikrofonen und Kameras hatte sich um Charlotte Leonberger geschart.

»Verdammt, bringt die Leonberger aus der Schusslinie«, fuhr Fricke seine Beamten an.

Malin handelte als Erste und eilte zur Absperrung. »Schluss, das reicht jetzt. Ihr habt eure Fotos«, sagte sie zu den Presseleuten. Unbeeindruckt hielten die ihre Kameras nun auch auf die Kriminalbeamtin. Malin griff nach dem Arm der Autorin und zerrte sie hinter die Absperrung. Sie entfernten sich einige Schritte und blieben im Schutz des Krankenwagens stehen.

Charlotte Leonberger war weiß wie die Wand. »Wen haben Sie gefunden?«

Malin zögerte. »Es ist Jens Stahlkamp«, erwiderte sie leise.

Die Autorin lachte hysterisch auf. »Aber das kann nicht sein. Jens ist in Singapur. Er kommt erst in ein paar Tagen zurück.«

»Herr Stahlkamp ist bereits gestern Mittag zurückgekommen.«

Charlottes Gesichtsausdruck wandelte sich von Ungläubigkeit in Entsetzen. Dabei zitterte sie am ganzen Körper. »Nein, das darf nicht sein.«

»Charlotte, beruhigen Sie sich.« Malin legte ihr die Hand auf den Arm.

»Ich soll mich beruhigen? Ich habe vor zwei Tagen noch mit Jens gesprochen. Wir haben gestritten, weil er davon geredet hat, dass es auch ihn hätte treffen können. Und ich habe ihn als egoistisch beschimpft. Und jetzt? Jetzt ist er verdammt noch mal tot!« Charlottes Stimme überschlug sich.

Malin gab einem der Sanitäter, der am Heck des Krankenwagens lehnte, ein Zeichen. Er eilte sofort heran. »Am besten setzen Sie sich erst mal«, sagte er sanft und griff nach dem Arm der Autorin.

Charlotte riss sich los. »Nehmen Sie gefälligst Ihre Hände weg. Ich will mich jetzt nicht setzen. Ich will jetzt auf der Stelle wissen, was hier passiert ist.«

Unwillkürlich wich der Sanitäter ein paar Schritte zurück.

Charlotte stemmte die Arme in die Hüften und schaute Malin mit funkelnden Augen an.

»Sie haben es selbst beschrieben«, entgegnete Malin müde. Sie spürte, wie ihr langsam die Kräfte entglitten, und sie musste sich zusammenreißen, um nicht aus der Haut zu fahren.

»Ich möchte ihn sehen«, sagte Charlotte.

Malin schüttelte den Kopf. »Tut mir leid, aber das kommt zum jetzigen Zeitpunkt nicht in Frage.«

»Aber ich muss ihn sehen.«

»Es geht wirklich nicht. Genau genommen dürften Sie nicht mal hier sein. Und ich muss jetzt auch wirklich meine Arbeit machen. Sie wollen doch auch, dass das endlich alles ein Ende hat, oder?«

Charlotte Leonberger blinzelte ein paar Tränen weg und nickte.

Fricke kam auf sie zu. »Frau Leonberger.« Er nickte der Krimiautorin ernst zu.

»Hauptkommissar Fricke.« Charlotte nickte ebenfalls höflich.

»Das ist eine furchtbare Sache. Sie müssen sich bitte zu unserer Verfügung halten, es sind noch einige Fragen offen. Jetzt möchte ich aber, dass Sie den Tatort verlassen, wir können später alles Weitere besprechen. Ein Kollege wird Sie zum Präsidium fahren.« Er fuhr sich mit der Hand durchs Haar. »Ich sage unserer Polizeipsychologin Bescheid, falls Sie mit jemanden sprechen möchten.«

»Danke, das wird nicht nötig sein«, erwiderte die Autorin gedrückt.

Fricke senkte die Stimme. »Brodersen, Sie begleiten Frau Leonberger zum Streifenwagen. Und sagen Sie dem Kollegen, er soll aufpassen, dass sich sein Fahrgast nicht wieder aus dem Staub macht. Das wird mir langsam zu brenzlig.«

Verschwommene Bilder aus der Vergangenheit drängten sich in ihren Traum. Die schemenhaften Konturen wurden langsam schärfer und bekamen ein Gesicht. Alma war von Freude erfüllt, als sie ihren verstorbenen Bruder Viktor erkannte. Dann verwandelte sich sein Antlitz in ein anderes. Hasserfüllt und verzerrt. Ein Gesicht, das sie am liebsten längst vergessen hätte.

Alma Leonberger erwachte verschwitzt und sah sich irritiert um. Sie war mitten am Tag auf dem Sofa eingeschlafen. Ihr

Herz pochte schneller als gewöhnlich. Sie atmete tief ein und aus, um es wieder in den Griff zu bekommen. Ihr Herzschlag beruhigte sich. Zurück blieb das furchtbare Gefühl des Verlustes und einer längst verdrängten Schuld.

Sie zwang sich zum Aufstehen. In der Küche setzte sie wie jeden Nachmittag einen Tee auf. Mechanisch griff sie nach der stets gut bestücken Keksdose, die auf der Küchenzeile parat stand. Sie wählte ein paar der Köstlichkeiten aus und legte sie auf den Rand der Untertasse. Anschließend ging sie zurück ins Wohnzimmer. Trotz des Kaminfeuers fror sie.

Schrilles Klingeln ließ Alma zusammenfahren. Tee schwappte über den Rand und ergoss sich über ihre Hand. Sie stellte die Tasse beiseite und eilte in die Diele zum Telefon, ohne darauf zu achten, dass sich ein feuerrotes Mal auf ihrer Hand bildete. Außer Atem griff sich nach dem Hörer und meldete sich. Jemand schluchzte. Sie machte sich auf das Schlimmste gefasst. Schweigend hörte sie der tränenerstickten Stimme ihrer Nichte zu.

Nach dem Gespräch blieb Alma für einen Moment regungslos stehen. Ihre schlimmsten Vorahnungen hatten sich bestätigt. Sie stieg die knarrende Stiege zum Dachboden hinauf. Schmerz schoss in ihre Gelenke, doch sie setzte ihren Weg unbeirrt fort. Sie öffnete die Tür der alten Dachkammer und ging zu der Truhe. Alma musste einige Zeit wühlen, bis sie fand, was sie suchte. Dann hielt sie den Umschlag in den Händen, in dem sich das befand, was sie fünfunddreißig Jahre lang verdrängt hatte.

Angsterfüllt stieg sie die steile Holztreppe wieder hinab. Im Flur griff sie nach ihrem Trenchcoat und dem dazu passenden Hut. Dann verließ sie ihr Haus.

Sie würde endlich tun, was sie schon längst hätte tun sollen.

29

Malin klickte mit der Maus auf *Senden* und lehnte sich dann zurück in ihren Drehstuhl. Ohne das Telefon aus den Augen zu lassen, trommelte sie mit den Fingern auf ihre Schreibtischunterlage. Warum waren sie nicht in der Lage, diesen ganzen Irrsinn zu stoppen?

Sie erhob sich und starrte einen Augenblick unentschlossen aus dem Fenster. Der wolkenverhangene Himmel war mal wieder genau so trüb wie ihre Stimmung. Nur noch zwei Wochen, dann fing der November an, erfahrungsgemäß der tristeste Monat im Jahr. Alles würde nur noch grau und nass sein. Hamburger Schmuddelwetter.

Sie kehrte dem trostlosen Ausblick den Rücken zu und betrachtete die verwaisten Schreibtische ihrer Kollegen. Tiedemann hielt sich noch immer in Stahlkamps Wohnung auf, Bartels und Andresen befragten Anwohner und Passanten. Fricke war auf dem Weg zu Petersen, um dessen Alibi zu überprüfen, anschließend wollte er in die Rechtsmedizin. Sie selbst sollte sich um Charlotte Leonberger kümmern.

Um das Zusammentreffen etwas hinauszuzögern, hatte sie zuerst ein Foto von der bei Jens Stahlkamp gefundenen Münze an Professor Hardenberg gemailt.

Sie setzte sich wieder an ihren Schreibtisch und stapelte achtlos einige Unterlagen, ohne das Telefon dabei aus den Augen zu lassen.

»Und wenn du es noch so lange anstarrst – so klingelt es bestimmt nicht«, bemerkte Nele Richter amüsiert, als sie den Raum betrat. Die Beamtin hatte sich ihre langen Haare zu einem kurzen Bob schneiden lassen und wirkte damit noch burschikoser. Nele blieb an ihrem Schreibtisch stehen. »Du, Malin, das mit neulich – das tut mir leid.«

»Was?« Malin sah irritiert auf.

»Na, du weißt schon. Im Waschraum. Die Sache mit der Spaßbremse. Sag mal, hörst du mir überhaupt zu?«

»Ich warte auf einen Anruf.«

»Also gut, dann will ich dich nicht länger stören, ich wollte dir nur sagen, dass es mir leid tut. Und …« Malins Telefon klingelte. Nele wandte sich zum Gehen.

»Brodersen«, meldete sich Malin und fügte nach einem Blick auf ihre Kollegin hinzu: »Einen Augenblick, Professor Hardenberg.« Sie hielt eine Hand auf die Muschel. »Warte, Nele.«

Die junge Beamtin drehte sich um.

»Es war nicht deine Schuld. Ich bin einfach momentan nicht so gut drauf«, sagte Malin im versöhnlichen Tonfall.

Nele lächelte. »Schon vergessen. Vielleicht mal auf einen Kaffee?«

Malin nickte und wendete sich dann wieder ihrem Anrufer zu. »Professor Hardenberg? Dann schießen Sie mal los.« Gespannt lauschte Malin dem Experten und machte sich eine Notiz. Nachdem sie das Gespräch beendet hatte, ließ sie ihren Stift über ein leeres Blatt Papier kreisen. Dann begann sie Buchstabenkombinationen aufzuschreiben.

Kurze Zeit später schob Malin den Block beiseite, griff nach dem Telefonhörer und wählte die Nummer, die sie bereits im Schlaf auswendig konnte.

»Brodersen«, ertönte die tiefe Stimme ihres Großvaters.

»Opa, wir haben wieder einen Buchstaben.«

Beide schwiegen einen Moment, sich dessen bewusst, was damit einherging.

»Kann ich was tun?« Erich Brodersen klang besorgt.

»Du könntest die neue Buchstabenkombi durchprobieren. Vielleicht kann dir ja diese Studentin wieder helfen.«

»Nicht nötig«, erwiderte ihr Großvater.

»Was meinst du? Kannst du mir nicht helfen?«

»Ich meine nur, es wird nicht nötig sein, sie damit zu behelligen«, erwiderte Erich Brodersen und fuhr dann stolz fort: »Ich habe jetzt selbst ein Laptop.«

»Du hast was?«, fragte Malin verblüfft.

»Du hast schon richtig gehört. Ich war vorgestern am Jungfernstieg. Dort gibt es jetzt einen Apple Store. Und jetzt habe ich ein nagelneues MacBook«, verkündete er voller Stolz.

»Aber weißt du denn überhaupt, wie man damit umgeht?«

»Ich habe gleich gestern einen Einführungskurs belegt. Die bieten sogar einen für Senioren an. Erst habe ich mich ja ein wenig blöd angestellt, aber wenn man den Dreh erst einmal raushat, macht es einen riesigen Spaß. Und was es da alles gibt …! Hast du schon mal etwas von eBay gehört?«

Malin konnte sich ein Lachen nicht verkneifen. »Ja, Opa. Jetzt aber im Ernst. Der Buchstabe auf der Rune ist ein L. Sieh zu, was du finden kannst. Ich muss jetzt dringend etwas erledigen.«

Robert Petersen betrat sein Haus in der St.Benedict-Straße, eines der typischen Villenreihenhäuser mit prachtvoller Jugendstilfassade.

Robert Petersen war nervös, wie so oft in letzter Zeit. Und er hatte einen guten Grund dafür. Wie es schien, schnüffelte seine Frau ihm hinterher. Nur durch Zufall hatte er mitbekommen, dass Clarissa sich heute im Verlag aufgehalten hatte. Das für sich allein war schon ungewöhnlich genug. Clarissa hatte sich vor ein paar Jahren aus der aktiven Geschäftsführung zurückgezogen und ihm das Ruder überlassen. Seitdem hatte sie die Räume an der Willy-Brandt-Straße kaum betreten. Was Robert jedoch am allermeisten beunruhigte, war der Umstand, dass sie sich Unterlagen aus der Buchhaltung und Charlottes Verlagsvertrag hatte aushändigen lassen. Ganz offensichtlich misstraute sie ihm.

Das liegt nur an diesem Fricke, dachte Robert verärgert und hängte seinen Mantel an die Garderobe. Wer weiß, was der seiner Frau alles erzählt hatte.

Wo steckte Clarissa überhaupt? Das Wohnzimmer lag im Dunkeln und auch in der Küche brannte kein Licht. Vermutlich hatte sie nicht damit gerechnet, dass er ausnahmsweise einmal frühzeitig nach Hause kam.

Er nahm die Treppe in die erste Etage, um sich im Schlafzimmer umzuziehen. Sobald er den Flur betrat, bemerkte er den Lichtschimmer unter der Tür seines Arbeitszimmers. »Was zum …« Er stieß die Tür auf.

Clarissa saß an seinem Schreibtisch und blätterte in seinen

Unterlagen. Sie trug ein schwarzes, elegantes Seidenkleid und ihr brünetter Bubikopf war wie stets perfekt frisiert.

»Robert!« Sie klang eher überrascht als schuldbewusst.

»Was hast du an meinem Schreibtisch zu suchen, Clarissa?!« Robert brach der Schweiß aus, als er bemerkte, dass sämtliche Schubladen offenstanden.

Sie hielt ihm ein paar Unterlagen entgegen. »Kannst du mir das vielleicht erklären?«

Robert warf nur einen kurzen Blick darauf. »Das geht dich nichts an.«

»Aha.« Clarissa zog auf ihre unnachahmliche Weise eine Augenbraue in die Höhe. »Weißt du eigentlich, dass mir Kommissar Fricke einige interessante Dinge über diese Mordgeschichte erzählt hat? Oder geht die Sache mit Charlotte mich auch nichts an?«

»Ich dachte, wir vertrauen uns?« Robert stellte sich hinter seine Frau, legte ihr beide Hände auf die Schulter und küsste sie leicht aufs Haar. »Wir sind doch ein Team.«

Clarissa schob seine Hände beiseite und erhob sich. »Sind wir das wirklich?«

Dann verließ sie den Raum.

Einen Moment war Robert versucht, ihr zu folgen, doch so wie es in ihm brodelte, musste er in erster Linie eines tun – Ruhe bewahren. Ein unbedachter Schritt und sein ganzer Plan würde wie ein Kartenhaus in sich zusammenfallen.

Die Kantine des Polizeipräsidiums lag im Erdgeschoss. Charlotte Leonberger saß an einem der Fenstertische und schaute Malin aus rotgeweinten Augen entgegen.

»Entschuldigen Sie bitte meine Verspätung.« Malin stellte zwei Kaffeebecher auf den Tisch.

»Ich habe ehrlich gesagt gar nicht gemerkt, wie spät es schon ist. Es ist heute so viel passiert«, erwiderte Charlotte nach einem Blick auf ihre Armbanduhr. Sie nippte am Kaffee. »Der ist scheußlich.«

Malin schmunzelte. »Stimmt. Aber er muss so schmecken, um wach zu halten.«

»Wissen Sie, ich glaube, Hannah hatte recht«, sagte Charlotte leise.

»Sie sprechen von Hannah Süßkind?«

Charlotte nickte. »Hannah hat mir gesagt, dass ich die Männer mit Füßen trete, dass ich gar nicht merke, wenn sie mich verehren. Dafür sei ich zu überheblich.«

»Sie waren bei Hannah Süßkind?«, entgegnete Malin überrascht.

»Ja, heute Vormittag. Bevor das alles passiert ist.«

»Demnach glauben Sie nicht mehr, dass sie die Mörderin ist«, stellte Malin fest.

Die Krimiautorin schüttelte Kopf. »Nein. Trotzdem – ich hatte in letzter Zeit oft so ein komisches Gefühl, wenn ich mit Hannah zusammen war. Es war die Art, wie sie mich angesehen hat. Ich habe gespürt, dass sie mich hasst. Aber erst seit heute weiß ich warum.«

»Simon Thompson?«

Charlotte wirkte überrascht. »Sie wissen davon? Nun, ist ja auch egal. Ja, wegen Simon. Und wegen all dem anderen. Hannah gibt mir die Schuld an allem, was in ihrem Leben schiefgegangen ist.«

Malin sah, wie die Unterlippe der Autorin zitterte und ihr Tränen in die Augen stiegen. »Lassen Sie sich nicht kleinkriegen, Charlotte.« Sie griff nach der Hand der Krimiautorin und drückte sie fest.

»Wie kommen Sie damit zurecht?«

»Wer sagt, dass ich damit zurechtkomme?«, erwiderte Malin und zog ihre Hand zurück.

Die Autorin schaute sie lange an, bevor sie wieder zu sprechen begann. »Ich habe ihm den Laufpass gegeben. Jens, meine ich. Und wissen Sie, warum?«

Malin schüttelte den Kopf.

»Weil ich gespürt habe, dass er beginnt, mich zu lieben. Und weil ich gespürt habe, dass es mir ähnlich geht. Ich habe bisher nur zwei Männer geliebt. Christian und meinen Vater. Der eine hat mich verlassen, der andere hat mich mein ganzes Leben lang belogen.« Eine einzelne Träne rann ihr übers Gesicht. »Können Sie verstehen, dass ich da lieber die Flucht angetreten habe?«

Malin spürte einen dicken Kloß im Hals, als sie nickte.

Charlotte zog ein Taschentuch aus ihrer Handtasche und wischte sich die Tränen weg. »Ich habe furchtbare Angst.«

»Ich weiß. Aber Sie machen das ganz wunderbar«, entgegnete Malin. »Frau Leonberger – wir haben eine Münze bei Jens Stahlkamp gefunden.«

Im Hintergrund ertönte leise eine Melodie. Eine Filmmelodie – *Miss Marple*.

»Was zum Teufel ist das?«, fragte Malin und wühlte in ihrer Tasche.

»Ich würde sagen, ein Handy. *Miss Marple*. Wie passend.« Ein ironisches Lächeln umspielte Charlottes Mund.

»Aber wer hat …« Malin hatte ihr Handy gefunden und sah irritiert aufs Display. Es zeigte die Nummer von Constanze Heidenberg. Schnell drückte sie das Gespräch weg.

»Da hat sich wohl jemand einen Scherz erlaubt«, murmelte sie und dachte an Andresen, der ihr am Mittag das Handy gereicht hatte. Er musste ihr die Melodie runtergeladen haben. Gegen ihren Willen musste sie grinsen. Miss Marple …!

»Entschuldigen Sie, wo waren wir?«, fragte sie nun an die Autorin gewandt.

»Bei der Münze. Wissen Sie schon, um was für eine Rune es sich handelt? Es war doch eine Rune darauf, oder?«

»Es war ein L.«

»Dann haben wir also ein L, ein K, ein A und ein T«, überlegte Charlotte Leonberger laut.

»Wenn man es genau nimmt und sie nach dem Zeitpunkt der Morde sortiert, heißt es KATL«, erwiderte Malin.

»Aber was soll das heißen, was ist ein KATL?«

»Wir werden es herausfinden.«

»Vier Buchstaben. Vier Bände. Ist es jetzt vorbei?«, fragte Charlotte.

»Wir müssen uns darauf konzentrieren, den Mörder zu finden«, entgegnete Malin. »Bitte denken Sie an Ihr letztes

Gespräch mit Herrn Stahlkamp zurück. Hat er irgendeine Andeutung gemacht, dass er eher zurückkommen wollte?«

Charlotte Leonberger betrachtete angestrengt ihre Hände. »Wir haben sofort zu streiten begonnen. Aber ich bin mir sicher, dass er gesagt hat, dass er am Wochenende zurückkommen wollte. Er hat mich noch gebeten, ihn am Flughafen zu treffen.«

»Können Sie sich vorstellen, was ihn dazu veranlasst haben könnte, seine Pläne umzuwerfen? Was könnte nach Ihrem Telefonat passiert sein?«

Charlotte rieb sich die Schläfen. »Ich glaube, dass er meinetwegen zurückgekommen ist. Er hat noch einige Male versucht, mich zu erreichen, doch ich habe nicht abgenommen. Ich habe ihm das Gespräch verweigert, deshalb ist er tot. Ich weiß nicht, wie ich das aushalten soll.«

Malins Handy klingelte erneut. »Einen Moment, bitte.«

Es war Fricke. »Brodersen, Sie müssen kommen. Alma Leonberger sitzt bei mir im Büro. Sie will eine Aussage machen. Und sie möchte nur mit Ihnen sprechen.«

»Ich komme«, antwortete Malin mit einem Seitenblick auf Charlotte Leonberger.

»Ist was passiert?«, fragte die Autorin besorgt.

»Nein. Ich werde Sie jetzt von einem Beamten in ein Hotel bringen lassen. Bitte erwarten Sie nichts Großartiges, aber es erscheint mir sinnvoller, wenn Sie erst einmal nicht wieder in Ihr Haus zurückkehren. Sollte irgendetwas sein, können Sie mich jederzeit anrufen.« Malin zog eine Visitenkarte heraus und notierte etwas auf der Rückseite. Dann reichte sie die Karte der Krimiautorin. »Ich habe Ihnen auch meine Privatnummer aufgeschrieben. Falls Sie mich im Präsidium oder auf dem Handy nicht erreichen sollten.«

»Aber – Sie können mich doch jetzt nicht einfach hier so stehen lassen«, entgegnete Charlotte aufgebracht.

»Es tut mir leid, aber ich muss jetzt wirklich weg. Der Kollege wird gleich da sein. Wir reden morgen weiter.«

Malin eilte aus der Kantine. Sie spürte, dass sich etwas Entscheidendes ereignet hatte.

Alma Leonberger saß zusammengesunken auf dem Besucherstuhl in Frickes Büro und starrte auf den abgegriffenen Briefumschlag in ihrer Hand. Bei Malins Eintreffen hob sie kurz den Kopf und in ihren Knopfaugen blitzte es auf.

Fricke stand an seinen Hometrainer gelehnt und schaute aus dem Fenster in die Dunkelheit. Er wendete sich um. »Gut, dass Sie da sind, Brodersen.« Er ließ sich auf seinen Lederstuhl fallen. »Sie können hier mit Frau Leonberger sprechen.« Fricke wies auf den zweiten Besucherstuhl, machte allerdings keine Anstalten, die Frauen allein zu lassen.

»Ich möchte jetzt meine Aussage machen«, entgegnete Alma Leonberger und legte den Umschlag auf den Tisch.

»Gut, dann erzählen Sie mal«, forderte Malin sie freundlich auf.

Alma Leonberger zögerte noch einen Moment, dann begann sie zu sprechen. »Es ist jetzt fast fünfunddreißig Jahre her. Genau genommen war es der vierzehnte März 1977. Ich weiß es noch, als wenn es gestern gewesen wäre. Helena war ein halbes Jahr zuvor gestorben und Viktor war gerade mit Charlotte nach Hamburg zurückgekehrt. Ich bin damals sofort zu ihnen gezogen. Charlotte war durch Helenas Tod schwer traumatisiert und brauchte jemanden, der sich um sie kümmerte. Mein Bruder Viktor war dazu nicht in der Lage, zu groß war sein eigener Verlust. Der vierzehnte März war ein Montag. Viktor war an diesem Tag schon früh morgens ins Büro gefahren und ich war gerade dabei, Charlottes Lieblingsessen zu kochen, als es an der Haustür klingelte. Eine Frau stand vor der Tür, an der Hand hatte sie einen kleinen Jungen. Er muss vier oder fünf Jahre alt gewesen sein. Die Frau war jung, keine fünfundzwanzig Jahre alt, und sie war schön. Genauso schön wie damals Helena, aber auf eine ganz andere Weise. Sie fragte nach Viktor.« Alma Leonberger atmete schwer.

»Geht es Ihnen nicht gut, Frau Leonberger? Möchten Sie etwas zu trinken?« Malin wies auf die bereitstehenden Getränke.

»Ein Wasser, bitte.«

Malin füllte ein Glas mit Mineralwasser und reichte es ihr. »Erzählen Sie weiter«, forderte Malin die alte Dame auf, nachdem die ihr Glas geleert hatte. »Was war das für eine Frau?«

»Ich habe es sofort gewusst. Als ich den Jungen gesehen habe, wusste ich Bescheid. Er sah aus wie eine Miniaturausgabe von Viktor.«

»Die Geliebte. Die Frau, die wir suchen«, ergänzte Malin.

Alma Leonberger nickte. »Ich habe im Gespräch mit Charlotte nicht die Wahrheit gesagt. Der kleine Junge …« Sie brauchte einen Augenblick, um weitersprechen zu können. »Der kleine Junge war nur ein paar Jahre jünger als Charlotte und ich wollte nicht, dass sie erfährt, dass ihr Vater …« Wieder stockte sie.

»Sie wollten nicht, dass sie erfährt, dass der Betrug schon viel früher begonnen hat. Und dass ihr Vater doch nicht der Held war, für den sie ihn immer gehalten hatte«, beendete Malin den Satz.

Wieder nickte die alte Frau. »Ich schickte sie weg.«

Malin zog die Augenbrauen hoch. »Sie haben sie einfach weggeschickt? Mit Ihrem Neffen?«

Tränen liefen über Alma Leonsbergers Wangen. Malin kramte in ihrer Umhängetasche nach einem Taschentuch und reichte es ihr.

Fricke beugte sich vor. »Also, was ist mit dieser Frau? Wissen Sie ihren Namen?«, polterte er.

Malin sah ihn vorwurfsvoll an.

»Ich weiß, was Sie jetzt denken«, schniefte Alma Leonberger. »Da kommt die arme Frau mit dem Kind ganz aus Island und ich schicke sie weg. Aber was sollte ich denn tun? Ich musste doch Charlotte schützen. Mein geliebtes kleines Mädchen. Diese Frau hatte ihr schon die Mutter genommen, sollte ich zulassen, dass meine Nichte auch noch ihren Vater verliert?«

»Und die hat sich einfach so abwimmeln lassen? Nachdem sie den ganzen weiten Weg auf sich genommen hatte?«, hakte Fricke nach.

Alma Leonberger nickte. »Sie sprach Deutsch. Ich habe ihr gesagt, dass ich Bescheid wüsste und das Viktor mir aufgetragen hätte, sie wegzuschicken, falls sie jemals auftauchen sollte.«

Frickes Blick zeigte Skepsis. »Und das hat sie Ihnen einfach so geglaubt?«

»Hat sie Ihnen ihren Namen oder eine Adresse genannt?«, fragte Malin.

Alma Leonberger schüttelte energisch den Kopf. »Nein. – Sie hat mir das hier für Viktor dagelassen. Ich habe ihm den Brief aber nie gegeben.« Sie schob den Umschlag zu Malin hinüber.

Fricke beugte sich weiter über den Schreibtisch und beobachtete, wie seine Mitarbeiterin den Umschlag öffnete. Malin zog ein altes Schwarzweißbild heraus. Es zeigte eine junge Frau mit elfenhaften Gesichtszügen und taillenlangen hellblonden Haaren. Alma Leonberger hatte nicht übertrieben, dachte Malin beim Anblick des schönen Gesichtes. Auf dem Schoß der Frau saß ein kleiner Junge von vielleicht vier Jahren. Beide lachten fröhlich in die Kamera. Sie drehte die Fotografie um.

In verblasster Schrift war eine isländische Adresse auf der Rückseite notiert. Malin reichte die Fotografie an Fricke, der sie eingehend studierte.

Dann räusperte er sich. »Sie hätten eher zu uns kommen müssen, Frau Leonberger. Wenn diese Frau«, er wies auf das Foto, »in Zusammenhang mit den Morden steht, dann kann ich nur für Sie hoffen, dass Sie sich nicht eines Tages dafür verantworten müssen.«

Alma Leonberger wurde blass.

Fricke fixierte sie aus zusammengekniffenen Augen. »War das alles, oder gibt es noch irgendetwas, dass wir wissen sollten?«,

Das Gesicht von Alma Leonberger verhärtete sich. »Ich kann dem nichts mehr hinzufügen.«

Fricke erhob sich, ohne die alte Frau dabei aus den Augen zu lassen. »Kommissarin Brodersen wird Ihre Aussage noch schriftlich fixieren. Sie können sie dann morgen unterschreiben. Außerdem erwarte ich von Ihnen, dass Sie sich zu unserer Verfügung halten. Also keine spontanen Auslandsaufenthalte. Verstehen wir uns?«

Alma Leonberger nickte.

»Das hier behalte ich vorerst.« Fricke hielt das Foto in die Höhe und wendete sich dann an seine Mitarbeiterin. »Brodersen, ich werde alles Nötige veranlassen. Sobald Sie hier fertig sind, treffen wir uns im Besprechungsraum.« Er nickte ihr zu und verließ dann den Raum.

Malin wendete sich an Alma Leonberger. »Es war gut, dass Sie zu uns gekommen sind, Frau Leonberger, aber in einem Punkt muss ich meinem Chef zustimmen: Sie hätten es eher tun sollen.«

Sie verließen gemeinsam Frickes Büro und Malin wechselte ein paar Worte mit dem Beamten, der Alma Leonberger begleiten sollte.

Die alte Frau stand wie versteinert vor Frickes Bürotür.

»Dieser kleine Junge, wie der mich angestarrt hat«, flüsterte sie.

Im Konferenzzimmer der Mordkommission war die Stimmung auf dem Tiefpunkt. Alle Anwesenden waren seit Tagen im Dauereinsatz und der hell erleuchtete Raum ließ die müden Gesichter des Ermittlungsteams noch abgespannter wirken. Fünf Whiteboards dominierten mittlerweile den Frontbereich des Raumes: eines für jedes Mordopfer und ein weiteres für die Krimiautorin. Es war symbolträchtig in der Mitte platziert.

Trotz der späten Abendstunde hatte Fricke sein Team zusammengerufen, um die Tagesergebnisse zusammenzutragen. Sie waren fast am Ende ihrer Besprechung, als er ein großformatiges Foto aus seiner Mappe zog und es an die mittlere Tafel heftete. Dann umriss er für seine Mitarbeiter das Gespräch mit Alma Leonberger.

»Die isländischen Kollegen sind bereits informiert und haben uns ihre Unterstützung zugesagt. Die Überprüfung der

Adresse kann allerdings ein wenig Zeit in Anspruch nehmen. Ich glaube, dass diese Frau und dieser Junge des Rätsels Lösung sind. Wir müssen sie finden und wir werden sie auch finden.«

Im Raum breitete sich Stille aus, während die Teammitglieder über die neuen Informationen nachdachten.

»Mir scheint das alles zu absurd«, sagte Ole Tiedemann nach einer Weile und strich sich mit der Hand übers Gesicht. »Auch wenn mir die Übereinstimmung mit der Frau aus Island und den Runen schon klar ist, kann ich nicht begreifen, was diese alte Geschichte mit den Morden hier zu tun haben sollte, Hans. Wenn es wirklich so sein sollte, wie du andeutest, muss noch etwas vorgefallen sein. Etwas wirklich Bedeutungsvolles.«

»Es könnte mit dem Jungen zu tun haben«, schlug Malin vor. »Wäre interessant zu erfahren, ob Charlotte Leonberger weiß, dass sie einen Halbbruder hat.« Sie biss in das Käsebrötchen in ihrer Hand.

Es klopfte und ein uniformierter Beamte stand in der Tür. »Entschuldigen Sie die Störung. Frau Brodersen? Können Sie vielleicht mal kommen?«

Malin drehte sich überrascht um.

»Muss das jetzt sein?«, fragte Fricke ungehalten.

»Da ist ein älterer Herr, der unbedingt zu Frau Brodersen möchte.« Der Beamte errötete.

»Dann soll er entweder eine Nachricht dalassen oder mit einem Kollegen sprechen. Verdammt noch mal, wozu seid ihr denn da?«

»Tut mir wirklich leid, aber er lässt sich nicht abweisen. Er hat gesagt, es geht um Leben und Tod«, presste der Uniformierte hervor.

Einige Kollegen lachten verhalten und auch Fricke konnte sich ein Schmunzeln nicht verkneifen. »Na, wenn das so ist, Brodersen, sollten Sie sich mal lieber beeilen.« Er nickte Malin zu.

Malin schluckte den letzten Bissen ihres Käsebrötchens hinunter. Dann verließ sie mit schnellen Schritten den Raum und folgte dem Beamten zum Fahrstuhl.

Unbehagen beschlich sie bei dem Gedanken, was sie erwartete.

Erich Brodersen lehnte am Empfangstresen der Sicherheitsschleuse und redete eifrig auf den Diensthabenden ein. Er trug eine dunkelbraune Wildlederjacke über einem blauweiß gestreiften Hemd, dazu eine schlichte Baumwollhose. Unter seinem Arm klemmte eine Aktentasche. Sein Gesprächspartner hinter dem Sicherheitsglas, der mit seinem kahlgeschorenen Schädel ein wenig an Kojak erinnerte, hörte ihm aufmerksam zu. Erich Brodersen schien einen Scherz gemacht zu haben, denn der Wachdienstmitarbeiter brach in schallendes Gelächter aus. Beim Anblick der Kriminalbeamtin, die mit finsterem Gesichtsausdruck auf den Sicherheitsbereich zueilte, wurde er schlagartig wieder ernst.

Erichs sonnengebräuntes Gesicht verzog sich zu einem strahlenden Lächeln. »Malin, da bist du ja. Die konnten dich an deinem Platz nicht erreichen und so reinlassen wollten die mich nicht. Aber dann konnte ich meinen neuen Freund hier doch von der Dringlichkeit überzeugen.« Verschmitzt zwinkerte er dem Mann hinter der Scheibe zu. Malin zog ihren Großvater aus der Schleuse in die Eingangshalle zurück.

»Um Leben und Tod?«, fragte sie ungehalten.

»Bitte verzeihe mir den kleinen Scherz. Aber ehrlich gesagt, seit ich damals den Krimi von diesem durchgeknallten Privatdetektiv gelesen habe, wollte ich diesen Satz schon immer einmal sagen. Außerdem erschien er mir durchaus passend«, erwiderte Erich Brodersen vergnügt.

»Etwas weniger melodramatisch hätte auch genügt. Warum bist du hier? Um diese Uhrzeit! Und warum zum Teufel bist du die ganze Zeit am Grinsen?« Neugierig schaute sie zu der Aktentasche, aus der Erich jetzt ein Blatt Papier zog.

»Ich dachte mir, dass du das vielleicht lieber gleich hättest.« Er reichte es ihr.

Malin warf einen Blick darauf und ihre Augen weiteten sich vor Überraschung. »Wie hast du …?«

Erich Brodersen schien auf die Frage vorbereitet zu sein.

»Manchmal ist das Naheliegende das Einfachste. Ich habe einfach isländische Namen gegoogelt und als ich auf diesen gestoßen bin, habe ich mir gedacht, das kann ja nicht so ganz verkehrt sein.« Er zwinkerte Malin zu.

»Opa, das ist großartig. Ich werde mich sofort darum kümmern.« Sie gab ihm einen raschen Kuss und verabschiedete sich.

Aus den Augenwinkeln nahm sie wahr, wie Erich Brodersen ihr stolz hinterherschaute.

Malin fuhr mit dem Fahrstuhl in den dritten Stock und eilte den Gang entlang zum Büro der Mordkommission. Ihr Herz pochte vor Aufregung. Endlich hatten sie einen Ansatz. Gleich würde sie sehen, ob sich der Gedanke bewahrheiten würde, der in ihrem Kopf herumschwirrte. Sie betrat das leere Büro, setzte sich an ihren Schreibtisch und legte das Blatt Papier vor sich hin. *KATLA*.

Der Name hatte mehrere Bedeutungen, unter anderem handelte es sich um einen weit verbreiteten isländischen Frauennamen. Mit kribbeligen Fingern wählte sie die Telefonnummer der isländischen Polizei in Reykjavik. In fließendem Englisch erklärte sie ihr Anliegen.

Wenige Minuten später beendete sie das Gespräch. Sie musste sich bis zum nächsten Tag gedulden.

30

Malin erwachte um zwanzig nach sechs. Strömender Regen hatte die ganze Nacht an die Fensterscheiben ihres Schlafzimmers gepeitscht und lief in dünnen Rinnsalen am Glas hinunter.

Mit einem Stöhnen ließ sich sie sich zurück in die Kissen sinken. Sie hatte kaum ein Auge zugetan.

Sie schloss die Augen und versuchte zurück in den Schlaf zu finden. Dann schoss ihr ein Gedanke in den Kopf. Ein äußerst erschreckender Gedanke. Durch die vielen Ereignisse am Vortag hatte Malin ein entscheidendes Detail übersehen.

Der Name *Katla* bestand aus fünf Buchstaben. Und das bedeutete, dass es ein weiteres Opfer geben würde.

Malin sprang aus dem Bett und duschte im Rekordtempo. Sie band sich die Haare zum Zopf und beschloss dann nach kurzem Zögern zwei Minuten in ein leichtes Make-up zu investieren. Anschließend durchforstete sie ihren Kleiderschrank nach gebügelter oder zumindest sauberer Kleidung. Sie überlegte, wann sie zuletzt die Waschmaschine angeworfen hatte. Es fiel ihr nicht ein. Sie zog eine leicht zerknitterte Röhrenjeans und ein fast glattes Longsleeve aus dem Wirrwarr und schlüpfte hinein. Dann wühlte sie aus den Tiefen des Schrankes eine Ikeatasche heraus und warf sämtliche am Boden liegende Klamotten hinein. Sie beschloss, dass sie sich ein wenig Luxus verdient hatte und die Kleidung auf dem Weg zum Präsidium zur Reinigung bringen durfte. In dem daneben liegenden Coffee-Shop könnte sie dann gleich noch für ihr Frühstück sorgen.

Sie griff nach ihrer Geldbörse und eilte die schmale Wendeltreppe hinunter. Es war erst kurz nach sieben. Trotzdem zeigte ihr Anrufbeantworter blinkend bereits zwei eingegangene Anrufe. Sie musste das Läuten des Telefons unter der Dusche überhört haben.

Malin hörte die Nachrichten ab. Die erste war vom Service-Berater von Mini Hamburg. Schnell wählte sie die angegebene Nummer. Besetzt. Sie würde es später noch mal versuchen. Die zweite Nachricht kam von Constanze Heidenberg. Ihre Mutter war völlig außer sich und redete Unzusammenhängendes über irgendeine Tageszeitung. Malin löschte die Nachricht, ohne sie zu Ende abzuhören. Sie hatte jetzt Wichtigeres zu tun.

Es war bereits zwanzig nach acht, als Malin das Büro betrat. Sie trug ein Tablett mit Kaffeebechern in den Händen und unter den Arm hatte sie eine Brötchentüte geklemmt.

»Moin, moin«, sagte Nele Richter kauend. In der Hand hielt sie einen Apfel.

»Ebenfalls. Wo sind denn alle?« Malin beförderte die Brötchentüte und den Kaffee auf das Sideboard. »Ich habe Frühstück mitgebracht.«

Außer Nele Richter befand sich nur noch Sven Andresen im Raum. Der Ermittler war ganz in Schwarz gekleidet. Schwarze Lederhose, schwarzes Hemd und an seinem Handgelenk baumelte ein halbes Dutzend schwarzer Lederarmbänder. Seine roten Locken hatte er mit viel Pomade zurückgekämmt.

Er grinste Malin zu und ging dann an ihr vorbei ans Sideboard. »Das ist doch mal wirklich eine nette Idee. Kannst du ruhig öfter machen.« Andresen griff sich einen Kaffeebecher und spähte in die Brötchentüte. Er zog ein Katenschinkenbrötchen heraus und biss herzhaft hinein. »Fricke und Bartels nehmen gerade Petersen fest, zumindest vorläufig«, informierte er sie genüsslich kauend.

»Sie machen was?«, fragte Malin überrascht.

Andresen grinste schief und steckte sich den Rest des Brötchens in den Mund. Dann spähte er erneut in die Tüte. Diesmal entschied er sich für ein Mettwurstbrötchen. »Wärst du gestern nicht einfach spurlos verschwunden, wüsstest du das.«

»Clarissa Petersen hat die Alibis für ihren Mann widerrufen«, mischte sich jetzt Nele ein. Sie hatte ihren Apfel verspeist und griff nun auch nach einem Kaffeebecher.

Andresen wischte sich mit einer Serviette die restlichen Brötchenkrümel aus seinem Schnäuzer. »Damit wird Petersen zum Tatverdächtigen.«

»Kein Alibi heißt aber noch lange nicht, dass er vier Menschen ermordet hat. Bisher haben wir kein Motiv«, überlegte Malin laut.

»Da hat sie nun auch wieder recht«, sagte Nele und zwinkerte Malin zu. »Danke für den Kaffee. Fricke lässt übrigens ausrichten, er erwartet dich gegen elf Uhr in der Rechtsmedizin.«

»In Ordnung.« Malin ging zu ihrem Schreibtisch und ließ den Computer hochfahren. Merkwürdigerweise ließen sie die geplatzten Alibis kalt. Sie checkte ihre E-Mails. Keine Nachricht von den isländischen Kollegen. Mist.

Die ersten Töne der Miss-Marple-Filmmelodie erklangen. Schnell wühlte Malin in ihrer Umhängetasche nach ihrem Handy.

»Schicker Klingelton. Und so passend«, gluckste Andresen von hinten.

Malin beachtete ihn nicht. »Brodersen«, meldete sie sich.

»Schreiber, Mini Hamburg. Schön, Frau Brodersen, dass ich Sie endlich erreiche. Ich rufe wegen Ihres Autos an. Tut mir leid, aber da ist wohl nichts mehr zu machen.«

»Wie, da ist nichts mehr zu machen?«, fragte sie entsetzt.

»Der Motor ist völlig im Eimer.«

»Aber ich brauche den Wagen!«

»Ich muss Sie leider enttäuschen, aber für das Baujahr Ihres Minis gibt es keine neuen Motoren mehr. Wenn überhaupt, nur noch eine generalüberholte Austauschmaschine. Und selbst die kostet Sie mehr, als der Mini noch wert ist.«

»Bauen Sie eine Austauschmaschine ein.«

»Wie Sie wollen … Sie haben Glück, dass wir überhaupt eine auf Lager haben.«

»Was wird es kosten?«

Der Serviceberater nannte die Summe. Malin schluckte. »Ich wollte keinen Neuwagen«, erwiderte sie dann. Der Berater lachte, als hätte sie einen guten Witz gemacht.

»Bauen Sie ihn ein, aber heute noch«, knurrte Malin und beendete das Gespräch. Sie schob den Gedanken an die horrende Rechnung beiseite und überprüfte erneut den Posteingang ihrer Mailbox. Immer noch nichts.

Andresen fluchte laut und knallte seinen Telefonhörer auf die Gabel. »Das war Fricke. Petersen hat sich anscheinend aus dem Staub gemacht.«

»Malin, da ist ein Fax für dich gekommen«, rief Nele. »Hier, drei Seiten aus Island.«

Malin riss ihr die Seiten aus der Hand und las den in Englisch verfassten Text. Anschließend blätterte sie zu dem Foto auf der letzten Seite. Ihr Herzschlag beschleunigte sich.

Sie hatten ihre Unbekannte gefunden.

31

Später am Vormittag saß Malin mit Charlotte in deren Hotelzimmer. Die Krimiautorin rührte nachdenklich in ihrer Kaffeetasse. »Ich glaube das alles nicht, warum in aller Welt sollte Robert vier Menschen ermorden? «

»Uns ist zu Ohren gekommen, dass der Verlag in immensen finanziellen Schwierigkeiten steckt. Unsere Leute gehen der Sache gerade nach. Sagen Sie, Charlotte, hat es zwischen Ihnen und Robert Petersen in letzter Zeit irgendwelche Unstimmigkeiten gegeben?«

Charlotte runzelte die Stirn. »Eigentlich kann er es gar nicht wissen, aber ich habe mich bereits vor geraumer Zeit entschlossen, den Verlag zu wechseln. Ihm habe ich davon bisher nichts gesagt.«

Malin horchte auf. »Wusste Thompson davon?«

Charlotte nickte.

»Dann könnte er es Petersen erzählt haben. Hat sich Petersens Verhalten Ihnen gegenüber in der letzten Zeit irgendwie geändert?«

Die Krimiautorin zögerte, dann nickte sie wieder. »Ich habe das Gefühl, dass er unter starkem Druck steht. Und er ist mir gegenüber teilweise ... ich weiß nicht genau, wie ich es ausdrücken soll ... feindselig trifft es vielleicht am ehesten. Außerdem gab es in den Wochen vor Simons Tod Differenzen zwischen den beiden.«

»Wissen Sie, worum es dabei ging?«

»Nicht genau. Darum habe ich ja einen Agenten, damit er sich um alle vertraglichen Belange kümmert. Aber es hatte wohl irgendetwas mit den Filmrechten meiner Bücher zu tun. Simon hatte ein Angebot von den Amerikanern vorliegen. Es geht dabei um eine siebenstellige Summe. Warum fragen Sie nicht einfach Petersen?«

»Weil der es vorgezogen hat, sich der Justiz zu entziehen.«

»Das muss ich erst einmal verdauen«, erwiderte Charlotte und trank den letzten Schluck Kaffee aus ihrer Tasse.

»Wir haben ihn bereits zur Fahndung ausgeschrieben. Natürlich gehen wir auch anderen Spuren nach.« Malin griff in ihre Tasche und zog das Foto heraus, dass sie von Alma Leonberger erhalten hatte. Sie legte es vor Charlotte auf den Tisch. »Das ist Katla Fringsson.«

Charlotte betrachtete die beiden abgebildeten Personen.

»Katla Fringsson war Anfang der Siebziger als Schreibkraft in der deutschen Botschaft in Reykjavik beschäftigt«, fügte Malin hinzu.

Charlotte Leonberger erblasste. »Sie war die Geliebte meines Vaters.«

Malin nickte.

»Und das Kind? Sagen Sie nicht …« Entsetzt sah sie Malin an.

»Doch.«

»Dann habe ich einen Bruder.« Charlotte schlug die Hände vors Gesicht. Es dauerte einen Augenblick, bis sie sich gefasst hatte. »Katla. So heißt sie also. Wo halten sie sich jetzt auf? Sie und mein – Halbbruder.«

»Genau da liegt das Problem. Wir konnten in Zusammenarbeit mit den isländischen Behörden Katla Fringsson anhand des Vornamens und des Fotos identifizieren. Allerdings ist ihr Name das letzte Mal Anfang der Siebziger bei den Meldebehörden aufgetaucht. Sie hat die Geburt ihres Sohnes gemeldet. Seitdem ist sie wie vom Erdboden verschwunden.«

»Wie heißt er?«, fragte Charlotte leise.

Malin zögerte. »Viktor.«

»Wie mein Vater«, sagte Charlotte gepresst. Dann wurde sie nachdenklich. »Katla. Das bedeuten also die Runen auf den Münzen.«

»Fast. Bisher haben wir nur vier Buchstaben.«

Das Entsetzen stand Charlotte ins Gesicht geschrieben. »Ich habe gespürt, dass es noch nicht vorbei ist. Es wird noch ein weiteres Opfer geben.«

»Wir vermuten es.«

»Aber es gibt keinen weiteren Band«, stammelte die Krimiautorin.

»Doch, den gibt es«, erwiderte Malin.

Charlotte Leonberger lachte hysterisch auf. »Das ist doch verrückt. Wir haben es mit einem absolut Irren zu tun.«

»Charlotte, Sie müssen sich jetzt zusammenreißen. Sagen Sie mir, wer hat Zugriff auf Ihr Manuskript? Wer hat schon eine Kopie bekommen, denken Sie nach«, herrschte Malin sie an.

»Entschuldigen Sie, aber ich muss mich erst einmal sammeln«, fauchte Charlotte zurück. »Das ist alles zu viel für mich. Gestern erst der Tod von Jens, dann meine hysterische Tante, die mir eine verwirrte Geschichte darüber erzählt hat, dass sie die Geliebte meines Vaters weggeschickt hat. Dann habe ich plötzlich einen Bruder und nun erzählen Sie mir, dass es noch ein weiteres Opfer geben wird. Also warten Sie bitte. Nur eine Minute.«

Die beiden Frauen starrten sich an.

Malin erhob sich und begann auf und ab zu gehen, um sich unter Kontrolle zu halten. Natürlich verstand sie die Krimiautorin. Allein die Ereignisse der letzten vierundzwanzig Stunden hätten bei den meisten zu einem Nervenzusammenbruch geführt. Dafür hielt sich Charlotte Leonberger erstaunlich gut. Trotzdem, sie durften sich jetzt keinen Fehler leisten.

Sie ging zurück zum Tisch. »Also?«

»Mein neuer Lektor, Hannah Süßkind, und natürlich Petersen«, zählte Charlotte auf.

»Was ist mit den anderen Verlagsmitarbeitern?«

»Zu einem späteren Zeitpunkt kommt der Text in die verschiedensten Hände. Dann beginnt die eigentliche Arbeit für den Verlag. Herstellung, Grafik, Vertrieb, Werbung und noch einiges mehr. Aber zum jetzigen Zeitpunkt würde ich das ausschließen. Das Buch ist ja noch nicht einmal fertig.«

»Wer hat Zugang zu Ihrem Computer oder Ihren Unterlagen? Ihre Putzfrau, Ihre Tante?«, hakte Malin nach.

»Meine Putzfrau? Nein. Sie besitzt weder einen Schlüssel zu meinem Haus noch würde ich sie darin alleine lassen. Darüber hinaus schließe ich mein Arbeitszimmer immer ab, wenn Fremde sich im Haus aufhalten.«

»Und Ihre Tante?«

»Natürlich könnte meine Tante jederzeit an mein Laptop gehen. Vorausgesetzt, sie könnte damit umgehen. Aber warum sollte sie das überhaupt tun? Sie glauben doch nicht …« Sie beendete den Satz nicht, sondern starrte Malin mit weit aufgerissenen Augen an. »Dann können Sie genauso gut mich verdächtigen.«

»Es ist mein Job, unangenehme Fragen zu stellen«, entgegnete Malin. »Wir brauchen das Manuskript.«

Die Krimiautorin stand auf und gab eine Zahlenkombination in den Hotelsafe ein. Die Tür sprang auf und sie entnahm ihm einen USB-Stick, den sie Malin reichte. »Darauf finden Sie den bisherigen Text und das Exposé. Sie können den Stick mitnehmen. Ich habe noch eine weitere Sicherungskopie.«

Malin ließ den USB-Stick in ihre Tasche gleiten. »Ich muss Sie leider bitten, bis auf Weiteres hier im Hotel zu bleiben.«

Malin schloss gerade den Dienstwagen ab, als Hauptkommissar Fricke aus dem Gebäude der Rechtsmedizin trat und skeptisch zum bewölkten Himmel sah.

Dann bemerkte er seine Mitarbeiterin. »Man könnte meinen, dass Sie es darauf anlegen, Brodersen.«

»Sorry, Chef.« Malin lächelte ihn entschuldigend an.

Fricke musterte sie kurz. »Kommen Sie, gehen wir ein paar Schritte. Ich brauche frische Luft. In all den Jahren habe ich mich immer noch nicht an den Geruch der Toten gewöhnt. Werde ich wohl auch nicht mehr.«

Malin betrachtete ihren Vorgesetzten aus den Augenwinkeln. Hans Fricke sah heute nicht ganz so mitgenommen aus. Er war frisch rasiert und trug eine durchaus passable dunkelblaue Hose zu einem hellgrauen Rollkragenpullover. Sein sonst wirres Haar lag glatt am Kopf und Malin bemerkte einen Anflug von Eau de Toilette.

»Stimmt was nicht?«, fragte Fricke, als sie den Weg zum Klinikgelände einbogen.

»Wie meinen Sie, Chef?«

»Glauben Sie nicht, dass ich nicht bemerke, dass Sie mich schon die ganze Zeit anstarren.«

»Ich habe nur gerade gedacht, dass Sie heute sehr gut aussehen, Chef«, erwiderte Malin.

»Pah, kommen Sie mir jetzt nicht mit Schmeicheleien. Das lenkt mich auch nicht davon ab, dass Sie mal wieder zu spät dran waren«, brummte Fricke.

»Das hat seinen guten Grund. Das Zuspätkommen, meine ich.« Malin erzählte von der Recherche ihres Großvaters, dem Namen, der sich aus den Münzen ergab, und dass sie ihn der unbekannten Geliebten von Viktor Leonberger zuordnen konnten. Sie berichtete ihm von den Informationen der isländischen Kollegen und ihrer persönlichen Annahme, dass es noch ein weiteres Opfer geben würde.

Lange sagte Fricke nichts.

»Wir sind doch kein Familienunternehmen«, entgegnete er dann schroff.

»Ich hätte Ihnen das gar nicht erzählen müssen«, konterte Malin.

Fricke sah sie streng an. »Stimmt. Trotzdem, mir sind das mittlerweile eindeutig zu viele Zivilisten, die in meine Ermittlungen pfuschen. Andererseits, scheint ein pfiffiger Kerl zu sein, Ihr Großvater.«

Malin musste sich ein Grinsen verkneifen.

Fricke fixierte sie. »Aber das mit Ihrem Großvater bleibt unter uns. Es gibt schon genügend Spannungen innerhalb des Teams.«

Malin nickte. »Hat die Obduktion von Stahlkamp etwas Neues ergeben?«

»Nicht wirklich. Der Tod ist nach wie vor durch Erdrosseln eingetreten. Das toxikologische Gutachten steht allerdings noch aus. Aufgrund des Drosselverlaufs geht Dr. Steinhofer davon aus, dass Stahlkamp gesessen oder gehockt haben muss, als ihm die Schlinge um den Hals gelegt wurde.«

»Vielleicht hat er sich gerade die Schuhe zugebunden«, bemerkte Malin.

»Irgend so etwas in der Art.« Fricke schaute zum dunklen Himmel. »Lassen Sie uns zurückgehen. Das gibt gleich was.«

Sie schlugen den Rückweg ein.

»Endlich kommt die Sache ins Rollen, Brodersen. Der Mörder weiß nicht, dass wir die Identität der Frau festgestellt haben. Das müssen wir uns zunutze machen.«

Frickes Handy klingelte, als sie seinen Dienstwagen erreichten. Er wandte Malin den Rücken zu und lauschte einen Augenblick. Dann antwortete er knapp und steckte mit zufriedenem Gesichtsausdruck das Handy wieder ein. »Wir haben eine Spur von Petersen. Er hat seine Kreditkarte bei einer Tankstelle in Kiel eingesetzt«, informierte er Malin und stieg ins Auto.

»Meinen Sie, er will zu den Leonbergers?«

»Ich weiß es nicht, Brodersen. Aber auf jeden Fall ist alles Nötige veranlasst worden. «

»Dazu fällt mit gerade noch etwas ein, Chef. Die Leonberger will sich von *Alster Books* trennen. Petersen könnte davon Wind bekommen haben. Außerdem soll es zwischen Petersen und Thompson in letzter Zeit geschäftliche Differenzen gegeben haben. Dabei ging es wohl um die Filmrechte der Bücher.«

Fricke runzelte die Stirn. »Über welche Summe reden wir?«

»Siebenstellig.«

Fricke pfiff durch die Zähne. »Das ändert einiges. Sollte es stimmen, dass der Verlag kurz vor der Pleite steht, könnte aus allem ein Schuh werden. Ich werde mich gleich darum kümmern, dass die Rechtsabteilung alle Verträge und die Lizenzvergaben der Leonberger-Krimis überprüft.«

»Haben wir denn schon einen Durchsuchungsbeschluss?«

Fricke grinste. »Manchmal, Brodersen, manchmal malen auch die oberen Mühlen unter Hochdruck. Hamann hat es sich nicht nehmen lassen, sich beim zuständigen Richter höchstpersönlich dafür einzusetzen. Eine Stunde, nachdem Clarissa Petersen ihre Aussage widerrufen hat, hatten wir den Wisch auf dem Tisch.« Er startete den Motor. »Sehen Sie zu, dass Sie diese Katla Fringsson auftreiben und finden

Sie heraus, ob es eine Verbindung zwischen Petersen und Viktor Leonberger gibt.«

Er schloss die Autotür. Nieselregen setzte ein, gerade als Frickes Dienstwagen die Parklücke verließ.

Auf dem Rückweg zum Präsidium machte Malin einen Abstecher zum nahe liegenden Isemarkt, um ihren knurrenden Magen zu beruhigen.

An freien Tagen schlenderte sie üblicherweise von Stand zu Stand, doch heute war sie unter Zeitdruck und steuerte direkt ihren bevorzugten Fischstand an. Sie holte sich das obligatorische Krabbenbrötchen und ging damit zu einem der Stehtische.

Wie schon so oft in den letzten Tagen wanderten ihre Gedanken zu Frederick Bartels. Und wie so oft, versuchte sie diese zu verdrängen. Es gelang ihr nicht. Sie dachte an den gemeinsamen Abend bei ihr zu Hause zurück und an den Moment, in dem sie sich so nahe gekommen waren. Empfand sie am Ende doch mehr für ihren Kollegen, als sie bereit war zuzugeben?

»Und wenn schon«, sagte sie laut. Ein paar Leute am Nebentisch warfen ihr erstaunte Blicke zu. Malin fühlte sich ertappt.

Für so eine bescheuerte Mädchenschwärmerei war jetzt wirklich der falsche Zeitpunkt. Sie zog den USB-Stick von Charlotte Leonberger heraus und betrachtete ihn einen Augenblick, bevor sie ihn wieder zurück in die Tasche gleiten ließ. Malin schob sich den letzten Brötchenbissen in den Mund und trat eilig den Weg ins Präsidium an.

Die Atmosphäre im Büro der Mordkommission war angespannt. Fricke stand in der Mitte und ließ seinen Blick über die Köpfe schweifen. Bartels sprach am Telefon, seine Augen auf den Monitor gerichtet. Andresen, der ebenfalls telefonierte, gab Fricke ein Zeichen, dass sein Gespräch in Kürze beendet sein würde. Tiedemanns Schreibtisch war leer. Malin zog Charlotte Leonbergers USB-Stick aus dem Computer und legte das ausgedruckte Exposé parat.

Fricke wartete, bis auch Bartels sein Telefonat beendet hatte. Dann räusperte er sich und durchschnitt mit energischer Stimme die angespannte Stille. »Also gut, machen wir es kurz. Wie ihr alle wisst, haben wir seit heute einen Hauptverdächtigen. Robert Petersen. Ich möchte alles über diesen Mann wissen. Auch, ob es eine Verbindung zwischen ihm und Viktor Leonberger gegeben hat. Haben Sie schon etwas rausgefunden, Brodersen?«

Malin schüttelte den Kopf. Seit ihrer Rückkehr ins Präsidium waren gerade mal zwanzig Minuten vergangen.

»Dann kümmern Sie sich darum. Fred, du steigst mit ein. Ich gehe davon aus, dass wir Petersen bald finden werden. Und für den Augenblick will ich auf alles vorbereitet sein.«

»Wird erledigt, Hans«, erwiderte Bartels.

»Ole ist noch mit einem Team im Verlag. Wir müssen uns einen Überblick über die finanzielle Lage von *Alster Books* verschaffen. Sven, hast du schon mit Thompsons Agentur gesprochen?«

Der rothaarige Ermittler nickte und zog seine Notizen hervor. »Gerade eben. Das ist wohl eine recht komplizierte Sache. *Alster Books* verfügt ausschließlich über die Filmrechte vom ersten Band. Die wurden damals gleich im Paket mitgekauft. Seit Thompson die Verträge ausgehandelt hat, sind sämtliche Nebenrechte bei der Autorin geblieben.« Er blätterte seine Notizen durch. »Wenn ich es richtig verstanden habe, sind die Amis aber nur an dem kompletten Paket interessiert. Leith, der jetzige Agenturchef, meint zu wissen, dass Thompson Petersen mehrere Vorschläge unterbreitet hat, um die Rechte am ersten Buch zurückzubekommen. Allerdings erfolglos.«

Fricke strich sich nachdenklich übers Kinn. »Petersen könnte versucht haben, mit der Publicity durch die Morde den Preis für die Rechte in die Höhe zu treiben.«

Andresen grinste. »Genau das hat er getan. Mein Kontakt bei der Presse hat mir etwas Interessantes verraten. Allerdings wird er alles abstreiten, wenn wir auf offiziellem Weg nachfragen.«

»Mann, nun sag schon«, drängte Bartels.

»Petersen war derjenige, der die Presse mit interessanten Details gefüttert hat. Unter anderem die Sache mit den Münzen und den Runen. Ich frage mich, woher er davon wusste.«

Fricke pfiff durch die Zähne. »Da gibt es ja nur zwei Möglichkeiten. Entweder er ist der Täter – oder aber jemand hat es ihm erzählt. Die Leonberger könnte es ihm gesteckt haben. Überprüft das.« Er wendete sich an Malin. »Gibt es schon einen neuen Ermittlungsstand über den Verbleib von Katla Fringsson und ihrem Sohn?«

»Die letzte registrierte Adresse der beiden existiert nicht mehr. Das Haus wurde bereits in den Achtzigern abgerissen. Die Kollegen in Island arbeiten unter Hochdruck daran, die beiden oder weitere Familienmitglieder aufzutreiben.« Malin räusperte sich. »Ich habe da so eine Theorie. Mal sehen, was ihr dazu sagt. Laut Alma Leonbergers Aussage waren Katla Fringsson und ihr Sohn im März 1977 in Hamburg, um Viktor Leonberger aufzusuchen. Meine Vermutung ist, dass die beiden gar nicht nach Island zurückgekehrt sind. Sie könnten sich hier niedergelassen haben, um in der Nähe von Viktor Leonberger zu bleiben.«

Fricke rieb sich nachdenklich das Kinn. »Sie könnten recht haben. Vielleicht hat sie auch zu einem späteren Zeitpunkt noch mal versucht, mit Viktor Leonberger Kontakt aufzunehmen. Gehen Sie dem nach, Brodersen.«

»Könnte es einen fünften Mord geben?«, warf Bartels ein, der sich während der Besprechung bisher sehr bedeckt gehalten hatte.

»Das ist der nächste Punkt auf unserer Liste. Aufgrund der fehlenden Münze müssen wir davon ausgehen. Außerdem dürfen wir Oles Countdown-Theorie nicht außer Acht lassen.«

»Sollten wir Alma Leonberger da nicht besser aus der Gefahrenzone nehmen?«, fragte Andresen.

Fricke schüttelte den Kopf. »Sie wird bereits verstärkt überwacht. Außerdem müssen wir davon ausgehen, dass der Täter nicht weiß, dass wir das Münzrätsel gelöst und somit auch die Identität von Katla Fringsson herausgefunden haben. Wir sind ihm also einen Schritt voraus und müssen alles Mögliche tun, um ihn in Sicherheit zu wiegen. Zudem ist nicht sicher, ob es nicht vielleicht doch noch jemanden anderen trifft. Vielleicht gibt es jemanden, den wir bisher überhaupt nicht im Visier haben. – Sagt mal, glaubt eigentlich keiner von euch daran, dass Petersen unser Täter ist? Ihr seid ja nicht gerade euphorisch wegen seiner geplatzten Alibis.«

Frederick Bartels meldete sich zu Wort.»Entschuldige, Hans, aber diese ganze Sache ist einfach zu verworren. Und wir dürfen nicht vergessen, dass wir eine ganz wichtige Komponente noch nicht geklärt haben.«

»Du meinst, dass Charlotte Leonberger von einem Tag auf den anderen einen Bruder bekommen hat«, erwiderte Fricke. Bartels nickte.

»Der große Unbekannte«, sinnierte Andresen.

Fricke trat ans Fenster, betrachtete einen Augenblick den grauen Himmel und wandte sich dann wieder seinen Mitarbeitern zu. »Also gut, Leute. Gibt es schon irgendwelche brauchbaren Zeugenaussagen? Hat irgendjemand etwas von den Vorgängen am Fährdamm mitbekommen? Fred?«

Bartels schaute in sein Notizheft. »Es gibt einige Passanten, die den Toten am Fährdamm sitzen gesehen haben. Alle Befragten sind aber davon ausgegangen, dass er auf den Alsterdampfer wartet. Ansonsten war an dem Morgen nicht allzu viel los. Es hat fast die ganze Zeit geregnet.«

»Und die Mitarbeiter des Lokals?«

»Ebenfalls Fehlanzeige.« Bartels verschränkte die Arme vor der Brust. »Meine Vermutung ist, dass Stahlkamp mit seinem Mörder direkt an der Alster zusammengetroffen ist. Der Täter hat ihn erledigt und ihn dann die wenigen Meter zum Anleger getragen, geschleift oder wie auch immer.«

»Es gab keine Schleifspuren«, bemerkte Malin.

»Ich glaube, Fred hat recht, nur dass sie sich vielleicht direkt auf dem Anleger getroffen haben«, meine Andresen. »Ein idealer Treffpunkt.«

Fricke schaute nachdenklich. »So könnte es gewesen sein.

Ich schließe mich gleich noch mal mit Glaser kurz, vielleicht haben die was gefunden, was unsere Theorie stützt. Wurden schon die Alibis von Süßkind und von Stetten für gestern Vormittag überprüft?«

»Von Stetten hatte ein tête-à-tête mit seiner jungen Freundin«, antwortete Bartels nach einem weiteren Blick in sein Notizheft.

»Am frühen Vormittag?«, fragte Fricke erstaunt.

»Sie scheint nicht nur seine Gespielin, sondern auch seine Muse zu sein. Er ist gerade dabei, sie in Stein zu verewigen. Die Süßkind war bei ihrem kranken Vater. Der alte Herr hat das bestätigt.«

»Was ist mit diesem Barbesitzer in Strande, Brodersen? Haben Sie den näher unter die Lupe genommen?«

»Der ist völlig unauffällig. Zum Zeitpunkt des Mordes an Jens Stahlkamp war er im Großmarkt. Einige Händler haben das bestätigt.«

Fricke seufzte. »Also landen wir wieder bei Petersen und bei Katla Fringsson. Bevor wir noch mehr Zeit mit Spekulationen vergeuden, möchte ich, dass uns Brodersen eine kurze Zusammenfassung des nächsten Buches von Charlotte Leonberger gibt.«

Malin beglückwünschte sich im Stillen, dass sie dem fünfseitigen Exposé des Buches Priorität eingeräumt hatte und es ihr gelungen war, das in der knappen Zeit durchzugehen. »Es heißt *Die fünfte Jahreszeit* und wird der letzte Band der Krimireihe. In groben Zügen geht es um einen Serientäter, der seine Opfer während der Kieler Woche entführt und sie auf ein Boot verschleppt. Er quält sie über mehrere Tage, indem er ihnen Schnittverletzungen zufügt und sie langsam ausbluten lässt. Die letzten Kapitel, die zur Auflösung der Morde führen, hat Frau Leonberger noch nicht geschrieben.«

»Das ist ja echt krank«, ließ sich Andresen vernehmen.

»Was meinst du, Sven?«, fragte Fricke.

»Na, dass die Leonberger einfach weiterschreibt, als wenn nichts geschehen wäre«, antwortete der Ermittler.

»Sorry, Andresen, aber die Frau hat Verträge, sie kann nicht einfach so aufhören«, entgegnete Malin.

»War ja klar«, erwiderte Andresen verärgert, »Miss Marple muss sich mal wieder als Moralapostel aufspielen. Habe ich denn kein Recht auf eine eigene Meinung?«

Fricke schlug mit der flachen Hand auf den Tisch. »Jetzt habe ich verdammt noch mal genug von diesen Kindereien. Dafür ist hier kein Platz. Ihr reißt euch jetzt zusammen, und damit meine ich alle. Wer noch ein einziges Mal querschießt, der kann künftig wieder Fahrraddiebstähle bearbeiten. Das ist mein voller Ernst.«

Malin zuckte zusammen. »Entschuldigung«, murmelte sie in Andresens Richtung. Der Ermittler zwirbelte an seinem Schurrbart und sah sie finster an. Dann nickte er.

»Also gut, da das geklärt wäre, gehen wir wieder an die Arbeit. Sie, Brodersen, kümmern sich wie besprochen um Katla Fringsson. Sven, du kümmerst dich um diese Bootsgeschichte aus dem Buch. Setz dich mit den Kieler Hafenbehörden in Verbindung und besorg dir Listen mit den Eigentümern sämtlicher Boote, Yachten, Jollen und was es sonst noch so gibt. Und vergiss nicht die Bootsvermieter. Sobald ihr irgendetwas Neues in Erfahrung bringt, meldet euch.« Fricke schaute in die müden Gesichter. »Kommt, Leute, ich weiß, ihr seid alle kaputt, aber wir sind kurz davor, den Fall zu Ende zu bringen. Also, wo bleibt euer Kampfgeist?« Er ballte seine Hand zur Faust.

Malin saß an ihrem Schreibtisch. Ihr ganzer Körper kribbelte vor Aufregung. Zur Sicherheit klinkte sie sich noch einmal ins EWO ein, dem zentralen Polizei-Abruf-Register für Einwohnermeldamtabfragen.

Dort stand es schwarz auf weiß. Sie griff nach dem Kugelschreiber und notierte sich einige der Zahlen. Dann klinkte sie sich bei POLAS ein, dem Polizeiauskunftssystem, und gab die Daten ein. Bingo. Sie notierte das Fallaktenzeichen und schloss das Programm. »Fred, hast du eine Ahnung, wo ich nach einer Ermittlungsakte Mitte der Siebziger suchen kann?«

Bartels hob den Kopf von seinen Unterlagen. »Vermutlich im Justizarchiv«, erwiderte er knapp und wandte sich wieder seinen Papieren zu.

»Auch wenn es damals nicht zum Verfahren gekommen ist?«

»Hast du das Leitaktenzeichen?«, erwiderte Bartels seufzend.

Malin nickte.

»Dann muss es auch eine Handakte geben. Versuche es im zuständigen Polizeirevier.« Bartels erhob sich. »Ich bin kurz bei Glaser.«

Malin griff nach dem Verzeichnis der Polizeidienststellen und dem Telefon. Zwanzig Minuten und drei weitere Anrufe später hatte sie die gewünschte Auskunft. Mit der Zusammenlegung von diversen Dienststellen im Rahmen des Umzugs in das neue Polizeipräsidium im Jahr 2000 waren auch die archivierten Akten ins Zentralarchiv des neuen Gebäudes umgelagert worden. *Manchmal muss man Glück haben im Leben*, dachte sie. Zufrieden steckte sie den Zettel mit dem Leitaktenzeichen in ihre Jeans und machte sich auf den Weg zum Archiv. Als sie an Frickes Büro vorbeiging, entschied sie sich, ihren Vorgesetzten über ihr Vorhaben zu informieren.

Sie klopfte und steckte den Kopf durch die Tür. »Chef?«

»Ja, was ist, Brodersen?« Fricke wischte sich mit der Serviette einen Krümel vom Mund und legte das halb gegessene Baguette auf das Einwickelpapier. Das Brot war dick mit Salami und Käse belegt.

»Katla Fringsson ist damals in Hamburg geblieben«, sagte Malin.

Fricke legte auch die Serviette beiseite. Jetzt hatte sie seine volle Aufmerksamkeit. »Ach nee. Wie haben Sie das so schnell herausgefunden?« Er winkte sie heran.

Malin setzte sich auf einen der Besucherstühle. »Melderegister. Am 18. März 1977 hat Katla bei der Ausländerbehörde für sich und ihren Sohn ein Aufenthaltsrecht beantragt. Das war genau vier Tage, nachdem sie bei den

Leonbergers aufgetaucht ist. Eine Woche später hat sie bei der Meldebehörde ihre neue Wohnadresse bekanntgegeben.« Malin holte tief Luft. »Keine zehn Minuten Fußweg von Viktor und Charlotte Leonberger entfernt.«

»Das ist ja ein Ding. Und lebt sie da heute noch?«, entgegnete Fricke.

»Nein. Katla Fringsson ist tot. Laut Sterberegister seit dem 26. März 1977.« Malin sah, wie es bei ihrem Vorgesetzten zu rotieren begann.

»Aber das hieße ja ... – Woran ist sie gestorben?«

»Das ist das eigentlich Interessante. Es existiert bei uns ein Aktenzeichen, allerdings stehen im Computer keine Einzelheiten. Ich bin auf dem Weg ins Archiv.«

»Wissen wir etwas über den Jungen?«, fragte Fricke.

Malin schüttelte den Kopf. »Darüber stand nichts im Melderegister.«

»Gut, dann soll das Bartels übernehmen.« Frickes Telefon klingelte. Er griff nach dem Hörer, meldete sich knapp und lauschte einen Moment. Dann legte er stirnrunzelnd wieder auf. »Das war Andresen. Petersen hat die Informationen über die Münzen tatsächlich von der Leonberger bekommen. Sie hat das gerade eben bestätigt.«

»Aber damit ist er noch längst nicht aus dem Schneider«, entgegnete Malin.

»Sie sagen es, Brodersen. Und deshalb werde ich mich jetzt um Clarissa Petersen kümmern. Wir müssen unbedingt ihren Mann finden, mal sehen, ob sie nicht doch mehr weiß, als sie bisher preisgegeben hat. Viel Spaß bei den Maulwürfen, Brodersen.« Er wendete sich ab und griff wieder nach dem Telefonhörer.

Im Flur vor Frickes Büro stieß Malin mit Frederick Bartels zusammen. Sie rückten voneinander ab und blieben stehen. Bartels' Gesicht verschloss sich.

»Jetzt versuchst du mir aber aus dem Weg zu gehen«, sagte Malin betont fröhlich. Bartels blickte sie weiter schweigend an. Malin verließ der Mut.

»Fricke wollte was von dir. Wir haben neue Infos über Katla

Fringsson, aber besser, er informiert dich.«. Sie wandte sich zum Gehen und ärgerte sich gleichzeitig über ihre Feigheit. Sie schaute sich zu ihm um. »Hast du vielleicht Lust, später mit mir was trinken zu gehen?« Röte stieg ihr ins Gesicht.

Bartels wirkte nicht mehr ganz so verschlossen. »Warum?«

»Ich dachte, wir wären immer noch Freunde.«

»Tut mir leid, Malin, aber so einfach ist das nicht. Außerdem habe ich heute Abend schon eine Verabredung.«

Malin nahm all ihren Mut zusammen und ging ein Stück auf ihn zu. »Ich weiß nicht genau, was es bedeutet hat, aber ja, du hattest recht. An dem Abend bei mir gab es diesen Moment«, sagte sie leise. Sie standen jetzt so nahe beieinander, dass sie seinen Atem auf ihrer Haut spüren konnte.

Er griff nach ihrer Hand und fuhr mit dem Zeigefinger sanft über ihren Handrücken.

Die Zimmertür wurde aufgerissen und Frickes Kopf erschien im Türspalt. Sofort ließ Bartels Malins Hand los.

»Ach, da bist du ja, Frederick – hab doch gemeint, deine Stimme zu hören. Haben Sie Ihrem Kollegen schon die neuen Entwicklungen im Fall Katla Fringsson mitgeteilt, Brodersen?«

»Dazu war noch keine Zeit«, erwiderte sie hastig und ließ Bartels dabei nicht aus den Augen.

»Aber …« Fricke ließ einen irritierten Blick zwischen seinen Mitarbeitern schweifen.

»Ich geh dann mal.« Malin steuerte rasch auf die Fahrstühle zu. Sie spürte immer noch Fredericks Finger auf ihrer Hand.

Das Zentralarchiv des Polizeipräsidiums lag im Untergeschoss, daher hatten die Mitarbeiter den Beinamen Maulwürfe. Nervös brachte Malin dem diensthabenden Beamten ihr Anliegen vor und hielt ihm ihren Notizzettel hin.

Der bärtige Kollege mit Großvatergesicht sah nicht einmal von seinen Unterlagen auf. »1977? Das ist ja über dreißig Jahre her«, entgegnete er mürrisch.

»Die Sache steht im unmittelbaren Zusammenhang mit der Ermordung von vier Menschen. Und das bedeutet, dass ich die Akten brauche – sofort«, sagte Malin in bestimmendem Tonfall.

Der Beamte unterbrach seine Tätigkeit und musterte Malin eindringlich. »Und da schicken die so einen Grünschnabel wie Sie? Na, geben Sie schon her.« Er griff nach dem Notizzettel und gab die Nummer in seinen Computer ein. »Ist noch nicht erfasst.«

»Was Sie nicht sagen. Also, wie sieht es aus, wann kann ich mit den Unterlagen rechnen?«, erwiderte sie ungeduldig.

»Mein Gott, bei euch jungen Leuten muss immer alles schnell gehen. Wenn Ihnen meine Arbeitsweise nicht gefällt, suchen Sie sich doch die Akte selbst heraus.«

»Wissen Sie was, genau das werde ich jetzt tun.« Sie schnappte sich den Zettel und trat durch den Vorraum ins Archiv.

»Sie müssen in der vorletzten Reihe links schauen. Da sind die Vorgänge aus den Siebzigern«, rief ihr der verblüffte Beamte hinterher. »Und vergessen Sie nicht, die Akte auszutragen, falls Sie finden, was Sie suchen.«

Anderthalb Stunden später bereute Malin ihren Entschluss. In den schweren Kisten, die sorgfältig mit Jahreszahlen und Fallnummern beschriftet waren, herrschte heilloses Chaos. Einige Akten stimmten nicht mit den Jahresangaben, andere wiederum nicht mit den Fallnummern überein. Erschwerend kam hinzu, dass die Akten in den Siebzigern noch von Hand beschriftet worden waren. Als Malin wieder nach einer Akte griff und versuchte, die krakelige Schrift auf dem Einband zu entziffern, dachte sie daran, wie sie vor dem Stapel ähnlich krakeliger Patientenakten von Dr. Richard Woy gesessen hatte, dem ersten Todesopfer. Obwohl es gerade mal einige Wochen zurücklag, kam es ihr vor, als wären seitdem Monate vergangen. Sie beschloss, sich eine kurze Pause zu gönnen.

Während Malin an ihrem Automatenkaffee nippte, schweiften ihre Gedanken wieder zu Frederick Bartels. Unwillkürlich strich sie über ihre Hand, die er berührt hatte.

Ich darf mich jetzt nicht ablenken lassen, dachte sie und stellte den Kaffee beiseite. Sie kletterte auf die Trittleiter, um die nächste schwere Kiste aus einem der oberen Regale zu nehmen. Sie hatte bisher sage und schreibe vierundzwanzig davon durchgesehen. Doch die gesuchte Akte war bisher nicht darunter gewesen. Dort, wo die sich hätte befinden sollen, war sie sich nicht, und nachdem Malin das ganze Chaos überblickt hatte, wunderte sie das auch nicht weiter. Es würde Tage dauern, bis sie alles gesichtet hatte. Zeit, die sie nicht hatten.

Sie beschloss, noch eine letzte Kiste durchzusehen, dann wurde es Zeit, bei Fricke um Unterstützung zu bitten. Das hätte sie allerdings gern vermieden. Mit einem Stöhnen hievte sie nun die Kiste aus dem Regal und balancierte vorsichtig die Leiter herunter. Missmutig stellte sie den Karton auf den Metalltisch am Ende des Ganges. Die Akten, deren Aufschrift sie nicht entziffern konnte, legte sie auf einen gesonderten Stapel.

Wie zu erwarten, hatte sie auch diesmal kein Glück. Sie schob die Unterlagen wieder zusammen. Ein alter Zeitungsartikel ragte quer aus einer der Akten. Sie wollte ihn gerade zurückstopfen, als sie die Artikelüberschrift bemerkte. *Junge Mutter tot aus Elbe geborgen.* Sie zog das Blatt heraus, und ihr stach sofort die Jahreszahl ins Auge. März 1977.

Mit zusammengekniffenen Augen betrachtete sie das verschwommene Foto neben dem Artikel. Von den Gesichtzügen der Toten war kaum etwas zu erkennen, doch das lange hellblonde Haar der Frau ließ bei Malin sofort die Alarmglocken läuten. Aufgeregt warf sie einen Blick auf den Aktendeckel, konnte die krakeligen Zahlen jedoch schwer mit denen auf ihrem Zettel in Verbindung bringen. Sie schlug die Akte auf und blätterte ein paar Seiten durch, bis sie deutlich lesbar in Schreibmaschinenschrift die Fallnummer entdeckte. Sie stimmte mit dem Leitaktenzeichen auf ihrem Zettel überein.

Ihr Herzschlag beschleunigte sich. Sie begann zu lesen.

Fünf Minuten später atmete sie tief durch. Jetzt wusste sie endlich, was mit Katla Fringsson geschehen war.

32

Mit zitternden Händen klappte Charlotte Leonberger ihr Handy zu und starrte apathisch aus dem Hotelfenster. Die Morgendämmerung verdrängte die letzten Spuren des Nachthimmels vom Horizont.

Auf ihrer Stirn bildete sich kalter Schweiß. In ihren Büchern hatte sie oft über das Befinden ihrer Opfer geschrieben, doch erst jetzt konnte sie verstehen, was Todesangst wirklich bedeutete.

Der Kriminaltechniker saß keinen Meter von ihr entfernt am Tisch, vor sich ein hochmodernes Spezialgerät, das die auf ihrem Handy installierte GSM-Spy-Software überwachte und zur Aufzeichnung diente. »Kann ich irgendetwas für Sie tun, Frau Leonberger?«, fragte Torben Hansen besorgt.

Charlotte schüttelte den Kopf und wendete sich wieder der Dämmerung zu, während der Techniker einige Telefonate führte. Wie aus weiter Ferne vernahm sie seine Stimme und hörte ihn mit Kriminalhauptkommissar Fricke sprechen.

Jetzt ist es so weit, dachte sie. *Noch vierundzwanzig Stunden, dann ist alles vorbei. Entweder Alma oder ich. Oder wir beide.* Ihr ganzer Körper zitterte wie Espenlaub.

Die Isländerin Katla Fringsson war am frühen Morgen eines kalten Märztages im Jahr 1977 in Höhe des Schulauer Fährhauses tot aus der Elbe geborgen worden. Ein Rentnerehepaar hatte auf dem täglichen Morgenspaziergang mit seinem Cockerspaniel am Strandufer die Leiche entdeckt. Bei der Obduktion waren bis auf ein paar Druckstellen am Handgelenk keinerlei Spuren eines Gewaltverbrechens festgestellt worden. Die Todesursache lautete Tod durch Ertrinken. Anhand ihrer Ausweispapiere in der Manteltasche konnte die Polizei sie rasch identifizieren. Da bei der Ermittlung weder ein triftiger Tatverdacht gegen eine Person im Umfeld der Toten noch ein Tatmotiv ermittelt werden konnte, war der Fall einige Monate später als Suizid zu den Akten gelegt worden.

Es war Samstagvormittag und alle Stühle am Konferenztisch der Mordkommission waren besetzt. Neben Frickes Team hatten sich ein Dutzend Beamte weiterer Kommissariate, Mitarbeiter der Spurentechnik sowie der Kriminalpsychologe eingefunden. Niemand hatte einen Gedanken ans Wochenende verschwendet. Die weitere anonyme Mordankündigung auf Charlotte Leonbergers Handy und die Nachricht über Katla Fringssons Todesumstände hatten eingeschlagen wie eine Bombe.

Fricke stand neben dem Whiteboard mit Katla Fringssons Foto. »Brodersen, fassen Sie bitte kurz für alle die Ergebnisse Ihrer Recherche zusammen.«

Malin sah kurz in ihr Notizbuch, in das sie sich ein paar Stichworte notiert hatte. »Ich habe mit einem der ermittelnden Beamten gesprochen. Obwohl es damals keinen Abschiedsbrief von Katla Fringsson gegeben hat, war der Fall für die Polizei eindeutig. Keine Spur eines Gewaltverbrechens, kein Motiv, kein Mord.« Malin holte tief Luft. »Allerdings zweifelt der damals zuständige Rechtsmediziner bis heute an der Selbstmordtheorie. Während der Obduktion konnte zwar eindeutig festgestellt werden, dass Katla Fringsson ertrunken ist, doch die Druckstellen an ihrem Handgelenk könnten ein Hinweis darauf sein, dass sie festgehalten wurde. Leider konnte die Obduktion diesen Punkt nicht zweifelsfrei klären, und in den Siebzigern konnte noch keine DNA-Analyse durchgeführt werden.« Malin klappte ihr Notizbuch zu.

»Kann man denn in der Elbe einfach so ertrinken?«, fragte Nele Richter.

»Klar«, entgegnete Tiedemann. »Also, mich wundert das überhaupt nicht, erst vor Kurzem haben sie am Elbstrand eine Frau aus dem Wasser gezogen. Da herrscht eine tückische Strömung, mal ganz abgesehen von dem Sog der Fahrrinne. Selbst geübte Schwimmer haben dort so gut wie keine Chance. Aber mal was anderes: Warum wurde Katla Fringsson nicht in Island beigesetzt?« Tiedemann sah zu Malin.

»Wenn ich es richtig verstanden habe, konnten keine Angehörigen ausfindig gemacht werden.«

Tiedemann wirkte skeptisch. »Und Viktor Leonberger hat von all dem nichts gewusst?«

»Fragen können wir ihn ja wohl kaum noch«, entgegnete Andresen.

»Aber die alte Leonberger.« Fricke umkreiste auf dem Whiteboard den Namen von Katla Fringsson mit einem roten Edding. Dann setzte er mit großen Blockbuchstaben den Namen Viktor Fringsson daneben und schrieb drei Ausrufezeichen dahinter. »Der Junge ist der Schlüssel. Vielleicht der Mörder.«

»Aber der Junge war damals gerade vier Jahre alt«, erwiderte Sven Andresen ungewohnt ernst. »Außerdem, warum sollte er sich ausgerechnet an Charlotte Leonberger rächen, die war doch auch noch ein Kind. Und warum erst jetzt, warum nicht schon zehn oder fünfzehn Jahre früher? Nein, ich glaube, wir verrennen uns da in etwas.«

»Das glaube ich nicht.« Malin zog ein vergrößertes Schwarzweißfoto aus der Akte, die vor ihr auf dem Konferenztisch lag, und befestigte es neben Katla Fringssons Namen.

Es zeigte die Tote, nachdem sie aus der Elbe geborgen worden war. Ihr Mantel stand offen und ihre Bluse hielt den Halsausschnitt nur teilweise bedeckt. Darunter trug sie eine auffällige Kette. Trotz der schlechten Bildqualität waren die schemenhaften Runen auf den Münzen zu erkennen – Katla.

Einen Moment herrschte betretenes Schweigen.

Andresen fasste sich als Erster. »Also gut, der Junge. Was ist aus dem geworden?«

»Da bin ich dran«, kam es von Bartels. »Allerdings gestaltet sich der Informationsfluss recht schwierig. In den Siebzigern gab es noch andere staatliche Institutionen und andere Zuständigkeitsbereiche als heute. Gestern Abend habe ich ein paar Unterlagen erhalten, aus denen hervorgeht, dass Viktor Fringsson nach dem Tod seiner Mutter in einem Waisen- und Erziehungsheim etwas außerhalb von Hamburg untergebracht wurde. Die Einrichtung wurde aber Anfang der Achtziger geschlossen.« Er hielt kurz inne. »Die Rede ist von Missbrauch und Gewalt gegen Schutzbefohlene. Die

Anschuldigungen konnten bis heute nicht geklärt werden, niemand wurde bisher zur Verantwortung gezogen. Die Institution wurde geschlossen, das Personal und die Kinder auf andere Einrichtungen verteilt. Wie lange Viktor Fringsson dort war und was nach der Schließung mit ihm geschehen ist, wissen wir noch nicht. Eine Bekannte von mir ist Mitarbeiterin beim Jugendamt und hat uns ihre Unterstützung zugesagt, auch außerhalb ihrer regulären Arbeitszeit. Sie wird sich mit uns in Verbindung setzen, sobald sie etwas in Erfahrung gebracht hat. Parallel haben wir die isländischen Behörden um Mithilfe ersucht.«

Frickes Handy klingelte. Malin beobachtete das Mienenspiel ihres Vorgesetzten. Erst lauschte er dem Anrufer mit angespanntem Gesichtsausdruck, dann verzog sich sein Mund zu einem triumphierenden Lächeln.

»Hört mal alle zu«, wendete er sich an seine Mitarbeiter. »Das war die Zentrale. Robert Petersen wurde am Kieler Norwegenkai gesehen. Die Kollegen haben bereits alles abgeriegelt. Ole, Sven, ich will, dass ihr mitkommt. Er soll uns nicht noch einmal durch die Lappen gehen. Fred, du klemmst dich weiter hinter den Verbleib von Viktor Fringsson und siehst zu, dass du endlich eine Verbindung zwischen Petersen und Viktor Leonberger findest.«

Malin erhob sich ebenfalls und griff nach ihrer Jacke. Fricke schaute sie an. »Für Sie habe ich noch einen Spezialauftrag, Brodersen. Ich will, dass Sie noch mal mit Alma Leonberger reden, sie scheint eine Schwäche für Sie zu haben. Nutzen Sie das aus. Ich will wissen, ob Sie von Katla Fringssons Tod gewusst hat.« Frickes Miene nahm einen kämpferischen Ausdruck an. »Wir haben ihn bald, Brodersen, ich spüre das.« Er lächelte ihr aufmunternd zu und hatte den Raum verlassen, ehe sie etwas erwidern konnte.

Während der Konferenzraum sich langsam leerte, fixierte Malin noch immer das Foto der jungen Isländerin. Dabei kam ihr ein Gedanke. Allerdings musste sie dafür noch eine letzte Sache überprüfen. Frickes Auftrag musste warten.

Kurze Zeit später lenkte Malin ihren Mini durch die Haupteinfahrt des Ohlsdorfer Friedhofes. Sie hatte den Wagen bereits am frühen Morgen in der Werkstatt abgeholt und zähneknirschend die astronomisch hohe Rechnung beglichen.

Vor dem schlossartigen Verwaltungsgebäude parkte Malin den Wagen am Straßenrand und ging die wenigen Meter bis zum Eingangsportal. Sie rüttelte an der Tür. Geschlossen. Stirnrunzelnd betrachtete sie das Hinweisschild mit den Öffnungszeiten.

»Kann ich Ihnen vielleicht helfen, Fräulein?« Ein korpulenter Mann in Jeans und Sakko trat neben sie und schloss die Eingangstür auf. Ein Schild am Revers wies ihn als Friedhofsverwalter Rainer Heimann aus.

Malin zückte ihren Dienstausweis. »Brodersen vom LKA. Ich benötige eine Auskunft.« Sie reichte ihm einen Zettel mit den Daten von Katla Fringsson. »Ich möchte wissen, wer für die Grabstelle bezahlt.«

»Da müssen Sie am Montag zu den regulären Öffnungszeiten wiederkommen«, entgegnete Heimann nach einem Blick auf das Papier. »Auch wegen der Vorschriften.«

»So lange kann ich nicht warten, Herr Heimann. Ich ermittle in einer Mordserie.« Malin schenkte ihm ihr schönstes Lächeln und wies auf sein Schild am Revers. »Außerdem scheine ich ja bei Ihnen in kompetenten Händen zu sein.«

Der Verwalter errötete leicht. »Also gut, ich nehme das auf meine Kappe. Wollte sowieso noch etwas im Büro erledigen.« Er hielt Malin die Tür auf und sie betraten eine imposante Eingangshalle mit hohen Decken und Rundbögen.

Rainer Heimann wies auf ein paar Holzbänke. »Das ist unser Wartebereich. Sie können dort gerne Platz nehmen, bis ich die Unterlagen herausgesucht habe.« Er verschwand im angrenzenden Raum.

Malin setzte sich auf eine der Bänke und starrte gedankenverloren auf die geschlossene Bürotür. Würde sie gleich Informationen erhalten, die sie zu Viktor Fringsson führten? Wer sonst sollte für die anfallenden Grabkosten seiner Mutter aufkommen, wenn nicht ihr Sohn? Unruhig rutschte sie auf der Bank hin und her.

Wenige Minuten später erschien der Verwalter wieder in der Tür. »Die Grabstelle wurde 1977 für fünfundzwanzig Jahre im Voraus bezahlt und dann um weitere fünfundzwanzig Jahre verlängert. Das ist die übliche Prozedur.«

»Und von wem wurde sie bezahlt?« Malin erhob sich und ging ein paar Schritte auf Heimann zu. »Es muss doch im Computer erfasst sein oder zumindest muss es irgendwelche Unterlagen darüber geben.«

Heimann schüttelte bedauernd den Kopf. »Die Verwaltung hat 1995 angefangen, die Daten zu erfassen, aber seit der Friedhofseröffnung hat es hier über eine Million Beisetzungen gegeben. Bei dem Grab, das Sie interessiert, hätte eigentlich spätestens bei der Verlängerung der Grabstelle die Erfassung erfolgen müssen – ist sie aber nicht. Die Rechnungskopie war leider auch nicht bei den Unterlagen. Tut mir wirklich sehr leid.«

»Trotzdem danke.« Enttäuscht wandte Malin sich zum Gehen.

»Allerdings könnte ich Ihnen sagen, wer für die Grabpflege aufkommt«, rief Heimann ihr hinterher, als sie bereits den Ausgang erreicht hatte. »Seit den achtziger Jahren wird die Grabpflege regelmäßig von einer gewissen Alma Leonberger bezahlt.«

Er kam hinter ihr her und reichte ihr ein Stück Papier. »Ich habe Ihnen eine Kopie von der letzten Rechnung gemacht.«

Malin blieb einige Minuten reglos hinter dem Lenkrad sitzen, um die Informationen zu verdauen. Damit hatte sie nicht gerechnet. Nur Fricke hatte den richtigen Riecher gehabt. Alma Leonberger hatte tatsächlich vom Tod der Isländerin gewusst. Was verbarg die so gutmütig wirkende Frau sonst noch so alles?

Malins Handy klingelte gerade in dem Moment, als sie sich entschlossen hatte, nach Strande zu fahren, um Alma Leonberger mit ihrem neuen Wissen zu konfrontieren.

Fricke war dran. »Brodersen, gute Nachrichten. Sie können nach Hause fahren. Schlafen Sie sich aus und nehmen Sie sich den Sonntag frei.«

»Wie jetzt?«, fragte Malin verwirrt.

»Wir haben ihn«, entgegnete Fricke knapp.

»Petersen? Hat er gestanden?«

»So gut wie. Er wurde am Terminal der Color Line aufgegriffen, im Gepäck eine hübsche Stange Geld. Wollte sich wohl ins Ausland absetzen. Und wir haben unwiderlegbare Beweise gegen ihn in der Hand: Wir haben eine der Tatwaffen in seinem Wochenendhaus gefunden und noch einiges mehr, das seine Schuld belegt. Unter anderem das Diktiergerät mit den Aufnahmen der anonymen Anrufe. Es war im Handschuhfach seines Wagens …« Fricke hüstelte.

»Das sind großartige Neuigkeiten«, erwiderte Malin.

Fricke schwieg.

»Ist noch etwas, Chef? Sie scheinen sich gar nicht zu freuen.«

»Doch, doch … Ging nur auf einmal so verdammt schnell. Hamann ist auf jeden Fall hochgradig zufrieden mit dem Ergebnis.«

Malin schossen vor Erleichterung Tränen in die Augen.

»Sind Sie noch dran, Brodersen?«

»Ja Chef, ich bin nur so unendlich erleichtert.«

»Das Ganze hat uns alle sehr mitgenommen. Fahren Sie jetzt nach Hause und spannen Sie ein wenig aus, Mädchen. Sie haben es sich redlich verdient«, brummte er und legte auf.

Minutenlang starrte Malin regungslos aus dem Fenster ihres Minis und betrachtete die Blätter, die der böige Wind vor ihre Windschutzscheibe fegte.

Langsam legte sie die Arme aufs Lenkrad und bettete anschließend ihren Kopf darauf. Dann begann sie zu weinen.

33

Der Traum begann wie immer. Einige Äste wippten auf den Wellen und wurden mit der Strömung fortgezogen. Unter der Wasseroberfläche wiegte sich eine Frauengestalt, schlaff wie eine Puppe, hin und her. Dann wurde die Leiche an Land gespült. Schlammige grüne Pflanzen benetzten die schneeweiße Haut und das Haar. Unter dem Schlamm schimmerte es taillenlang und – hellblond.

Charlotte fuhr aus dem Schlaf. Ihr Herz pochte und sie war schweißüberströmt. Sie benötigte einen Augenblick, um sich wieder zu fassen. Mit der Hand fuhr sie sich durchs feuchte Haar und mit der Geste kam die Erinnerung an das Geträumte zurück. Charlotte erschauderte. Diesmal war es nicht ihr eigenes Antlitz gewesen, das ihr entgegenstarrte.

»Katla«, flüsterte Charlotte und sank zurück in die Kissen.

Dann durchdrang sie eine Welle der Erleichterung. Es war vorbei. Am gestrigen Nachmittag hatte sie einen Anruf von Kriminalhauptkommissar Fricke erhalten, der sie über die Verhaftung des mutmaßlichen Täters informierte hatte. Robert Petersen.

Allerdings konnte Charlotte es noch immer nicht begreifen. Sie wurde das Gefühl nicht los, dass irgendetwas dabei nicht stimmte. *Ach was, du bist ja schon ganz paranoid*, dachte sie und schob den Gedanken beiseite. Nun hatte sie endlich Zeit zu trauern.

Mit einem dicken Kloß im Hals ging sie zum Fenster und schob die schweren Vorhänge beiseite. Hauptkommissar Fricke hatte darauf bestanden, dass sie eine letzte Nacht in dem anonymen Hotelzimmer verbrachte. Eine reine Vorsichtsmaßnahme, wie er ihr ausdrücklich versichert hatte. Charlotte schaute aus dem Fenster. Es hatte schon die ganze Nacht gestürmt und obwohl die Morgendämmerung bereits vor einigen Stunden eingesetzt hatte, vermochte sich das Tageslicht nicht richtig gegen die graue Wolkendecke durchzusetzen.

Sie kehrte dem trostlosen Ausblick den Rücken zu und bestellte beim Zimmerservice ein Frühstück. Dann ging sie ins angrenzende Badezimmer, bürstete sorgfältig ihre Haare und band sie zu einem lockeren Knoten. Mit geübten Griffen legte sie ein dezentes Tages Make-up auf, das die Blässe der vergangenen Tage verschwinden ließ. Nur an den Schatten unter den Augen konnte man ihr die Strapazen der letzten Wochen noch ansehen. Als Charlotte nach ihrem Lipliner griff, erfasste sie versehentlich mit dem weiten Ärmel ihres Bademantels den Parfumflakon. Mit einem lauten Knall fiel er auf die Badezimmerfliesen und zersprang in tausend Stücke. Charlotte war kurz davor, in Tränen auszubrechen, ein Umstand, der ihr zeigte, wie angespannt sie noch immer war.

Sie griff nach einem Kleenex und bückte sich, um damit die Splitter aufzusammeln. Beim Anblick der Glasscherben hielt sie einen Augenblick inne. Eine Erinnerung streifte ihr Gedächtnis. Was war es bloß? *Streng dich an, Charlotte, Glasscherben, woran erinnert dich das?* Und dann fiel es ihr ein.

Sie ließ das Kleenex auf dem Fußboden liegen und ging ungeachtet des kleinen Splitters, der sich in ihre Ferse gekerbt hatte, zurück in den Nebenraum. Auf dem Sofa stand ihre Handtasche. Sie zog ihr Handy heraus und wählte.

»Hallo?«, sagte eine unfreundliche Stimme.

»Hannah, bist du das?«, fragte Charlotte.

»Wer soll denn sonst dran sein. Was willst du schon wieder, Charlotte?«, erwiderte Hannah unwirsch.

»Kannst du dich daran erinnern, dass ich bei dir versehentlich diese kleine Figur umgeworfen habe?«

»Natürlich weiß ich das noch, das war schließlich erst vor drei Tagen«, lautete die gereizte Antwort.

»Bitte, Hannah. Weißt du noch, wo du sie herhast?«

»Irgendein Urlaubsmitbringsel.«

Die Antwort war schnell gekommen – zu schnell, wie Charlotte dachte.

»Aber warum erzähl ich dir das überhaupt«, sagte Hannah. »Es ist einfach nur Ramsch.«

Da wusste Charlotte, dass Hannah log. »Hast du die Scherben vielleicht noch?«

»Sag mal, Charlotte, geht es dir noch gut?« Hannahs Stimme triefte vor Sarkasmus.

Charlotte beschloss, alles auf eine Karte zu setzen. »Ich dachte, ich hätte vielleicht eine Spur, die mich zum Mörder von Simon führt.«

Hannah schwieg und nur am flachen Atmen konnte Charlotte hören, dass die Lektorin nicht aufgelegt hatte.

»Also?«

»Ich kann dir nicht weiterhelfen. Und nun lass mich endlich in Ruhe. Und zwar für immer.« Hannah Süßkind legte auf.

Nachdenklich betrachtete Charlotte das Telefon. Dann griff sie wieder in ihre Handtasche und zog aus dem Seitenfach eine Visitenkarte heraus. Sie gehörte Kriminalkommissarin Malin Brodersen.

Charlotte kleidete sich rasch an und ließ die Visitenkarte in ihre Hosentasche gleiten. Anschließend griff sie nach ihrem Mantel und verließ ohne Frühstück das Hotelzimmer.

Alma Leonberger keuchte. Die schweren Einkaufstaschen drohten sie wie Blei nach unten zu ziehen. Sie erlaubte sich, die Taschen einen Augenblick abzustellen und zu Atem zu kommen. Es war keine gute Idee gewesen, bei dem Sturm einzukaufen. Beim Lebensmittelmarkt Schröder in der Dorfstraße hatte Alma neben frischen Brötchen und der Sonntagszeitung auch noch etliche andere Dinge besorgt. Sie hatte zum ersten Mal seit Tagen wieder Appetit. Der Beamte, der zu ihrem Schutz abgestellt worden war, hatte ihr an diesem Morgen mitgeteilt, dass sie den Täter endlich gefasst hatten. Bevor er sich von ihr verabschiedete, hatte er noch angeboten, sie zu Schröders Laden zu begleiten, doch Alma hatte dankend abgelehnt.

Sie wollte keine Hilfe. Solange sie noch konnte, wollte sie alles selbst erledigen, schließlich sollte keiner denken, dass sie bereits zum alten Eisen gehörte. Fast bedauerte sie nun ihr Verhalten. Starker Wind fegte ihr um die Ohren und erste

Regentropfen kamen herunter. Der Himmel verdüsterte sich schlagartig.

Hastig griff sie nach ihren Einkäufen und eilte schnaufend die letzten Meter zu ihrer Haustür. Als sie die Taschen unter dem Vordach abstellte, fuhr sie vor Schreck zusammen.

Ein Schatten ragte hinter der Buchsbaumhecke hervor und eine große Gestalt trat ins Licht. Alma stieß einen Schrei aus und schnappte nach Luft. Dann erkannte sie den Mann und lachte vor Erleichterung.

»Ach, du bist das. Mich alte Frau so zu erschrecken …! Na, komm schon rein, ich mache uns erst einmal einen schönen heißen Tee.« Sie lächelte ihren Besucher an und öffnete die Haustür.

Die Tür des weißen Jugendstilgebäudes war verschlossen. Charlotte betätigte einige Male den Klingelknopf. Niemand öffnete.

Im strömenden Regen ging sie um das Gebäude herum und spähte durch eines der bodenlangen Fenster. Niemand war zu sehen. Auf dem Balkon im ersten Stock stand ein Fenster auf Kipp. Sorgfältig schaute sie sich um, keiner der Anwohner der angrenzenden Häuser schien dem Hinterhof Beachtung zu schenken. Sie streifte die Einweghandschuhe über, die sie aus dem Verbandskasten ihres Autos genommen hatte, und stieg auf den Gartentisch unter dem Balkon. Charlotte musste sich auf die Zehenspitzen stellen, dann bekam sie das glitschige Geländer zu fassen. Zum ersten Mal in ihrem Leben freute sie sich über ihre Körpergröße. Mit aller Kraft zog sie sich am Geländer hoch. Auf dem Balkon griff sie durchs geöffnete Fenster und hatte den Hebel in Sekundenschnelle geöffnet. Sie schlüpfte hindurch und stand im Schlafzimmer des Hauseigentümers.

Was du hier machst, ist total verrückt. Was ist, wenn doch jemand hier ist?, dachte sie und spürte, wie das Adrenalin durch ihren Körper schoss. Vorsichtshalber griff sie nach dem Pfefferspray in der Manteltasche und trug es wie eine Waffe vor sich her. Sie bemühte sich gar nicht erst, die Räume zu durchsuchen, sondern schlich die stählerne Wendeltreppe hinunter. Zielstrebig ging sie zu der Werkbank, nahm einen der Gipsabgüsse und drehte ihn in den Händen. Nichts. Also weiter. Automatisch wurde sie von der großen verschlungenen Skulptur angezogen, die in der Mitte des Raumes auf einem Podest stand. Sie strich über die glatte Oberfläche und schaute sich suchend um. Auf einem Metallregal unterhalb der Treppe standen mehrere kleine Skulpturen. Nervös ließ sie ihren Blick zur Tür gleiten, wählte dann die erstbeste Skulptur aus und suchte nach der Signatur des Künstlers.

Statt seinen Initialen befanden sich dort isländische Runen. Sie sog die Luft ein. Ihr Verdacht hatte sich bestätigt.

Ein schriller Ton zerriss die Stille. Charlotte fuhr zusammen und ließ beinahe die Skulptur fallen. Dann merkte sie, dass das Geräusch aus ihrer Jackentasche kam. Das Display ihres Handy zeigte an, dass der Akku zur Neige ging. Zitternd schob sie es zurück in ihre Tasche. Sie zögerte nur eine Sekunde, dann ließ sie auch die Figur hineingleiten.

In Windeseile verließ sie die Wohnung auf dem gleichen Weg, wie sie hineingekommen war. Charlotte rannte über den Hinterhof und setzte sich schwer atmend an einer Bordsteinkante der Eppendorfer Landstraße nieder.

Auf ihrem Gesicht vermischte sich der Regen mit ihren Tränen.

Malin rekelte sich genüsslich in der Badewanne. Mitten am Tag. Das Schaumbad duftete nach Vanille und auf ihrer Badewannenablage standen ein Teller mit Franzbrötchen und ein Glas Prosecco. In der wohltuende Wärme des Wassers lösten sich langsam die Verspannungen in ihren Muskeln.

Draußen heulte der Wind und Regen peitschte gegen ihr Badezimmerfenster. Der Wetterdienst hatte für Hamburg und die Küste einen Sturm angekündigt. Doch das berührte Malin alles nicht. Sie würde das Haus heute nicht mehr verlassen und sich nur um ihre eigenen Belange kümmern. Keine Morde, keine Verdächtigen, keine Kollegen und kein Familienessen. Das Einzige, was sie sich zugestanden hatte, waren ein langes Telefonat mit ihrem Opa und ein Anruf im Präsidium. Dort hatte man ihr mitgeteilt, dass Robert Petersen bereits dem Haftrichter vorgeführt worden war und ein Haftbefehl ausgesprochen wurde.

Malin bemühte sich, den Zweifel zu verdrängen, der seit Petersens Verhaftung an ihr nagte. Sie nahm einen weiteren Schluck Prosecco, ließ sich auf das Nackenkissen der Badewanne zurücksinken und schloss die Augen.

Als das Telefon schrillte, spürte Malin mit einem Mal, dass sich das Wasser merklich abgekühlt hatte. Sie musste kurz eingenickt sein. Zitternd verließ sie die Badewanne und griff nach dem heizungswarmen Badelaken. Sie hatte nicht vor, das Gespräch anzunehmen, vermutlich war es ohnehin nur ihre Mutter. Malin schlang ein Handtuch wie einen Turban ums nasse Haar und schaute kurz zum Badezimmerfenster. Der Sturm wütete jetzt und ließ den davorstehenden Baum verdächtig schwanken. Sie streifte ein paar dicke Socken über und ging hinunter ins Erdgeschoss. Ihr Handy klingelte.

»Lasst mich doch endlich alle zufrieden. Ich habe heute frei!« Sie nahm eine Pizza aus dem Gefrierschrankfach und stellte den Ofen an. Gerade als sie die Pizzaverpackung entsorgt hatte, klingelte wieder ein Telefon. Diesmal war es ihr Festnetzanschluss.

Die Mithörfunktion des Anrufbeantworters war eingeschaltet und wider Willen drang ihr die Stimme der Anruferin ans Ohr. Es war nicht Constanze Heidenberg.

Als Malin Charlotte Leonbergers Stimme erkannte, war sie augenblicklich nervös und im nächsten Moment am Telefon. Es fiel ihr schwer, der aufgeregten Schilderung der Krimiautorin zu folgen, doch trotz des warmen Bademantels begann sie plötzlich zu frösteln.

34

Sie raste die Autobahn Richtung Norden entlang. Malin war dankbar dafür, wieder in ihrem Mini zu sitzen, der wie ein Gokart am Straßenbelag klebte und Regen und Sturm trotzte.

Verdammt, was tue ich hier überhaupt?, dachte sie, als sie die A7 verließ und auf die A215 Richtung Kiel wechselte. Es war absolut irrsinnig. Ein Alleingang. Alles, was sie während ihrer Ausbildung gelernt hatte, schlug sie wegen eines einzigen Anrufs in den Wind. Doch wie hätte sie das alles Fricke erklären sollen? Die Nachricht, dass die Hamburger Polizei einen Tatverdächtigen inhaftiert hatte, wurde seit den frühen Morgenstunden in sämtlichen Nachrichtensendungen verbreitet. Ein allgemeines Loblied auf die Polizei und die Innenpolitik des Senats war bereits angestimmt worden. Und da sollte eine kleine Kriminalbeamtin alles wieder umschmeißen? Wer würde ihr glauben? Jeder würde denken, dass sie sich nur wieder profilieren wollte. Nein, sie tat das Richtige. Nachdem sie endlich die Autobahn verlassen hatte, schlug sie die B503 Richtung Eckernförde ein. Das Unwetter wurde schlimmer, je näher sie Richtung Küste kam.

Malin umklammerte das Lenkrad mit beiden Händen, um den Mini auf der Fahrbahn zu halten. Orkanartige Böen schleuderten abgebrochene Äste durch die Luft, Blätter wirbelten herum und Regen prasselte auf ihre Windschutzscheibe. Eine Böe erfasste das Auto und ließ es bedenklich schwanken. Über ihr ertönte Donnerschlag, kurz darauf ein weiteres ohrenbetäubendes Krachen. Sie schaltete einen Gang zurück und setzte die Fahrt langsamer fort. Dann trat sie abrupt auf die Bremse.

Im Scheinwerferlicht ragte ein entwurzelter Baum quer über die Fahrbahn. Genervt betrachtete sie das Hindernis und die tiefen Straßengräben zu beiden Seiten. Hier gab es kein Durchkommen mehr. Frustriert schlug sie aufs Lenkrad. Dann suchte sie in ihrem Handschuhfach nach einer Straßenkarte.

Charlotte Leonberger saß im Wagen vor dem kleinen Schieferhaus und sah erneut auf ihre Armbanduhr. Wo blieb die Kommissarin? Angespannt schaute sie aus dem Fenster. Trotz der einsetzenden Dämmerung lag das Haus im Dunkeln. Etwas stimmte nicht. Sie bekam einen trockenen Mund, als sie begriff, dass die Haustür bis zum Anschlag offen stand. Dann bemerkte sie den Rauch, der aus dem Schornstein kam.

Also ist Alma zu Hause, dachte Charlotte. Sie würde nie das Feuer brennen lassen, wenn sie das Haus verließ. Aber warum stand die Haustür offen? Und wo blieb Malin Brodersen? Sie würde noch zwei Minuten warten, dann musste sie eine Entscheidung treffen.

Sie sah, wie eine Windböe die Tür erfasste und zuschlug. Angst kroch in ihr hoch und ihre Hände zitterten, als sie nach ihrem Handy griff. Das Display war schwarz. Was sollte sie tun? Auf die Kommissarin warten? Und wenn Alma Hilfe brauchte?

Die zwei Minuten waren um. Sie zögerte einen Augenblick, hin- und hergerissen zwischen den Möglichkeiten. Die Angst um ihre Tante gab den Ausschlag. Charlotte öffnete die Autotür und stemmte sich mit aller Kraft gegen den Wind, um nicht von den Füßen gerissen zu werden.

Der Türschnapper war nicht eingerastet. Charlotte öffnete die Haustür einen Spalt weit und spähte hinein. Niemand war zu sehen.

Ein tosendes Grollen, gefolgt von einem ohrenbetäubenden Donnerschlag, ließ sie zusammenfahren und sie trat zurück vors Haus.

Eng ans alte Gemäuer gedrückt schlich sie um das Gebäude. Vorsichtig lugte sie durch das Küchenfenster. Auf dem Holztisch standen zwei gefüllte Teetassen und die gläserne Kanne war halb voll. Das Teelicht im Stövchen brannte noch. Alma würde es niemals einfach so stehen lassen. Charlotte zog ihr Pfefferspray aus der Tasche, kehrte zum Eingang zurück und betrat das Haus. Mit klopfenden Herzen durchquerte sie so leise wie möglich die kleine Diele und schlich weiter ins Wohnzimmer. Wie bereits vermutet, prasselte im Kamin ein Feuer. Alma war nicht zu sehen. Am Eingang zur Küche blieb Charlotte wie angewurzelt stehen.

Zuerst sah sie die Beine. Leicht angewinkelt, in hautfarbener Strumpfhose lagen sie und der Rest des kleinen drallen Körpers regungslos unterhalb des Küchenfensters. Almas Augen waren geschlossen. Mit wenigen Schritten war Charlotte bei ihrer Tante und ging in die Knie, um ihren Puls zu prüfen. Dann hörte sie ein Geräusch hinter sich.

Sie fuhr herum und wollte das Pfefferspray versprühen, als sie von einer mächtigen Gestalt zu Boden geworfen wurde. Ein entsetzlicher Schmerz durchfuhr ihren Körper, sie schnappte nach Luft. Benommen versuchte sie sich aufzurichten, als sie aus den Augenwinkeln einen erhobenen Arm wahrnahm.

Sie wusste, was jetzt geschehen würde. Explosionsartig schoss der Schmerz in ihren Körper und sie sackte zusammen.

Dann verlor sie das Bewusstsein.

Kriminaloberkommissar Frederick Bartels stand vor dem Spiegel in der Herrentoilette des Polizeipräsidiums und betrachtete seine fahle Gesichtshaut und die blutunterlaufenen Augen. Er hatte am Vorabend zu viel getrunken und das bekam er jetzt schmerzlich zu spüren. Das Pochen in seinem Schädel hatte trotz Kopfschmerztablette nur wenig nachgelassen und als er jetzt an die Geschehnisse der vorigen Nacht dachte, setzten sie prompt wieder ein. Er zwang die Erinnerung beiseite und spritzte sich eiskaltes Wasser ins Gesicht. Dann strich er sich über seinen Dreitagebart und fuhr sich mit nassen Fingern durch die Haare. Er verließ den Waschraum und ging zurück zum Büro der Mordkommission.

Nach Petersens Verhaftung waren sie alle erleichtert gewesen. Nur bei Fricke schien das erwartete Triumphgefühl ausgeblieben zu sein. Bartels war die Wortkargheit des Chefs aufgefallen. Doch er schrieb das den Unstimmigkeiten zwischen Fricke und dessen Vorgesetzten Hamann zu.

Bartels setzte sich an seinen Schreibtisch und ging die Berichte durch. Sie hatten in Petersens Wochenendhaus in der Lüneburger Heide einige Gegenstände sichergestellt, die im unmittelbaren Zusammenhang mit den Morden standen. Unter anderem eine Drahtschlinge mit Hautpartikeln, die Dr. Steinhofer bereits als Tatwaffe im Fall Stahlkamp bestätigt hatte, und einen beschädigten Taucherhandschuh, dessen fehlendes Teil von der Spurensicherung bei der Untersuchung des Thompson-Mordes sichergestellt worden war. Und sie hatten im Handschuhfach von Petersens Wagen ein Diktiergerät mit Aufnahmen der anonymen Anrufe gefunden. Es war noch immer in der Technik, doch dort hatte man bereits angedeutet, dass es sich mit sehr hoher Wahrscheinlichkeit um die Originalaufnahmen handelte.

Alles schien perfekt – zu perfekt, wie Frederick Bartels jetzt fand. Denn das Wichtigste hatten sie immer noch nicht: ein eindeutiges Motiv. Zudem hatte Robert Petersen die Morde bisher vehement geleugnet und behauptet, die in seinem Wochenendhaus sichergestellten Gegenstände nie zuvor gesehen zu haben.

Fricke und Tiedemann waren gerade dabei, den Verleger im Beisein seines Anwaltes erneut zu vernehmen.

Es klopfte und Torben Hansen von der Technik steckte seinen Kopf durch die Tür. »Ich dachte, ich sage euch lieber gleich Bescheid. Der letzte anonyme Anruf war nicht auf dem Diktiergerät.«

»Das versteh ich nicht«, antwortete Bartels irritiert.

Hansen sah ihn bedeutungsvoll an.

Bartels wurde blass. »Scheiße.«

»Ich muss wieder zurück. Ruf mich an, wenn ihr noch etwas braucht.« Der Techniker zog die Tür hinter sich zu.

Bartels saß unschlüssig und voller Unbehagen an seinem Schreibtisch und betrachtete den verwaisten Platz gegenüber. Sofort musste er an Malin denken. Seine schroffe und dann wieder so sensible Kollegin beschleunigte seinen Puls immer wieder.

Das Telefon riss ihn aus seinen Gedanken. Es war Anja Schulte vom Jugendamt. »Ich habe etwas gefunden.«

»Viktor Fringsson? Weißt du, wohin man ihn geschickt

hat?«, fragte Bartels. Seine Nerven waren zum Zerreißen gespannt.

Er hörte, wie Anja Schulte in ihren Unterlagen blätterte. »Er ist in kein anderes Heim gekommen. Viktor Fringsson wurde 1982 adoptiert. Die Familie heißt van Stetten. Peer und Clarice van Stetten.«

»Oh Gott.« Bartels schloss für einen Moment die Augen.

Die Jugendamtmitarbeiterin nannte ihm eine Adresse.

»Niebüll? Wo liegt das?«

»Kurz vor der dänischen Grenze. Ich hoffe, es hilft euch weiter.«

»Das tut es. Anja, ich muss jetzt Schluss machen. Vielen Dank für deine Hilfe.« Bartels wählte die Handynummer von Hauptkommissar Fricke. »Hans, es gibt ein Problem.«

Die Ereignisse überschlugen sich. In Abstimmung mit Fricke hatte Bartels eine Großfahndung nach Christian van Stetten ausgelöst. Zeitgleich war ein Team zum Atelier des Künstlers geschickt worden und weitere zwei Beamte zu van Stettens Freundin. Die Blondine hatte sich schnell in Widersprüche verfangen. Sie war in Tränen ausgebrochen und hatte gestanden, dass sie gelogen hatte.

Ungeduldig tigerte Hauptkommissar Fricke auf und ab. »Warum dauert das denn verdammt noch mal so lange«, schnauzte er Frederick Bartels an.

Der dunkelhaarige Ermittler lehnte an seiner Schreibtischkante und hob abwehrend die Hände. »Mach mich bitte nicht dafür verantwortlich.«

Im Raum herrschte Hochspannung. Die Ermittler waren dabei, van Stettens Alibi für die erste Mordnacht erneut zu überprüfen. Andresen versuchte bereits seit einer halben Stunde den Galeriebesitzer ausfindig zu machen, in der van Stettens Ausstellung stattgefunden hatte.

»Lass es uns sachlich angehen.« Bartels zog einen Stadtplan aus der Schublade und breitete ihn auf dem Schreibtisch aus. Seine Augen suchten kurz, dann zeigte er mit einem Finger auf den Plan. »Hier hat Dr. Woys Treffen stattgefunden. Und hier«, er zeigte auf eine andere Stelle, »liegt die Galerie. Das sind keine zehn Minuten mit dem Auto. Hin und Rückfahrt, plus sagen wir, gute zwanzig bis dreißig Minuten, um Woy zu überwältigen und ins Auto zu schaffen.«

Fricke runzelte die Stirn. »Das wären minimal vierzig Minuten. Wie konnte er so lange unbemerkt verschwinden? Und vor allem, wie konnte er wissen, wann Dr. Woy das Restaurant verlässt?«

Ole Tiedemann räusperte sich. »Dr. Woy hatte Ähnlichkeit, bitte verzeiht mir die Formulierung, mit einem Schweizer Uhrwerk. Ich habe mit seiner Frau gesprochen. Er hat sich jeden ersten Dienstag mit seinen ehemaligen Kollegen getroffen. Immer im gleichen Lokal, immer zur gleichen Uhrzeit und er ist immer um zweiundzwanzig Uhr dreißig aufgebrochen. Sein Auto hat er folglich, wie mir seine Frau bestätigt hat, immer im gleichen Parkhaus abgestellt. Der Mörder hat sein Opfer lang genug vorher ausspioniert. Er wusste genau, wann und wo er ihn sich schnappen konnte.«

»Dann haben wir immer noch das Problem, wie van Stetten sich unsichtbar gemacht hat«, brummte Fricke. »Und woher er wusste, dass Jens Stahlkamp früher aus Singapur kommen würde.«

»Vermutlich hat er ihn angerufen«, erwiderte Bartels. »Als ich erfahren habe, dass van Stetten und Viktor Fringsson ein und dieselbe Person sind, habe ich das als Erstes überprüft. Ich habe Stahlkamps Schwester angerufen. Van Stetten kannte sie alle. Thompson, Petersen, Süßkind und Stahlkamp. Sie haben sich vor einem Jahr bei einem Fest anlässlich einer Buchpräsentation von Charlotte Leonberger kennengelernt. Bettina Stahlkamp, die Schwester, war auch dabei. Sie hat mir erzählt, dass ihr Bruder und van Stetten seit damals befreundet waren.«

»Schön, dass wir das erst jetzt erfahren«, brummte Fricke.

»Komm, Hans, sei nicht ungerecht. Es bestand überhaupt keine Veranlassung, ihn zu verdächtigen. Van Stetten hatte seine Alibis.«

»Wer von euch hat die eigentlich überprüft?« Frickes Gesicht verfärbte sich bereits verdächtig rot.

»Unsere Miss Marple, wer sonst«, mischte sich jetzt Andresen ein, während er eine Hand über die Telefonmuschel hielt. »Ich habe übrigens die Frau von dem Galerieheini erreicht, sie holt ihn gerade ans Telefon.«

Fricke wendete sich an Bartels. »Wo steckt Brodersen überhaupt?« Es klopfte an der Tür und Nele Richter erschien.

Das schwarze Haar hinter die Ohren geklemmt, blieb sie im Türrahmen stehen. »Charlotte Leonberger hat heute Vormittag im Hotel ausgecheckt, allerdings habe ich sie bisher weder auf dem Handy noch unter dem Festnetzanschluss erreichen können. Auch bei Alma Leonberger geht niemand ran. Soll ich es weiter versuchen?«

»Verdammt. Das ist gar nicht gut.« Andresen knallte den Hörer auf die Telefonanlage.

»Was ist los, Sven?«, fragte Bartels alarmiert.

»Es gibt ein Detail bezüglich der Vernissage, das uns bisher nicht bekannt war. Die Veranstaltung war gleichzeitig eine Art Spendengala für eine Kinderhilfsaktion. Die Künstler haben sämtliche Verkaufserlöse ihrer Arbeiten für diese Aktion zur Verfügung gestellt.«

»Ja, und? Was hat das mit van Stettens Alibi zu tun?«, fragte Fricke ungeduldig.

»In der Zeit von zweiundzwanzig bis dreiundzwanzig Uhr wurden Dokumentationen über die jeweiligen Hilfsprojekte gezeigt. Das Ganze wurde von einer Galerieangestellten moderiert. Für van Stetten die ideale Gelegenheit zu verschwinden – selbst wenn er zehn Minuten länger gebraucht hätte, wäre das wohl kaum jemanden aufgefallen.« Andresen klang ungewohnt ernst.

»Verdammt, verdammt, verdammt«, brüllte Fricke. »Ole, ruf sofort die Kieler Kollegen an, sie sollen umgehend ein paar Beamte zu den Häusern von Alma und Charlotte Leonberger schicken.«

Tiedemann nickte und griff zum Telefon.

»Was ist jetzt mit Brodersen, wo bleibt die?«, herrschte Fricke Nele Richter an.

»Die ist ebenfalls nicht zu erreichen. Zu Hause meldet sich

niemand und am Handy geht sofort die Mailbox ran.« Ihr Gesichtsausdruck verdüsterte sich. »Mir fällt da gerade noch etwas ein. Malin hat heute früh angerufen, um sich nach Petersen zu erkundigen, dabei hat sie noch etwas Interessantes gesagt. Sie hat herausgefunden, dass Alma Leonberger jahrelang für Katla Fringssons Grabpflege aufgekommen ist.«

Frickes Gesicht wurde krebsrot. »Und das erfahre ich erst jetzt? Mit was für Dilettanten arbeite ich hier?« Nele Richter fuhr zusammen.

»Da stimmt was nicht. Fred, du kommst mit, wir fahren nach Kiel. Sven, du versuchst weiter, Brodersen zu erreichen. Und Sie, Frau Richter, sehen nach, ob Brodersen die Datei mit dem Manuskript irgendwo gespeichert hat. Wir benötigen Einzelheiten.« Fricke griff nach seiner Jacke und drehte sich dann zu Bartels um. »Fred, du kennst die Kleine am besten. Hattest du das Gefühl, dass sie an Petersens Schuld zweifelt?«

»Könnte sein.«

»Und traust du ihr einen Alleingang zu?«

Bartels wurde blass, dann nickte er.

»Nichts«, sagte Andresen und lauschte weiter in den Hörer. »Sie meldet sich nicht.«

»Ruf die Kieler Kollegen noch mal an und teile ihnen mit, dass vielleicht eine unserer Beamtinnen vor Ort ist. Komm, Frederick, wir fahren los.« Andresen hatte bereits zum Hörer gegriffen. Fricke zog seine Jacke über und stürmte hochrot aus dem Büro.

Frederick Bartels stand wie versteinert da.

»Die Kollegen sind unterwegs, Fred«, sagte Andresen beschwichtigend.

»Bisher dachten wir alle, es dreht sich nur um Charlotte Leonberger«, murmelte Bartels. »Aber das stimmt nicht. Es ist Alma Leonberger. Sie hat die ganze Zeit die Finger im Spiel. Mein Gott, und Malin hat es herausgefunden!« Fassungslos starrte er seinen Kollegen an. Dann kam Leben in ihn und er folgte seinem Vorgesetzten durch die Tür.

»Warte, ich komme auch mit«, rief Andresen hinterher und setzte sich in Bewegung. »Und du, Nele, bleibst am Telefon und versuchst weiterhin Brodersen zu erreichen. Rühr dich nicht von der Stelle, bis du sie erreicht hast«, rief er der Kollegin zu und hastete den Flur entlang.

Malin sah ungläubig auf die am Boden liegende Leiche von Alma Leonberger. Erst als sie den salzigen Geschmack auf ihren Lippen bemerkte, fiel ihr auf, dass sie weinte. *Du musst dich jetzt zusammenreißen*, dachte sie. Sie wandte der Toten den Rücken zu und verließ die Küche.

Ihre Hände zitterten, als sie im Flur nach ihrem Handy griff und sah, dass es keinen einzigen Signalbalken anzeigte. Sie hatte immer noch keinen Empfang. Auch die Festnetzleitung war tot, stellte Malin fest, als sie den Hörer von Alma Leonbergers Telefon abhob. Das Unwetter hatte ganze Arbeit geleistet.

Du hättest niemals alleine herkommen dürfen, dachte sie und starrte auf die Blutspur, die sich vom Fußboden der Küche quer durch den Flur bis hin zur Haustür zog. Der Anordnung nach gehörte sie nicht zu der Toten im Nebenraum.

Sie musste Charlotte finden. Malin dachte fieberhaft nach. Im Manuskript schaffte der Mörder seine Opfer auf ein Boot. Doch in welchen Hafen? Und auf wessen Boot? Wie weit war Andresen in der Sache? Ihr Puls hämmerte, dann traf sie eine Entscheidung.

Malin stieß die Haustür auf und stemmte sich gegen den Wind. Sofort war sie klatschnass. Sie lief zum Gartentor, wurde von einer Böe erfasst und kam auf dem matschigen Untergrund ins Rutschen. An der Hecke strauchelte sie, fiel hin, rappelte sich wieder auf und rannte zu ihrem Mini.

Mit quietschenden Reifen schlug sie den Weg zur Küstenstraße ein.

Zur gleichen Zeit, mit fast zweihundert Stundenkilometern und Blaulicht, führte Hauptkommissar Fricke in seinem Dienstwagen die kleine Wagenkolonne über die Autobahn A7. Über ihnen verdichtete sich die Wolkendecke immer weiter. Sie fuhren direkt in das Unwetter hinein.

»Sie haben eine Sturmfront angesagt«, brach Bartels das Schweigen, als sie die Autobahn hinter sich ließen und die Bundesstraße Richtung Eckernförde einschlugen. Fricke antwortete nicht. Bartels starrte aus dem Seitenfenster.

Eine Böe brachte den Wagen ins Schlingern. »Hans, fahr ein bisschen langsamer«, mahnte Bartels.

Fricke trat das Gaspedal noch weiter durch. »Wenn ihr etwas passiert ist, dann ist es meine Schuld«, brummte er kaum hörbar. »Ich habe Hamann gleich gesagt, dass das alles viel zu glatt läuft. Ich hätte auf meinen Instinkt hören sollen.«

»So ein Quatsch, es ist doch nicht deine Schuld.«

»Ich habe Brodersen gesagt, sie soll noch mal mit Alma Leonberger sprechen. Es ist meine Schuld«, beharrte er, drosselte leicht das Fahrtempo und verließ die Bundesstraße Richtung Strande.

»Du konntest doch nicht ahnen, dass sie gleich hinfahren würde. Sie hätte genauso gut anrufen können.«

Fricke warf Bartels einen schiefen Blick zu.

»Also gut, du hast recht, Brodersen sucht immer die direkte Konfrontation. Trotzdem konntest du nicht wissen, was passieren würde. Wenn überhaupt etwas passiert ist«, fügte Bartels schnell hinzu, wofür er sich einen weiteren schiefen Blick seines Vorgesetzten einfing. Beide fielen in bedrücktes Schweigen.

Höhe Eckhof mussten sie auf eine Nebenstraße ausweichen, da ein entwurzelter Baum die Fahrbahn versperrte. Draußen wütete weiter das Gewitter und Platzregen zwang sie, langsamer zu fahren. Schon von weitem konnten sie Blaulicht erkennen, dass sich hell vom dunklen Himmel abhob.

Frickes Dienstwagen war noch nicht mal zum Stehen gekommen, als Bartels auch schon aus dem Auto sprang.

»Siehst du irgendwo Brodersens Mini?«, schrie Fricke gegen den Sturm an. Sein dünnes Haar flatterte im Wind.

»Nein«, rief Bartels und schaute sich suchend um. Regen lief ihm in die Augen.

»Was steht ihr denn hier so rum bei dem Sauwetter? Lasst

uns ins Warme gehen.« Sven Andresen lief an ihnen vorbei zum Hauseingang.

»Sie können hier nicht rein.« Ein uniformierter Polizist stellte sich ihnen in den Weg. Fricke hielt seinen Ausweis hoch und der Beamte trat mit missmutigem Gesichtsausdruck beiseite.

Im Flur des Hauses blieb das Trio stehen und schaute auf die Blutspur, die sich quer durch den ganzen Flur zog. Der nachfolgende Glaser reichte ihnen Füßlinge und Latexhandschuhe. Überall im Erdgeschoss wimmelte es von Kriminaltechnikern. In der Küche wanderte Frickes Blick automatisch zu der am Boden liegenden Gestalt.

Alma Leonberger lag auf dem Rücken. Der Kopf war ein wenig zur Seite geneigt und gab die Sicht auf eine tiefe Wunde unterhalb des Kinns frei. Die schien die Ursache der kreisförmigen Blutlache zu sein, die sich unterhalb des Kopfes gebildet hatte.

»Schiet«, entfuhr es Fricke.

Nun erst bemerkte er den Mann, der unmittelbar neben der Leiche stand. Er war kaum größer als ein Meter fünfundsechzig und trotz Schutzkleidung konnte man erkennen, dass er schmal und drahtig war. Seine koboldartigen Augen schienen alles im Blick zu haben. Er sprach noch kurz mit einem am Boden knienden Techniker, bevor er ihnen entgegen trat. Er lächelte nicht.

»Sie müssen das Hamburger Team sein. Ich bin Hauptkommissar Dirk Diersken.«

Fricke stellte sich und seine Kollegen vor. Er und Dierksen musterten sich eingehend, als würden sie stillschweigend ihr Revier abstecken.

»Irgendeine Spur vom Täter?«, fragte Fricke.

»Hier war niemand mehr, als wir gekommen sind. Nach Ihrem Notruf haben wir sofort unser Team losgeschickt. Unsere Beamten haben die Frau bereits tot vorgefunden.«

»Irgendein Hinweis, dass sich außer dem Täter noch eine weitere Person im Haus aufgehalten hat?« Frickes Stimme überschlug sich fast.

»Hier gibt es Spuren ohne Ende, auch jede Menge Blutspuren. Allerdings können wir noch nicht genau sagen, ob sie zum Opfer gehören«, erwiderte Dierksen.

»Wie meinen Sie das?«, mischte sich Bartels ein.

»Nun ja, das Opfer lag in der Küche und den Spuren nach zu urteilen wurde es auch dort getötet. Die Schleifspuren können somit nicht von ihr stammen. Es muss noch ein weiteres Opfer geben. Wie ich gehört habe, wird eine Kollegin von Ihnen vermisst?«

Fricke deutete ein knappes Nicken an.

»Aber das heißt ja nicht gleich, dass es ihr Blut ist«, sagte Andresen und schaute dabei zu Bartels.

»Ich gehe mal eben raus.« Bartels wandte sich um und stieß in der Tür fast mit einem Mann zusammen, der eine Arzttasche in der Hand hielt. Der Neuankömmling steuerte zielstrebig auf Dierksen zu, wechselte einige Worte mit dem Kommissar und begann dann, die Tote zu untersuchen.

Fricke räusperte sich. »Meine Kollegen und ich sehen uns jetzt ein wenig um. Wenn es erlaubt ist?« Alle Anwesenden wussten, dass es sich dabei um eine reine Höflichkeitsfrage handelte.

»Habe ich denn eine Wahl?« Der Kieler Kommissar hatte sich bereits halb abgewandt.

»In dem Fall nicht«, antwortete Andresen stellvertretend für seinen Chef.

Keinen halben Meter neben der Leiche lag ein zur Seite gekippter Küchenstuhl. Frank Glaser kniete sich hin und musterte das Stuhlbein. »Sind hier schon Abdrücke genommen worden?« Er zog einen Beweismittelbeutel aus seiner Jackentasche und ließ etwas hineingleiten.

»Was hast du gefunden Frank?«, fragte Fricke.

»Ein Haar. Mittellang und blond.«

»Van Stetten hat blondes Haar«, sagte Fricke.

»Brodersen auch«, entgegnete Bartels, der wieder zurückgekommen war. Seine Augen verdunkelten sich. »Hoffentlich ist ihr nichts passiert.«

»Bis wir sie nicht gefunden haben, glaube ich gar nichts«, brummte Fricke.

»Was ist mit ihrem Wagen? Hat jemand ihren Mini gesehen?«, mischte sich Andresen ein.

Fricke zuckte die Achseln. »Draußen war er jedenfalls nicht, vielleicht machen wir uns ganz umsonst verrückt. Weiß schon jemand was über den Verbleib von Charlotte Leonberger?«

Bartels schüttelte den Kopf. »Bisher noch nicht, ich habe gerade mit den Kollegen im Streifenwagen gesprochen. Auch van Stetten ist von der Bildfläche verschwunden.«

»So ein verdammter Mist. Ich will, dass ihr euch umseht. Du, Fred, gehst ins Obergeschoss. Sven, du nimmst dir das restliche Erdgeschoss und den Keller vor. Ich will, dass jede Ecke abgesucht wird. Frank, du schaust den Kieler Kollegen auf die Finger.« Fricke wandte sich um und ging zu Kommissar Dierksen.

»Bei euch an der Küste herrscht ja ein ganz schöner Sturm«, brummte er.

»Schon seit gestern, sollte eigentlich längst vorbei sein.«

Fricke beobachtete nachdenklich den Rechtsmediziner bei der Arbeit. »Haben Sie bei der Toten eine Kette mit einer Münze gesehen?«, fragte er Dierksen. »Eine goldene Münze, mit etwa zwei Zentimeter Durchmesser. Sie hat eine Art Schriftzeichen drauf.«

Der Kieler Kommissar schüttelte den Kopf.

Der Wind hatte jetzt Orkanstärke und die Böen, die von der Ostsee hinüber an die Küste fegten, schlugen die Fensterläden krachend gegen die Außenwände. Fricke verließ die Küche und blieb im Flur stehen. Warum war die Tote hier gefunden worden, warum nicht auf einem Boot wie in der fraglichen Romanszene? Und warum trug sie keine Münze?

Und vor allem, zu wem gehörte die Blutspur, die direkt vor seinen Füßen bis zur Haustür verlief?

35

Sie hatte jegliches Zeitgefühl verloren und keine Erinnerung daran, was passiert war. Der Boden unter ihr schien zu schwanken. *Ich bin auf einem Boot*, dachte sie benommen. Vorsichtig hob Charlotte den Kopf. Gleißender Schmerz durchfuhr ihren Körper.

Und dann erinnerte sie sich wieder. An die reglose Alma und an das blitzende Skalpell, das sie aus den Augenwinkeln in der erhobenen Hand gesehen hatte, kurz nachdem sie zu Boden gestoßen worden war. Was war mit Alma? Heiße Tränen stiegen ihr in die Augen. Vorsichtig zog sie ihre Hand unter dem schmerzenden Körper hervor und tastete ihren Nacken ab. Sie fühlte weder Knochen noch Sehnen, nur eine riesige Schwellung, die bei der Berührung fast unerträglich pochte. Plötzlich fasste sie in etwas Feuchtes und als sie die Finger zurückzog, atmete sie den metallischen Geruch von Blut ein.

Sie hörte dumpfe Schritte über sich. Das Boot begann verstärkt zu schwanken und ihr wurde übel. Eine Tür wurde aufgestoßen. Sie war nicht mehr allein.

Charlotte versuchte, die Augen zu öffnen. Schemenhaft konnte sie eine Gestalt wahrnehmen, die neben ihr stand. Sie blinzelte und hob den Kopf. Als Erstes sah sie das blitzende Skalpell. Sofort schloss sie die Augen. Sie wusste, was ihr bevorstand, und ihr Magen rebellierte. Sie erbrach sich.

»Hallo, Schwesterchen.«

Die zynische Stimme kam ihr nur allzu bekannt vor. Sie schaute in die stechenden grauen Augen von Christian van Stetten.

Stöhnend senkte sie den Kopf und versuchte, dabei nicht in die Lache vom Erbrochenen zu stoßen. Verzweifelt behielt sie das Skalpell im Blick, das der Mörder jetzt von einer Hand in die andere warf.

»Warum tust du das?«, presste sie mühsam hervor.

»Warum?« Van Stettens Gesicht war vor Hass verzerrt.

»Du weißt anscheinend immer noch nicht, mit wem du es hier zu tun hast.«

»Du bist Viktor Fringsson. Mein Halbruder«, flüsterte sie.

»Also hat die Polizei mein kleines Rätsel endlich gelöst und das ...« Er zog eine Münze samt Schnur hervor und ließ sie hin und her pendeln. »... bevor sie die letzte Rune gefunden haben.«

»Was ist mit Alma?«, fragte Charlotte mühsam. Die Schmerzen drohten sie zu überwältigen.

»Tot. Eigentlich hatte mein Plan vorgesehen, dich am Leben zu lassen, aber da du den leider mit deiner plötzlichen Anwesenheit durchkreuzt hast, werde ich dir jetzt die unschönen Dinge antun, die ich eigentlich Alma zugedacht hatte.«

»Aber warum?« Charlotte strömten die Tränen über die Wangen.

Er packte ihr Handgelenk und ein brennender Schmerz zog ihren Arm herauf. Sie schrie auf. Blut quoll aus ihrem Unterarm und tropfte auf ihre Kleidung. Reflexartig umfasste sie die Wunde mit der anderen Hand, um die Blutung zu stoppen. Dann wurde ihr schwarz vor Augen.

Sie schwebte in einer Art Dämmerschlaf, als sie wie aus weiter Ferne sein gehässiges Lachen vernahm. Um den Augenblick der Konfrontation noch ein wenig hinauszuzögern, hielt sie die Augen geschlossen. Eine Schmerzwelle schoss durch ihren Körper und sie begann unkontrolliert zu zittern.

Noch immer hielt sie die Hand über die Wunde am Arm gepresst. Das Blut hatte aufgehört herauszuströmen. Vermutlich ein gutes Zeichen. Erleichterung erfasste sie und gab ihr ein wenig von ihrer Kraft zurück. Fieberhaft durchforstete sie ihr Gehirn. Was konnte ihn davon abhalten, sie zu töten?

»Sag mir endlich, warum du das alles tust.« Ihr Blick fiel auf das Skalpell, das neben van Stetten auf der Holzsteige lag.

Er gab einen zischenden Laut von sich. »Das ist doch wohl nicht dein Ernst? Du weißt nicht warum?«

»Nein!« Charlotte versuchte sich aufzusetzen. Im Zeitlupentempo schaffte sie es, ihren Körper aufzurichten und sich mühsam an der Holzwand hochzuziehen, um ihren Oberkörper abzustützen. Ein ziehender Schmerz fuhr durch ihren Rücken, als ihre Nackenwunde die raue Wand berührte. Mit zusammengebissenen Zähnen fixierte sie das hasserfüllte Gesicht ihres ehemaligen Geliebten.

»Du hast Katla umgebracht. Meine Mutter«, stieß van Stetten hervor. Seine Augen schienen sie zu durchbohren.

Charlotte schloss die Augen. »Du bist ja total irre.« Sie versuchte, ihre Angst zurückzudrängen, als er wieder nach dem Skalpell griff.

»Ich war dabei, Charlotte. Ich habe im Gebüsch gesessen und euch beobachtet. Ich war vier Jahre alt und habe gesehen, wie meine Mutter umgebracht wurde.«

Charlotte zuckte zusammen, darauf vorbereitet, wieder den brennenden Schmerz zu spüren, wenn das Skalpell in ihr Fleisch eindrang. Doch nichts passierte.

Zögernd begann van Stetten zu sprechen. Dabei entspannten sich seine Gesichtzüge für einen Moment und wurden weich. »Meine Mutter war wundervoll. Der einzige Mensch, den ich hatte. Eines Tages sagte sie zu mir, wir würden zu meinem Vater fahren. Er würde sich freuen, wenn wir bei ihm wären, und wir könnten endlich eine Familie sein.« Seine Züge verhärteten sie wieder. »Wir kamen in ein fremdes Land, ich verstand die Sprache nicht und anstatt eines Vaters bekam ich eine tote Mutter. So war das.« Sein hasserfüllter Blick senkte sich auf Charlotte. »Du hast sie mir genommen.«

»Christian … bitte.« Sie blickte ihn flehendlich an. »Ich weiß wirklich nicht, wovon du redest. Wie hätte ich ihr etwas tun können? Ich war doch noch ein Kind.«

»Du warst genau acht Jahre alt, Charlotte. Du kannst dich nicht erinnern? Das wollen wir doch mal sehen.« Van Stetten lachte hämisch und griff nach Charlottes linkem Fußknöchel. Sie schrie auf. »Glaub nicht, dass du mich für dumm verkaufen kannst.« Er fuhr mit der stumpfen Seite des Skalpells ihren Unterschenkel hinauf.

»Ich schwöre dir, dass ich mich nicht erinnern kann«, wimmerte sie.

Van Stettens Augen verwandelten sich in zwei schmale Schlitze. »Wenn ich es nicht mit eigenen Augen gesehen hätte, könnte ich dir jetzt glatt glauben. Die stolze Charlotte – nur noch ein Häufchen Elend. Hast du eine Ahnung, was für einen Genuss mir das bereitet? Du willst mir also weismachen, du weißt von nichts? Na, dann will ich dir mal eine nette kleine Geschichte erzählen, vielleicht hilft das deinem Gedächtnis ein wenig auf die Sprünge.« Während er sprach, fuhr er unablässig mit dem Skalpell ihren Unterschenkel entlang. Ein Schnitt, dachte sie, und er würde sämtliche Muskeln durchtrennen. Sie wagte kaum zu atmen.

»Wir kamen zu diesem wunderschönen Haus in Blankenese, meine Mutter und ich. Schon Tage vorher waren wir aufgeregt. Ich hatte sogar eine neue Hose und eine neue Jacke bekommen. Und dann stand sie da, dieses Miststück. Sie hat gesagt, wir sollen gehen. Damals konnte ich kaum ein Wort Deutsch, trotzdem habe ich sie verstanden. Ihr Gesichtsausdruck hat es mir verraten. Meine Mutter hat mir hinterher gesagt, dass mein Vater verreist sei und wir bald wieder hingehen würden. Aber dazu ist es nicht mehr gekommen.« In seinen Augen loderte es. »Wir bekamen vorher eine Nachricht, dass wir ihn auf dem Anleger Wittenbergen-Strand treffen sollten. Eine wundervolle Stelle für ein Rendezvous mit der heimlichen Geliebten: nur Wald, Strand und Wasser. Nahezu völlig abgelegen – meine Mutter fand das damals sehr romantisch. Doch leider wartete auf dem Anleger nicht mein Vater, sondern dieses Miststück von Frau. Sie hatte ein kleines Mädchen dabei, es hatte feuerrote Haare. Als meine Mutter die beiden gesehen hat, sollte ich zurückbleiben. Sie wollte nicht, dass ich irgendetwas mitbekomme. Ich habe mich hinter einem Gebüsch versteckt und gesehen, wie sie sich gestritten haben. Dann ist es zu einem Handgemenge gekommen. Irgendwann hat sich die Frau weggedreht und in dem Augenblick hat das Mädchen meine Mutter ins Wasser gestoßen.« Van Stetten holte tief Luft, bevor er weitersprach. »Die Strömung hat sie sofort mitgezogen – plötzlich war sie weg. Die ganze Zeit habe ich gehofft, dass sie jemand rettet. Doch da war niemand, nur diese andere Frau mit dem Mädchen. Du warst dieses Mädchen, Charlotte. Du hast meine Mutter umgebracht.«

Während seiner Erzählung hatte Charlotte die Augen geschlossen. Sie war einer Ohnmacht nahe.

Dann brach die Erinnerung über sie herein. Sie war wieder acht Jahre alt und spürte die unbändige Wut aufwallen beim Anblick der blonden Frau. Die Frau war Katla. Die Frau aus ihren Träumen. Und die Frau, die ihr den Vater wegnehmen wollte.

»Du weißt es wieder?« Van Stetten betrachtete sie aufmerksam.

Charlotte nickte. Unaufhaltsam strömten die Tränen aus ihren geschlossenen Augen.

»Das ist gut. Was du allerdings noch nicht kennst, das ist der Rest der Geschichte. Leider wirst du keine Gelegenheit mehr haben, sie weiterzuerzählen – also, wo war ich? Ach ja, Mutter tot. Warst du schon mal in einem katholischen Waisenhaus?« Er verstärkte den Druck des Skalpells. »Mach gefälligst die Augen auf, wenn ich mit dir rede.«

Sie öffnete die Augen und schüttelte leicht den Kopf.

Van Stetten hielt seinen Blick starr auf sie gerichtet, doch es schien, als sei er mit seinen Gedanken bereits weit entfernt in der Vergangenheit. *Er ist wahnsinnig*, dachte Charlotte und versuchte die Kontrolle über ihre Glieder zurückzubekommen. Es gelang ihr nicht. Sie zitterte am ganzen Körper.

»Misshandlungen und Demütigungen gehörten im Waisenhaus zur Tagesordnung. Weißt du, wie Erbrochenes schmeckt? Nein? Ich schon. Einmal schlug mich eine Erzieherin so lange mit dem Gürtel, bis ich blutete, dann steckte sie meinen Kopf in die Kloschüssel. Ein anderes Mal musste ich stundenlang im Eiswasser baden, um dann zwei Tage lang im dunklen und ungeheizten Kellerraum zu bleiben. Im Winter. Ich wäre damals fast an Unterkühlung gestorben. Wenn ein Kontrollbesuch der Behörden anstand, hat die Heimleitung immer dafür gesorgt, dass wir fein herausgeputzt dastanden. Das hat mir letztendlich das Leben gerettet – ich wurde adoptiert. Die van Stettens waren eine sehr nette Familie. Und sie waren gut zu mir. Aber sie haben es nicht geschafft, dass ich vergesse. Weißt du, wie ich all die Jahre der Trauer, der Misshandlungen und Erniedrigungen ertragen habe? Es war der Gedanke, dass ich eines Tages auf die beiden Menschen treffen würde, die mir alles genommen haben. Und so ist es dann ja auch gekommen.«

Charlotte blinzelte ihn aus ihren verquollenen Augen an. »Heißt das, du wusstest von Anfang an, wer ich war?«

Die Hand mit dem Skalpell hielt einen Augenblick inne. Van Stettens Augen blickten nun fast zärtlich. »Nein, das wusste ich nicht. Ich kannte den Namen meines biologischen Vaters damals noch nicht. Selbst die roten Haare haben dich nicht verraten. Niemals hätte ich die wundervolle Frau, in die ich mich verliebt habe, mit dem Kind von damals in Verbindung gebracht. Es war einfach einer dieser unbeschreiblichen Zufälle. Ich habe dich auf dieser Vernissage gesehen und ich war dir sofort verfallen. Erinnerst du dich, in dieser Zeit habe ich auch meine wertvollste Arbeit geschaffen – die *Liebenden*. Sie war eine Hommage an dich – Charlotte, die Liebe meines Lebens.« Sein Ton war umgeschlagen. Er klang jetzt verächtlich und hasserfüllt. Dann sprach er weiter. »Vielleicht wäre alles gut geworden, wenn ich dir keinen Heiratsantrag gemacht hätte, wenn ich niemals auf deine Tante getroffen wäre.«

»Sie hast du sofort erkannt«, flüsterte Charlotte.

»Ja – und ich wusste sofort, dass ich mich in meine eigene Schwester verliebt hatte. In die Mörderin meiner Mutter.« Er starrte ihr in die Augen und Charlotte spürte, wie das Skalpell für den Bruchteil einer Sekunde in ihr Schienbein eindrang.

»Bitte, Christian, es tut mir leid. Ich weiß nicht, was damals in mich gefahren ist. Ich war doch noch ein Kind, nur ein Kind«, schluchzte sie und presste eine Hand auf die Wunde am Bein.

»Kläglicher Versuch. Deine Tränen beeindrucken mich überhaupt nicht«, schnaubte er verächtlich.

»Warum tust du es dann nicht endlich? Los, bring mich doch endlich um!«

Van Stetten lachte hämisch auf. »Warum sollte ich es dir jetzt so einfach machen? Dein Tod war nie mein Ziel. Ich wollte, dass du leidest, dass du alles verlierst, genau so, wie ich alles verloren habe. Ich wollte, dass du die gleiche Angst spürst, wie ich sie erfahren habe. Und, hast du sie gespürt, die Angst? Spürst du sie jetzt?«

Charlotte schloss die Augen, um dem lodernden Hass in seinen Augen zu entgehen. Das Skalpell strich an ihrem unverletzten Bein entlang. Sie unternahm einen letzten Versuch. »Christian, ich war noch ein Kind … ein Kind, das kurz vorher seine Mutter verloren hatte. Ich war durcheinander, hatte Angst, meinen Vater auch noch zu verlieren. Bitte … ich hatte doch niemals vor, sie ins Wasser zu stoßen. Es war ein ganz schrecklicher Unfall.«

»Du hast es wohl immer noch nicht begriffen. Christian van Stetten, den Mann, der dich geliebt hat, den gibt es nicht mehr.« Sein hasserfüllter Blick umfing Charlotte und er hob die Hand mit dem Skalpell von ihrem Bein. Erleichterung durchfuhr sie.

Dann senkte er das Skalpell auf ihren Brustkorb.

36

Das schwindende Tageslicht war von der Abenddunkelheit abgelöst worden und es schien, als hätte sich der gröbste Sturm gelegt. Hauptkommissar Fricke stand vor dem Schieferhaus und schaute zur Straße, als ein Streifenwagen mit Kieler Kennzeichen vor dem Haus hielt.

Ein Beamte stieg aus und reichte Fricke einen dicken Umschlag. »Die E-Mail Ihrer Dienststelle ist eingegangen. Ich habe mir erlaubt, die Unterlagen auszudrucken.«

»Danke. Gibt es mittlerweile einen Hinweis auf den Verbleib von Frau Leonberger?«

»Leider nein, Herr Fricke.«

»Halten Sie mich auf dem Laufenden«, brummte Fricke und ging zurück ins Haus. Ungeachtet der Vorgänge um sich herum setzte er sich auf die Wohnzimmercouch und öffnete den Umschlag.

Charlotte Leonbergers Manuskript umfasste knapp zweihundert Seiten. Die Ellenbogen auf die Knie gestützt, begann Fricke den Text zu überfliegen.

Eine Beamtin klopfte an den Türrahmen. »Ich soll Ihnen sagen, dass die Telefonleitungen wieder funktionieren.«

»Danke«, erwiderte Fricke, ohne den Kopf zu heben. Einige Minuten später legte er das Manuskript schwer atmend beiseite. »Mein Gott, Brodersen«, murmelte er kaum hörbar.

Die Kommissare Andresen und Bartels beobachteten, wie die Techniker der Spurensicherung ihre Schutzanzüge abstreiften und ihre Utensilien zusammenpackten. Für sie gab es jetzt nichts mehr zu tun. Sie würden zurück in ihr Labor fahren und die gefundenen Fasern und Spuren unter dem Mikroskop auswerten.

»Vielleicht ist sie gar nicht hier gewesen«, unternahm Andresen den Versuch, die Spannung ein wenig aufzulockern.

»Du weißt doch, was Nele gesagt hat«, erwiderte Bartels resigniert. »Malin hat aufgedeckt, dass Alma Leonberger jahrelang die Grabpflegekosten für Katla Fringsson übernommen hat. Du glaubst doch nicht, dass sie da nicht gleich die Fährte aufgenommen hat. Wir reden hier von Malin, die ist wie ein Terrier. Die lässt nicht locker.« Sein Gesicht sah aus wie eine Maske: schneeweiß mit rot geäderten Augen.

»Also gut. Mal angenommen, sie war hier«, ergriff Andresen wieder das Wort. »Was könnte passiert sein?«

Bartels überlegte einen Augenblick. »Sie muss den Täter gestört haben … Ach, ich weiß auch nicht. Das Ganze ist ein einziger Schlamassel. Fakt ist, dass uns schnell etwas einfallen muss. Wie war das noch in dem Buch, der Mörder fügt seinen Opfern nach und nach Schnitte zu?«

Andresen nickte. »Er lässt sie regelrecht ausbluten. Das ist wie bei den Chinesen. Ich glaube, sie nennen es den Tod der Tausend Schnitte.«

Bartels lehnte sich gegen die Wand und schloss für einen Moment die Augen.

»Na ja, für den Fall, dass er Brodersen hat, bleiben ihr immerhin noch ein paar Tage«, gab Andresen zu bedenken.

Fredrick Bartels öffnete seine Augen. »Sag mal, was für ein Arschloch bist du überhaupt? Sie ist eine von uns. Kapier das endlich.« Er stand kurz davor, die Beherrschung völlig zu verlieren.

»Mensch, Alter, so war das doch gar nicht gemeint. Ich wollte nur, das du wieder ein wenig locker wirst«, entgegnete Andresen. »Wir werden sie finden.«

Sie hörten es beide gleichzeitig. Leise, vom Sturm fast übertönt, drangen die ersten Takte der Miss-Marple-Melodie zu ihnen herein.

Bartels rannte raus und schaute sich suchend in der Dunkelheit um. Die letzten Töne der Melodie verstummten. »Scheiße, hat mal jemand eine Taschenlampe?«, schrie er ins Haus.

Dann setzte die Melodie erneut ein. Ein paar Meter neben der Gartenpforte sah er das blinkende Display eines Handys. Er hob es auf und nahm den Anruf entgegen. »Ja?«

»Nele Richter. Kripo Hamburg.«

»Nele, Bartels hier.«

»Habt ihr sie gefunden? Ich habe es bestimmt schon tausendmal probiert. Dass erste Mal, dass ich überhaupt eine Verbindung bekommen habe. Was ist los bei euch?«

»Später, Nele, ich habe jetzt keine Zeit.« Bartels legte auf und drehte sich zu Andresen um, der ihm aus dem Haus gefolgt war. »Jetzt wissen wir zumindest, dass sie hier gewesen ist. Aber wo ist Malin jetzt?« Er drehte sich um und starrte in die Dunkelheit.

Der Fischerei- und Yachthafen Strande lag am Westufer der Kieler Förde. Malin Brodersen stand vor dem Bungalow der Hafenmeisterei und rüttelte an der geschlossenen Tür. *Was hast du erwartet*, dachte sie. *Es ist Saisonende, es ist Abend, Tür und Fenster sind verschlossen – du bist auf dich allein gestellt.*

Sie war klitschnass und zitterte vor Kälte am ganzen Körper. Die letzte halbe Stunde hatte sie damit verbracht, fünf der acht Bootsstege entlangzulaufen, um einen Hinweis auf den Verbleib von Charlotte zu finden. Sturmböen und eiskalter Regen zwangen sie immer wieder zu kurzen Unterbrechungen an den Schutzbrüstungen. Sie war kurz davor, aufzugeben.

Ihr Blick fiel auf das Schild mit den Öffnungszeiten der Hafenmeisterei. Eine Telefonnummer war ebenfalls vermerkt. Mit eiskalten Fingern suchte sie in ihrer Jackentasche nach ihrem Handy. Vielleicht hatte sie jetzt ein Netz. Doch das Handy war nicht da. Sie musste es bei dem Sturz verloren haben. Frustriert blickte sie zurück zu den Stegen, deren Beleuchtung ausgefallen war. Der Sturm schien die Leitungen beschädigt zu haben. In der Dunkelheit war kaum etwas zu erkennen. Wenigstens hatte der Regen nachgelassen. *Noch drei von acht Stegen*, dachte sie.

Sie zog die Ärmel ihrer Jacke weiter über ihre roten Hände, verließ das schützende Dach des Pavillons und rannte los.

Malin musste alle Kräfte mobilisieren, als eine Böe sie beim Betreten des Steges erfasste und sie ins Taumeln geriet.

Trotzdem lief sie weiter. Als sie die ersten Boote erreichte, erkannte sie, dass sie den falschen Steg erwischt hatte. Hier lagen ausschließlich kleinere Jollen. Sie musste nach größeren Booten Ausschau halten. Malin ließ ihren Blick durch die Dunkelheit schweifen. Dann machte sie kehrt und rannte zu den äußeren Anlegestellen.

Ich muss sie finden. Oh Gott, lass mich sie finden.

So schnell es ging, hastete sie den äußersten Steg entlang, während ihre Augen hektisch die Liegeplätze absuchten. Der Regen hatte wieder eingesetzt, lief ihr in die Augen und in den Nacken. In der Mitte des Steges blieb sie einen Moment stehen, um zu verschnaufen. Jetzt blieben nur noch wenige Boote. Sie schaute zum Ufer und meinte an der Küste die schemenhafte Umrisse von Hugos Bistro zu erkennen. Hatte Charlotte ihr dort nicht erzählt, dass sie mit ihrem Vater früher öfter Segeln gewesen war? Was genau hatte Charlotte gesagt? Malin konnte sich nicht mehr erinnern. Sie musste weitersuchen, niemandem nutzte es, wenn sie hier auf dem Bootssteg erfror. Vorsichtig, um nicht auf dem glitschigen Untergrund auszurutschen, lief sie weiter. Jetzt kamen die größeren Segelboote. Dann sah sie es.

Helena stand in geschwungener Schrift auf dem Rumpf einer imposanten weißen Segelyacht.

Malin blieb keuchend stehen. Hinter dem Fenster der Kajütentür war es dunkel. Malin trat einen Schritt näher an die Stegkante und sah am Rumpf entlang. Aus einem der Seitenfenster drang gedämpfter Lichtschein, kaum mehr als ein Flackern.

Sie spürte den Adrenalinschub, öffnete den Reißverschluss ihrer mittlerweile völlig durchnässten Wachsjacke und griff nach ihrer Dienstwaffe. Mit der Sig Sauer P6 in der Hand kletterte Malin vorsichtig an Bord. Mit klopfenden Herzen und der Pistole im Anschlag schlich sie geduckt zur Kajütentür. Sie wartete einen Augenblick und hob dann den Kopf, um durchs Fenster zu spähen. Nichts als Dunkelheit.

Malin schlich zum Seitenfenster des Schiffes, wo sie die vermeintliche Lichtquelle ausgemacht hatte, und wiederholte die Prozedur. Doch auch dort wurde sie von Dunkelheit empfangen. Hatten ihre Augen ihr einen Streich gespielt? Behutsam kroch sie unter dem Fenster entlang bis zum Bug des Schiffes. Dann nahm sie sich die andere Seite vor. Kurz bevor sie das Heck erreichte, schwankte das Boot und sie musste nach der Reling greifen, um nicht den Halt zu verlieren. Hinter ihr quietschte etwas. Schnell drehte sie sich um, die Pistole im Anschlag. Nichts. Ihr Puls hämmerte und sie atmete tief durch. Blöder Sturm, dachte sie und wandte sich wieder um.

Er stand hinter der Biegung zur Kajütentür. Noch ehe sie es registriert hatte und den Abzug ihrer Pistole durchdrücken konnte, sah sie etwas in seiner Hand aufblitzen und merkte verwundert, wie sie im Bruchteil einer Sekunde auf dem Holzdeck lag.

Dann verlor sie das Bewusstsein.

37

Hauptkommissar Fricke stand neben einem Streifenwagen und sprach mit dem Kieler Kollegen, als Bartels neben ihn trat. In der Hand hielt er ein schwarzes Handy.

»Sie war hier, Hans«, stieß er hervor. »Brodersen war hier. Wir haben ihr Handy unterhalb eines Gebüschs gefunden. Es muss ihr aus der Jacke gefallen sein.«

Sie sahen sich einige Sekunden in die Augen.

»Wir brauchen das MEK, Fred - sofort. Sie sollen den Helikopter schicken.«

Bartels schlüpfte auf den Vordersitz des Streifenwagens und griff nach dem Funkgerät.

Fricke wandte sich an Dierksen. »Vermutlich hält van Stetten sie auf einem Boot fest«, informierte er seinen Kieler Kollegen ohne weitere Erklärungen. »Wo ist der nächste Yachthafen?«

»Strande hat einen eigenen, der nächste ist in Schilksee. Ein Sporthafen, größer und mehr Liegeplätze. Genau genommen hat fast jeder der Küstenorte einen Yachthafen und nicht zu vergessen Kiel selbst.«

Fricke rief nach Andresen, der wenige Meter entfernt stand und telefonierte. Der Ermittler klappte sein Handy zu und trat zu seinem Vorgesetzten. »Wie weit bist du mit deinen Nachforschungen bezüglich der Häfen gekommen? Bevor wir Petersen festgenommen haben, meine ich.«

»Hamburg, Kiel und Schilksee«, zählte Andresen auf. »Dabei ist mir allerdings kein bekannter Name unter die Augen gekommen. Weder van Stetten noch Viktor Fringsson.«

»Also gut, dann bleibt uns nur noch, Strande zu überprüfen. Frag bei den Bootsverleihern und beim Hafenamt nach, ob van Stetten hier irgendwo ein Boot liegen hat.«

»Ich bin bereits dabei, Hans«, erwiderte Andresen und griff wieder nach seinem Handy.

Dierksen räusperte sich. »Ich werde die Küstenwache alarmieren und sie um Unterstützung ersuchen.«

»Fred, was ist mit dem MEK?« Fricke beugte sich zum Streifenwagen.

»Sie können den Helikopter nicht nehmen. Der Einsatzleiter will bei dem Sturm nicht das Leben seiner Leute riskieren.«

»Pah, wegen so ein bisschen Wind?«, schrie Fricke erbost und wollte nach dem Funkgerät greifen.

Dierksen räusperte sich. »Lassen Sie unser SEK übernehmen. Dann gibt es auch keine Probleme mit der Zuständigkeit.« Er musterte den Hamburger Kollegen von der Seite. »Geben Sie sich einen Ruck, Fricke, unsere Leute sind ebenso gut ausgebildet.«

Fricke atmete einige Male tief durch. »Also gut.«

In den Sommerferien, kurz bevor Johannes Brodersen seine Familie verlassen hatte, war Malin mit ihren Eltern auf der Insel Sylt gewesen. Gerade sechs geworden, freute sie sich auf die Schule, die Mitte August für sie das erste Mal beginnen sollte. Sie wohnten in einem charmanten und teuren Landhaushotel in Kampen nah am Strand. Malin liebte es, barfuß durch den Sand zu laufen, der an den Füßen so lustig kitzelte. Stundenlang spielte sie mit dem herrlich kalten Wasser der Nordsee und wurde nicht müde, hindurchzulaufen und es mit den Händen aufspritzen zu lassen.

Während ihre Mutter eher den Schatten in einem der gestreiften Strandkörbe bevorzugte und stets einen Stapel Unterlagen neben sich liegen hatte, schenkte Johannes Brodersen seiner kleinen Tochter seine gesamte Aufmerksamkeit und erfüllte ihr jeglichen Wunsch. Strandburgen wurden gebaut, kleine Kanäle in den Sand gebuddelt, die Malin unermüdlich mit Wasser aus ihrem roten Eimerchen füllte, und erste Schwimmversuche unternommen. Nachts lag Malin mit vor Glück pochenden Herzen in ihrem Bett, lauschte dem Meeresrauschen und betete, dass der Urlaub niemals enden würde.

Jetzt, über zwanzig Jahre später, hörte sie wieder leichtes Meeresrauschen. Vielleicht waren es aber auch nur die

Schmerzen, die ihr die Sinne vernebelten. Ihr Kopf tat furchtbar weh und sie spürte, dass ihr linkes Auge geschwollen war. Wo war sie? Benommen versuchte sie sich aufzurichten, doch ihr wurde sofort schwindelig, und sie glitt zurück auf den Boden. Außerdem war ihr verdammt übel. Dann stellten sich ihre Nackenhaare auf.

Sie war nicht allein. In der geöffneten Tür wurde die Silhouette eines Mannes sichtbar. Malin stöhnte. Es war Christian van Stetten.

»Sieh mal einer an. Die Frau Kommissarin. Ich hätte nicht gedacht, dass wir uns noch mal wiedersehen«, sagte er zynisch.

»Ich hätte auch gerne darauf verzichtet.« Malin setzte sich langsam auf und versuchte ihre zitternden Gliedmaßen unter Kontrolle zu bringen.

Van Stetten lachte auf. »Auswegslose Situation und noch immer einen flotten Spruch auf den Lippen. Das hat mir gleich zu Beginn an Ihnen gefallen.« Er trat aus dem Schatten und näherte sich ihr langsam. »Dabei schlottern Sie innerlich vermutlich nur so vor Angst, nicht wahr?«

»Meine Kollegen sind jeden Moment hier.« Sie schaute ihm fest in die Augen.

»Netter Versuch«, schmunzelte van Stetten. Sein Blick wurde hart. »Genug von den Spielchen. Ihr habt Petersen in Haft und genug belastende Beweise. Die übrigens allesamt von mir stammen. Vermutlich kommen mir Ihre tölpeligen Kollegen selbst in ein paar Jahren nicht auf die Spur. Trotzdem nehme ich doch an, dass ihnen das Verschwinden ihrer neugierigen Kollegin durchaus auffallen wird.«

Malin sah in seiner Hand etwas aufblitzen und schloss für einen Moment die Augen. Sie musste sich zusammenreißen, um sich von Angst und Verzweiflung nicht überwältigen zu lassen. »Wo ist Charlotte?«

Van Stettens Augen blitzten auf. »Ganz in Ihrer Nähe. Allerdings geht es ihr gerade nicht besonders gut.« Er setzte ein diabolisches Lächeln auf.

Malin durchfuhr es eiskalt. Alles, was sie momentan tun

konnte, war Zeit zu schinden. Doch wofür? Niemand würde sie vor morgen früh vermissen. Bis dahin wäre sie längst tot. »Was hat es mit den Münzen auf sich?«

Van Stettens Augen verengten sich. »Sie wollen Zeit schinden«, stellte er fest. »Aber gut, die Minute haben wir noch. Und da Sie das Rätsel gelöst haben, steht Ihnen auch eine kleine Belohnung zu, statt Henkersmahl sozusagen. Also – die Kette war ein Geschenk meiner Großmutter an ihre Tochter. Neben den Runen sind auf vier der Münzen die Schutzgeister abgebildet, auf der fünften befindet sich die Flagge Islands. Kennen Sie die isländische Legende? Sie besagt, dass Harald Blauzahn im zehnten Jahrhundert Island erobern wollte. Doch vier mächtige Schutzgeister, ein Riese im Süden, ein Stier im Westen, ein Adler im Norden und ein Drache im Osten stellten sich ihm stets in den Weg, wo immer er an Land gehen wollte. Daraufhin gab Harald Blauzahn seine Eroberungspläne wieder auf. Die Schutzgeister sollten Katla beschützen, doch sie haben versagt.« Er starrte auf das Skalpell in seiner Hand.

»Was ist …«, begann Malin.

»Die Minute ist vorbei«, unterbrach van Stetten sie. »Ich muss mich jetzt um meinen anderen Gast kümmern.« Seine Augen glühten jetzt vor Hass und Malin zuckte unwillkürlich zurück, als er neben sie trat und das Skalpell an ihren Hals hielt. »Das war das letzte Mal, dass Sie mir ins Handwerk gepfuscht haben.«

Ehe Malin etwas sagen konnte, spürte sie einen kurzen, stechenden Schmerz. Dann wurde es dunkel.

Als Malin wieder zu sich kam, war sie allein.

Sie wusste nicht, wie lange sie bewusstlos gewesen war, es konnten Stunden, aber auch nur Minuten gewesen sein. Ihr ganzer Körper schmerzte und zitterte unkontrolliert. Mit dem Schmerz kam auch die unterdrückte Angst zurück, diesmal mit voller Kraft. Malin begann zu weinen. Sie wusste, dass sie sterben würde. Wenn nicht durch das Skalpell, dann an Unterkühlung. Sie unternahm einen zaghaften Versuch, sich aufzurichten, sackte aber augenblicklich wieder zusammen, als ihr schwarz vor Augen wurde. Sie konnte nur noch auf den Tod warten. Und hoffen, dass es schnell geschah.

Oder sie suchte nach einem Ausweg. *Noch lebe ich*, dachte sie und rief sich ihre Bedeutung als Polizistin ins Bewusstsein. Sie musste etwas tun. Es gab immer einen Ausweg, aus jeder noch so aussichtslosen Situation. Mit diesem Leitsatz war sie ausgebildet worden.

Mit neu gewonnener Entschlossenheit versuchte sie die klopfenden Schmerzen auszublenden und wischte sich mit ihrem Jackenärmel die Tränen vom Gesicht. Sie fuhr mit der Hand vorsichtig zu der pochenden Stelle am Hals. *Die Wunde scheint nicht besonders tief zu sein*, dachte sie erleichtert und gewann ein wenig Zuversicht. Dann tastete sie ihre Taschen ab und fuhr unter ihre linke Achsel. Sie seufzte. Natürlich hatte er ihr die Pistole abgenommen. Also musste sie sich etwas suchen, das sich als Waffe benutzen ließ, um van Stetten anzugreifen. Denn er würde wiederkommen. Bald.

Das Unwetter schien nachgelassen zu haben. Spärliches Mondlicht fiel in die Kajüte und ließ die Konturen deutlicher hervortreten. Mit den Augen suchte sie alle Bereiche des Raums ab. Die schmale Holzbank und die Schlafkoje waren eingebaut, der kleine Nachtschrank schien am Boden verschraubt, weiteres Mobiliar gab es nicht.

Malins Glieder waren steif vor Kälte, dennoch quälte sie sich bis in die Hocke. Und nun? Ihr Blick glitt zum schmalen Fenster. Niemals würde sie dort hindurchpassen. Aber vielleicht fand sie etwas, mit dem sie es einschlagen konnte, dann könnte sie um Hilfe rufen. Doch wer sollte sie hören, außer ihm? Sie verwarf den Plan. Es musste eine andere Lösung geben. Angestrengt dachte sie über ihre Situation nach. Sie wusste, das sie van Stetten körperlich unterlegen war. Sie brauchte eine Waffe.

Konzentrier dich Malin, dein Opa war schließlich jahrzehntelang Kapitän und du hast ihn oft genug begleitet. Was gibt es auf Schiffen? Dann fiel es ihr ein.

Sie mobilisierte ihre letzten Kräfte und kroch auf allen vieren langsam tastend den Boden entlang. Sie suchte nach einem Stahlbehältnis. Ihr Blick blieb am Nachtschrank hängen. Konnte es so einfach sein? Mit zitternden Händen öffnete sie die Schublade. Nein, es war nicht so einfach. Unruhig schaute sie zur Tür. Er würde bald wiederkommen. Sie musste sich beeilen.

Langsam erhob sie sich aus der Hocke, hielt einen Augenblick inne und wartete auf einen erneuten Schwindelanfall. Er kam nicht. Sie bückte sich in die Koje und hob schwer atmend erst die Matratze, dann den Lattenrost an. Nichts. Dann erst bemerkte sie die eingelassenen Fächer unterhalb der Koje. Sie öffnete das erste.

Beim Anblick der Stahlkassette schossen ihr Tränen in die Augen. Wenn sie Glück hatte und der Besitzer des Bootes es mit dem Waffengesetz und den damit verbundenen Sicherheitsvorschriften nicht so genau nahm, fand sie alles, was sie brauchte. Und dieses Mal hatte sie Glück. Nicht nur, dass die im Boden verankerte Stahlkassette nicht ordnungsgemäß verschlossen war, es befanden sich auch unerlaubterweise die Waffe und die Munition gemeinsam im Behälter.

Sie massierte kurz ihre steifen Finger, dann packte sie den Griff der Pistole und füllte die Patronenkammer. Vor der Tür war ein Geräusch zu hören.

Ungeachtet ihrer Schmerzen schlich sie rasch auf die andere Seite der Kajüte und versteckte sich in der Dunkelheit hinter der Tür. Ihr Herz klopfte wild, als sie die Waffe entsicherte, und sie meinte, das Pochen in ihrem Schädel müsste ihren Kopf jeden Augenblick zur Explosion bringen. Doch daran durfte sie jetzt nicht denken. Sie hatte nur diese eine Chance.

Die Tür wurde geöffnet und sie wagte kaum zu atmen, als die große Gestalt aus dem nun hell erleuchteten Vorraum in die dunkle Kajüte trat. Er ging bis zur Raummitte, dann drehte er sich um und sah ihr direkt in die Augen.

Mit eiserner Entschlossenheit drückte Malin ab.

Die Kajüte wurde in gleißend rotes Licht getaucht, van Stetten taumelte mit beiden Händen vor dem Gesicht schreiend zu Boden, anschließend folgte das ohrenbetäubende Krachen von zersplittertem Glas.

Malin stürzte durch die offene Tür in den Vorraum und hatte das Gefühl, als würden ihr jeden Augenblick die Beine versagen. Wo war Charlotte? Sie musste Charlotte finden. Es gab nur zwei weitere Türen. Aufs Geratewohl entschied sie sich für die gegenüberliegende.

Charlotte Leonberger lag mit dem Rücken auf dem Boden. Ihre Augen waren geschlossen und ihr Gesicht war unnatürlich blass. Unter ihrem Kopf hatte sich eine Blutlache gebildet.

»Charlotte, du musst durchhalten, bitte halte durch«, schluchzte Malin, während sie ihr den Puls fühlte. Sie lebte.

Malin versuchte Charlotte anzuheben. Vergeblich. Die Krimiautorin war einen guten Kopf größer als sie und mindest zehn Kilo schwerer. Sie würde sie niemals alleine die Treppe hinaufhieven können. Aus dem gegenüberliegenden Raum war ein Stöhnen zu hören und Malin sah entsetzt, wie sich van Stetten langsam aufrappelte. Sie musste sich entscheiden. Sofort.

Sie strich Charlotte kurz über den unverletzten Arm. »Ich werde Hilfe holen.« Dann rannte sie.

Auf der Treppe zum Deck blieb sie an einer Stufe hängen, befreite ihr Bein und rannte weiter hinauf. Hinter sich hörte sie schleppende Schritte und leises Keuchen. *Lauf Malin, oh, Gott lauf. Lauf um dein Leben!*

Sie stolperte an Deck, hinter ihr wurde das Keuchen immer lauter. Malin warf einen Blick über die Schulter und sah im Lichtkegel der Kajüte, dass van Stetten das Ende der Treppe erreicht hatte. Sein linker Ärmel war blutdurchtränkt, in seiner rechten Hand erkannte sie ihre Dienstwaffe.

Ohne in der Dunkelheit vor sich etwas wahrzunehmen, stürzte sie zur Reling und schaffte es, ihre Beine hinüberzuschwingen. Als sie auf dem Steg aufschlug, erfüllte gleißendes Licht die Anlegestelle und ein Schuss krachte.

Dann hörte sie, wie jemand ihren Namen rief, und spürte, wie kräftige Arme sie umschlangen. Malin begann zu weinen.

Erst als ihre Tränen endlich versiegten, nahm sie die vertrauten dunklen Augen wahr, die sie besorgt betrachteten. Sie löste sich aus der Umarmung.

»Frederick«, sagte sie leise. Irritiert sah sie sich um und bemerkte die Schar Polizisten und SEK-Beamter auf Boot und Steg. Jemand hatte ihr eine Decke um die Schultern gelegt. »Wie habt ihr uns gefunden?«, fragte sie und erhob sich schwerfällig.

Sie hörte ein Räuspern, und Fricke trat neben Bartels. »Glauben Sie etwa, wir würden van Stetten einfach unsere anstrengendste Kollegin überlassen?«, brummte er und tätschelte ihr unbeholfen den Rücken. »Außerdem hätten wir niemals so schnell die richtige Anlegestelle gefunden, wenn Sie nicht den Signalschuss abgegeben hätten. Das haben Sie gut gemacht, Mädchen.«

Malin schossen erneut die Tränen in die Augen. »Danke«, flüsterte sie.

»Du kannst dich später bei Andresen bedanken«, sagte Bartels. »Es war seine Idee, unter Charlotte Leonbergers Namen nach einem Boot zu suchen. Jetzt muss du erst mal ärztlich versorgt werden. Die Wunde an deinem Hals sieht nicht besonders gut aus.«

»Mir geht es gut. Was ist mit Charlotte?«

»Sie lebt. Mehr konnte der Notarzt bisher nicht sagen. Sie ist schon auf dem Weg ins Krankenhaus«, antwortete Fricke und nickte jemanden zu.

Es war einer der Sanitäter. »Wir kümmern uns jetzt um Ihre Kollegin.«

»Einen Moment bitte noch«, sagte Malin und wandte sich dann ihrem Vorgesetzten zu. »Ist er tot?«

Fricke nickte. »Er hatte gerade die Waffe angesetzt.«

Malin schwieg einen Augenblick. »Ich habe ihn in der Kajüte nicht richtig erwischt. Und das bei der Entfernung …«, sagte sie dann resigniert.

»Sie haben ihn erwischt, Brodersen, am Arm. Ich denke, das da hat Ihre Sicht ein wenig beeinträchtigt.« Er wies auf ihr zugeschwollenes Auge.

Malin nickte erschöpft, dann ließ sie sich anstandslos auf die Trage sinken, die neben ihr bereitgestellt worden war. »Das ist gut«, murmelte sie und spürte, wie ihre restlichen Kräfte sie verließen.

Charlotte lebte, jetzt durfte auch sie sich retten lassen.

Epilog

Schnee knirschte unter ihren Winterstiefeln, als sie die Stufen zum Eingang des Polizeipräsidiums hinaufging. Die klirrende Kälte nahm ihr fast den Atem, automatisch zog sie ihren Wollschal noch ein wenig höher. Er sollte sie nicht nur vor den eisigen Temperaturen schützen, sondern auch die Narbe am Hals verdecken, die seit den Ereignissen im Strander Yachthafen Teil ihres Körpers war.

Die Nachuntersuchungen waren erst vor kurzem abgeschlossen worden. Charlotte Leonberger hatte überlebt. Doch der Mordanschlag hatte tiefe Spuren bei ihr hinterlassen. Körperliche und seelische. Die Autorin hatte zu Protokoll gegeben, dass der Tod von Katla Fringsson ein schrecklicher Unfall gewesen war. Laut psychologischem Gutachten hatte bei Charlotte Leonberger nach dem traumatischen Erlebnis ein natürlicher Schutzmechanismus gegriffen und sämtliche Erinnerungen aus ihrem Gedächtnis verdrängt. Zur Zeit befand sie sich in psychologischer Behandlung.

Robert Petersen saß noch immer in Untersuchungshaft. In Kürze würde er sich wegen Verdachts auf Unterschlagung von Firmengeldern und Steuerhinterziehung vor Gericht verantworten müssen.

Gegen Hannah Süßkind war ein Verfahren wegen Beihilfe eingeleitet worden. Sie hatte gestanden, Christian van Stetten Zugang zum Manuskript von Charlotte Leonberger ermöglicht zu haben. Allerdings stritt sie vehement ab, über van Stettens Motive Bescheid gewusst zu haben.

Noch immer fiel es Malin schwer, an die Ereignisse in Strande zurückzudenken. Die Erinnerungen lösten körperliche Beklemmungen und zugleich unbändige Wut auf ihren Peiniger aus. Bevor sie ihren Dienst bei der Mordkommission wieder antreten konnte, hatte sie erst eine hartnäckige Lungenentzündung auskurieren müssen. Ihr Großvater hatte sie in dieser Zeit liebevoll umsorgt und auch zwischen Malin und ihrer Mutter hatte nach den dramatischen Vorfällen eine Annäherung stattgefunden. Nach der ausgestandenen Krankheit musste sich Malin zudem noch einigen Gesprächen mit einer Polizeipsychologin unterziehen.

Mit klopfenden Herzen trat sie jetzt aus dem Fahrstuhl. Vor der geschlossenen Tür ihres Büros blieb sie ein paar Sekunden stehen und lehnte sich dagegen. Sie zitterte und begann unter dem Wollschal zu schwitzen. Dann stieß sie die Tür auf.

Tiedemann hämmerte in die Tastatur seines Computers, Andresen telefonierte und schien sich köstlich über etwas zu amüsieren, denn er brach in schallendes Gelächter aus. Bartels saß ebenfalls an seinem Schreibtisch und war in irgendwelche Unterlagen vertieft.

Malin betrat das Büro und alle starrten sie an, selbst Andresen verstummte und beendete dann kurzerhand sein Telefonat.

Ole Tiedemann erhob sich als erster und trat auf sie zu. »Schön, dass du wieder da bist, Malin«, sagte er und schüttelte ihr ernsthaft die Hand.

»So förmlich?« Sie zwinkerte und lächelte ihm zu. Alles Steife fiel von ihm ab und er lächelte zurück.

Bartels legte ihr den Arm um die Schulter. »Sei etwas nachsichtig mit ihm, Malin. Wir alle sind etwas angespannt. Wir haben uns Sorgen um dich gemacht.«

Sie musterte ihn einen Augenblick und ihr Puls beschleunigte sich. Malin nestelte an ihrem Schal. »Es geht mir wieder gut. Es hat nur etwas gedauert.«

»Wolltest du deshalb keinen Besuch?«, fragte Ole.

Malin nickte.

Andresen hatte sich ebenfalls zu seinen Kollegen gesellt und betrachtete aufmerksam Malins Schal. Der Ermittler hatte seine Haare mal wieder mit viel Gel aus dem Gesicht gekämmt und ließ sein unverschämtes Grinsen aufblitzen. »Na, Brodersen, jetzt bist du eine richtige Polizistin.« Malin sah irritiert, dass er die oberen Knöpfe seines Hemdes öffnete. Dann zeigte er auf eine Narbe an seiner linken Schulter. »Streifschuss.«

Bartels klopfte ihm auf den Rücken und wandte sich dann

an Malin. »Das ist Svens charmante Art, dir zu sagen, dass du ihn beeindruckt hast.«

Sichtlich verlegen knöpfte Andresen sein Hemd wieder zu. »Du musst nicht immer so übertreiben, Fred.«

»Und, gibt es irgendetwas Neues?«, fragte Malin.

»Hamann ist weg«, erwiderte Tiedemann trocken. »Wegbefördert.«

»Wie wegbefördert?«

»Die offizielle Variante oder die inoffizielle?«

»Am besten beide«, erwiderte Malin.

»Offizielle Auslandsmission. Angeblich hat Hamann sich dafür schon vor längerer Zeit beworben, inoffiziell munkelt man, dass es sich um eine Strafversetzung wegen Fehlentscheidungen handelt. Aber das sind nur Gerüchte, wer weiß schon, was dahinter steckt.«

»Und Fricke?«, fragte Malin im selben Moment, als die Tür aufgestoßen wurde.

»Das kannst du ihn gleich selbst fragen.«

»Wer kann mich was fragen?«, brummte Fricke. Dann erblickte er Malin und sein Gesicht erhellte sich. »Brodersen, wurde auch Zeit, dass Sie wieder da sind.« Wie immer trug er eine ausgeleierte Cordhose und ein kariertes Hemd, diesmal augenscheinlich aus Flanell. Es schien, als er hätte er ein paar Kilos zugelegt.

Er trat neben Malin. »Habt ihr nichts zu tun?« Auffordernd sah er zu Andresen, Bartels und schließlich zu Tiedemann. Die Beamten verzogen sich an ihre Schreibtische. Fricke räusperte sich. »Miss Marple hat Ihnen das Leben gerettet, Brodersen.«

»Wie meinen Sie das, Chef?«

»Wir waren uns nicht sicher, ob Sie am Tatort gewesen sind, erst als ihr Handy geklingelt hat, wussten wir Bescheid. Vielleicht wären wir sonst zu spät gekommen.« Sein Gesicht war ernst.

»Davon wusste ich nichts. Dann muss ich mich wohl bei Andresen bedanken. Wer hätte das gedacht«, murmelte Malin.

»Das nächste Mal sagen Sie Bescheid, Brodersen. Keine Alleingänge mehr.« Er musterte sie eindringlich. »Es war wirklich verdammt knapp.«

Malin nickte.

»Ich heiße übrigens Hans.« Fricke hielt ihr die ausgestreckte Hand entgegen. Doch anstatt sie zu ergreifen, legte Malin beide Arme um ihren Vorgesetzten und drückte ihn einmal ganz fest. »Danke«, flüsterte sie.

Fricke errötete verlegen, dann nickte er ihr noch einmal freundlich zu und ging zur Tür. »Ich gehe dann mal wieder an die Arbeit.«

Malin ging ebenfalls an ihren Platz und bemerkte die Aktenstapel, die sich auf ihrem Schreibtisch türmten.

»Wir haben uns gedacht, da du bei dem Krimikillerfall so engagiert warst, hast du auch nichts dagegen, den ganzen Papierkram zu übernehmen«, sagte Bartels.

Malin entfuhr ein Stöhnen. Es war, als wäre sie nie weggewesen. Sie wollte gerade zu einer entsprechenden Bemerkung ansetzen, als sie merkte, wie ihre Kollegen sie alle aufmerksam anstarrten und verhalten lachten. »Ihr wollt mich reinlegen.«

»Das war Andresens Idee.« Bartels wischte sich eine Lachträne aus dem Gesicht. »Die Akten sind aus der Ablage. Wir wollten nur mal sehen, ob du deinen Kampfgeist auch nicht verloren hast.«

»Idioten«, sagte Malin schmunzelnd und wandte sich ihrem Computer zu.

Sie hatte ihr Ziel erreicht. Sie war Ermittlerin bei der Mordkommission.

Danksagung

Der erste und ganz besondere Dank geht an Kriminalhauptkommissar Holger Vehren, Pressesprecher bei der Polizei Hamburg, der mir während des gesamten Projektes mit großer Hilfsbereitschaft und Fachkompetenz zur Seite gestanden hat und mir wertvolle Einblicke in die Polizeiarbeit gewährte. Ein weiteres Dankeschön geht an gute Freunde, die sich die Zeit genommen haben, meinen ersten Entwurf zu lesen: Silke Hinrichs, Thorsten und Marita Stephan, Jeanette Marsoner, Isabel Indelicato und Melanie Gundelach. Hervorheben möchte ich hierbei meine Kolleginnen Jeanette Willems und Sabine Sapia, deren Unterstützung und hilfreiche Anregungen mir von unschätzbarem Wert waren. Mädels, ihr seid toll!

Großer Dank gilt auch dem Leda Verlag und der Verlegerin Heike Gerdes, die meine kühnste Hoffnung wahr werden ließ und mein Buch realisierte. Meiner Lektorin Maeve Carels danke ich an dieser Stelle für ihre wertvollen Kommentare.

Das Beste kommt bekanntlich zum Schluss: Ich danke meinem wunderbaren Mann für seine uneingeschränkte Unterstützung, seine konstruktive Kritik und die unendliche Geduld, die man für das Zusammenleben mit einer Krimiautorin benötigt. Danke – ohne dich wäre mein Traum niemals Wirklichkeit geworden.

Die Figuren in meinem Buch wurden von mir frei erfunden. Ähnlichkeiten oder Namensgleichheiten mit realen Personen sind daher rein zufällig. Die Schauplätze des Buches werden fast alle so beschrieben, wie sie in der Realität existieren. Bei einzelnen habe ich mir jedoch die schriftstellerische Freiheit genommen, sie zu erfinden. Wer also in der Gertigstraße verzweifelt nach Emilias Restaurant Ausschau hält, dem sei gesagt: Die Suche ist vergeblich. Mögliche Fehler, die sich in mein Buch geschlichen haben, sind meine eigenen.

Manthey/Peterssen
Pfingstschmerz
Kriminalroman
Hamburg
978-3-86412-003-9
9,90 Euro

Gundula Thors
Köhlbrand sehen
und sterben
Hamburg-Krimi
978-3-939689-61-4
9,90 Euro

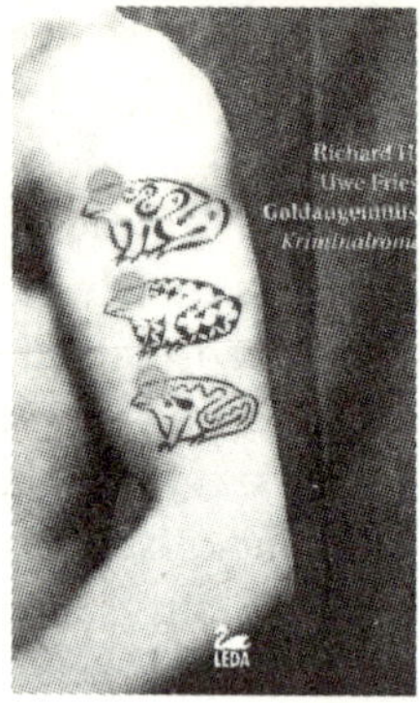

Hey/Friesel
Goldaugenmusiki
Kriminalroman
Hamburg, Berlin
978-3-934927-74-2
9,90 Euro

Dietrich Petersen
Strandraub
Inselkrimi
Fehmarn
978-3-934927-96-4
9,90 Euro

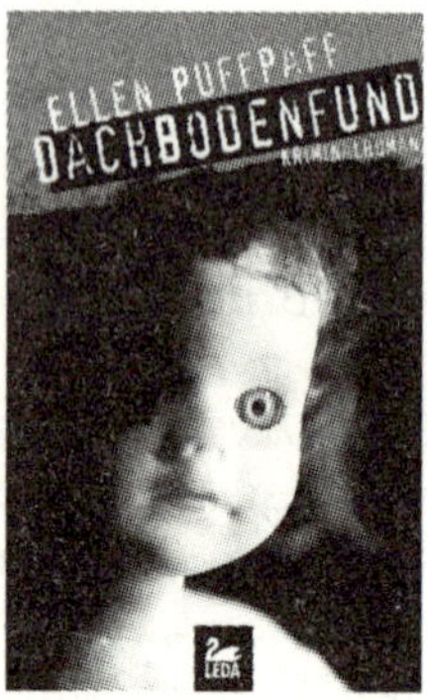

Ellen Puffpaff
Dachbodenfund
Kriminalroman
Schleswig-Holstein
978-3-86412-009-1
9,90 Euro

Heike Gerdes
Gesprochene
Verbrechen
Kriminalgeschichten
978-939689-74-4
8,90 Euro